ハヤカワ文庫JA

〈JA1481〉

# ポストコロナのＳＦ

日本ＳＦ作家クラブ編



早川書房

8656

# 目　次

# ポストコロナのＳＦ

# まえがき

日本ＳＦ作家クラブ会長
池澤春菜

事実は小説よりも奇なり、なんて冗談じゃない。

　事実なんて退屈でいいのだ。平凡な日常でいいのだ。繰り返す代わり映えしない毎日に倦《う》んで、わたしたちは本の中に逃げ出したいのだから。

　それを、とんでもないことしやがって。小説よりめちゃくちゃな事実なんて、誰も求めてないよ、ばーかばーか。

　世界を巻き込んだパンデミックは、小説よりも退屈で、混沌としていて、愚かで、つまらなかった。スマートな解決策なんて見つからないし、すっごい天才も、颯爽《さっそう》と現れる勇者もいなくて、ただただトライアンドエラーを繰り返して時間を稼ぎ、勝ち目を少しずつ増やしていくしかない。

それでもこれは人にとって初ではない。人の歴史は、感染症との闘いの連続だった。ペストに麻疹、天然痘、コレラ、エイズ、SARS。その度に、人は何とかくぐり抜けてきたのだ。だから今回も大丈夫、わかっている。

わかっているけれど、どこまで耐えればいいのか見えない闘いは疲弊する。ずーっと息を止め続けることはできない。限界が来て、大きく吸った瞬間に感じる罪悪感。今まで当たり前に行っていたことが、こんなに不自由になるなんて。わたしたちが生きていた日常は、生命には不要だったかもしれないけれど、生きるには要だった。

だったら小説に、もう一度追い越して貰おう。

アフターコロナの世界を、今日本で活躍する19人のSF作家が描き出す。きっとそこには、今わたしたちが必要とするものがあるはずだ。ハッピーエンドでなくとも構わない。作家は予言者である必要はない。むしろ一つの未来ではなく、たくさんのあり得たかもしれない未来を見せて欲しい。現実の重さに萎縮しがちなわたしたちの想像力の地平を広げて欲しい。

そして胸をはって言ってやろう。「ほらね、小説は事実よりずっとずっと奇なり、だよ」と。

# 黄金の書物

小川 哲

国をまたいだ、とある仕事をすることになった主人公。深く悩むことなく作業をこなす生活が続いていたが、そこにコロナ禍が訪れて……。

本作は社会の変化による人生の変貌が描かれた一作。淡々と進む物語に、何気なく入り込んでくる非日常の不気味さが光る。

コロナ禍は本当に、唐突に訪れた。一人ひとりの仕事の都合と関係なく、何の前触れもなく現れたのだ。本作の主人公のように、間接的に人生に大きな影響が及んだという方も多いだろう。コロナ禍は人ひとりを、もはや別の世界にまで連れ去ってしまうだけの力を持っていることを、本作は象徴的に表わしているように感じられる。

小川哲（おがわ・さとし）は一九八六年生まれ。二〇一五年、『ユートロニカのこちら側』で第3回ハヤカワSFコンテスト大賞を受賞してデビュー。二〇一七年の『ゲームの王国』で第38回日本SF大賞および第31回山本周五郎賞を受賞。二〇一九年、『嘘と正典』が第162回直木賞候補になるなど、SF界の内外から高い評価を受けている作家である。

三十歳の誕生日は日曜日だった。朝食をすませてから洗濯と掃除をして、腹が減るまで羽田空港で買った宇宙人もののSF小説を読んだ。読み終えて夕方に遅めの昼食をとったところで、ようやく私は気がついた。何もすることがなかった。お腹も減っていなかったし、溜まった洗濯物もなかった。部屋は整頓されており、床には埃一つなく、眠気もなかった。仕事のために作っていたドイツ語の単語帳をぱらぱらと眺めたが、一つ残らず覚えていた。テレビをつけると、知らない俳優と知らない女優の熱愛報道が流れていて、知らないコメンテーターが何かを口にしていた。

本当に何もなかった。世界中をくまなく探しても、やりたいことも、やるべきことも見つからなかった。漠然と、あと五十年、こういう生活が続くのだろうな、と思った。

ふと、死ぬことを考えた。積極的に死にたい理由があったわけではない。仕事はそれなりに順調だったし、人間関係自体がほとんど存在しなかったので、そういった類《たぐい》のストレスもない。ただ単に、生きる理由がなかった。

今になって思えば、あのときの私はそれなりに本気だったと思う。三十歳の誕生日を誰とも会わずに過ごして、もちろん誰からも連絡がなくて、別にそのことに深く傷ついているわけでもなく、特に何も感じていなかった。

私はベッドに寝転がった。どこにでもある話だったが、中学校の卒業文集には将来の夢を「世界平和」と書いていた。当時、ちょうど九・一一があって、世間がどこか物騒だったからだろう。私以外にも同じことを書いていた人は数多かった。その夢は達成されないまま、成長して大人になり、達成することが不可能だとわかってしまった。

目を瞑《つむ》って、私はぼんやりと、さっき読み終わった本に登場した宇宙人の話を思い出した。その宇宙人たちは「世界平和」を達成していた。彼らが「世界平和」を達成できた理由は、一風変わった社会制度にあった。そのうちの一つに、「ベストフレンド制度」というものがあった。彼らは成人した日に「ベストフレンド」を選ぶという。自分が選んだ「ベストフレンド」も自分を「ベストフレンド」として選んでいると、二人は正式な「ペア」になり、生涯の契《ちぎ》りを結ぶ。残念なことに「ペア」を作れなかった者は、成人前にみんな殺されてしまう。そういう話だった。自分がその星に生まれたとして、自分を指名してくれる「ベストフレンド」はいるだろうか。そんなことを考えた。
「いる」というのが結論だった。私が考えるに、ペア成立のポイントは「深い仲の友人がいるか」ではない。「ベストフレンド」は絶対評価ではなく、相対評価だ。だからこそ、自分の友人の中に、自分以外に友人がいなさそうな人間を見つけられるか、が重要になる（作者がそのことに気づいていなかったので、後半の展開に不満が残った）。お互いがお互いを指名するという自信が両者に存在しなければ、選択を誤ってしまう。私の場合、その点では自信があった。自分よりも友人が少ない人間を知っていたからだ。

深李《みり》とは大学の同級生だった。私たちは大学二年生のとき、月曜一限のドイツ語精読の授業を一緒に受講していた。その授業をとっていたのが二人だけだったので、必然的に話をするようになった。在学中はときおり一緒に昼食をとるくらいの仲だったが、卒業から一年経ち、会社を辞めようとしていた深李から相談されて以来、年に何回か一緒に食事をするようになった。結局、深李は新卒で入社した食品会社を二年で退社して、その後の転職活動に失敗してからニートになった。たまに外出する予定があると、わざわざ私の職場の近くまでやってきて、二人でランチをした。会計はすべて私が出していた。何年間も、そういう関係が続いていた。彼女に私以外の友人がいるとは思えなかった。

彼女のことを思い出して、私は「生きてみよう」と思った。彼女のことを、自分より生きる価値がない人間だと見なしたわけではなかったし、彼女の存在が生きる意味になったわけでもなかった。単に、彼女のことを考えると、「生きる意味」みたいなものは別に必要ないような気がしたのだ。こうやって、何も見つけられないまま、ただ漫然と毎日を過ごす。人間の一生なんて、そんなものなのだろう。

彼女と次に会ったのは三十歳の誕生日から一ヶ月が経ったころだった。

ランチを終えてから、特に会話もなくコーヒーを飲んでいると、彼女はそう切りだした。

「実はお願いがあるの」

「何？」

私はどんな「お願い」か想像した。すぐに「家を出たいからお金を貸してほしい」という可能性を考えて、貸してもいいと思った。金銭面で彼女のことを信用しているわけではなかったが、返ってこないならそれはそれで構わなかった。自分には最低限の貯蓄があったし、欲しいものも有益な使い道も思いつかなかった。次に「仕事を紹介してほしい」という可能性も考えたが、すぐに却下した。

「一度でいいから、会ってほしい友だちがいるの」

思わず私は「友だち？」と聞き返した。「なんの友だち？」

「ネットで知り合った友だち。っていうと胡散臭《うさんくさ》くなっちゃうかもしれないんだけど、何年も一緒に遊んでるし、変な人ではないよ。ドイツの製薬会社で働いてる、ちゃんとした人。カンナって仕事でドイツに行くことも多いんでしょ？」

「どうやって知り合ったわけ？」

「詳しい経緯を話すと長くなっちゃうんだけど、ネットのゲームで知り合った何人かの通話グループがあって、そこで仲良くなった感じ」

「ゲームって、どういうやつ？」

「もともとMMOっていうジャンルで知り合って、今は銃を撃つやつとか色々。そのグループで毎晩一緒に遊んでるんだけど、そのうちの一人」

驚いた。深李がゲームをしていることも知らなかったし、そんな交友関係があるとは想像もしていなかった。でも、考えてみればそれほど意外なことでもないのかもしれない。すべての人間には平等に時間が与えられていて、もちろん深李の一日は二十四時間だ。彼女に私の知らない一面があったところで不思議ではない。

昼の休憩時間が終わるまで、深李は「ドイツの友人」である「イギードッグ」の話をした。日本人の男性で、知り合ったときは日本の大学院生だったこと。ドイツに留学してからそのまま向こうで働いていること。実際に会ったことは一度もないが、明るくて穏やかで、人当たりがいいこと。雑談をしていたときに、翻訳エージェントとして働いている私の話をしたら「イギードッグ」が興味を持ったこと。次に仕事でドイツに行くことがあったら、会って話したいことがあると言われたこと。

「で、私が会ってどうするわけ?」

「わかんない」と深李は答えた。「私も聞いてないから」

「知らない人と、何をするのかもわからずに、異国の地で、しかも二人きりで会えってこと?」

「気がすすまないなら断っていいんだけど。あ、あと、恋愛的な何かとかじゃないと思う。私とイギードッグの間にも何もないし、カンナに対してそういう期待をしているわけでもないはず」

「気がすすまないね」と答えて、その場のやりとりを終えた。「恋愛的な何か」でもないなら、いったいどんな用があるというのだろうか。私はますますわからなくなった。

深李から連絡がきたのは、それから半年後だった。「明日行きたい美術展があるので、その前にランチはどうか」と誘われた。私はシュトゥットガルトのホテルで眠りにつくところだったので、正直に「シュトゥットガルトにいるので明日は難しい」と伝えた。深李は「いつ帰国するの？」と聞いてきた。明日の夕方の便だと伝えると、しばらくして「イギードッグが会いたいって言ってる」と返ってきた。「彼もちょうどシュトゥットガルトにいるみたいで、もし時間があれば空港でコーヒーでもどうかって」

断る理由を探している間に、店の名前と「イギードッグ」の連絡先が送られてきた。


どうして「イギードッグ」に会おうと思ったのかは、自分でもよくわからない。ひょっとしたら、私よりも深李のことをよく知っている人間に対する興味みたいなものはあったかもしれない。深李が「ベストフレンド」だというのは私の勘違いだったのだろう。

翌日、指定された空港内のカフェに入ると、ジュラルミンケースを抱えた日本人に「カンナさんですか？」と話しかけられた。深李の話では同年代だったはずだが、現役の大学生と言っても通用しそうな幼い見た目の男だった。「そうですけど」

「イギードッグです。ラムさんから紹介されているはずなのですが」

「ラムさんって、深李のことですか？」

イギードッグは「ああ、本名はミリさんっていうんですか。知らなかったです」と苦笑いをした。

注文したコーヒーを受けとって窓際の席に座ると、男が名刺を渡してきた。「ESS製薬、開発部門シニアリサーチャー、門脇翔馬」と印刷されていて、裏面にはまったく同じ内容が英語で書かれていた。

「僕の本名です。普段は外資の製薬会社で働いています」

「ESS製薬なら、仕事で取引をしたことがあります。たしか本社はミュンヘンだったと思うのですが」

「ええ、その通りです。恥ずかしい話なのですが、どうしてもお会いしたかったので『ちょうどシュトゥットガルトにいる』という嘘をつきました。実は今朝、ICEに乗って三時間かけてきたんです」

「わざわざそんな……」

私は戸惑っていた。目の前の男が、どうしてそこまでして私に会いたかったのか、まったくわからなかったからだ。私が彼のことを何も知らないのと同様に、彼も私のことを何も知らないはずだった。

「ラムさんから、カンナさんが翻訳エージェントをしているという話を聞きました。それって、海外の小説を買い付けて、日本で売る、みたいな仕事ですよね？」

「いや、正確には違いますが」と私は答えた。「もちろんそういう仕事をしている同業者もいますが」

それからしばらく質問攻めにあった。イギードッグに聞かれるがまま、私は質問に答えていった。「翻訳」市場の九十九パーセントが、書物と関係のない「産業翻訳」と呼ばれる分野であること。産業翻訳とは企業に依頼されて文書を訳したり、映像に日本語字幕をつけたりする仕事であること。自分の会社は法律関係の文書の翻訳をすることが多く、自分はドイツ語圏を担当していること。シュトゥットガルトに来たのはダイムラー社と契約関係の手続きをするためだったこと。以前にＥＳＳ製薬の仕事もしたことがあること。基本的には日本で仕事をしているが、年に数回はドイツまで出張する必要があること。

「小説の翻訳ってわけじゃないんですね。それじゃあ、古書とかにはあまり興味はないですか？」

イギードッグは自分が翻訳書の仕事をしていると勘違いしていたのだろうか。彼の思惑は未だわからなかったが、どちらにせよ期待に応えられなかったのかもしれない、と思いながら「移動中の機内で本を読むことはありますけど、古書はわからないです」とだけ答えた。

「いや、別に興味がなければいけない、とかそういうわけじゃないんです。というか、興味なんてなくていいです」

イギードッグはジュラルミンケースから桐箱を取りだして、テーブルの上に置いた。

「なんですか、これ？」

「トーマス・マンって知ってますか？」

「ドイツの小説家ですよね。学生時代にドイツ語の授業で読んだことがあります」

「この箱の中には彼の『ヴェニスに死す』という小説の初版本が入っています」

イギードッグは『ヴェニスに死す』の上に、別の桐箱を置いて、「こっちはヘッセの『車輪の下』の革装幀です」

イギードッグは桐箱をケースに戻してから、「要は、とても高い古書です」と言った。

「はあ」

「これを日本に届けてほしいんです」

「私が、ですか？」

「ええ。理由は二つあります。一つは、事情があって、僕が日本になかなか帰れないからです。もう一つは、古書は温度変化にとても弱いので、貨物として送ると劣化してしまうからです。カンナさんには機内に持ちこんでもらって、日本にいるエージェントに渡してほしいんです」

私は事情もわからないままうなずいて、ジュラルミンケースを受けとった。別れ際に、「ちなみに、その本の値段を知りたいですか？」と聞かれ、私は「やめておきます」と答えた。

イギードッグは古書と言っていたが、本当は何かまずいものが入っているのではないか。あるいは、機内に古書を付け狙う人間がいて、どこかのタイミングでジュラルミンケースを奪われるのではないか。そんなことを考えて不安になりながら、羽田まで戻った。

実際のところ、特に何も起こらなかった。空港職員に取り押さえられることもなかったし、機内でテロリストに襲われることもなかった。羽田の到着ロビーには「袴田」と自称する男が待っていた。男は一目で私を見つけ、ジュラルミンケースを渡すよう促すと、その場でケースを開けて中身を確認してから「ありがとうございました」と頭を下げた。京急線の中で、イギードッグから連絡があった。協力金を支払いたいと言われたので、口座番号を教えた。

「協力していただき、ありがとうございました。ちなみに、『ヴェニスに死す』が九万ユーロで、『車輪の下』が八千ユーロです」

電車の中で、スマートフォンを持つ手が震えていた。ついさっきまで、一千万円の本を運んでいたのだ。私は「値段を知っていたらたぶん失神していました」と返した。

後日確認すると、私の口座に十万円が振り込まれていた。

それから私は、出張のたびにイギードッグから古書の入ったケースを受けとり、羽田で袴田に渡した。翌日には十万円が振り込まれていた。そういったやりとりを何度も繰り返した。そのうちに、何か重大な犯罪に巻き込まれているのではないかと不安になり、法務部の同期に自分のやっていることは犯罪なのではないか、と相談してみた。

「たとえば、どんな犯罪だと思うの？」

「わからないけど、脱税とか」

「たしか、百年以上前の美術品には関税がかからないはず」と同期は答えた。「古書がいつのものなのか調べてみたら？」

私はその場でこれまで運んだ本が出版された年を調べてみた。どれも百年以上前の本だった。

別れ際にその同期は「というか、中身は本当に『古書』なの？」と聞いてきた。「話を聞いている限り、何かヤバいものを運ばされてるのかもしれないよ」

私は「次、ちゃんと確認してみる」と答え、実際に確認した。ドイツの空港で、出発前にトイレでケースを開け、桐箱の中身を見た。勝手にケースを開けたのは初めてだった。本当に古書が入っていた。専門家ではなかったので、その古書にどれくらいの価値があるかはわからなかったが、本が入っていたのは間違いなかった。

羽田でケースを渡したとき、袴田が表情を変えた。

「ケースを開けましたか？」

どうしてわかるのだろうか、と思いながら、素直に「はい」とうなずいた。「本当に中身が本なのか気になってしまって。まずかったですか？」

「いえ、長時間外気に晒《さら》さなければ大丈夫です」

袴田はいつものように中身を確認してから、頭を下げてどこかへ去っていった。翌日には、いつもと同じように十万円が振り込まれていた。

一年が経ったころだった。私は七回の出張で七十万円を受けとっていた。八回目のドイツ出張は、ＥＳＳ製薬の契約に関する案件だった。いつものように出発前に受け渡し場所を決めてから、ミュンヘンに向かった。夜に、ＥＳＳ製薬の担当者と夕食をとることになった。酒の席で、私は門脇翔馬について知っているかと聞いた。偶然、採用面接で担当したようで、彼のことをよく知っていた。

「抜群に優秀だったのですが、三年前に辞めてしまったんですよ」と担当者は言った。

「そうなんですか」

驚きを隠しながら、私は「ちなみに今、彼は何をしてるんですか？」と聞き返した。

「大学に戻るという話でした。彼と知り合いなんですか？」

「友人の友人でして」と私は答えた。

ホテルに戻ってから、門脇翔馬についてネットで調べた。最近の情報は見つからなかったが、何年も前に彼が提出した論文がいくつかヒットした。聞いたことのない植物から抽出した、聞いたことのない化合物の立体異性体について研究しており、その関連の論文を何本か書いていたようだった。専門外だったので、私にはまったく理解ができなかった。

迷った末、深李に相談することにした。イギードッグに頼まれて何度かジュラルミンケースを日本に持ち帰っていたこと。その度にお金を受けとっていたこと。イギードッグが製薬会社の研究者ではなかったこと。

ケースの中身がなんだったのか、思い当たる節はないか聞くと、深李は「わかんない」と答えた。「彼とカンナがそんなことをしてたのも知らなかったし」

「なんかヤバいものを運ばされてたのかな」

「私から聞いてみようか？」

私は「任せる」と答えて通話を切ってから、美術品の輸送サービスをしている会社のホームページに、見積もりの依頼を出してみた。古書の入ったジュラルミンケースをドイツから日本に送る場合、どれくらいの料金になるか。商品の劣化を防ぐために常温輸送してほしい、という条件を加えた。

翌朝、見積もりの結果が返ってきた。サーチャージにもよるが、空輸だと五六〇〇〇円、海上輸送だと八九〇〇〇円だという話だった。「ちなみに、貨物輸送をすると古書が劣化するという話は聞いたことがありません。通常のプライオリティ輸送であれば貨物便を利用することになりますが、九八〇〇円で承《うけたまわ》ります」と追記してあった。

イギードッグへの疑いはますます強くなった。専門の企業に頼めば半額程度ですむ仕事を、わざわざ素人の私に頼んでいる。それに、「機内持ちこみ」という、古書にとって本来必要のない条件までつけているのだ。彼は私に、何を運ばせていたのだろうか。

深李が何か言ったのか、昼前にイギードッグから連絡が来た。彼は「これまで嘘をついていたことを謝罪します。本当のことを話します」と言っていた。

結局、私は帰国前の空港でイギードッグと会うことにした。嘘が発覚したからといって乱暴なことをするような人だとは思えなかったし、何より自分がこれまで何を運んでいたのか気になっていた。不思議なことに私はまったく怒っていなかったし、むしろ安心したくらいだった。自分は何かしらの犯罪に加担していたのだろう。出所のわからない十万円を受けとるより、出所のわかる汚い金を受けとる方が気が楽だ。

見通しのいいカフェのテラス席で、イギードッグは「すみませんでした」と頭を下げた。こちらから問いただすまでもなく、イギードッグは「本当のこと」を話した。桐箱の中には本当に古書が入っていたが、すべてのページに彼が「マジカル」と呼ぶ幻覚剤が染みこませてあったこと。わざわざ古書に染みこませているのは、輸送時の厳重な梱包への違和感をなくすためであること。「マジカル」は品種改良したアサガオから抽出した特殊な化合物で、セロトニンの作用を阻害することで強烈な幻覚を催す作用があること。日本では厳密には違法薬物だが、世界各国で利用されているすべての検査キットに反応しないことから、見つかっても逮捕される恐れはまったくないこと。「マジカル」は摂氏八度以下になると組成変化があるため、機内に持ちこむ必要があったこと。彼自身は、別件の犯罪で日本に入国することができなくなったので、信頼できる運び屋を探していたこと。

何を言えばいいのかわからず、私は「どうやって摂取するんですか？」と聞いた。

「文字通り、本を食べるんです」とイギードッグは答えた。「ページを破って食べます。切れ端だけで十分です」

「食べたら、どうなるんですか？」

「幻覚が見えるはずです」

「はず？」

「僕自身は一度も試したことがないのでわからないのですが、理論上はそうなるはずですし、実際に利用している人もそう言っています」

イギードッグは、「マジカル」が染みこんだ本は、一ページあたり十八万円で取引されていると言った。一冊ではおよそ四千万円だという。

「僕には目標があるんです」

話の最後に、イギードッグはそう言った。「副作用も中毒性もなく、すべての人々が幸福になれる薬を開発し、世界を平和にすることです。『マジカル』はまだ発展途上ですが、儲けたお金でさらに研究開発を進めようと思っています」

また「世界平和」だ。すべてを聞いた上で、私はイギードッグからジュラルミンケースを受けとった。どうして受けとることにしたのか、自分でもよくわからなかった。もちろん金は欲しかったが、犯罪に加担してまで必要だったわけではなかった。なんとなく「興味深い」と感じてしまっていたのだ。

八回目の出張でも、それまでと同じように羽田空港で袴田にジュラルミンケースを渡した。翌日、口座には八十万円が振り込まれていた。

それから一年ほど、私は「マジカル」を運び続けた。小さな変化が二つだけあった。一つは、それまで羽田で荷物を渡していた「袴田」が、別の男に変わったことだった。その男もやはり「袴田」と名乗っていた。初代袴田は五十代の痩せた男だったが、二代目袴田は三十前後のガッチリとした体型の男だった。袴田を変えた理由について、イギードッグは「彼が覚醒剤をやっていたから」と答えた。

「商品を横領していたんですか?」

「いえ、そういうわけではありません。彼は自費で覚醒剤を購入していました」

「それのどこが問題なんですか?」

薬物の利用より、製造や密輸の方が重罪だろうと思いながら、そう聞いた。

「あなたは、薬物使用者と一緒にビジネスがしたいですか? 僕は絶対にしたくありません」

もう一つの変化は、深李がついに家を出たことだった。理由は「実家のネット回線が遅くなったから」らしい。「まともにゲームができないんだけど、いくら頼んでも親は専用回線の工事をしてくれなくて、仕方なく出ることにした」

深李は埼玉で倉庫勤務の仕事を見つけ、上尾で一人暮らしを始めたが、半年後に親会社が倒産して再び無職になった。新型コロナの影響だった。「実家に戻るとまた回線が重くなる」と深李に頼まれて、私は彼女に金を貸した。別に返してもらえなくても構わないと思っていた。彼女には毎月十万円ずつ貸していたが、どれだけ貸しても私の口座には使い道のない大金が増え続けていた。

新型コロナは私の仕事にも、そして「マジカル」にも大きな影響を与えた。出張が減り、密輸が難しくなった。そもそも、「マジカル」の取引先も著しく減ってしまった。「マジカル」を卸していたクラブハウスがいくつか潰れ、毎年「袴田」が出張販売していた音楽イベントも開かれなくなった。

「マジカル」はあくまで音楽イベントなどで使用する幻覚剤であり、常習性や中毒性があまりないのが問題だ、とイギードッグは主張した。

「この表を見てください。コロナ下でも覚醒剤の需要は落ちてないんです。アメリカではヘロインの需要が増えたというデータもあります。新薬の開発費を捻出するためにも、今後は『マジカル』以外の薬物も扱う必要が出てくるでしょう」

こうして私は「マジカル」以外の違法薬物を運ぶようになった。「マジカル」と違うのは、本に染みこませられないことだ。靴底やシャンプーボトルに覚醒剤やコカインを詰め、ドイツと日本を往復した。必要のない出張を繰り返したことで会社から不信がられるようになったが、なんとか説得して運び屋を続けた。

日が経つにつれ、出張は難しくなっていった。コロナ下で、会社は出張せずに遠隔で取引を完了するシステムをすっかり完成させていた。

とどめとなったのは、ドイツ政府が日本からの入国を拒否すると発表したことだった。入国ができなくなる前日、私は久しぶりの密輸のため、ミュンヘンにやってきた。

「今回が最後になると思います」

私はイギードッグにそう告げた。「ドイツ内務省が定める渡航条件を満たすことが難しくなってしまいました。次に条件が緩和されるのがいつになるか、まったくわかりません。少なくとも数ヶ月は厳しくなるでしょう」

「何か新しい策を考えておきます」とイギードッグは答え、ジュラルミンケースを渡してきた。

「今回は久しぶりに『マジカル』です」

「他のものは運ばなくていいんですか？」

「ええ。というか、手に入りませんでした。ＥＵ内でも物流が難しくなっているんです」

入国制限前の最後の機会だったが、不運なことに、私は古書が一冊入っただけのジュラルミンケースを持って日本に帰ることになった。

チェックインに問題はなかった。

異変があったのは、出国の審査をしている最中だった。パスポートを提示した私を数人の空港職員が取り囲んだ。女性職員が、それまでされたことがなかったほど厳重に私のボディチェックをした。別室に連れていかれ、衣類をすべて脱ぐように指示された。警察がやってきて、尿を採取されてからボストンバッグとジュラルミンケースを取りあげられ、会議室のような部屋に閉じこめられた。

一時間ほど放置されたあと、マスクをつけた警察官に「ドイツ語がわかるか？」と聞かれた。私がうなずくと、警察官は「何のためにドイツにやってきたのか」と聞いてきた。

「ビジネスのためです」

「本当にビジネスのためか？」

「嘘だと思うなら会社に問い合わせてください」

警察官は方針を変え、ジュラルミンケースの中身が何なのか聞いてきた。

「古書です。趣味で集めているだけです」

「ただの本を、どうしてあんなに厳重に保管しているのか？」

「紙の劣化を防ぐためです」

警察官は「素直に認めれば減刑される」と言った。

「何を認めるのかわかりませんし、どうしてこんな目に遭っているのかもわかりません」

「あなたが違法薬物を密輸しているという通報があったんだ。私たちはあなたの渡航歴を調べ、日本政府にも問い合わせた。これまでの経験上、あなたが密輸に関与している確率はきわめて高いと見ている。あなたは、薬物の検査結果が出る前に自分の罪を認めるべきだ」

「誰がそんな通報をしたんですか？　まったく身に覚えがありません」

警察官は諦めたように首を振り、部屋から出ていった。私はそのまま空港の会議室の中で待つことになった。

私は焦っていなかったし、不安も感じていなかった。私はむしろ、自分が受けた不当な扱いに怒ってすらいた。その事実に私は驚いた。

もちろん捕まるのは嫌だった。日本ならまだしも、ドイツで逮捕されてどうなるのか、想像もつかなかった。違法薬物の密輸がどれくらいの刑になるのかも知らなかったし、考えたこともなかった。

ただ純粋に、私はイギードッグを信頼していた。人間として彼を信頼していたわけではなかったが、科学者としての彼を信頼していた。「マジカル」は世界中の検査キットで検出されない、という彼の言葉を信じていた。

どれくらい時間が経ったかわからなかった。しばらくして、さっきとは別の女性の警察官が大きな紙袋を持ってやってきた。彼女は「あなたの服が入っています」と言った。「すぐに着替えてください」

「荷物はどうなったんですか？」

「後ほど空港職員が返却します。職員の指示に従って、十七時十五分発のエア・チャイナ、北京行きに搭乗してください」

着替えをすませ、会議室を出る際に、私は「謝罪などはないのですか？」と聞いた。警察官は「私たちは、こういった場合に必要な手続きをしただけです」と答えた。

北京に着いて、トランジットの間に公衆電話からイギードッグに連絡した。こちらから事情を話す前に、イギードッグは「袴田から、あなたが空港に現れなかったことを聞いています。何が起こったかは、だいたい把握しているつもりです」と言った。

「通報があったと聞きました」と私は言った。

「まあ、そんなところでしょうね」

「誰が通報したんですか？」

「心当たりはありますか？」

私は機内でずっと考え、自分なりに出した結論を口にした。

「深李でしょうか。あなたと袴田を除き、この商売を知っているのは彼女だけです」

「僕の方で調べた結果、残念ながらあなたの考えている通りのようです。最近何か、彼女とトラブルなどありましたか？」

私は少し考えて「ありません」と答えた。「むしろ、一人暮らしを始めた彼女にお金を貸していたくらいです」

「ああ、それが原因ですね」とイギードッグが即答した。

「どうしてですか？　借りていたのではなく、貸していたんですよ？　感謝することはあっても、恨むことはないでしょう」

「いや、単に返すのが嫌になったんですよ」

「ああ、なるほど」と私は納得してしまった。深李は、私から借りていた九十万円を踏み倒すために、私を刑務所送りにしようとしたのだ。別に返してもらわなくてもよかったのに。

イギードッグは「羽田でも検査をされると思うので、古書は今のうちに処分しておいてください」と言った。「検査キットに反応しないという自信はありますが、念のための処置です。ジュラルミンケースはトランジットのときに北京で紛失したと言えばいいでしょう」

「四千万円の本なのでは？」

「あなたが逮捕されるリスクに比べれば安いものですし、どうせコロナのせいで捌《さば》ききれなかったんです」

「具体的に、どうやって処分すればいいですか？」

「破ってトイレに流してください。時間に余裕はありますか？」

「乗り継ぎ便の出発までは四十分あります」

「それなら大丈夫ですね。手袋とマスクを忘れずに」

電話を切ると、私はそのままトイレに直行した。個室の鍵を閉め、ジュラルミンケースから古書を取りだした。マスクはしていたが、手袋を持っていないことに気がついた。今から買いにいく時間もないだろうと考え、そのまま作業を進めることにした。

背表紙が固く、本を二つに割ることができなかったので、数ページずつ破り捨てた。ゲーテの『若きウェルテルの悩み』だった。これもドイツ語の授業で読んだことがあった。

半分ほどトイレに流してから変調があった。まず、目眩《めまい》のような感覚があった。世界がぐるぐると回り始め、焦点が合わなくなった。自覚してからは早かった。ページを破るとき、書物の中の文章が踊りはじめた。私は黄金に輝く本を、巨大な白いカバの口に放りこんでいた。自分がいったい何をしているのかわからなくなりながらも、なんとかすべてのページを処分した。表紙と背表紙だけになった黄金の厚紙を洗面所のゴミ箱に放りこんだ。ゴミ箱の底は地球の反対側まで続いており、その深淵に飲みこまれそうになって慌てて顔をあげた。目の前の鏡には、見たことのない美女が映っていた。それが自分だと自覚すると同時に、反射した蛍光灯からこちらを見ていた一角獣が襲いかかってきた。私は逃げるようにトイレから退散した。

トランスファーカウンターの前には七万七千段もの階段があり、六年かけてようやく登りきると、受付には「ベストフレンド」のペア作りに成功したパラメンタル星人が待っていた。私のペアになるはずだった深李が、もはやペアではなくなってしまったことを思い出して、私はパラメンタル星人に謝った。「すみません。ペアもいないのに成人になってしまってすみません」

パラメンタル星人は私の謝罪を受け入れることもなく、「チケットを出せ」と五百回ほど繰り返し言ってきた。謝りながら上着のポケットの中にあった紙切れを渡すと、パラメンタル星人は黙って首を振って突き返してきた。よく見ると、私が出したのは近所の中華屋の唐揚げ無料券だった。皿の上の唐揚げが金色に光りながら六万個くらいに増えた。私はもう片方のポケットに入っていた紙切れを渡した。パラメンタル星人がうなずき、目から光線を出しながら虹色に光って大理石の柱になった。

七千キロほど続く廊下を、光の速さで進む動く歩道に乗って渡りきった。一面のガラス窓の向こうに、油まみれになった巨大なドラゴンが私を待っていた。誰かが何度も私の名前を呼んでいた。時間です。急いでください。もうすぐ出発します。その声に導かれるまま、私はまっすぐ、ドラゴンの横腹に穿《うが》たれた、聖痕の洞窟へと向かった。急いでください、もうすぐ出発します。しかし、どこへも行けなくなったこの世界で、私はいったいどこへ向かうべきなのだろうか。その声は何も教えてくれなかった。

# オネストマスク

伊野隆之

マスクはこれからスタンダードな服装の一部になってゆくのだろうか。もちろんコロナ禍以前から、日本人はマスクをある程度気軽に身につけていた。風邪気味だとか花粉症だとかいった理由はもちろん、顔を隠したいとか格好良く見せたいとか、様々な目的に使われてきたのだ。コロナ禍はそれを一気に押し進めて、今や街中でマスクを身に着けていない人はほとんど見なくなった。様々な種類のファッショナブルなマスクが売られるようになり、自分の顔を印刷した紙をマスクに貼る人が話題になるといったこともあった。

本作は、そういったマスクの中でも特に進化した風変わりな一品が作られた社会を描いた一作。ふだんZoom会議をしながら実は裏で関係のないことをしているような人には、少しドキッとさせられるような話になっている。

伊野隆之（いの・たかゆき）は一九六一年生まれ。二〇〇九年、『樹環惑星―ダイビング・オパリア―』で第11回日本SF新人賞を受賞しデビュー。二〇一七年にタイに移住したという異色の経歴の持ち主でもある。

会社の入っているビルを出て、近くの公園のベンチでマスクを交換した。外したオネストマスクは、専用ケースに入れ、鞄にしまう。今週の出勤は今日が最後で、来週まで使う必要がない。

今日もほとんど仕事が進まなかった。仕上げたはずの管理用インターフェイスを動かすコードを、仮想システム上で走らせてみると変なところで動かなくなるし、修正にも手間取り、時間だけが過ぎた。今までの貯金があるから作業の遅れは目立たずに済んでいるけれど、このままではまずい。

やっぱり、無理なのかなと思う。オネストマスクを着けていると、どうしてもマスクの表示が気になり、集中できない。何とか集中できても、すぐに気が散ってしまう。今日もそうだった。

——マスクがにやついてるぞ、次長注意！

同僚からのメッセージは、善意か、それとも面白がっているのか。

終業の五時半、パソコンをシャットダウンしているときに、その松井次長に声を掛けられた。

「ちゃんと集中してやってるか？」

作業が進まないのはマスクと次長のせいだ。そう言いたかったが、口から出るのは中途半端な言葉だ。

「大丈夫です。ちゃんと間に合わせます」

松井次長が、僕の顔をのぞき込む。見ているのは、顔の下半分を覆うマスクだ。

「へらへらしながら適当なことを言ってるんじゃないぞ」

ということは、また、僕のマスクは笑っている。

「本当に、大丈夫です」

そう答えた僕は、全然、大丈夫じゃなかった。

もう七月になっていた。三月末から始まったオネストマスクの着用は、三ヶ月を超えた。

僕はもう、限界だった。ここのところ気分が落ち込んでいるせいもあって、全てを放り出してしまいたくなっていた。

「どうしたんですか?」

慌てて顔を上げると、オネストマスクを着けた若い女性がいた。

「池内です。受付の」

私服でわからなかったが、受付でいつも笑みを表示させている池内さんだった。

「制服と随分、感じが違うね」

はにかんだような表情で、池内さんが小首を傾《かし》げる。

「なんか、深刻そうな感じだったんですけど」

「君はいつもご機嫌でいいよな。そのマスクのせいで、僕はもうだめだ」

仕事のことだけではなく、ニューヨークにいる里奈のこともあった。

「何があったんですか?」

池内さんは、さりげなく僕の横に腰掛けた。同じ会社に勤めているという気安さがあったからだろうか、今までろくに会話したこともなかった彼女に、僕は、この三ヶ月のことを話し始めていた。

＊＊＊

ディスプレイの向こうで、松井次長のマスクが笑っていた。

リモートでのマスクには、違和感はない。感染性の高い変異株が出現した第三波以降、マスクは家の中でも着けておくものに変わっており、ディスプレイに向かっている僕だって、微細なエアロゾルもトラップできる高機能マスクを使っている。

「どうしたんですか、そのマスク？」

松井次長のマスクが僕の言葉に反応する。

「おっ、ちゃんと気がついたじゃないか」

真っ白なマスクばかりだったのはずいぶん前のことだ。まず、カラフルになり、それからデザイン性の高いマスクがはやった。そのどれもが、目の下から顎の先までを覆うマスクで、顔のほとんどを隠してしまう。

「それは気がつきますよ」

今日の松井次長は機嫌がいいようだ。仕事が順調で、上司やクライアントからのプレッシャーがないときは付き合いやすい人なのだ。

「どう思う、これ？」

松井次長の言葉に合わせ、マスクに表示された口が、まるでCGアニメーションのように動く。

「ディスプレイになってるんですか？」

シート状で曲げることができるディスプレイを使ったスマートフォンがあるから、それがマスクになってもおかしくはない。

「惜しいな」

マスクに表示された口の口角が上がり、開いた唇の間に歯が表示される。満面の笑みだ。

「違うんですか？」

作業の進捗を確認するためのリモートミーティングのはずだったが、どうでもよくなってしまっている。

「商品名はオネストマスク。まだ、試験販売段階だが、評判は上々らしい。どう思う？」

表示される口元の表情が自然に変わっていく。

「オネストって、正直マスク、ってことですか、それ？」

マスクに正直もなにもないだろうと思うが、松井次長の着けたマスクは、顔の一部のように反応している。見た目には違和感があったが、表情がわかるからか、普通のマスクの相手より話しやすい。

「……対話によるコミュニケーションのうち、言葉によるものは、全体の三割程度にすぎません。ヒトは、身振り手振りや、目の動き、口元の表情によって、思いがけないほど多くの情報をやりとりしています。オネストマスクは、今まで、マスクに隠されていた表情の変化をマスクに描出することで、コミュニケーションの質を劇的に改善し、貴社とビジネスパートナーとの信頼構築に大きく寄与します……、だそうだ」

松井次長は資料のテキストを読み上げている。視線が、不自然な位置に固定していたのは、資料を画面表示させているからだろう。一方で、マスクの表情は言葉に合わせるように変化し、まるでマスク自体が話しているように見えた。

「すごいですねぇ……」

口元を見せるための透明のマウスガードは、飛沫の拡散を防ぐ効果が低く、最近はほとんど見かけない。これはその代わりになるだろう。

「そうだろ。ほら、これ」

画面の向こうの松井次長が横を向く。耳の後ろに、ちょうどコンマを逆さにしたような形で、銀色のものが貼り付いている。

「何ですか、それは?」

「フェイシャルナーヴパッドって言うらしい。これで顔の表情筋を動かす顔面神経の活動をモニターし、マスクの表示を変えるそうだ」

松井次長がカメラの方に向き直る。

「ここが光ってるだろ。これが正常に動作している状態」

左の頬の下の方を指さす。ちょうど、口角の斜め下あたりにシャツのボタンを一回り大きくしたような丸いものがあり、それがブルーに光っている。

「でも、何で耳の後ろなんですか？」

僕は、疑問を口にする。

「頭蓋骨のこの辺に何とか管っていう穴がある。表情筋を動かす顔面神経は、全部その穴を通ってるから、そこでモニターした神経活動に応じた表情を表示させる、ってことだな」

耳の後ろを指さしながら説明してくれた。

「最新技術ですか」

今では、脳の活動をモニターしてパソコンを操作することもできるようになっている。オネストマスクも、そんな技術の延長なのだろう。

「それに値も張るからな」

松井次長は自慢げだ。

「もしかして、自腹ですか？」

普通のマスクは、使い捨てなら数十円だし、高性能のものでも千円程度だ。表情を表示できても、そんなに高くは売れないだろう。

「まさか。うちの人事企画に売り込みがあって、試験的な利用ってことで契約したそうだ。これで、本当にコミュニケーションの質を改善できるかどうか実証し、効果がありそうなら、全社で導入することになる」

会社が導入するなら、費用は経費だ。

「へぇ、そうなんですか」

そのときの僕には、マスクは他人事だった。

「へぇ、じゃないぞ。まだ届いていないようだが、明日には配達される。これからは、このマスクを使ってもらうことになるからな。リモート会議もそうだが、出社時にも持ってきてもらう。通勤中に使うかどうかはお任せだが、絶対に忘れるなよ」

松井次長のマスクが作る表情に、すでに違和感はなくなっていた。


その翌日、予告通りに荷物が届いた。

宅配便の配達員はゴーグルにマスクの完全防備の出で立ちで、以前なら怪しいとしか言いようのないものが、コロナ禍を経験している今では、妙に安心感のある姿に見えた。

大げさな梱包を開封し、付属品が揃っていることを確かめてから充電。動作確認してから、届いたという連絡を会社に入れた。宅配会社から配送完了通知が行っているはずだから、やるべきことは早めにやっておいた方がいい。行動履歴の追跡が当たり前になった結果、意図していなくても情報は解析可能な形で集積されるようになっている。

全てはコロナ、正確にはCOVID-19が原因だった。

日本では、おずおずと始まった第一波のあと、控えめな第二波が来て、二〇二〇年の秋が深まるとともに第三波が襲った。オリンピックの強行による第四波は、入国管理の徹底と真夏の強い日差しのせいか、さほど酷いことにはならなかったけれど、ワクチンが行き渡り、万全の警戒態勢で迎えたはずの三年目の冬、深刻な第五波が襲った。

一番の原因は、ワクチンに対する過信だった。マスクの着用は減り、ソーシャルディスタンスや三密という言葉は無視された。一方で、副反応の懸念からワクチンの接種率が思ったほど伸びていなかったことや、時間経過によるワクチン自体の有効性の低下もあり、第三波を超える勢いで感染者が増えた。慌てて緊急事態宣言が発出され、感染症予防法の改正でマスク着用の義務化とともに、飲食店の営業時間や事業所の出勤率が規制された。

街中の監視カメラによるマスク非着用者の取り締まり効果もあって、やっと一日の新規感染者が減り始めたのは桜の時期が終わった頃だ。緊急事態宣言は継続していたものの、出社率は三十パーセントまで緩和された。それでも日本の社会は厳重警戒モードのままだった。

「東京の様子はどう?」

僕は、ニューヨークにいる里奈と話していた。アメリカがサマータイムになった今、東海岸の真夜中は日本の午後一時になる。里奈と話すのは、いつも金曜日の夜、日本時間では土曜の午後だ。ファッションの勉強のために里奈が渡米したのは、コロナ禍が始まる直前で、それ以来、一度も日本に戻っていない。

「こっちはずいぶん落ち着いてきてるよ」

日本で流れるアメリカのニュースと、アメリカで流れる日本のニュースの間では圧倒的な情報量の差がある。ネットニュースをまめに拾えばいいんだろうけれど、里奈はそんなタイプではなかった。

「こっちと同じね。でもまだ人出も少ないし、出ている人はみんなマスク。以前はマスクをしたアジア人は白い目で見られてたけど、今は平気。おっかしいわよね」

ワクチン接種だけではなく、マスクやうがい、手洗いなどの対策を強制的に進めている国も多い。アメリカはその一つだ。

「わざわざ買い物に出かけているの?」

今は何でも宅配してもらえる。感染リスクの回避には有効だし、外出には犯罪に巻き込まれる危険がある。行き先を間違えなければ、ニューヨークもそんなに危ない街じゃないと里奈は言うけれど、危険な地域と安全な地域の境界は、そんなにはっきりしていないだろう。

「材料の古着を選ぶときだけよ。車で行くし、車で帰ってくるから」

第一波の時点で、里奈はアルバイト先の日本料理店をクビになった。そのときに留学先のＦＩＴ（Fashion Institute of Technology: ニューヨーク州立の単科大学）で出会った友達と始めたスモールビジネスが、今ではちゃんと稼ぎになっているらしい。買い付けた古着をリフォームして売っているのだ。

「買い出しはジムの運転？」

ジム＝マッケイは里奈のルームメイトだ。僕は、里奈が送ってきた写真を思い出す。男友達をルームメイトにするのは安全面でのメリットが大きいと里奈は言う。でも、ハンサムな男のルームメイトというのは、僕としては複雑な気分だ。

「ええ。最近は仕事も手伝ってもらってるの」

ただでさえ複雑な気分が、さらに複雑になる。僕と彼女の間には簡単には超えられない距離があり、共有できる時間もわずかなものだ。それなのに彼女の側にはジムがいる。

「まあ、順調なようだね」

つい、皮肉っぽく言ってしまう。コロナがなければ里奈はとっくに帰国しているはずで、もしかしたら、今頃は一緒に暮らしていたかも知れない。

「何が気に入らないの？」

里奈の表情が硬くなる。彼女のルームメイトについての諍《いさか》いは、これが初めてではない。僕は慌てて話題を変えた。

「そうだ、こんなのが昨日、届いたんだ」

過剰に包装された箱から、僕はオネストマスクを取り出した。動作確認以降、次長と話す機会もなく、元の箱に戻したままだった。

「それ何なの？」

「会社から送られてきたんだ。これからは、このマスクを使うように、ってね」

フェイシャルナーヴパッドは一つしか入っていない。表情筋の動きは左右対称だから、片方だけでいい。電源を入れ、パッドの粘着性のある側を左の耳の後ろに貼り付ける。

「補聴器みたいね」

言われてみれば、形も大きさも似ていた。ただ、オネストマスクは聴力ではなく、表情を補う。

「欠けている部分を補うんだから、似たようなものかもね」

ディスプレイ自体は見た目以上に軽い。ぱっと見はプラスチックのメッシュシートで、僕は松井次長に聞いた話を説明しながら、マスクの内側に専用のフィルターを取り付ける。

「でも、そんなものが役に立つのかしら」

僕も、松井次長が使っている様子を見ていなければ、同じような感想を持っただろう。

「まあ、見てなって」

普通のマスクと同じように、伸縮性のある左右の紐を耳に掛けてから、フェイシャルナーヴパッドに接続する。マスクから延びるコードの先が磁石になっていて、フェイシャルナーヴパッドの所定の位置に貼り着いた。

最初、マスクの表面には、単純な線で描かれた口が表示される。緩やかにカーブした線だけだったものが、僅かに色の濃くなった唇や、影を思わせる濃淡がマスクに現れ、顔面神経電位の変化に応じて変化する。その様子を、僕はパソコンのモニターの隅に映る小さな画面で確認していた。

「何よ、それ？」

里奈の表情が驚きから笑みに変わり、僕のマスクも満面の笑みで返す。この瞬間、十三時間の時差と六千七百マイルの距離を隔てた僕たちは、確かに幸福だった。

里奈と話した翌週、久しぶりの出勤日は朝からどんよりと曇っていた。

出勤前には、ちょっと厭《いや》な作業が待っていた。会社から提供された抗原検査キットの封を破り、長さ一ミリもない採血用ニードルの保護シールを剝がす。針に左手の親指を押しつけると、わずかな痛みとともに、半透明のプレートの内部に赤い血が広がった。プレートのもう一方にある試薬の入った膨らみを押し潰すと、僕の血と試薬がプレートの中で混ざり合う。

結果は陰性で、僕はキットの写真を会社に送った。そうしておかないと、受付で検査に回される。僕のような契約社員は、僅かな遅刻でも一日分の減給になるから、受付で時間をとられるようなことはできない。

会社では、早速、オネストマスクに交換する。試験採用にもかかわらず、社内では、ほぼ全員がオネストマスクを着けていた。

「今日はよろしく頼むぞ」

オフィスでは、早速、松井次長に声を掛けられた。僕は、マスク越しに曖昧な笑みで頷く。僕のプレゼンは五分程度しかなく、ほとんどの時間は黙って後ろで控えているだけなのに。

空席だらけのカフェテラスでたった一人の昼食を摂《と》り、大型スクリーンのある会議室に入ったのは開始予定の五分前。それなのにもう、クライアントと部長が画面越しに雑談を始めていて、僕は松井次長に睨まれた。

「なかなかおもしろいマスクですなぁ」

物珍しげにクライアントが言った。向こう側のメンバーは全員が医療グレードの白のマスクで、顔のほとんどを隠した様子には威圧感がある。もちろん、オネストマスクは一人もいなかった。

「コミュニケーションの向上が図れるということのようです。我が社は顧客とのコミュニケーションを重視していますから」

向こう側の最後のメンバーが揃ったのは三分前。部長の挨拶の後、松井次長が、プレゼンの段取りに続いてシステム概要を説明する。はやりのDXソリューションを謳っているが、要はeコマースシステムを通じて顧客情報を収集し、商品開発につなげるためのシステムで、大手ベンダーに比べた低コストと、顧客ニーズに応じたカスタマイズが売りだった。

僕のプレゼンは最後の方で、それまでは出番がない。同僚のプレゼンは退屈で、つい、里奈のことを考えてしまう。

それがいけなかったのだ。

「ぜんぜん会議に集中していなかったな」

松井次長の声には棘《とげ》があった。

「すいません」

反射的に謝ってしまうが、プレゼン自体は無難にやり遂げたつもりだったし、質疑応答でも的確に対応できた。実際、クライアントとの会議直後の松井次長は、上機嫌だったのだ。

「自分が何をやったかわかってるのか？」

僕は松井次長と会議室にいた。クライアントとの会議が終わり、オフィスで同僚と久しぶりに雑談をしていたときに呼び戻されたのだ。

「どういうことでしょうか？」

会議室には、松井次長の他にもう一人、知らない人がいた。彼の前にはラップトップがあり、マウスを動かすとさっきまでクライアントが映されていたスクリーンが立ち上がる。

「ミーティングが記録されてるのは知ってるよな」

松井次長が言った。スクリーンにはクライアントが見ていたはずの、こちら側の様子が映っている。同僚が、クライアントの質問にしどろもどろになっている後ろで、笑みを表示した僕のマスク。納期に間に合うかという質問に、大丈夫だと大見得《おおみえ》を切って答える松井次長の後ろで、心配そうな表情を浮かべる僕のマスク。確かに場違いだし、クライアントに気づかれたら、確実に誤解されるだろう。

「なあ、何を考えていたかは知らんが、これがまずいってことくらいわかるだろ?」

僕は里奈のことを考えていた。里奈の笑顔を思い出せば、自然と笑みが浮かび、彼女のルームメイトのことを考えれば厭な気分になる。それがマスクに表示され、記録されている。

「人事企画の時田です。オネストマスクの運用をサポートしています。今回は初めてですから大目に見ますが、会議に関係ないことを考えていたのは明白です。オネストマスクにごまかしは効きません」

その指摘に、僕は恐縮するよりなかった。

「まあ、慣れてもらうよりない。これからのビジネスでは必需品になる」

そう断言した松井次長の言葉は、オネストマスクの正式採用が決まったかのようにも聞こえた。

「……わかりました」

うつむいたままの僕のマスクはどんな表情を表示しているだろう。それを思って、僕は急に怖くなった。

「私も最初は慣れませんでした。でも、慣れてしまえば別に難しいことはありません。普通にしていることです」

時田さんの言葉には説得力が無い。僕には、どうしたらそんなことができるのかわからなかった。

「あまり気にしないことだな。会議に集中していればいい。それだけだ」

今日はきっと口頭注意だけだ。松井次長の表情は穏やかで、僕は少しだけ安心する。そのせいで僕のマスクの表情が緩んだのだろう。松井次長のマスクの笑みが大きくなった。

「そう、それでいいんだ。そんな感じで頼むぞ」

「わかりました。気をつけます」

人事企画の時田さんが、ラップトップを畳んだ。それを見て、僕は、確かにほっとする。

「では、しっかりお願いしますよ」

時田さんが退出するまでの短い時間を、僕は、じりじりとした気分で待っていた。時田さんがいなくなれば、それでおしまい。そう思っていたのだ。

「おい、二度と俺に恥をかかせるなよ」

時田さんが会議室を出た瞬間に、松井次長が強い調子で言った。マスクが描く口元の表情が、厳しいものに変わっていた。

紫外線が強くなったゴールデンウィーク明けの五月、毎日の新規感染者数が大きく減り始め、都が定めた出勤率の目標も五十パーセントまで緩和された。

去年とは違い、オリンピックのようなイベントはないから、冬が来るまで第六波の心配はないはずだ。だからといって、全てが簡単に元通りになるものではない。

観光に依存したホテルや旅館の多くは廃業してしまっているし、レストランやバーも同様で、店を開いたところで客足はすぐには戻らない。資本注入で生き延びている航空会社でも大規模なリストラが進み、失業率はじりじりと上昇し続けていた。今の仕事があって良かったと思うが、契約社員という不安定な身分の僕たちは、いつだって自分を押し殺し、誰かの顔色を窺いながら仕事をしている。

その日はリモート勤務だった。パソコンを前に、僕は大きく息を吐く。最初の予定は部内会議で、人数が多いため画面に顔を出さなくてすむ。それが救いだった。

前回の失敗以降、松井次長の僕を見る目が厳しくなっていた。細かなことでいちいち注意されるし、以前は呼ばれていたクライアントとのウェブ会議にも呼ばれなくなった。小さなミスが増えているのは、自分でもよくわかっていた。マスクが気になり、集中できていないのだ。

しまう。

多分、いろんなことを考えすぎるのだと思う。つい余計なことを考え、その思考が顔面神経に伝わる。オネストマスクがなければ気づかれないような変化が拾われ、表示されてしまう。

粘着パッドを重ねて感度を下げようとした試みは失敗だった。僕が気がつかないうちにマスクのインディケーターが点滅し、マスクの動作不良を周囲に宣言していた。結果はまた松井次長と時田さんを交えた別室でのミーティングで、松井次長には怒られ、時田さんにはあきれられた。

「よほど気が散りやすいようですね。それでつとまるような部署がうらやましい」

そんな時田さんの露骨な当てこすりに、松井次長の顔がはっきり歪んだことを覚えている。

会議室への入室は五分前。画面には発言者の松井次長が映っていた。オネストマスクは笑っていない。議題は、これから先の出勤ローテーションと、出勤時のルールだった。

「……それから、社内ではオネストマスクを常に着用してもらう。新規感染者は減っているが、まだ警戒は必要だ。感染予防は最優先事項だからな」

この先、六月から出勤は週三日になる。今までに失敗を繰り返してきた僕には、もう、次がない。そう思うだけで胃が痛くなった。

「もう、こんなことは止めた方がいいと思うの」

画面の中で里奈が辛そうに言った。

「どうしたの？」

動揺を無理矢理押さえ込み、平然を装って里奈に訊ねた。

「ごめんなさい。でも……」

泣き出しそうな里奈を見て、やっぱり男友達というのは嘘だったのかと思った。

「何があったの？」

何とか言葉を絞り出す。それに応じたのは、里奈の深いため息だ。

里奈が言う。やっぱりジムと付き合っていると。多くの時間を一緒に過ごしているだけでなく、里奈が困っていたり、危険な目に遭っているときに、必ず彼が助けてくれる。それに引き替え、遠く離れた僕は、里奈に何もしてあげることができなかった。

「……それに、あなたは私の話を聞いてもくれないじゃない」

突然の里奈の言葉に、僕は驚く。

「え、ちゃんと聞いてるよ」

「嘘よ。ここのところずっとそう。全然、気のない感じで」

里奈の言葉に僕は困惑する。

「気がないなんて……」

里奈は間違っていなかった。僕の頭の中にはいつだってオネストマスクのことがあり、どうすれば不適切な表情を見せずにすむのか、どうすれば出社中に松井次長と顔を合わせずにすむのか、そんなことばかりを考えており、里奈の話すニューヨークでの生活に、関心を持てるはずがなかったのだ。

二人の間を気まずい沈黙が漂った。

「そう言えば、あなたが笑うのを見たのもずいぶん前になるわね」

ため息をつくように、里奈が言った。

「そんなことないだろ……」

彼女の言葉を否定してみたものの、僕は気がついていた。松井次長に叱責されたときから僕は、まともに笑っていない。

対人コミュニケーションの減少は、感染症対策の弊害の一つだと言われていた。他人と話す機会が少なくなり、感情を表に出す機会が減る。表情に乏しくなり、鬱病が増えるという調査結果もある。それに加え、僕の場合は、自分の意志で表情を押さえ込んでいた。

「じゃあ、ちゃんと笑って見せてよ」

里奈に言われて、僕は笑おうとした。でも、表情筋が笑い方を忘れてしまったかのように笑えない。顔の筋肉がこわばっていた。

「……ごめんなさい」

黙り込んでしまった僕に、里奈が言った。

「ごめん、君のせいなんかじゃない……」

僕が笑えないのは、オネストマスクのせいなのだ。

＊＊＊

「やっぱりそうだったんですね」

僕の横に座った池内さんがおもむろにオネストマスクを外した。ハンドバッグから取り出したピンクの花びら模様のマスクを、オネストマスクの代わりに着ける。

「私も、大嫌いだったんです。私たちって、会社の顔とか言われるじゃないですか。でもそれって、いつもニコニコしてろってことで、酷いと思いません？」

出勤率が制限されていても、来客が無くならない以上、受付も無くせない。中にはマスクの着用がいい加減な来客がいる中で、不特定多数の相手と、常に、にこやかに対応しろというのは、確かに横暴な気がする。

僕の目の前で、池内さんが自分のフェイシャルナーヴパッドをいじりだした。

「これ、差し上げます。ちょっと手を出してください」

ちょうど、オネストマスク本体とのコネクター部分から、五十円玉サイズの物を取り外し、差し出した僕の手のひらに乗せた。

「何ですか、これ？」

池内さんはその小さな物の上に、スマホをかざした。

「仕事中に笑ったり、深刻な表情をするんじゃなくて、集中している感じでいいんですよね？」

僕の当惑をよそに、スマホを操作する池内さん。

「何してるんですか？」

「設定完了です。これと接続したオネストマスクは、もう、笑ったり深刻な顔をしたりしませんから、安心してください」

ピンクの花びら模様のマスク越しでは、池内さんの表情はわからない。

「あ、これは、本当は、オネストマスクに組み込まれる予定だったらしいです。販売名が、オネストマスクに決まったときに、こんな機能があったら名前と合わないってことで外されたって聞きました」

そんな物を、何で池内さんが持っているのか、僕には想像できなかった。それを言うと……。

「メーカーの人からもらったんです。絶対便利だから、って。私たちのような職種でトラブルがあって、やっぱり必要じゃないかってことになって……。まだ、市場調査中らしいです。これはモニター用に配布された初期モデルで、一つのパターンしか設定できないんですが、昨日、家に届いた商品化用のモデルは、仕事とオフを切り替えるように、複数のパターンが設定できるんです。時間がなくて、まだ設定してないんですが」

池内さんの説明に、僕は啞然とした。企業向けにはオネストマスクを売り、その裏で、従業員向けにそんな物を……。

「スマホ、貸してもらえませんか？　アプリをインストールすれば、設定を変えられます。スマホとのカップリングもしておきますね」

僕のスマホを操作する池内さんの横顔を見ているうちに、オネストマスクのメーカーに対する怒りのような感情は、いつの間にか消えていた。これで何とか出社できるようになるだろうし、出社する楽しみが一つ出来たような気がした。

# 透明な街のゲーム

高山羽根子

コロナ禍の特徴の一つは、ふだん賑わっていた街が閑散としてしまったことだが、同時にその状況を活かした表現が現れたことも覚えておかねばなるまい。人類が絶滅した街のように見える写真を投稿するインスタグラマー、人の少ない街をゲーム世界に見立てて映像を撮るYouTuber……平時では大規模な予算がないと「人の居ない大都市」というシチュエーションを視覚的に作り上げることは難しかったが、コロナ禍は「ポストアポカリプス撮影の無料化」を図らずも成し遂げてしまったのだ。

本作は、そんな奇妙にねじれた状況が不気味な方向に拡大していった先の社会を描いた一作。コロナ禍が始まってすぐ、現実がSFのように感じられるといった声をよく聞いたが、そうした人々の感情も斜め上の形で写し取られている。

高山羽根子（たかやま・はねこ）は一九七五年生まれ。二〇〇九年、「うどんキツネつきの」で第1回創元SF短編賞佳作を受賞してデビュー。二〇二〇年、「首里の馬」で第163回芥川龍之介賞を受賞。SFと純文学の双方のフィールドで活躍しているほか、エッセイや美術評も執筆する多才である。

【今回のオーダーは、愛を感じる一枚です！　今日もはりきってどうぞ】

今日送られてきたこのお題を見ていたら、なんだか心からげんなりしてしまった。こういうタイプの写真を撮るのが昔からずっと苦手だった。部屋に取りつけられたカメラに映らないよう、注意深く首をすくめて溜息をつく。立て続けに、毎度決まりごとになったアナウンスが届く。

【今回のオーダーは明日の昼までにアップロードしてください！】

【あなたの今の順位は64位です！】

【前回のオーダーのトップは2269票を集めた、サンシャイン∞さんです！】

【300位以下の方は脱落です！　残念！】

このゲームに参加していると思われる古参のインフルエンサーのうち、そういうお題にぴったりの、エモーショナルでセンチメンタルな雰囲気のある写真を得意にしているアカウントが思いつくだけで数十人はいる。そのうえ今回ほど大規模なものだったら特に、参加者の中にはプロとして撮影の仕事をやっている人もたくさん混ざっているんじゃないだろうか。プロの人たちはもともとどんな注文もこなさなければいけない世界で生き残ってきたわけで、その中でおれみたいな参加者がどのくらい票を獲得してランキングに食いこめるか、正直なところ自信はぜんぜんなかった。でも、ここにくるまで何枚かの写真が悪くない程度に票を集めてきていたから、今回のお題についてはとりあえず無難な一枚を出してさえいれば、即脱落ということにはならなそうだった。すくなくともなんらかのそれっぽいものを提出しておけば、数日はなんとかなる。

歯を磨きながら端末でストリートビューをたどり、いくつか雰囲気のある場所の目星を付けて、ルートの設定を済ませる。天気は昼すぎまで曇りだけれど、夕方からは晴れてくるらしい。昼は駅前の繁華街か、もしくはどこか下町の商店街を回って、夕焼けがきれいな時間に百貨店の屋上に上がり、遊園地の残骸があるところでも回ろうか（多くの人はなぜか遊園地の残骸が好きだ。とても感傷的な気持ちになるらしい。自分たちが行かないことで残骸化したにもかかわらず）と考えながら、朝方に受け取っていたミールボックスを開けた。中にはゼリー飲料と野菜ジュース、シリアルを固めたものが入ったチョコバーとビスケット、ブロックタイプの栄養食、ミネラルウォーターのボトルが二本。あとはピルケースにお決まりの栄養錠剤と、そうしてボックスの一番底には薄水色のラムネ菓子みたいなクスリが入っている。無くさないようになのか、これだけいつもやたら大げさなシートに一錠だけ入って貼り付けられている。シリアルバーを齧《かじ》ってボトルをあけ水を飲み、ついでにそれらの錠剤を一気に流し込む。朝のルーティンで、もう体は意識しなくても動く。ゼリー飲料とビスケットは昼ごはんとして、水のボトル一本といっしょにカバンに突っ込んだ。

箱の底に貼りついていた水色の一錠は、この国の人間の命を最低でも一日はつないでくれるものだった。あの病気を完全に治せる方法が見つかるまで、みんないちおうは平等にこの一錠を一日ずつ与えられることになっている。二週間分とか地区の代表とかにまとめて配ったほうがずっと楽だろうけれど、そうすると経済や権力あるいは暴力の格差を生む危険があるという話にでもなったんだろう。手間と優しさとひとまずの平等を天秤にかけて、最終的にこういうまどろっこしいシステムが採用されたのかもしれない。カバンを担いで、最後に耳に引っ掛けたライフログカメラを起動させせると、

【おはようございまーす！　がんばってくーださい！】

と、たぶんどこかの有名なVRキャラクターの声を担当しているらしい動画配信者の声が耳元に響いて、いっそう元気を削られながら玄関を開ける。

日中はずっと曇り、といっても雨の降る気配はなかった。こういうときはチャリでも体力の消費がすくないから疲れずに遠くまで行ける。メトロはいまそうとう減便されているし、駐輪の場所だとか突然の通り雨に対応しやすいのは、結局のところシェアサイクルなんだと最近気がついた。アパートの最寄にあるポートまで歩いて、一番まともそうな一台を引っぱり出してまたがる。たいした撮影技術がないにもかかわらず自分がここまでゲームに残れているのは、この街のランドスケープが体に染みついているからだった。子どものころから専門学校を卒業して今もずっとこの街に暮らしていて、なによりも長く続いているバイトはフードデリバリーだったから、地名をきけば街のあちこちの景色はわりとすぐ思い浮かぶし、好きな構図で切り取ることができた。

この、テンションがなんだか寒々しいためにいまいち完全にのりきることができない雰

囲気のゲームは、オンライン番組として収録されている素人参加型のリアリティショーだった。これらはウェブ放送局とその主要配信者のクラウドファンディングで運営されるイベント会社によって、都市封鎖のあいだ街の一部を有効利用するために企画、開催されているという。このことは応募時の資料で説明されていた。

かつて放送されていたこの会社のイベントをいくつか見たことがある。貸し切りにした遊園地や閉店後のショッピングモールなんかを会場にしてゲームを行い、それをネットで放送するものだった。チャンネル開始当初のイベントは、ほとんどすべてがシンプルな鬼ごっこゲームだった気がする。プレイヤーに取りつけられたライブカメラと会場内の防犯カメラをザッピング編集しての実況は、画質こそたいしてよくなかったけれど、そのことを逆に利用した見せ方の工夫で、犯行現場の証拠ビデオが残るデスゲームっぽい緊張感を生んでいたりして、なかなか人気があった。

この状況になって、国や自治体の偉い人がせーので号令をかけ、いま街の通りにはもう誰もいなくなっていた。号令をきく人が思いのほか多かったのは、それぞれの命が、クスリや医療体制、家族の既往症という間接的な考え方で人質に取られているからだった。ろくな罰則もないのに、街の中に暮らしているいろいろ割を食っている側の人間同士によるやさしさとか思いやりだけで、このゴーストタウンができあがり、街全体は貸し切りの遊園地状態になっている。そんな今までのイベントをもっと大がかりにやりやすくなった街に目をつけたそのイベント会社が、自治体と話をつけて一部の設備やエリアをゲームで利用できるようにしたのだそうだ。

このゲームに参加するには、応募者の中から審査を経て選ばれる必要があった。なにしかの配信者であることが応募条件らしいのだけれど、単純にフォロワー数だけで選ばれているわけでもなさそうだった。中には、昔に作りっぱなしにした個人の趣味ホームページの掲示板運営という実績だけで参加している年輩のフォトグラファーもいるらしい。そうでもなかったら、おれみたいにチャンネル登録者数もたいして多くないような動画配信者がこのイベントの参加者に選出されるとは、とてもじゃないけれど思えなかった。参加する前までは自分のアカウントなんて長いことほっぽりっぱなしだったし、もともとがこういうものにあんまり向いていない自覚があった。不自然にテンションをあげた自己紹介だったり、ちょっとしたハプニングでおおげさに転んでみせるとか、歩いていて犬や猫に遭遇するときに必要以上におっかながったり可愛がったりして騒ぐことは、性格上かなり難しいことだった。さらに、そういった努力を放棄してもいいと自信を持てるほどのアイデアや技術もない。ただ都内をうろうろ散歩するのが好きで、専門学校時代に写真や映像制作を学んでいただけのことだ。だからアカウントを作ってあちこちを撮り、配信していれば、多少は趣味にもかっこがつくかと思って始めたんだった。結局配信は早々に飽きて、趣味の都内うろうろはフードデリバリーのバイトにとってかわった。なんとなく始めてみると、マニュアルやシステムにぼんやり守られたこっちのほうが、人と接するのが不得意なおれにはずっと性に合っていて、動画配信はすっかりなおざりになっていた。

このゲームは、誰もいない街を使ったリアリティショーだけれど、今までのシリーズみたいにデスゲームとは名ばかりの鬼ごっこでも、協力してゾンビを倒す物語風のものでもない。そういうタイプのルールだと、さすがに自治体の許可が下りなかったのだろう。カメラも防犯用のものは使用を許されていないようで、防犯カメラに似せた撮影機を街中や参加者の部屋に取りつけ、うろうろする参加者を時間限定で撮影している。

このゲームのルールはすごくシンプルで、おれたちがやるべきは風景を撮ることだけだ。各参加者は運営の設定したアカウントに、提示されたテーマに沿った写真あるいは短時間のクリップムービーを撮ってアップロードする。被写体は〝この街〟で、一応プライバシーや著作権を守るちょっとしたルールはあるけれど、街中であれば基本的にどこを切り取っても構わない。画像が参加者の票を集めればゲームから脱落することなく明日以降も写真を撮ってエントリーすることができるらしい。最後のひとりに残ったら、それが勝者になるのだそうだ。要はSNSやオンライン配信者に対して、普段の生活を含めて一緒に応援しながら、体験するというようなノリだろうか。

もちろん、自分みたいな種類の人間がしばらくの間ふつうに稼いでも到底届かない額の賞金は出る。だけど、たぶん多くの参加者が目的としているのはそれだけじゃなかった。できれば自分の撮ったものをなるべくたくさんの人に見てもらいたい。そうしてあわよくば自アカウントのアクセス数を飛躍的に伸ばしたい。それが一番強い欲求なんじゃないだろうか。最悪このゲームが完全なタダ働きに終わったとしたって、それから個人アカウントの閲覧者が増えることにデメリットはほとんどない。逆を言えば、そこそこのんびりできる賞金を得たとして、SNS配信の頻度がちょっと下がることはあり得るかもしれないけれど、アカウントを消さない人ばかりだろう。もともとが、一円でも手に入るなら喜んで画像や動画をアップし続けるような人たちがほとんどだ。それに、リアリティショーがリアルを名乗っている以上、その後も参加者全員の生活は続いていく。現実というもの自体が連続していて終わらないからだ。こういう番組の中には、予選会の選考からドキュメンタリーとして放送するケースもある。終わってからの生活を追ったりする番組も作られる。番組として良いリアリティショーは、グラデーションで徐々に始まって徐々に終わっていくものだと考えられているところがあって、そういう意味ではアルファSNSユーザーとか配信者の参加するリアリティショーは閲覧者にとっては理想的だった。ソシャゲと同じだ。エンディングなんてものは存在せず、彼らが興味を失って閲覧を忘れるときが、ショーの終わりになる。

大きな建造物に人がいないことについて、どこの風景も新鮮に見えてワクワクした。ジャンクションを走っているのは物流用の大きいトラックぐらいで、一般道はフードデリバリーのキャノピーバイクや自転車が、道の真ん中を気持ちよさそうに走っている。道がすいていていて路駐の車もすくないので自転車には最適だった。上空を見上げると、ヘリコプターやドローンが意外なほどしょっちゅう飛んでいる。まあ、もともとこのぐらいいたのを、地上が騒がしくって気づかなかっただけかもしれないけれど。

そういう街の中身が空っぽに見える現在の状態をいろいろ切り取って見せるのは楽しかった。写真や動画は、人間みたいな力のないものが時間の流れを止めたり、あるいはゆっくり、また逆回しにしたりもできる、ささやかな方法のひとつだからだ。

ゲームが始まってはじめのうち数日は、画質にこだわったものをアップしようと動画用と写真用のカメラをいくつもぶら下げてうろうろしていたけれど、もういまはカメラのついたモバイル端末だけになってしまった。ポケットからすぐ取り出せるし、充電しながら使えるし、バッテリーの持ちもさほど悪くない。動画も写真もどうせオンラインにあげるものだから、画質もそこまで高い必要はなかったし。

リアリティショーだからそれも当然なのかもしれないけれど、この番組を見ている側の人たちは、自分の生活の代替として見ているふうにも思えた。街に出て自転車で思いっきり走り、通りをぶらぶら歩いて、ショッピングモールや商店街に入り、気が向いたときに商品を見て、気に入ったら買う。そういうことができない状況だから、みんなはおれたちの写真や動画を眺めながら、そのルートを想像して疑似的に街をうろうろしているんだろう。

まあそもそも配信者なんていう存在は、このゲームの前からそんなものだった。みんなそれぞれの端末で、自分が行きたい場所に旅している人の画像や、飼えない動物を飼っている人の映像を見ている。気に入った配信者のことは自分の友だちみたいな感覚で、定期的に届くそういった配信の通知を、旅先からの手紙みたいにして楽しむ。このゲームはそれに加えて、旅先の姿や葛藤、道に迷って変わった場所を見つけるといったハプニングも含め、日常の姿から楽しむことができるということなんだろう。

古い百貨店の前を通る太い道、路面の、おれの足元になにか動くものの影が差した。夕方の長くのびた影の元を追うと、道の十数メートル先に人影を見つけてどきりとする。逆光で表情は見えないけれど、なんだか動きが変だ。ただ、ここ最近こんなふうに仕事以外で出歩いている人間をぜんぜん見かけていなかったから、外を歩く人間がどうやって動いていたか忘れているだけかもしれない。最近は渋谷でも代々木公園付近とか明治神宮に近いあたりでは猫、犬、あとタヌキとかハクビシンまでもがうろうろするようになってきたから、そういう動物のほうがよっぽど見慣れていた。それにしたって、あの人間の影はふらつきすぎていて緩慢だった。映画でこういう動きをするものを見たことがある。ゾンビだ。身構えた。ここ最近、ゾンビの存在についてよく妄想するのは、誰もいない街の風景にゾンビがやたらマッチするからか、サブスクで海外ドラマを見すぎているからかもしれない。おれは、

「大丈夫ですか」

と声をあげながらゆっくり近づいていく。バッグには、ちょっとした作業をする時のため小型のカッターナイフが入っているけれど、そんなものが役に立つとも思えなかった。近づくにつれて、立っている人間が男だとか、さらにおれよりずっとでかいことだとかがわかってきたから、なおさら恐くなってきた。

数メートルまで近づいたら、相手から、

「これ以上は来ちゃいけません」

と、比較的大きな、はっきりした声が聞こえた。こんなていねいな言いかたではっきり近づくなと宣言するゾンビは、まだ半分人間だからっていう理由以外に思いつかない。というか、ゾンビじゃない可能性がとても高い。やっぱりドラマの見すぎなのかもしれない。

そのくらいの距離になると、逆光でもぎりぎりようすがわかる。ぼろぼろの服はよく見るとストライプ柄で、どうやらなじみ深いコンビニの制服だった。ここからだと名札の文字までは読めない。色の濃い男の肌は、たとえ汚れが落ちたとしてもうっすら浅黒いようで、南アジアの他の国にルーツがある人物にも見える。言葉づかいがていねいなのも、ネイティブの日本語話者じゃない印象を受けた。

しばらく見ていると、男はモバイル端末らしきものを掲げて左右に振りながら顎を二、三度くいっと上げて、おれにもそうしろと促してきた。おれは写真を撮るふうにして端末を構え、ついでに一枚だけと思って写真を撮る。と、間もなくBluetoothが反応した。通話アプリの申請だった。こちらが受け入れると、男は軽くうなずく動きを見せた後、ゆっくりとしゃがみ込み、それからずるりと横倒しになって倒れた。

「大丈夫ですか」

「ええ、とても疲れました」

男からは、さっきおれを制したときの大きな声はもう出てきそうになかった。あれが最後に振り絞られた言葉だったのかもしれない。これ以上近づけないのであれば、対話は無理だ。そう気づいたのは向こうも同時だったようで、アプリから通知音がして、

【どうか、おねがいします】

というメッセージと、QRコードが送られてきていた。男に目を戻すと、もうすでに横になったままぴくりとも動かない。おれは自分の端末で救急車を呼んだ。

慣れているせいか、それとも街の交通量がすくないせいか、体感で五分もかからずに防護服姿の救急隊員が男を連れて行ってしまった。お知りあいですか、いっしょに乗って行かれますか、ときかれたけれど、首を振るとそれ以上の質問は返ってこなかった。

家に帰ると、ボックスが届いていた。夕飯セットのプレートとサプリメントが入っている。食事を電子レンジに突っ込んで家の中で風呂、歯磨き、ネットでニュースを確認しながら食事をしていると、二十一時を知らせるビープが鳴った。プライベートタイムとして、リアリティショーのカメラから解放される合図だった。アパートに取りつけられている三台のカメラにある赤い電源ランプも切れる。

スマートフォンに送られてきていたQRコードを確認すると、私鉄の駅、地下D側出口にあるコインロッカーのキーコードだった。あのあと何度か試しにメッセージ返信や通話

発信をしてみているけれど、読まれている気配がない。アカウントでブロックしているのか、もしくは端末自体が動いていないのかもしれない。サイトでコインロッカーのある場所を確認する。たしかにこのロッカーの位置なら、街のカメラの死角になるはずだ。

それにしたって、あの男は何者なんだろうか。見たところゲームの参加者とは思えない。となると、遠くの街から来たんだろうか。彼はこのゲームのことを知っているんだろうか。

こんなふうに隠れて受け渡しをするのだとすると、普通に考えてもあまり穏当なものではなさそうだった。もし危険な、たとえば爆発物みたいなものだったとしたらどうするべきなのかとも考える。

いや、ひょっとして、これ自体がリアリティショーの仕掛けだったとしたら。あの男性や、すぐに来た救急車の存在が、芝居だったり、おれをかつぐためのドッキリだという可能性はある。そもそも人影をほとんど見かけないこの街で、いきなりあんなドラマじみたできごとに遭遇するなんて、なんというかできすぎている。ただそれにしたって呼んだのは自分の端末で一一九番をした救急車だし、それすらもなにかの操作で操られているほどの大掛かりな仕掛けだとも考えにくい。

とりあえず明日の予定を立てる。まず適当な、なんでもいい大きな荷物を持って出て、調べたロッカーの近くに入れて撮影に行く。終わって戻ってきたら、それを取り出すついでにそばのロッカーも開けて確認することにした。

朝、いつもと同じように準備をしてから空を見た。天気が良かったのでいつもなら川か海沿いに出てもいいのだけど、今日はまず昨日の件をどうにかしなきゃならない。バスタオルを詰めた、軽いけれど大きめのリュックを背負って自転車に乗って、ロッカーのある駅のD出口方面に向かった。撮影のことはひとまず置いておく。写真は昨日撮った何枚かをアップしているから、最低限、リタイア扱いにはならないはずだった。

街の人はいないのではなくて、透き通っているんだ。いまのところ。

群衆というものは、塊ではそういう名前がついているけれども、結局は個人の集合だ。人がなにかの拍子に、たとえば蜂起みたいなひとつの目的だとか、日本の多くの場合は満員電車とかいう避けられない状況によって、一か所に集中する。そうなると、ひとりひとりのアウトラインが溶け合うみたいになって群衆になる。主人公とモブを見分ける科学的な要素、生物的な差は、実のところ、たぶんひとつもない。

街という場所は群衆からできていて、群衆というのは街が街であることの証明みたいなものだ。その重要な群衆がいま、ぱったりと透明になっている。街が見えなくなったんじゃない、街がいま一時的に空っぽに見えているだけのことだ。

世界で最初に撮られて上映されたスクリーン映画は、工場の入り口と駅を撮影したもので、主人公は都市の労働者だった。しかもだれかひとりではなく群衆を撮ったものだったらしい。映画の歴史だけの問題じゃない、そもそも都市の主人公はいつだって群衆だ。つまり今、街は主人公が姿を消した状態にある。

人の存在が透明になった街は、それはそれでキラキラしていてきれいだ。ゴミがすくないとかそういうことでもない。明けがたの、ひんやりした白々しい渋谷駅前がゴミだらけのくせにやたらときれいなことは、街に暮らしているとしみじみ実感する。シーズンオフの野球場、開店直後のショッピングモール、全部、なんとなく言葉で表しづらいきれいさがあって、おれは言葉でうまく言えないから写真や動画を撮っているというふうなところがある。

街の生活は、人によって作られた号令と秩序とスピードに満ちている。ただ、それを不意に崩すのはほとんどが自然由来のなにかだ。たとえば地震とか、川の氾濫《はんらん》、台風、雪、病気といったような。

コインロッカーに入っていたのは、ジップロックよりももうちょっとだけ丈夫そうなフアスナーのついたビニールのポーチだった。透き通っていて、中身が見える。中には手のひらに乗るくらいのチョコレートの丸い缶が入っていた。持ち上げると軽く、振るとさらさら音がして、チョコじゃないものが入っているようだった。すくなくとも刃物や銃、爆弾みたいな危険物が入っている気配はない。中身を見るのは帰ってからのほうがいい気がした。街はカメラだらけだし、このことが重大なゲーム違反になることはなさそうだけれど、なによりも問題なのはたくさんの視聴者だった。こんなふうにしていることを見られてしまったら、悪くすれば妙なうわさになって投票ボイコットからの脱落、下手したらテロリスト扱いで映像が都市伝説化されて広まって、一般社会に戻ったところで、もうなにもできなくなるかもしれない。捕まるならまだいいところで、きちんと事実を確認されることもないまま、社会倫理だけがおれを責めさいなむかもしれない。

家に帰ってからのことはいつもどおりにこなしながらも、二十一時のビープが鳴るまで玄関先に置かれた荷物が気になってしかたなかった。カメラがオフになったのを知ってても、あんまりにも不安だったから、トイレに隠れてそれを開けた。

チョコレートの缶には想像どおり、チョコレートは入っていなかった。そのかわりに、馴染みのある水色のラムネ菓子みたいな錠剤がぱんぱんに詰まっている。

小さく折りたたまれた細長い紙は、質感から、レシートのもう捨てる芯に近いところ、最後の赤いインクのついた部分だとわかった。細かな字でぎっしり書かれている読みにくい文章を苦心して読む。

本当のことをいうと、この病気はもう治療法が確立している。でも、この水色の粒によって、われわれは自分自身の命を人質に取られ、号令に従わせられ、縛りつけられている。あるときからわれわれ数人は、これを飲むのをやめた。命の危険は確かにある。ただこの状態で生きながらえるのと、どちらがより良い生きかたなのか。誰かがこうして、ほかの誰かに託さないと、今、この街の反吐《へど》の出るような調和を崩すことができない。勇気と信念を。ハレルヤ。

声をあげて笑いだしそうになった。これを信じるのは無理がありすぎるという気持ちと、うまくできすぎてるという気持ち。こんなの、ネットフリックスの連続ドラマみたいだ、と考えながら、そうだ、これもそういうショーの一部じゃないか、と気がついた。どうせ、いまおれが頭を抱えているのを、どこかで見ながら多くの人が笑っているんだろう。おれが救急車の横でうろたえているようすだったり、こそこそコインロッカーを開ける姿なんかを、ずっと楽しんでいるんだ。

便座から立ち上がるとき、足元がふらついて壁にぶつかりながらやっと扉の外に出る。ベッドに倒れこんで、スマートフォンを見るとメッセージが入っているのに気がついた。

【今回のオーダー、あなたの写真が今回のテーマのランキング一位に選ばれました！　おめでとうございます！】

夕焼けの逆光に棒立ちしているぼろぼろの男の影は、愛というテーマにはまったくしっくりこないと個人的に思っていた。でも、この街で撮られる写真のほとんどには、人間の存在、人影というものがない。だからいろいろ並んでいた写真の中でこれがひときわ珍しかったのかもしれない。それにおれはもともと夕焼けの色あいを撮るのは好きで、得意でもあった。マジックアワーに差し掛かると、いつもの自分が、気取っているとか酔っているとか周りに思われることを気にかけていたなんてすっかり頭の中から飛んで、条件反射で端末を掲げてしまうくらいには。

ただそれにしたって、意外だった。一番苦手なテーマでたいした準備もしなかった日に適当に撮って適当に提出した一枚だった。これはほとんど運みたいなもので、技術もセンスもまったく関係ないと思えた。

でも、毎日おれと同じ水色の粒を飲み下している透明な人々がくれた拍手は、おれが思っていたよりもずっと力強くて、その透明な力の持ち主は、おれたちが心の底から恐れたり、悲しんだり、傷ついたりしている力の持ち主と同一なのだというのが、なんだか妙に感じられた。

歯を磨いて顔を洗い、朝のボックスを開ける。シリアルのチョコバーを齧り終えたら、水のボトルを捻ってサプリメントを飲む。いつもどおりのルーティンだった。

【今回のオーダーは、世界の広がりを感じる一枚です！　はりきってどうぞ！】

いつもどおり、デスゲームを気取ったふうの寒いお題メールに苦笑してから、いくつか撮影に適したルートを見つくろう。カバンに荷物を詰めて準備を進めながら、部屋の隅に取りつけられたカメラの死角で、手のひらで挟んで隠した水色の錠剤を注意深く見た。

チョコレート缶はキッチンの引き出しに入っている。いまここで飲み下し、なにごともないみたいにして外に出るか、飲まずに缶の中に落とすか。その選択肢は、ほんの一メートルもない距離に存在している。

# オンライン福男

柴田勝家

「福男選び」は実在する行事である。二〇二〇年、西宮神社でこの行事が五十四年ぶりに中止されたというニュースは、TVでも大きく報道されていた。この「福男選び」が別の形で進化していったなら……というのが本作のアイデアである。

コロナ禍では様々な行事が中止になり、オンラインで何ができるかが模索された。Zoomを使って運動会をしよう。VR世界でライブを楽しもう。そういった試みの多くは間に合わせで作り上げられた手法ではあったが、その中からいびつだが面白い文化が生まれてきたものもあった。コロナ禍は「伝統」を強制的に革新させたことで、ゆるやかな変化にはないユニークな形式を大量に生み出すことに成功したのだ。

柴田勝家（しばた・かついえ）は一九八七年生まれ。二〇一四年、『ニルヤの島』で第2回ハヤカワSFコンテスト大賞を受賞しデビュー。二〇一七年、「雲南省スー族におけるVR技術の使用例」で第49回星雲賞日本短編部門受賞。《心霊科学捜査官》シリーズや《ワールド・インシュランス》シリーズなど、ライトノベル業界でも活躍する作家である。

## ◆オンライン福男選びって？

毎年、正月十日に行われるのが十日戎《とうかえびす》の行事です。

特に有名なのが兵庫県の西宮神社のもので、午前六時の開門と同時に本殿に向けて人々が駆け出す様は恒例となっています。いわば福の神である恵比寿に誰よりも早く詣《もう》でることで、その年で一番の福を得るというものですが、これが次第に競い合うようになりレースの形となったのです。

しかしながら、これも二〇年代のコロナ禍によって一度は途絶えてしまいました。正門前に多くの人々が密集することを避けざるをえませんでした。もちろん西宮神社のものは今でこそ再開していますが、一方で同様の福男選びの行事を続けていた神社のなかで独自の発展を遂げたものもあります。

それが大阪府の大津戎神社で行われる、オンライン福男選び神事です。

◆オンライン福男選びのはじまり

二〇二二年の一月十日に開催されたのが、第一回のオンライン福男選びです。

この前年、大津戎神社は恒例の福男選び行事の中止を発表するのと同時にオンライン上での初開催を告知しました。当時は今ほどに派手なものではなく、神社側が用意したホームページに誰よりも早くアクセスするという地味な形のものでした。あくまでもコロナ禍への一時的な対応でしかなく、神社側の善意によって開催されるはずのものでした。

それでも近隣住民以外も参加できるとあって、また物珍しさからSNS上で話題となり、午前六時のウェブページ公開と同時に数千人規模のアクセスがあったのです。そして当然ながら、神社側のサーバーが耐えられるはずもなく、無数の人々が真っ白なページを何度も読み込むという光景が繰り広げられました。

行事としては失敗ではありましたが、これがかえって話題となり、大津戎神社のホームページにアクセスしようと奮闘する者、それをSNSで囃《はや》す者、あとからウェブ上の記事で顛末を見て初笑いにする者など、多くの人々の目に留まったのです。中でも福男が登場した際は大いに盛り上がりました。

　午前六時八分、ハンドルネーム・五月雨ガエルさんがアップロードした画像には、大きく「1」の文字が表示されたアクセスカウンター（当時でも時代遅れのものでした）が映っていました。ついに登場した福男にSNSは沸き立ち、さらに五月雨ガエルさんが女性であったことでニュースにも取り上げられたのです。福男選び行事はもとから女性も対象ではありましたが、全国においても福女が選ばれるのは初めてのことだったからです。肉体的な競走ではなく、ウェブ上でのアクセスの速さを競ってこその出来事でした。

　また後に大津戎神社のウェブページに掲載された五月雨ガエルさんの言葉も印象的で、早くも第二回以降のオンライン福男選びへの期待が高まることになりました。最後に、ここでも五月雨ガエルさんの言葉を引用します。

「普段から推しが出るライブや舞台とかのチケット戦争に勝っているので自信はありました。嬉しいです」

　ちなみに彼女には、神社から福笹と三〇キロのお米が贈呈されたとのこと。

## ◆第二回、進化する競技

オンライン福男選びが大きく変化したのは第二回からでした。

この年、ウェブ上では福男選び行事がネットミーム化し、様々な場所で似たような競走が行われていました。特に発展したのはVRを使ったバーチャル空間での競走で、実際の大津戎神社のレースを模したチャットスペースを作ったユーザーも現れました。

ウェブデザイナーの瀬田アツヲ氏もその一人で、自身が作ったレース会場を使って福男選びを定期的に開催していました。そんな彼に声をかけたのが、大津戎神社の氏子《うじこ》総代でもある戎町神明会の会長・斎藤静夫氏で、第二回のオンライン福男選びで瀬田氏のチャットスペースを使いたいという提案をしました。

瀬田氏はこの申し出を引き受け、九月から第二回大会の準備を神社側と共同で行いました。既存のワールドに大津戎神社を再現し、レース会場にもなっている戎町商店街を作っていきました。開催費用もクラウドファンディングで募り、バーチャル空間に神社が建立された際には、大津戎神社の中沢宮司《ぐうじ》がアバターをまとってバーチャル地鎮祭《じちんさい》を執り行ったりと、ウェブ上の盛り上がりと歩調を合わせていきました。

やがて十二月中頃にバーチャル大津戎神社が公開されると、年初の熱狂を覚えていたネットユーザーたちが大挙して押しかけ、さながら福男選び行事の予行演習といった風情になりました。特に瀬田氏の遊び心から生まれたトラップの数々（商店街のあちこちから巨大な玉が転がってくるといったもの）は人気で、ゲーム性もあいまって本番を楽しみにする人々が増えていきました。

やがて一月十日、先年よりも実際の参加者は減ったものの、より多くの人々が注目するオンライン福男選びが始まりました。バーチャル空間にログインすると同時に、アバターをまとった参加者は封鎖されたスペースに隔離されました。美少女や可愛らしい動物、または全身タイツで奇怪な踊りを披露する者など、見ているだけで楽しげな人々が集まり、ボイスチャットで笑い合っているのです。この模様は映像で配信され、およそ数万人の人々が見守っていました。ある意味では、この瞬間こそがオンライン福男選びの最高潮だったのかもしれません。

やがて午前六時になると、封鎖されていた部屋が開放され、アバターたちはバーチャル空間を駆け出しました。お互いのアバターの干渉などお構いなしに、テクスチャのモザイクが団子状になって飛び出してきました。

しかし残念ながら、この瞬間には既に、第二回のオンライン福男選び行事は失敗していたのです。

参加者の一人が、バーチャル本殿で待つ中沢宮司のアカウントを指名してワープコマンドを実行したのです。商店街で落とし穴にはまっていく参加者を横目に、その人物はゼロコンマで宮司の隣にまで飛んでいきました。

これはまったくの不手際で、チャットスペース内でワープ機能を切っておくだけで防げた事態でした。しかし、実際に福男選び行事を取り仕切っていた神社側が、こういった使い方を想定していなかったのです。

それでもまだ、その一人を失格とすればレースとして成り立っていたかもしれません。しかし、中沢宮司がアバター姿であたふたとしている間に、動画配信の視聴者がワープのことを参加者に伝えていたのです。そうなると真剣にレースを続けている方は少数派となり、開始から一分後には約半数の参加者が本殿に集まっていました。

こうして第二回のオンライン福男選び行事は終了しました。

もちろんネット上では一部のユーザーの行動が非難され、一方ではそれも使える機能の範囲内ということで擁護するなど、いわゆる炎上騒動にまで発展しました。

これに対応したのが前述の氏子総代の斎藤氏で、彼は新年早々のめでたい行事に水を差すのはいかがなものかということで、第二回においては参加者全員を福男とするよう取り決めました。これには世間も「さすが神社、まさしく神対応」などと納得の声が上がり、おまけに数千人分の福笹をアバターのアイテムとして配布することで事なきを得たのです。

ちなみに、副賞のお米三〇キロについては希望者がいれば郵送する手はずになったものの、さすがに一人あたり約八グラムでは誰も欲しがらなかったようでした。

◆一つの伝説、純粋性の到達点

第三回大会を語る上で外せないのは、あの伝説的な四連覇を果たした厚木ドラゴン氏の存在です。

この時期になると、世間ではコロナ禍も落ち着いていて、本来の人間同士が競走する行事に戻すかどうかの議論が過熱しました。実際、福男選びの本家とも言える西宮神社では既に昔の形式で再開されていました。

しかし、大津戎神社のオンライン福男選びというのは無二のものであり、ここで安易に戻すよりも一つの名物にした方が良いのではないかという意見が大勢を占めていました。

そうした意見を代表するかのように、年に一度の福男選びを純粋にスポーツとして楽しむような、アスリート精神を持った参加者が現れていました。

「これは可能性の競技だ」

その書き出しで、Ｗｅｂライターでもあった厚木ドラゴン氏はオンライン福男選びの意義を以下のように語りました。

「とにかく足の速い人間が勝つ。そんな時代は終わったんだ。オンライン福男選びは男女の違いも、若さも関係ない。身体的なハンデもなくはないが、ウェブ上なら補助が利くし、ある程度は同じスタートラインに立てるんだ」

そのストイックな姿勢はまさにアスリートのものでした。当時はｅスポーツの潮流もあり、バーチャル世界での競技についても大きく注目されていました。

しかし、そんな厚木ドラゴン氏でも第三回大会で起きた悲劇は避けて通れませんでした。それは今ではタイタンの襲撃として福男選び界隈では有名な事件となっています。

「そう、同じスタートラインには立てる。ただレース中のアレは予想外だったけど」

厚木ドラゴン氏が見たものは、戎町商店街を歩いてくる巨人でした。それは参加者の一人がアバターの表示サイズを数万単位にしたもので、まさしく空より高い美少女が後ろから迫っていたのです。

「急に画面がカクついて、ＰＣが物凄い唸り声を上げ始めたんだ。背後を見ればテクスチャたっぷりの巨人がいる。やられた、って思った。並のＰＣを使っている参加者は処理が追いつかずに次々と落ちていく。巨人に踏まれるみたいにさ」

巨人が画面内に現れるたびに後続参加者のマシンがクラッシュしていきました。阿鼻叫喚の中、それでも厚木ドラゴン氏は本殿へと辿り着き、その年の福男となりました。

「正直、マシンスペックで勝っただけ。これが並のゲーム機なら耐えられなかった」

コンシューマーゲームを憎んでいるという厚木ドラゴン氏ならではのコメントは、いくらかの反発を生みました。実際、次の大会からはドラゴン潰しとも言える、徹底的なマークが始まっていました。しかし、彼女の知恵と工夫、そしてアスリート的な努力と研鑽がものを言う結果となりました。

「今回の大会で、巨人は滅んだだろう」

これは第四回大会を制し、見事に連覇を果たした厚木ドラゴン氏のコメントです。

巨人戦争とも呼ばれる第四回大会では、スタートと同時に無数の参加者がアバターの表示サイズを何万倍にも大きくし、猛然と駆け出しました。もちろん巨大化させた時点で、その参加者が一番福を得られる可能性はほぼゼロになります。彼らは福男を目指すのではなく、この競走そのもの、そして厚木ドラゴン氏を試してきたのです。そのため前年と同様、この時点でマシンスペックの及ばない参加者は脱落していきました。

しかし、厚木ドラゴン氏はこの事態を予定していました。

「こっちの設定で他の参加者のアバター表示をオフにした。あとは解像度も最低限にすれば、余計なものは見ないで済む」

彼女の画面には他の参加者はおらず、ただ一人で孤独に書き割りじみたバーチャル商店街を駆けていたのです。一流のアスリートが周囲のノイズを感じなくなるのと同じで、いわば彼女は自らの工夫でゾーンに突入したともいえます。

この作戦を卑怯だと言う者はいませんでした。何故なら、この戦法を成立させるためには、コースの完全な暗記と、見えづらくなったトラップを回避するための反射神経が必要だからです。厚木ドラゴン氏は圧倒的な練習によって、既にコースを体に覚え込ませていたのです。

そして純粋に福男を目指す参加者たちは、この厚木ドラゴン氏の戦法を徹底的に研究しました。

続く第五回、第六回大会では、巨人の生き残りたちが僅かに走っていたものの、ほとんどの参加者が解像度を最低にして孤独なレースを始めたのです。参加者は音も映像もない暗闇を、体に染み込ませた感覚だけで走り切る能力が求められていたのです。それでも、さらに研鑽を積んだ厚木ドラゴン氏に敵《かな》う者はなく、この年も彼女が一番福となり、奇跡の四連覇を果たしたのです。

しかし、次の第七回大会を最後に厚木ドラゴン氏の時代は終わりを迎えます。

最高のマシンスペック、何もない空間でも自身を見失わない精神力、正確にコースを選び取る判断力、そして人間の持てる限界の反射神経。最速の環境を作り上げるのに必要なもの全てを、厚木ドラゴン氏は有していました。

ただ一つ、彼女の五連覇を阻《はば》んだのは天でした。

「あの時の福男選びは今でも心残り。自分の出自すら恨んだよ」

その日、厚木ドラゴン氏が暮らしている神奈川県に雪が降りました。翌日には溶けてしまうような雨まじりの雪は、ほんの少し、ただ僅かに回線速度を落としたのです。

「有線にしておけば良かったんだ。でも、今まで雪の中でオンライン福男選びに参加してこなかったから、想定できてなかった」

既にトップ層の実力は僅差でした。誰かが一つでもミスを犯せば順位が変わってしまうような状況で、それでも完璧に近い挙動でレースを制していた厚木ドラゴン氏は、ただ回線速度によって遅れてしまったのです。

そこで抜け出したのは前年の二番福だったＭｏｔ氏で、事前の模擬練習では厚木ドラゴン氏にも何度か勝利している強豪でした。そして彼が判断を誤ることはありませんでした。

「オンライン福男選びは平等なスポーツだって信じてた。でもコンディションなんかは平等になるわけがない。もし全く同じ体型で、全く同じ人生を送ってきた人間が相手だって、一瞬の状態次第で勝敗は変わる。ただ、それだけ」

Mot氏に破れ、二番福となった厚木ドラゴン氏のこのコメントは物議を醸しました。しかし彼女は敗北の言い訳を述べたわけではなく、そうした不条理へ立ち向かう覚悟の表明、いわば宣戦布告でありました。

ちなみに、厚木ドラゴン氏はその後、最高の回線環境を求めて一年の内に四度の引っ越しを行ったとのこと。

◆MK時代、拡張される世界

前回の大会の後、厚木ドラゴン氏は第一線から姿を消しました。厚木ドラゴン氏の存在は伝説となり、代わってオンライン福男選びに新しい時代が訪れました。

第八回から第十二回までのオンライン福男選びでは、新鋭ケリサキ氏と強豪Mot氏が交代で福男となりました。

両者の実力は拮抗し、後にMK時代と呼ばれる全盛期を作り上げます。一方、第八回の三番福につけた命イッキ氏や、第十回の三番福である赤色ワイ星氏など、その後のレースで福男に選ばれた強豪たちも頭角を現していました。

ここで特筆すべきは第十一回大会で、それまで既存のVRスペースを用いていたものが、新しいプラットフォームに移り変わったことです。

これまでもコースに多少の変化はありましたが、今回は大津戎神社を宇宙へ飛ばしたことで全く違う世界を表現できました。この時にはVRデザインの第一人者となっていた瀬田アツヲ氏が、今一度、オンライン福男選びのワールドを構築するとあって大いに盛り上がったのです。

瀬田氏が作り上げた宇宙は太陽系を再現したもので、参加者は光の速さで走ることになりました。朝六時になるのと同時に地球を飛び出した人々は、ほんの一秒程度で月を越え、戎町商店街を模した宇宙の塵を駆け抜けて、約五分後に本殿のある火星へと到達します。相対的な距離は変わらないものの、空間的な広がりは遥かに増大し、この前年には姿を消していた巨人たちが息を吹き返したのも特徴的な光景でした。

それまでの単調さを払拭《ふっしょく》した、この劇的な変化に参加者も十分に適応しました。既にオンライン福男選びに参加する人々は自前で高性能のデバイスを用意していましたし、そうでなくともリモート端末は十分に普及していました。

しかし、ただ一つの誤算は、宇宙を模したVRスペースの広大さによって精神的な脱落者が多く生まれてしまった点でした。

「ちょうど月を越えた瞬間から、スタートラインで並んでいた人たちが散っていったんです。コースの距離自体は例年と変わらないのに、それまで慣れていた道が消えて、宇宙の中を手探りで進むしかありませんでした。それも周囲には誰もいない、星しか見えない暗い世界で。でも大事なことは、どれだけ離れていても皆が近くにいるって気づくことでした」

そう語るＭｏｔ氏は、第十一回大会の一番福に選ばれましたが、それは彼自身が何もない状態を乗り越えた証拠でもありました。

「ボクが若い頃にコロナがあって、とにかく誰もが離れようって風潮だったんです。今日、一人で暗い宇宙の中を走っていて当時の気持ちを思い出しました。友人とも会えないし、仕事も自分だけで完結してました。だから自分がどこにもいないんじゃないか、って、ずっと不安だった、そんな気持ちです。でもレースの終盤、本殿がある火星が近づくにつれて、周囲に人々の姿が見えたんです。それで気づいたんですね。ボクがオンライン福男選びに命を燃やしてたのは、こんな風に、離れている誰かと同じ場所を一緒に目指していることが嬉しかったからだ、って」

Ｍｏｔ氏はオンライン福男選びの意義を、他者との繋がりに見出しました。彼は他者と競い合う中で、自分の位置を定めることが福をもたらすと考えたのです。

一方、翌年の第十二回大会で一番福となったケリサキ氏もまた、Ｍｏｔ氏と同じく福男選びの意義を周囲の人との関係性の中に置きました。

「福男選びを続けてると、不思議な連帯感みたいなものが生まれるんですよ。一年に一度しか会わない、まぁ練習とかで顔を合わせることもあるけど、絶対に会える日は一月十日って決まってる。そんなことを繰り返してると、いつしか親戚みたいに思えてくる。遠くにいても近くにいるような存在っていうか」

まさにコロナ時代の後に生まれた人たちが成人を迎えようとする今、この二人の視点は大事なものと言えるでしょう。今では家族の形も様々で、別々に暮らすことも当たり前、中には全てオンライン上の交流で済ませる人たちもいます。

オンライン福男選びは、その競技性を増していく中で、まさに現代社会が抱える問題へ一つの答えを出したのかもしれません。

そんなＭＫ時代でしたが、翌年には終焉を迎えます。

第十三回大会では、オンライン福男選びのコース規模が大きくなり、ゴールであるバーチャル大津戎神社の本殿も銀河系の中心に移動しました。参加者は一月十日の午前六時から、光速の数千倍の速さで駆け出し、ほんの一歩で太陽系を越えて、数秒でプロキシマ・ケンタウリ系にまで到達します。

しかし、相対的な距離は変わらないものの、バーチャル空間に等倍スケールで再現された銀河系は人間の認知能力を超えてしまっていました。光速の数千倍で移動できるとはいえ、広い銀河系の中にある小さな神社を見つけるということは、広い砂漠の中に落ちた針を探すような行為だったのです。

なお不運だったのは、神社の座標を決めた宮司の中沢氏がパスワードを書いた紙を誤って無くしてしまったことです。座標入力によるワープを防ぐ目的でしたが、一転して、誰一人として神社の場所がわからないという結果に繋がりました。

一月十五日、レース開始から五日が経った時点で第十三回大会の中止が正式に発表されました。既に大半の参加者が諦めていましたが、なおもケリサキ氏が残って銀河系を走り回っていたのです。

「僕はケリサキさんが連覇するのを信じてますよ」

既に棄権していたＭｏｔ氏の言葉は、孤独に宇宙を彷徨《さまよ》っているケリサキ氏へのエールでもありました。事実、開催から五年が経とうとしている今でも、彼は大津戎神社の捜索を続けているのです。

いずれにしても、ケリサキ氏が宇宙へ旅立ったことでＭＫ時代は終わり、次世代へとバトンが受け継がれていきます。

第十四回からは前年の失敗を防ぐべく、コースを再び地球規模にまで戻し、それでいて世界中の都市を巡る形に変更されました。参加者のスタート地点はバラバラで、アマゾンの奥地やサハラ砂漠に送られる者や、南極から走り出す者もいました。もちろん、どの地点から始めても、ゴールである日本の大津戎神社までの相対的な距離は同じです。

一見するとスケールダウンした第十四回大会ですが、何もない宇宙を走るよりも移動の実感が湧いたことで、多くの参加者にとって辛い大会となりました。そうした意味では、後に鉄人の異名で呼ばれた命イッキ氏が福男に選ばれたのも頷ける話です。

続く第十五回、第十六回大会では回線の魔術師と呼ばれた赤色ワイ星氏が連続で福男に選ばれたのは記憶にも新しいはずです。さらに今年の一月に行われた第十七回大会ではTｓTｓ氏が福男に選ばれました。彼は初の外国人福男でもあり、そのニュースは世界へと発信されたのです。

一昨年頃には既に、オンライン福男選びは伝統的な競技として世界に紹介され始めていました。TｓTｓ氏の一番福は、外国人参加者の数が増えていた中での快挙でした。これは全世界的な通信網が完成したことの証拠であるとも言え、時差以外での地域差は存在しなくなりました。

「この競技に参加できて光栄に思っている。これまでフクという概念が理解できなかったが、優勝したことで見えたものもあるよ」

そう切り出したＴｓＴｓ氏の大会後の言葉は、我々に福男選びの意義を改めて考えさせるきっかけにもなりました。

「フクは単なるラッキーじゃない。目に見えないものを求める、どこか神聖な行いなんだ」

オンライン福男選びが始まったのは、二〇年代のコロナ禍によってでした。

あの時代、人々は目に見えないものに不安を抱き、お互いに離れて生きることを選択しました。今や距離は人間にとって必要なものとなりました。一方、目に見えない福を得たいという願いによって福男選びは継続し、距離を越えて大勢の人々が集まる場となりました。ある意味では、この二つは表裏一体の存在だったのかもしれません。

そして来る第十八回大会では、我々は新しい伝説を目撃できるのかもしれません。

◆終わりに、新しい時代に向けて

今年の八月、驚くべき一報が世間を騒がせました。

「ついに大津戎神社の座標を特定した」

銀河の中心で姿を消したはずのケリサキ氏から、実に四年半ぶりの報告があったのです。今では銀河系の再現という部分だけが独立し、探査型バーチャル世界として使われていた第十三回会場、その中心からのメッセージでもありました。

「来年の一月十日、皆がここに来るのを待っている」

それはケリサキ氏からの挑戦状でした。この時点で第十三回の福男は彼に決定しましたが、同時に第十八回大会の一番福を得るための戦いが始まったのです。

有力参加者は大陸横断福男選びの覇者たる命イッキ氏、リベンジに燃える赤色ワイ星氏、世界大会へ出場を決めたＴｓＴｓ氏など、まだ姿を見せないダークホースも後ろに控えています。さらにはケリサキ氏のライバルたるＭｏｔ氏の帰還も期待されています。そして驚くべき情報はもう一つ。あの厚木ドラゴン氏の参戦表明もあったのです。

「結局、大津戎神社の近くに引っ越したんだ」

もはや回線の安定など無意味になっていましたが、それでも厚木ドラゴン氏は理想の地へ辿り着いていたのです。オンライン福男選びの関係者なら誰もが知る生きる伝説、そんな彼女の一言は、各地の有力参加者を焚きつけることになりました。

「僕らはゼロコンマの世界で生きている。ラグはないと信じているが、全力は尽くしたい」

こうコメントしたＴｓＴｓ氏は来日を決定し、同様に命イッキ氏も当日の大阪入りを表明、対する赤色ワイ星氏は既に現地で物件を借りたとのこと。その他、ＶＲ機器を持ち出して前夜から神社近くで待機しようとする参加者たちの声もあります。

この事態について、厚木ドラゴン氏は直前のインタビューでこのように語っています。

「正直、悩む。本末転倒の感がある。ここまで集まってるなら現実で走った方が手っ取り早い」

ちなみに、当の厚木ドラゴン氏は駅から大津戎神社に向かうまでの現実のコースでは地元の年配者に惨敗したとのことですが、本番では華麗な走りを再び見せてくれるのでしょうか。

いよいよ第十八回オンライン福男選びの開催まで、残すところ一ヶ月となりました。

# 熱夏にもわたしたちは

若木未生

知り合った人と仲良くなる手段がない。いつも一緒にいる人以外が近づくと緊張感が走る。「他人と会うこと」と「消毒液を手に振りかけること」がセットで行われる。コロナ禍はそんな状況を引き起こした。結婚率や出生率ももちろん低下。これからの人々はどのように出会い、どのように仲を深めるのだろうか。

本作は、接触を忌避する教育を受けた世代の若い女の子二人の交流を描く、甘酸っぱい一作。心の動きがみずみずしく描かれ、読んでいるこちらも前向きになれる作品だ。

コロナ禍の真っ最中のいま、我々は自分たちのことで手一杯ではあるが、本当は次の世代の価値観も考えていかなければならないのだろう。制度や経済など、個人に寄り添いにくいスケールでばかり物事を語るのではなく、こうして特定の心の内側を丁寧に考えていった先に、幸せな未来は訪れるのかもしれない。

若木未生（わかぎ・みお）は一九六八年生まれ。一九八九年、『天使はうまく踊れない』でデビュー。同作から始まった《ハイスクール・オーラバスター》シリーズはコミカライズやOVA化もされ、現在も続いている人気作になっているほか、アクションSFや一般文芸など幅広いジャンルで活躍する作家である。

シロの名前はほんとうは「士郎」になるはずだった。両親は男の名前しか用意していなかったから。思惑がはずれてうまれた娘の名前は「白」だ。

シロの携帯端末にメッセが来た。夏休みの、かくべつに暑い日の、夕方になりかかったころ。画面のなかのナツカのアバターが「これから行くよ！」と喋った。

ナツカは、シロが今年入学した高校の同級生だ。どんな子かというと。

(脚が長い)

半人半馬《ケンタウルス》。そんなかんじ。競走馬みたいに無駄のない、推進力のみで構成された脚。ナツカはよく走り、よく食べ、よく話す。シロは追いつけない。周回遅れだ。なにを話していたんだっけ、とおずおず訊くと、ナツカは厭味《いやみ》のない大笑いをして、シロ可愛い、と言う……。

ナツカは自転車をこいできた。中古のママチャリなのだが、ナツカが乗ればびゅんびゅん走る。シロの家のまえでギャッとブレーキをかけた。

シロが玄関先に出ると、ナツカは言った。

「お風呂に行こうよ」

「銭湯？」

「三丁目にあるじゃん？　スパ銭」

「わかった」

ポニーテールにしたナツカの額やこめかみから汗の滴が零《こぼ》れおちる。その温度が伝わってきそうでシロはどぎまぎした。

世界はまだ仄明るくて、西の空が劇的な灼熱色に染まっている。ありあまった潤いが空気をむせかえらせて、上手な呼吸をさせてくれない。

「布が少ない」

シロは今日もナツカの服装に文句をつけた。冷感素材のタンクトップにデニムのショートパンツ。褐色の二の腕と太腿をむきだしにしたナツカは、あははと口をあけて笑う。

「布が多いよシロは」

「ちゃんと涼しいもん」

シロは木綿の草木模様のワンピースの裾を両手でつかんで、ばさばさと内側に風を入れた。ぬるい感触が膝小僧を洗う。シロは日焼けしない自分の四肢が好きではない。生白い肌って、脂肪の塊みたいだ。

「ちょっと待ってて」

ナツカに言って、家のなかにひきかえした。

「おかあさん、ナツカとでかけてくる」

「あらナツカちゃん来たの、麦茶出そうか」

台所から母親の声。

「いいの、いいの」

タオルや化粧水や替えの下着をビニールバッグにつっこんで、シロは玄関先に舞い戻った。自分の自転車の鍵をはずし、ハンドルを両手で握って、ガレージの外に押し出した。お風呂に行くの、と母親に言わなかった。言ってもよかったのだろうけれど、なんだか言ったら台無しになる気がした。

「シロ、おかあさんに内緒にしたの」

ナツカは勘がいい。愉快そうに、シロの気分を言いあてた。シロはちょっとむっとしたが、これはやつあたりだ。ナッカばかり、余裕がある。負けてる。

「言わないさ、ナツカのことなんて」

「ふうん、言わないんだ」

ナツカもサドルからおりて、シロと並んで自転車を押して歩いた。

「土手のほうから行こー？」

ナツカが遠回りを提案する。シロはうなずく。川べりの土手に施された遊歩道は、黄昏《たそがれ》時の薄紫の光線につつまれて、さまざまなものの輪郭がぼやける。

ナツカの輪郭もはっきりしなくなる。

「シロ、今日はなにしてた？」

「夏休みの宿題。レポート」

「あー。まだやってないなー。なんだっけ」

「疫病の《社会的後遺症》について」

「あー。《接触忌避《デタッチ》》とか？」

「それ」

「めんどくさ！」

ナツカが明るい声で言った。

そう、めんどうくさい。

十年前に全世界を覆った《疫災》は、ワクチンによる沈静と変異株による隆盛をくりかえした。結果、いまでは過去とよく似た日常が回復されたが、この十年間で形成された生活様式からぬけだすことはむずかしい。ナツカもシロも、おまじないみたいな透明素材《シースルー》のマウスガードをいまだに装着してしまっているし、他人にじかに触れることには抵抗がある。こうした《接触忌避》はとくにシロの世代に多い。

——よそのひとにさわっちゃだめよ。病気をうつすから。

何億回も言われて育った。三つ子の魂百まで。

「シロが男の子じゃなくてよかったな」

ナツカが言った。

「シロが男の子だったら詰んでる」

「なにそれ」

「いっしょにお風呂行けないじゃん」

「もっと歳をとって……お金があったら……行けるんじゃないの。温泉とかラブホとか」

「そういう話じゃないの！」

ナツカが怒った。

「意味わかるよね？」

「うん。ごめん」

シロはすなおに謝った。

（ナツカが、『シロが男の子だったら』なんて、試すみたいに言うから、いけないんだよ）

あんがいナツカも臆病だ。

シロにもわかっている。

ほんとうのことをなかなか言えない。

（大丈夫。いまのままでまちがってない）

わたしたちはつきあっています。

たったそれだけのこと。

＊＊＊

こんな真夏になるまえ——梅雨《つゆ》のころだった。つきあおうと言われたのは。
梅雨といっても、その日の放課後は、熱帯のスコールみたいな豪雨がざあざあ降っていて、梅雨にしては過剰な天候だった。傘はあるけど無意味だなとシロは思った。

「やばい。しばらく帰れんね！」

教室の窓から外を見てナツカが言った。薄暗い教室に、ナツカとシロのふたりだけが残っていた。やばいと言うくせにナツカはうきうきして見えた。いまから秘境の冒険が始まりそうだった。

制服はもう半袖の夏服になっていた。ナツカののびやかな手脚がこれでもかと存在を主張していた。

重すぎる雨雲の下、世界はすっかりモノクロに変換された。

窓ガラスにぶちまけられる雨水はコンクリートのような鼠色で、それを眺めてナツカがあきれた。

「こんなん滝行じゃん」

「タキギョウってなに」

「お坊さんの、打たせ湯みたいな修行」

「あー」

「あーって、納得するし。シロおもしろい、可愛い」

「ナツカのがおもしろいさ」

「シロ。あたしたち、つきあお？」

「は？」

「なにの『は』？」

「話がつづいてなかった」

「そうかなあ。シロが好きだし、よその子にとられたくないの」

　シロの座っている席に近づいてきて、机の表面に両手をついて、まじめにナッカが尋ねた。

「へんだと思う？」

「思わないよ。でも」

　シロは言いよどんだ。

　なんでわたしがいいんだろう？　……その問いは卑屈だ。やめておこう。

「でも、つきあうって、なにをする？」

「ん？」

「いまだって、ナッカといちばん仲がいいし、いっしょに帰るし、休みの日も遊ぶし、アプリで交換日記も書いてる。ほかに、なにをしたらいいかな？」

「……んんー。アプリをカップル用のやつに変える……？」

「それくらい？」

「……いまはそれくらい」

ナツカが、自分でも釈然としていない顔で、ぼそぼそと言った。

「あとは、ちょっと考える。だめ？」

「いいよ」

「やった！」

その場でぴょんと跳ねたナツカが、バランスをくずしてシロの机に覆いかぶさりそうになった。ふたりは同時に、とびのいた。相手に触ってしまわないように。

＊＊＊

三丁目のスーパー銭湯は大繁盛だった。

日本人はもともと風呂が好きだが、生活に《バリア水《AVL》》（anti-virus-liquid／抗ウイルス薬液）なるものが導入されて以来、いっそう市民の入浴欲は高まった。

ここの大浴場は、八種類ある浴槽のどれもが《バリア水》入りだし、洗い場のどの蛇口からも《バリア水》が出る。もちろんみんな自分の家でも《バリア水》の風呂に入るのだけれど、大浴場には自宅とくらべものにならぬ解放感がある。ここではウイルスへの警戒を忘れて、たっぷり羽根をのばすことができる。

ジャグジーのこまかい泡に足の裏を打たれながら、おばさんたちが長い長い世間話をしている。風呂すなわち社交場。大昔のローマみたいだ。

「ヒャッハー、テンションあがる！」

大浴場に踏みこんだナツカが、仁王立ちで万歳をして言った。

「シロ、どこから攻める？　露天？」

「露天風呂は最後かな」

「シロはそういうとこあるよね。ショートケーキの苺は最後」

「そうだよ」

シロは無表情を装う。全裸であけっぴろげに万歳なんかできてしまうナツカは、どっかおかしいんじゃないか。そう思う。とても居心地がわるい。

長い手脚を惜しげもなくふりまわすナツカの肢体は健《すこ》やかでチャーミングだ。贅肉はなく、腰はくびれているけれど、乳房はもしもシロの掌をあてたら持ちきれないくらいの存在感。ナツカの起伏に富んだスタイルが、シロは羨ましいし、大好きだ。目の前にすると、うろたえてしまう。なんでもないふりをして、視線をそらして、ナツカといっしょに洗い場へ向かった。黙々とボディソープの泡をたて、身体を洗った。

「人口減少問題は深刻よねえ」

「ほんとねえ」

ジャグジーのおばさんたちが、こむずかしい話をはじめた。ご近所の噂話をひととおり喋りきってしまったのか。

「いまどきの若いひとたちは、簡単に子供も作れないでしょ」

「そうよねえ、かわいそうねえ。生きる甲斐がないわねえ」

かわいそうかどうかは知らないよ、とシロは思った。

若いわたしたちは、一生懸命に生きています。

「シロ、シロ」

シャンプーしている最中に、隣のナツカに呼ばれた。

「頭、洗ってあげる」

ざばー。

猛烈な水勢のシャワーを浴びせられて、シロはぎゃあっと叫んだ。

「あはははは！」

「バカナツカ！　遊ぶな！」

「あははは、シロ可愛い」

チェシャ猫みたいに歯を見せて笑って、ナツカが言った。

シロは赤面した。むっと口をへの字にして、顔を伏せた。

「トリートメントするんだから邪魔しないでよ」

「顔赤い」

「赤いだろうさ。それがなにか？」

「可愛い」

この子、どうしてこんなこと言うのかな。

ナツカと話していると、シロは頻繁に、大きな謎にぶつかる。

くりかえし、おなじフレーズに思考が戻ってしまう。

(なんで、わたしが、いいの)

卑屈だな、とそのたびに自己嫌悪もする。

「炭酸風呂、電気風呂、寝湯、薬湯、天然温泉……。ジェットバスから行こうか」

ナツカが言う。

視界をさえぎる湯気のなかを、ナツカといっしょにシロは歩いた。ぺたんぺたんと裸足で大浴場をよこぎる。ふわあん、と天井に響く子供の声。現実感があんまりない。

　ジェットバスに先客はすくなかった。おばあさんと小学生のお孫さんだけ。長方形の浴槽のすみっこに、ナツカがくるぶしを潜らせた。勢いのつよい噴流が、ごぶっとナツカの身体をとりこむ。溺れかけた怪獣の息みたいな激しい泡が吐きだされ、ナツカの肢体が刺《し》戟《げき》される。

「肩こり腰痛に効くって！」

　泡立つ湯のなかに顎までつかり、ナツカがジェットバスの効能のパネルを読んだ。

「ナツカいつから肩こり腰痛あるの？」

　湯の熱さに難儀しながら、シロは膝まで浴槽に入った。じりじりと腰をおろす。あっちこっちからジェットで殴られる。

「肩こり腰痛はない」

「ないんじゃん」

「でも楽しいよね」

　邪気なくナツカが言う。

「うん」

　シロはうなずいた。

「ナツカありがとう」

「お風呂にいっしょに入るのは、ありだよ……カップルアプリだけじゃなくて」

「んん？　どーしたー？」

「ふふ」

ナツカが小さく笑った。

「ありでよかった」

噴流に隠される湯の底で、そうっとナツカの指が、シロの右手の中指の爪に触った。

シロはびっくりしたが、触れられるまま、手をひっこめずにいられた。

――大丈夫だ。《バリア水》のなかだもの。

意外なことに、ナツカはシロの中指に触れたきり、なにも言わなくなってしまった。ぶくぶくと大きな泡に打たれながら、そっぽを向いている。ナツカの指がこまかく震えているように感じられるのは、ジェットバスの噴流のせいだろうか。

（ナツカだって臆病だから）

シロはまた思う。

優しくしたくなった。

浴槽のなかで、シロのほうから手をのばして、ナツカの指先を包んだ。

ナツカの顔色がてきめんに変わった。

ゆでられたように赤く染まったと思うと、血の気がひいたように蒼白くなった。

（わ……）

触れている皮膚を通じて、ナツカの心のなかみが、くっきりと伝わってくる。

心臓と心臓を、ケーブルで接続したみたいに。

（ぜんぶ、透けてる）

直結で。

ナツカの、おびただしい動転。

洒落《しゃれ》にならない奔騰《ほんとう》。

めくるめく眩暈《めまい》。

いますぐ神様にたすけてほしいような。

（なんだ、わかった。わかった）

脳にたたきこまれている禁忌よりも、指と指をわずかにからませあう本能のほうが、やっぱり勝ちだ。

シロは観念する。

思い知りもする。

なにもかも熱すぎて、頭がふらふらしてきた。

（この子、どうしてでも、わたしがいいんだな）

わかった。よくわかった。

それって、別の言葉で呼べば、たった一文字だろう。

恋です。

それっぽっち。

「好きだよ。ナツカ」

指を握る手に力をこめて、シロは囁いた。

「鬼か」

ぼそっとナツカが言った。

「なんの鬼？」

シロが尋ねると、ナツカはあいているほうの手で湯の表面をすくって、ばしゃっとシロの顔にひっかけた。

「シロが鬼可愛いんですけど⁉」

「やめなさい」

シロは濡れた顔を拭い、仕返しにナツカの顔に湯を浴びせた。

「ナツカ可愛いね」

「うるさい」

「うるさくない」

「やばい」

ナツカが顔を半分水中に沈没させて、ひそやかに唸《うな》った。

「発情する」

＊＊＊

炭酸風呂や電気風呂やアロマ風呂などをひとつずつ攻略して、最後に露天の温泉に入った。シロはくたくたになったが、ナツカはもう一周リピートできそうに元気だ。

とっくに日は沈んでおり、露天風呂の囲いのむこうには、底のない濃く黒い夜空がひろがっていた。

「夏は夜。月のころはさらなり」

天を仰いで、ナツカが枕草子の一節をつぶやいた。

けれど、今日は月のすがたが見当たらない。残念だなとシロは思った。

「月、いないね」

シロが言うと、ふと名案がひらめいた顔で、ナツカが親指を立ててみせた。

「ねえシロ、明日も明日もまた来よう」

「え……明日もお風呂ぜんぶ制覇するの。けっこう、体力的にきつい」

「ぜんぶは入らなくていいよ。夏のお月様をいっしょに見ようよ」

「清少納言リスペクト？」

「そう」

「納言のためならしょうがないか」

「あたしと納言のどっちが大事なんです？」

くちびるをとがらせてナツカが言った。ははは、とシロは笑った。

「やることいっぱいあるんじゃん、わたしたち」

「そうだねえ。市民プールにも行こうか。あと、うちの風呂にも入ろうか、家族いないときに」

「なにこいつ、エッチ」

「意外と、みんなそうしてるんじゃん？」

「世界中のみんな？　お風呂が世界を救っているのか」

「でしょ。『生きる甲斐』ってやつ？」

得意げにナツカが言って、立ちあがった。つんと上を向いた乳首を見せつけながら。

「帰ろうか、シロのぼせてる」

――のぼせている。確かに、いろんな意味で。

シロも納得して、露天風呂からあがる。ナツカといっしょに大浴場をあとにした。

ナツカは脱衣場でバスタオルをかぶると、まだ下着もはいていないうちに、手首に巻いたリストバンドの認証キーをガラス瓶専用の自販機にかざす。

受け取り口のカバーがひらき、かしゃんかしゃんと二本の牛乳瓶がぶつかりあって出てきた。もちろん抗ウイルス処理を施されている瓶だから安心だ。

たちまち透明なガラス瓶が汗をかいた。脱衣場のクーラーは効いているけれど、風呂あがりのナツカは発熱体だ。

「シロ、コーヒーだよね？」

「ありがと」

シロにコーヒー牛乳の瓶を渡し、ナツカはプラスティック製の蓋を剝がすと、またしても仁王立ちで、片手を腰にあて、白い牛乳をごくごく飲み干した。

「ワイルドか」

「この一杯とシロのために生きてる！」

感心するシロに、ナッカが力をこめて言った。
(動物だなあ)
シロは思う。
わたしたちは動物にちがいない。
「生きてる」
シロはくりかえした。
握りしめたガラス瓶の冷たさが快い。
——そう、こんなふうに授けられる幸福のために、いまもわたしたちは生きている。
わたしたちは、ここで生きている。

# 献身者たち

柞刈湯葉

国境なき医師団の医師として、中東の紛争地に派遣された主人公。不公平な世界のなか、感染症と戦う主人公が出会う真実とは……。

本作で描かれるのは、発展途上国の感染症対策が孕む課題である。それは先進国と同じように実施することはできず、下手をすると世界からどんどん取り残されていってしまうものなのだ。実際、日本のTVでは、先進国のコロナ禍の状況は報道されても、発展途上国についてはあまり話題にのぼらない。このままでは不均衡はますます拡大してゆくはずだ。

では、どうすれば発展途上国を助けられるか。誰が何をできるのか。本作はフィクションという思考実験を通し、読者に課題を重く投げかけてくる。

作刈湯葉（いすかり・ゆば）は生物学者であったというキャリアの持ち主であるため、本作の描写も非常にリアル。二〇一六年、『横浜駅SF』で第1回カクヨムWeb小説コンテストSF部門大賞を受賞し、作家デビュー。代表作に『人間たちの話』などがある。漫画『オートマン』原作を務めたり、ユニークなアプリを開発してウェブで公開するなど、様々な活躍で話題を呼んでいる作家である。

砂塵の染み込んだトヨタのピックアップが、山間の道を進んでいた。

運転席に座ったアスィームは、看板ひとつない道路を走りながら、ときどき天啓でも受けたようにハンドルを切って、アップダウンのある小道に入っていく。

「よく曲がる場所がわかるのね。地形を覚えているの？」

という私の声は、砂を弾《はじ》くタイヤの音に掻き消されそうになる。

「いや」

彼はポケットを探りながら、訛《なま》った英語で答えた。

「こんな場所でも、このところは電波が入るからな」

と、スマートフォンの画面をこちらに見せた。アラビア語の書かれた地図の、そこかしこに「通行不可」を示す赤いマークがつけられている。交通情報が随時更新されるのは、衛星コンステレーション通信を通じて、反政府ゲリラの活動情報が送られてきているのだろう。

だからといってポケットに入れたまま経路がわかる道理はないが、それは彼なりのポリシーがあるのかもしれない。自分の能力をなるべく低めに見せる、というような。

「もっとずっと酷いところを想像していたけど、思ったよりは平和ね」

「最近は落ち着いてきたんだよ。このあたりはな」

最近、このあたり。その言葉をどういうスケールで使っているのか、私にはわからない。ここ数年の話なのか、それとも先週の話なのか。ニュースと書籍で情報を仕入れてきただけの私と、ここで生まれ育った彼とでは、いま見えている景色も、ここで過ぎる一日の重みも、まるで違っているはずだ。

小道を抜けて直線に入り、アスィームはアクセルをぐっと踏み込んだ。ギアの変わる音がして、加速度が全身にかかる。クッションから漏れ出す空気にも、焦げた臭いが染み付いている。荷台に積んだ医療機器が、カタカタと音を立てる。

岩と砂しかない場所。ボストンで生まれ育った私の語彙《ごい》では、車窓に広がる風景をそうとしか表現できない。ときどき思い出したように集落が現れては、すぐに砂煙のむこうに消えていく。

教科書がこの土地を語る言葉は、その風景とは不釣り合いに壮大だ。人類文明揺籃《ようらん》の地、と書かれている。

かつてここには、肥沃な三日月地帯と呼ばれる豊かな土壌があった。アフリカを出て散らばっていた野生の人間たちが、二つの川と野生のコムギに吸い寄せられるように集まった。農民は種を撒き、羊飼いは羊を追い、大工は家を建て、書記官は文字を刻み、天文官は暦を編み、兵士は銅剣を振るい、王は巨大な塔を築いた。そのようにして、私たちの世界ははじまった。

それが事実だとすれば、目の前の景色から得られる教訓は、豊かな歴史は豊かな未来を保証してくれない、ということだ。

石油依存の経済は世界的な化石燃料規制にともなって悪化し、貧困と憎悪が蔓延《まんえん》。反政府ゲリラが中国製の小火器を携えて全土を走り回り、制圧されつつあった原理主義者によるテロが台頭。追い打ちをかけるようにインドから感染症が流入し、キャンプに集まった難民の体を燃料に、炭火のように燻《くすぶ》り続けている。

アスィームの座る運転席の脇にも、古びた自動小銃がひとつ、車の備品みたいにしっくりと収まっている。

銃器と医療機器が同乗することに違和感を持つのは、体がまだ空気に馴染んでいないからだ。ＭＳＦ（国境なき医師団）の医師として派遣された場所で、まず必要なのは、空気を体に入れることだ。

両隣の建物が倒壊しているところに病院はぬっと建っていた。宿屋だった建物に機材を運んだだけの即席病院だが、テント生活を想像していた私にはむしろ拍子抜けだった。

「国軍も反政府ゲリラも、病院と基地局は攻撃しない」という話は、ある程度信じてよさそうだった。

「すみません、女性にこんな汚いところを見せて」

現地人スタッフの男性は、内部の案内を始めるなり、こちらが考えもしなかったことを言いだした。私は少々の嫌味をこめて、

「まさか。南スーダンに比べれば、ここは天国よ」

と答えた。「天国」はちょっとよくないな、と後で思った。

ドイツ製の人工造血機も一台、交換用カートリッジの箱とともに置かれていた。内部に装填された遺伝子組換酵母が、ヘモグロビンを埋め込んだ脂質膜を生成する装置だ。紛争地で慢性的に不足する輸血用血液を、かなりの部分補うことができる。とくに感染症が蔓

延し輸血リスクの高い地域では、拝みたくなるほど重要な機械だ。

「ここが防空壕です。空爆機が来たら、すぐに避難してください」

と、スタッフは崖に掘られた穴を指した。

出入り口はストレッチャーも運び込めそうな平面になっており、中はそれなりに広い。これなら、病院内の患者とスタッフを全員収容できるだろう。

病院の裏庭では、環境保護団体が卒倒しそうな勢いで発電機が黒煙を噴いている。もちろん電気がなければ患者たちは卒倒では済まない。

「あのテントは？」

と、私は発電機の奥を指差した。ＭＳＦの旗が結《ゆわ》えられた白いテントが、三張りほど張られている。赴任地での経験論では、むしろこちらが普通の病院だ。

「あれは、感染者の隔離病棟に使っています」

「防空壕に逃げ込む時、あの人達はどうするの？」

「状況に応じて判断します」

彼は静かにそう答えた。少なくとも、防空壕内で感染者を隔離できる空間はなさそうだ。

「そう。それじゃ、次は宿舎を案内してもらえる？」

「はい」

そう言って歩き出した彼を追いながら、深呼吸をして、乾いた空気を肺に入れる。

水の流れるトイレ、虫のわかないベッド、そして、患者を見捨てない心。そういったものは、豊かな国だけで楽しめる贅沢だ。派遣先ではまず、胸の中身を現地の空気に入れ替える必要がある。

温度と湿度が変われば、倫理規範だって変わる。最初の頃は戸惑ったけれど、七回目の派遣となれば、さすがに切り替えに慣れてくる。

■

国際的な人道支援活動に従事している。そう聞くと、大体のアメリカ人は、私を聖母みたいな人物だと考える。イコンを作って崇拝するわけではなく、多少失礼なことを言っても聖母の心で許してくれるはずだ、と考えるやつのほうが多い。

なので、五回目の派遣で南スーダンに行くことになった、と知り合いに話すと、

「あのあたりの男はエイズ感染率が高いから、ちゃんとゴムを持っていくんだよ」

というようなアドバイスを貰える。こいつは後天性人格不全症候群にでも感染して、脳みそがチーズになってしまったのだろう。私は心の中でそう診断する。

でも、せっかく温存している罵倒語をここで使うほど浪費家ではないので、私はバッグから麻の葉のプリントされたケースを取り出して、「一服してくるわ」と席を離れる。彼の聖書にどう書いてるかは知らないけど、私の辞書によると、聖母はマリファナを吸わない。

「やめとけよ、寿命を縮めるよ」

面食らったチーズ脳からそんな言葉が出てくる。他人にアドバイスをしないと脳血管が詰まって死ぬのだろう。

「仕事を？」

とだけ答えて歩き去る。そのままテーブルには戻らずに、南スーダンに飛ぶ。

マットレス一枚だけのプライベート空間をもらって、爆撃で搬送されてくる患者を次から次へと手術する。結構な人数が助かるし、結構な人数が亡くなる。曜日の感覚が薄れてきた頃に、政情が不安定化したためただちに帰国してください、という指令がくる。もともと不安定だったでしょ、などと野暮な指摘はせずに空港に向かい、リクライニングの利いたエコノミークラスで久々にぐっすり眠る。

別に、自己犠牲の精神みたいなものは持っていない。

大半の人間がそうであるように、限りある能力のある程度を自分のために、ある程度を世界のために使う。その配分を私なりに模索し続けて、気がついたら紛争地の医師になっていた。

戦争や暴力をなくせるわけじゃないし、搬送される患者をすべて救えるわけでもない。できる範囲のことをして、できないことは諦める。危険が迫ってきたらアメリカに逃げ帰り、スコッチを胃袋に入れてベッドで眠る。そうやって生きている。

本当の献身性の持ち主は、この仕事には向かないのだ。そういう人は遅かれ早かれ、紛争地の過酷な現実に心か体を壊してしまう。私はそう思っている。

ヘンリエッタと出会ったのは確か、三回目のソマリア派遣を控えて本国にいた頃だ。四回目のアブハジアだったかもしれない。それはどっちでもいい。

とにかく、あの子も例に漏れず、私のことを聖母だと勘違いしていた。ただしこちらは、信仰のほうの意味だった。どうも彼女の聖書によると、聖母はマリファナを吸っていいらしい。自分で吸いもしないのに、煙草と大麻の煙の入り交じる喫煙室に来て、

「わたし、癌センターで看護師をやっているんですけど」

と、聞いてもいない自己紹介と人生相談を始めた。

相談室に喫煙室を選んだのは、それ以外に私の暇そうな時間がなかったから、らしい。

暇だから吸うのではなく、吸うことに忙しいのだけれど、ヘンリエッタはそういうことを理解せずに、紛争地の話を聞きたがった。私は昼食のスープに虫が入っていた話と、トイレでネズミに足を噛まれた話をしたが、彼女はひるまなかった。

その頃のアメリカの医療業界は、COVID‐19制圧のために構築した巨大なRNA生産体制を何に使うか、という問題に直面していた。資本主義の普遍的な欠陥として、需要が急減しても供給が減ってくれないので、需要のほうを作り出す必要があるのだ。

そういうわけで、癌治療にRNA医薬を使う技術があっという間に実用化された。患者の癌細胞を取り出して変異を特定し、それだけを狙い撃ちできるRNA配列を設計し、投与する。

ヘンリエッタは、患者ごとにオーダーメードで設計された小瓶を日々注射していた。抗癌剤や放射線に比べると、エクソソーム内包RNAはかなり精密なデリバリーが可能なので、副反応も驚くほど少なく、官僚っぽい言い方をすれば、QOLの向上に相当寄与している。大抵の医療者ならこの上なくやり甲斐を感じそうなものなのに、彼女の顔は暗い。

「不公平だなって思うんですよ。世界にはまだ、制圧しないといけない感染症がいっぱいあるのに」

「まあ確かにね。エイズとか」

エイズはその危険性にもかかわらず、感染地が貧困国中心で、製薬会社が儲からないからワクチンが開発されない。ネットではまことしやかにそう言われている。もちろんこれは話を単純化しすぎだ。ＨＩＶに感染する動物モデルがおらず実験が困難だとか、理由は他にも色々ある。

でも総合的に言えば、医学研究費の多くが先進国の富裕層のために投下されているのは、どこから見ても明らかだった。貧困と飢餓に苦しむ人が何億人もいる世界で、先進国は過食にともなう糖尿病の治療薬を開発している。そして、そういうことが我慢ならない医療者が一定割合いる。

困っている人を助けたい、と思って医療の現場に立ったのに、目の前に送られてくる患者たちが、たとえ本人にとって深刻な問題を抱えていても、世界全体から見ればちっとも「困っている人」の部類に入っていない、と気づいてしまうのだ。

「だから、わたしも貴方みたいに、本当に困っている人のために、紛争地で働きたいんです」

と、天使みたいな目でヘンリエッタは言う。私は心に思った言葉を、そのまま口に出す。

「やめといたほうがいいわ。あなたみたいな子には、この仕事は向かないから」

しばらく沈黙が流れ、煙が換気扇に吸い込まれていく。

「……どうして、そんなことを言うんですか？」

「吸いもしないのに喫煙室に来るのは、自分の命を粗末にする人よ。癌センター勤務ならなおさら。そういう人は、本当に危険な場所には来てはいけないの。そういう人ほど、何もできないから」

言い終える前にも、あからさまに彼女が私に失望していくのがわかった。自分が聖母だと思っていたものが、偽者だったと気づいた天使の目をしていた。

数年後、彼女は実際にＭＳＦの看護師として中東に派遣され、国軍による空爆を受け、行方不明になった。

あの時もっと上手い言い方をしていれば、と悩むことがないわけでもない。でも私はただの医者なのだ。相手を尊重し、気分を害さずに宥《なだ》めつつ、夢を諦めさせるような話術は、当時も今も持ちあわせていない。

ないものは仕方がないのだ。派遣先にＣＴやＭＲＩがないからって、嘆いていても仕方ない。私たちはあるもので生きていかないといけない。

■

紛争の犠牲者たちが、風に乗った砂みたいに、毎日病院に押し寄せてくる。銃撃された者、爆破された者、病を抱えている者。妊婦の帝王切開をすることもある。「こんな国に生まれて、本当にこの子は幸せになれるのか」とか余計なことは考えずに、サッと切ってパッと取り出すとオギャーと泣く。

スタッフは訪れた患者に対し、怪我だろうと病気だろうと、まず検温をする。拳銃みたいな検温器を患者に向け、38℃を超えている者は、感染者用のテントに送られる。時間のかかるPCR検査キットも一応置いてはあるが、このウイルスに関しては、体温で判断するようにガイドラインが定められている。

20年代の人類を震撼させたCOVID‐19と異なり、死亡率は高いが発症前の感染力が弱い。適切に隔離して措置をすれば、蔓延のリスクは低い。

言い換えれば、適切な措置ができない状況におかれた地域が、そのままこのウイルスの蔓延地となる。

分厚いマスクをつけたスタッフが、感染者にも最善の対応をしているが、テントに送られた者の生還率は、控えめな言い方をすればかなり低い。統計学的な目でこの病院を見ると、検温器を向けられた瞬間に、彼らの運命が分岐するようにさえ見える。

もちろん、検温はただの結果発表だ。本当の分岐点はこの病院ではなく、もっと前の場所にある。もしかしたら、生まれる国だったのかもしれない。でも、私はそういうことは考えない。そういうのは、考えても仕方のないことだ。

病院にはもともと死にそうな人が来るので、人が死ぬ確率は高い。だから住民の間では、病院に行くと実験に使われて殺されるぞ、なんて話が出る。アラビア語をろくに知らなくても、空気でそういうのはわかる。仕方のないことだ。

誰々という呪術医が何々町にいて、感染症を防ぐ薬を打ってくれるらしい、とかいう噂も聞こえる。有効な対策を打てていない現状では、そういう話に縋《すが》る人たちを非難する気にもならない。仕方のないことだ。

インドから北アフリカにかけて「流行国」に指定された国々からの入国者を、先進国はのきなみ追い返しているため、現時点でOECD諸国での感染は、輸入症例を除いて報告されていない。それが実質的に移民の遮断という機能を担っていることは誰の目にも明らかだった。「移民の排除は人権侵害」という言葉は、COVID‐19以前であれば少しは説得力があったのだろう。今はもうない。

国境という線がこんなにも意味を持ったのは、近代史上はじめてかもしれない。そんな時代に抗うようにして私たちは「国境なき医師団」を名乗り、国の境目が、生死の境目であってはならない、という理想を掲げている。

実際、私たちの活動によって「生」の領土は国境の内側まで浸透し、「死」との境界線は病院とテントの間まで押し込まれた。こんな世界では誇っていい成果だ。そういう前線に立っているからこそ、毎日山のような「仕方のないこと」が発生する。それはそういうものだし、それで間違っていない。

一日中手術室に張り付いて、気がついたら日が沈んでいる。電力の足りない町はあっという間に暗くなる。夜間外出は一応禁止されているので患者の足も止まる。ようやく切り上げて病院の外に出ると、アスィームが自動小銃を持って立っている。

「大丈夫か？」

と、私の顔を見るなり尋ねる。顔に疲れが出ている、というのであれば、指摘されなくてもとっくに知っているから安心してほしい。

「何してるの？」

「警備のつもりだが」

「病院と基地局だけは攻撃されない、って聞いたけど」

そう言いながらボトル入りの水を一口飲んだ。

「ああ。その秩序が今後も続くことを祈っててくれ」

秩序。家屋が破壊され民間人の死傷者が続出しても、病院が攻撃されないうちは「秩序」。ここで聞く言葉は、たとえ私の耳に馴染んだ英語であっても、意味のほうが私に馴染まない。

「生まれはこのあたり？」

「いや。地元はもっと西のほうだ。あんた達の運転手として回ってるうちに、このあたりは大体どこでも顔が利くようになってな。行く先々で自警団の助っ人を頼まれる」

「ふーん」

と言って私は口を拭った。国軍が国民を守ってくれない国では、武装した住民が集まって自己防衛に走ることがよくある。

ただ、彼の佇《たたず》まいはどう見ても、昨日今日銃を握った素人ではなかった。ピックアップの座席がそうであったように、カラシニコフは彼の腕にきちんと馴染んでいる。紛争地に長居していると、そういうことが何となくわかるようになる。

「元軍人なの？」

と私は尋ねた。

「軍歴はない。学校で覚えた」

「学校で銃を教わるの？」

冗談だと思って頬を緩ませたが、彼は真剣な顔で続けた。

「ああ。俺がガキの頃はまだ、地元がＩＳＩＳの占領下だったからな」

私は目を開いた。

「あいつらは男子全員、兵士にするつもりでいた。生徒に銃の撃ち方を教えて……」

少し黙って、ひとつふたつ咳払いをしてから、アスィームは言葉を続けた。

「俺は、クラスで一番上手かったらしい。だから、クラスメイトの見ている前で、戒律に反した大人の、処刑に参加することになったんだ。……罪状は、テレビでサッカーの試合を見ていた、だとよ」

どういう表情をすればいいのかわからなかった。電力が不安定で町が暗いことが、今だけは幸運に思えた。

■

電力不足。

医療において先進国を途上国と分かつものは、病院設備や公衆衛生よりも、電力が常に供給されると考えていいか、という点に尽きる。先進国で教育を受けた医療スタッフは、「病院の電気が日常的に止まる」という世界を想像することに、相当な脳のリソースを消費するからだ。

それが広く実感されることになったのは、20年代の世界におけるmRNAワクチンの供給だ。

mRNA医薬は、その画期的な開発速度と生産効率、有効性によってCOVID－19制圧の決め手となったが、その不安定な分子構造ゆえに、保存温度がマイナス70度と非常に低い、という問題を抱えていた。電力も政情も不安定な国で、いつ来るとも知れぬ患者を待ちながらこの温度を維持するのは容易ではない。というのは控えめな言い方で、現実的ではない。

そして先進国がひととおり集団免疫を獲得した後も、途上国にウイルスが蔓延している限り、変異株が出現し再度流行する可能性がある。こうなると制圧は最初から世界的な問題だった。

こうした状況で開発されたのが、医療施設ごとに導入できる、小規模生産用のワクチン・プリンターだった。

構造としては、DNAプリンターと人工造血機を組み合わせたものに近い。ワクチン配列のDNAを酵母に導入し、産生するmRNAを抽出精製、脂質に内包させてワクチンとして用いる、というものだ。カートリッジさえ供給してもらえれば、発電機の動かせる時間にワクチンを生産し、その場で接種することができる。

製薬会社が工業的に生産するRNAに比べると生産性も効果も落ちるが、DNAプリンターの入力データを変更すれば、新規に開発されたワクチンにもすぐ対応できる。交通網の未発達な国で変異株の出現に追いつくことも現実的になった。

この技術はその後、個別化RNA医薬という新機軸をもたらし、アメリカでは癌の治療に使用されている。そうして葛藤を抱えたヘンリエッタが中東で看護師として勤務し、そのまま行方不明になった。

そのヘンリエッタが、今この国にいるらしい。

という話を、かつて彼女と仕事をしていた現地スタッフから聞いた。居場所がずっと不明だったのは、記憶喪失にあったわけでも、風貌が変わってしまったわけでもなく、本人が自分の居場所を伏せていたからだという。

彼女が生きていたことも驚きだったが、私がここで働いていることを知った彼女から、私に会いたい、という連絡が来たのはそれ以上の驚きだった。

戦況が変わるのに応じて、あちこちで医師の不足が生じるので、私はおよそ一月ごとに国内を移動していた。彼女が「拠点」としている場所と私の活動地がかち合うのは、それから数ヶ月ほど先のことになった。

彼女の拠点は、役人がどこかに逃げてしまい、無主《むしゅ》の地となった役場だった。

ヘンリエッタという看護師に会いに来た、と言って私が名乗ると、執務室は二階です、と案内された。

役場の一階の行列に、注射器を持ったどう見ても医療関係者ではなさそうな風貌の男たちが座っていたからだ。彼らの脇には、見覚えのあるワクチン・プリンターが置かれていた。

「お久しぶりです」

執務室、というのには少し不似合いな中東の一般家庭らしい部屋で、数年ぶりに彼女の声を聞いた。

そうね、久しぶり。

よく生きていたのね。まさかこんなところで会えるなんて。

なぜ私に会いたいと思ったの。

いくつか言葉が並んだが、どれも私の言いたいことではなかった。

「あの人たちは、……あなたは今、何をしているの？」

と、指を下に向けて尋ねた。

「新しいワクチンの開発です」

開発、という言葉を彼女は使った。接種、でなくて。この国では頻繁に聞く、意味のほうが馴染まない英語のひとつだった。

「COVID-19時代に配備されたワクチン・プリンターを、あれを今回の感染症に使わせていただこうと思ったんです」

ヘンリエッタの話すそれは、おそらくmRNAワクチンの技術が確立して以来、誰もが思いつきはしたけれど、誰もやらないようなことだった。

mRNAワクチンは要するに、ウイルスの一部分の遺伝子をコードしたmRNAを接種する、という技術である。これによって人体内でmRNAがタンパク質に翻訳され、それに対する抗体が産生されるようになる。

ウイルスの遺伝子配列を読むのは、今の技術ではまったく難しくない。痕跡みたいな量のサンプルから全配列を読み取って、タンパク質の立体構造も予測することができる。

だが、ウイルスの遺伝子をそのままmRNAに書き込めば、ワクチンとして機能するというものではない。mRNAによって人体内で生成されたタンパク質に対し、人体内でどのような免疫反応を起こすのかについては、いまだ網羅的な知見が存在しないからだ。

結局、どのような配列を構成すればワクチンとして効果的かは、実際に打ってみないとわからない要素があまりに大きい。

「だから、実際に接種して、検証しているんです。このあたりは小さな町にまとまって住んでいる人が多いですから、町ごとに違う配列を使って、感染の予防効果を比較させてもらっています。協力してくれる町の数も、徐々に増えています」

「いくら何でも、リスクがありすぎない？」

「人体への悪影響がありそうな配列は、可能な限り排除しています。癌治療に使われる個別化RNA医薬の研究で、そのようなプログラムが開発されていますので。名前は明かせませんが、癌センターの知り合いが数人、協力してくれています」

「開発されています、って、あれは病院で医師の付添のもとで使うことを想定したプログラムなんでしょ。まともな医者のいない村じゃなくて」

「ええ。ですから、それによって起きる問題も報告して、解析してもらっています。衛星コンステレーションの基地ができて、高解像度のデータをサーバーに送れるようになりましたので」

　彼女の話を聞きながら、私は爪をがりがりと嚙んでいた。かつて彼女と話す時に咥《くわ》えていた煙の束を、私は無意識に求めていた。

「総合的に見て、ただ何もせず見ているよりも、格段に死亡リスクを減らせています。現に、この町ではもう、新規の感染者はほとんど発生していません」

「ヘンリエッタ、あなたのやっていることは」

爪を歯に当てたままで、私は口を開いた。

「ただの自己犠牲の女の子で、何もできないと思っていたけれど、撤回するわ。あなたは本当に、すごいものを作っている。でも、これは」

そう、彼女のやっていることは、mRNAワクチンの技術を知れば、誰もが思いつくものであり、それでいて、誰もがやらないものなのだ。

「すごい壮大な、人体実験のシステムじゃない」

「そうですね」

彼女は平然と頷いた。相変わらず、天使みたいな目をしていた。

「でも、こうすることで彼らは、自分たちを守るものを、もしかしたら世界をも守れるものを、自分たちの力で作り出しているんですよ。それが、……それだけのことが、どれだけ彼らに誇りを与えているか、貴方には、わからないでしょう?」

およそ医療者の道に背くことをしているのに、まるで勝ち誇るような顔だった。

その表情を見て、彼女はこれが言いたくて私を呼び出したのだろう、と理解した。私がこれまで紛争地で行ってきたことを、私が社会貢献だと思っているそれを、まるで、特権を持った者の傲慢であるというように。

　また爪を噛みながら、吐き出そうとした言葉は、

「攻撃だ、逃げろ！」

　というアスィームの叫び声に掻き消された。

　同時に、ごく近いところで爆音。ガラスの割れる音が響いた。

■

「病院は攻撃されない、って聞いたけど」

　役場の裏口から出た路地で私はつぶやいた。人類史そのものと並ぶべき長い歴史のせいか、それとも頻繁な空爆のせいか、町全体の構造が迷路のように複雑になっていた。その随所で、パックマンのモンスターのように反政府ゲリラが動いている。

「これじゃ病院まで着くかどうかも危ういわね」

　アスィームは返事をせずに、建物の隙間から敵の位置を確認し、黙って歩き続けた。私はその後ろを追いかけた。ここの大通りをまたげば、病院の裏手まで出られる。そんな場所に来ていた。

当然ながら、見通しのいいその場所にはゲリラのトラックがいくつも並んで、荷台に乗せた機関銃をこちらに向けている。

「いい方法がある」

とアスィームは囁いて、手にした自動小銃を構えた。きっとろくな方法じゃない、と私は直感した。

「俺がやつらを引きつける。その間にあんたは病院まで走れ。町がこの様子じゃ、仕事が山ほど来るはずだろ」

「危険だわ」

というのはやはり控えめな言い方だった。無茶だ、と私は思った。

「確かにな。だが、あんたはアメリカの学校で、医学を教わったんだろ?」

アスィームはため息まじりに答えた。諦観なのか、呆れているのか、何が含まれているのかわからない呼気だった。

「俺は学校で、人の殺し方を教わったんだよ。世の中の役に立とうと思ったら、あんたみたいな医者を助けるしか方法がないだろ」

ああ。

私を命懸けで助けようと思っている男が、さっきのヘンリエッタの、勝ち誇った顔にだぶって見えた。

お願いだから、自分に誇りを与えるために、命を投げ出さないでほしい。自分の命を守って、自分のために働いて、できる範囲で少しずつ、世界のためになることをする、そういうふうに生きてほしい。

でも、私はそういうことを、きちんと言葉にすることができない。だから、

「アスィーム、車の運転も上手じゃない」

言いながら、こんなことしか言えない自分が情けなかった。だがアスィームは恥ずかしそうに笑い、

「……そうなのか？」

と答えた。

「ええ。南スーダンじゃ、病院につく頃には薬瓶が半分割れていたこともあったんだから」

半分は言いすぎだ。でも、今は言いすぎていい。

結局、迷路のような町を二人で大きく迂回して、私は病院に戻った。

その瞬間から当分の間、私は病院に備え付けの自動機械みたいになって、押し寄せてく

る負傷者たちに対応しなければならなかった。

おかげでヘンリエッタの安否が確認できたのは、攻撃から四日たった後だった。彼女のいた役場は爆撃で半分吹き飛んでおり、彼女の上半身もどこかへ吹き飛んでいたらしい。

反政府ゲリラは、病院と通信施設を攻撃しない、というルールを律儀に守っていたが、ヘンリエッタは自分のやっていることが正規の医療でないことを承知していたらしく、役場に医療施設の旗を掲げない、というルールを律儀に守っていた。

彼女が死んだことについて私は、悲しむよりもむしろ、ひどく不謹慎だとはわかっていたけれど、悔しさのほうが強かった。「困っている人を助けたい」という思いに自分の身を捧げられたことで、彼女が満足しているように思えたからだ。そのような自己犠牲ができない私を、嘲笑しているようにも思えた。

ヘンリエッタの体が失われても、彼女の作ったシステムは動き続けているらしかった。それがどこまで上手くいくのかはわからない。もしかしたら、近代医学の常識を揺るがすものになるかもしれない。でも、そういうことは考えても仕方ない。

いまの現場が一段落したら、私はアメリカに帰る。感染流行地からの帰国だから、二週間は隔離される。その後は家に帰って、スコッチを胃袋に入れてベッドで眠ろう。それが私にとって、律儀に守るべきルールだ。

本当の献身性の持ち主は、この仕事に向かないのだ。今でも私はそう思っている。
ただ彼女を思い出すたびに、少しだけ爪を噛んでしまう。

執筆にあたり以下の資料を参考にさせて頂きました。
『紛争地の看護師』（白川優子／小学館）
mRNA Vaccines Could Vanquish Covid Today, Cancer Tomorrow - by Andreas Kluth
https://www.bloomberg.com/opinion/articles/2021-01-09/pfizer-moderna-mrna-vaccines-could-vanquish-covid-today-cancer-tomorrow
Myths of Vaccine Manufacturing - by Derek Lowe
https://blogs.sciencemag.org/pipeline/archives/2021/02/02/myths-of-vaccine-manufacturing

# 仮面葬

林　譲治

再度パンデミックが起こったら、それは制御可能になるものなのだろうか。一体どのような制度があれば、パンデミックをコントロール可能なものに抑えられるのだろうか。そのようなことを考えたければ、本作を読むことをおすすめする。未来の葬儀の在り方を中心に、仕事や社会制度の在り方の変容可能性がリアルに考察されている。

実際のところ、日本の葬儀業のほとんどがコロナ禍での変容を迫られており、どのように対策を取っていくかは喫緊の課題となっている。新型コロナウイルスで亡くなった方を受け入れられていない葬儀社も多く、抜本的な対策はいまだ行われていないのだ。

林譲治（はやし・じょうじ）は一九六二年生まれ。二〇二一年、《星系出雲の兵站》シリーズで第41回日本SF大賞を受賞。《AADD》シリーズなどのSFをはじめ、架空戦記やガンダムノベライズなどを広く手掛け、著書は二百冊ほど。また、二〇一八年九月から二〇二〇年九月まで日本SF作家クラブ会長を務めた。本アンソロジーはその際に林によって発案されたものである。

その通知は、スマホに届いた。

「香川三崎さま。ワクチン証明と免疫証明の期限が迫っています。安定した就業のため、また市民の義務として、必ず期限までにワクチン接種を行い、必要な証明を更新してください。

なお、期限までの更新が認められない場合は、罰則規定が適用され、悪質な違反の場合には刑事罰が適用されます」

メッセージの後には、現在の住所から近いワクチン接種が可能な施設の一覧と、接種すべきワクチンの候補が現れる。住民票のある地元の人間は自治体補助で無料だが、そうでない人間は有償となる。

ワクチンを摂取したのちに、免疫証明を取得する必要があり、どちらも近くの専門施設で処置を行わなければならない。今回の対象はVID−38に対するものだ。つまり二〇三八年型のウイルス疾患に対応するワクチンということだ。

昔は二〇一九年のコロナウイルス疾患の意味でCOVID−19などの表記が使われたが、その後も数年に一度の割でパンデミックが起きたため、数年前から原因ウイルスの表記はせず、virus diseaseを意味するVIDと年号の組み合わせで表記する。また二〇二八年のように別々の疾患が流行したときはVID−28a、VID−28bなどのように表記された。

ウイルス株の変異が頻発したこともあり、ウイルス疾患の流行は規模の違いこそあれ、何度も起きていた。それでも人類はウイルスと正面から終わりのない闘争を続けるほど愚かではなく、ウイルスと妥協する知恵があった。

例えば日本ではVID−XXの死亡者が年間一〇万人以下なら、市民に注意を喚起する程度で、日常生活に目立った制約もない。ロックダウンも渡航制限も早期に最低最短で行われる。そのための信頼できる数値モデルも確立していた。

こうしたことが可能なのも日常生活がすでに感染対策を織り込んだものとなっているためだ。ワクチン証明なども その日常の一コマだ。

この一〇万人という数字の根拠は、日本の年間行方不明者数がこの程度であり、人口減少の許容範囲という認識である。昔ならこんな意見は通らなかったかもしれないが、賢明な人類は他人の死に鈍感になることの利点を学んだのだ。管理パンデミックの時代である。

俺は少し前まで西日本の大都市に住んでいたが、今は郷里に戻っていた。苛《いじ》めを逃れるため高校卒業後すぐ家出同然に出奔《しゅっぽん》したので、郷里に戻るのは二〇年ぶりだろう。両親とさえ絶縁状態だ。

それなのに郷里に戻ったのは、固定資産税のためだ。知らなかったが両親は三年前に交通事故で亡くなっていた。少子化で親類なども少ない昨今、町役場は三年かけて俺を見つけ出し、固定資産税を要求してきた。すでに相続放棄は間に合わない。電子政府とか個人番号とは何だったのか？　と思ったが、ともかく現実は現実だ。今年度分と未納分の税金と利息を払えという。

むろんそんな金が非正規雇用の俺にあるはずもない。あったとしても、苛めを放置してきた親の固定資産税など払いたいとは思わない。

しかし、人口流出に悩む郷里の役場は、こうしたことに経験を積んでいた。親の不動産売却で固定資産税を相殺できるという。全国的な空き家問題から、法律の改正がなされたのだ。役場からは必要書類もSNSのメッセージに添付書類として送られていた。

俺としてはそれで厄介ごとが片付くなら御の字だったが、一つだけ問題があった。手続きのために「役場で本人確認」が必要だという。少し前まで相続関連に関してはスマホの個人認証機能で代替できたが、何かの詐欺事件のせいで物理的に本人が役場に出向くことが法改正で決まったというのだ。

金がないので郷里に戻るのも鈍行とバスを乗り継いだ。とりあえず自分が相続したことになっている家で当座は暮らす。その辺は役場もわかってくれた。田舎では不動産売買も日数がかかるから、滞在中に室内と庭の掃除をしてくれるなら使用して良いという。

これで問題は解決したと思った。ところが数ヶ月前から感染拡大が言われていたVID–38の影響で、俺の住んでいた都市圏の一定期間のロックダウンが決定した。早期の対応で、早期終息。いつもの対応だ。

厄介なのはワクチン証明と免疫証明の期限内に自宅に戻れないことだ。ロックダウンの終了予定は期限後だ。むろん田舎とはいえ、郷里でもワクチン接種も免疫証明も申請はできる。ところが住民票がここにはないので、通常は無料の諸手続きが、ここでは有料となる。

俺の本人確認と身分証明をしてくれるスマホのAIは、俺の住民票の在処《ありか》も正確に行政に示すから誤魔化しようもない。相続絡みの固定資産税請求は抜けてるくせに、こういう分野だけは手落ちがない。ともかく他の市町村の住民がワクチン証明などを受けようとすると、全額個人負担となる。何年か前に起きた不正請求事件の影響だ。

家具ひとつない家で、俺は横になりながら考える。期限までにここの役場でワクチン接種と免疫証明を受けなければ期日に間に合わない。接種費用の方が期日超過の罰金より安いし、反ワクチン的な経歴は、仕事のマッチングアプリでは不利な条件として記録される。それだけは避けたい。

しかし、実費負担分の金はない。そうなるとここで非正規の仕事を探して金を作るしかない。考えなくても結論は明らかだ。だが自分を苛めてきた連中の仲間や取り巻きと出会うかもしれないと思うと、郷里で働くという選択肢のハードルは高かった。

だから俺はスマホの仕事マッチングアプリを立ち上げながら、AIがしてくれる助言を半日聞き流していた。

スマホのAIと言えども馬鹿にはできない。世界規模のネットワークとつながり、公衆衛生対策のリアルタイムデータが入手できるだけでなく、その分析結果から自分と同じような境遇の人間に、よりましな生活を送るための助言をしてくれたりもする。これもパンデミック時代の副産物だ。スマホAIがなければ管理パンデミックなど不可能だっただろう。

実は俺もスマホアプリの職業訓練プログラムで、ソフトウェア開発の訓練はしている。それで正職に就けるかもしれないし、非正規でも時間単価は上げられる。そうすれば次のステップに進めるだろう。

だが俺はAIほど現実に対して前向きにはなれない。自分に成功などあり得るのか？郷里を出て都会での生活を送るなかで、自分は単に現実から逃げただけではなかったかという想いがあるからだ。

むろんあの状況では逃げるのが正解だったと思っている。だが矛盾するようだが、逃げるという選択肢しか見なかったことに対する悔恨は、時とともになぜか重くなる。

「こんな田舎じゃろくな仕事もないだろう」

そんな言い訳を見つけながら、照明のない家が暗くなった頃に、俺はようやくスマホのマッチングアプリの幾つかの質問に答えて求人を待った。

漠然と隣町か、少し離れた地方都市の求人を考えていた。駅から役場まで、そして自宅まで、昔はそこそこ店舗はあったが、いまはどこもシャッターが降りている。人影が見えるのはコンビニくらいだ。

故郷が好きか嫌いか以前に、ここで求人があるとは思えなかった。しかし、突然、求人が表示された。

「葬儀、代行参加」

どうやら町内で亡くなった人が出たらしい。その葬儀に代行参加するという、今の俺には理想的な仕事だ。葬儀の規模はわからないが、こんな田舎の葬儀だ、代行募集はすぐに埋まる。俺はすぐに承諾を選ぶ。

葬儀の代行参加は、斎場が参加人数を把握する必要もあってか、日当の一部が前払いされる。これで不参加なら契約不履行ということで、馬鹿高い違約金が請求される。

むろんそんな履歴が残れば今後の仕事に差し支える。それに前払いの一時金もそこそこの額であり、この仕事を断る理由はない。友人知人もおらず、親兄弟もいない自分に、急な用件ができるはずもない。何より、この一時金だけでワクチン接種も免疫証明もできるとなれば尚更だ。

「貴重品だから持ってきたが、ここで役に立つとはな」

俺は鞄の奥から専用ケースに入った仮面を取り出す。スマホと連動している仮面は、全て正常であることを示していた。

数次にわたるパンデミックの経験は、社会のありようを様々に変えてきた。ロックダウンや移動制限が出されることを前提に、人の接触が最低限度になる分野も生まれる一方、だからこそ平時に密接な接触を希求する動きやサービスも生まれた。

マッチングアプリによって「安全な相手」として証明された人間同士が、短期間の共同生活を行うのも珍しくなくなり、そのための専用住居サービスも登場している。

生憎《あいにく》と「安全な相手」の「安全」には「毎月一定以上の収入があること」も要件として含まれることが多いので、俺はこのサービスを使ったことはなく、自宅はアパートの一人暮らしだ。

ただ住居事情が変化したことに、婚姻事情も影響を受けていた。結婚する人間が減少傾向にある中で、事実婚は増えていた。

俺が郷里にいた頃は、まだ通学とか学級という枠組みに意味があった。しかし今日《こんにち》では通学が必須の学校教育そのものが見直され、入試ではなく卒業試験で合格すれば、高校なり大学相当の卒業者と同等と扱われるようになった。明治から続く学級を基盤とした教育制度は、パンデミックが半常態化しつつある二一世紀には疲労破壊を起こしていたということだ。

ＩＴの活用で教育コストが減少したことは、結果として出生率向上にも結びついているらしい。

出生率と同様に葬儀の形も変わった。少子化と可処分所得減少が続いたことで、盛大な葬儀はパンデミック以前から数を減らしていたが、何度かのパンデミックによりその傾向には拍車がかかっていた。いまでは家族が葬儀の終了を知らせてから、友人知人の死亡を知ることも珍しくなかった。

ただ、葬儀が減ったとは言っても、無くなったわけではない。故人の状況や立場によっては盛大な葬儀を開かねばならないこともある。特に地方都市ではパンデミック対策の影響もあり、イベントそのものが減少している趨勢もあって、地方名士の葬儀などはいまも規模が大きい。

大規模イベント自粛の中で「安全に配慮した」葬儀は、地方にとってはイベントであった。地元の外食産業に発注がなされ、人が集まり、経済が動く。大きな葬儀では、斎場前に出店が並ぶことさえ起こるのだ。

それでも、さすがにパンデミックの時代、通夜と葬儀と二回も人が集まるというのは、昨今の社会通念上許されなくなりつつあり、通夜は省略するか、行っても家族だけで、他人が集まるのは本葬だけというのが最近の形だ。だからこそ本葬のイベント色はますます強まってゆく。

しかし、そうであっても府県をまたいでの移動が難しい昨今、地元以外の葬儀に参列することは物理的に困難になっていた。こうした状況で生まれたのが、葬儀の代行参加というサービスだ。

喪服を着て、フェンシングのマスクのような仮面をして赤の他人が葬儀に参加する。ただし仮面の表面はテクスチャーマッピングでクライアントの顔を貼り付けることができる。そして仮面に内蔵したカメラとマイクで映像と音声をネット経由で送るのである。

これにより遠くの参列者は自宅にいながらＶＲ（仮想現実）で葬儀を確認し、現地の葬儀場では参列者の顔を貼り付けた人間が、花を手向《たむ》けたり、焼香を行ったりするのだ。ようするに宇宙開発とか原子炉管理で用いられる、テレイグジスタンスによるロボット制御のようなものだ。ただ葬儀の参列を完全にロボットに置き換えるのは、技術的に困難なのと、葬儀には生身の人間が参加すべきという社会通念のため、俺のような人間が参加する。

クライアントは仮面からの映像や音声を追体験するだけで、挨拶などを除けば俺の行動に指示は出せない。ただ葬儀の式次第などは、業界がすでに規格化し、マニュアル化しているので、何をすべきかは俺もすべてわかっている。クライアント自身が参加しても、俺が参加しても、どの状況で何を行うかの自由度はほぼない。挨拶にしてもできる場面は限られる。

葬儀というイベントでは、参加者は故人という主役を引き立てるバックダンサーとしてシナリオ通りに動くのだ。地方名士の葬儀は、時に映像コンテンツとして配信もあり得るだけに、ここは重要だ。

こうした事情から、葬儀屋などは代行参加者を積極的に望んでいる。顔全体を覆う仮面着用の代行参加者なら、互いに感染リスクを心配せずに済む。斎場が感染クラスターとなることもない。葬儀の進行のトラブルも減らせる。

親の葬儀にも参加しなかった自分だが、他人の葬儀の代行参加は何度もしている。単純に実入りがいいからだ。それに俺は身長はあるし、苛めを受けていた中学高校の頃はともかく、いまは身体を鍛えてきたので、代行参加に選ばれることが多い。むろん俺という人間が選ばれるわけではなく、クライアントとしては自分の顔をした押し出しのよいがたいを求めてのことだ。

旅行鞄の私物は最低限度ながら、喪服の類はこういう時のために持ち歩いている。同じ代行参加でも、結婚式は数ヶ月先の予定が立つから礼服はレンタルでも何とかなるが、葬儀ばかりは先が読めない。そして実入りのよい仕事を確保できるかどうかは、即応性が勝敗をわけるのだ。

葬儀代行で注意すべきは、会場に時間通りに到着できるかどうか、この一点だけだ。だから確認すべきは斎場までの道順くらいとなる。どこの誰の葬儀であるかは確認しない。

スマホAIの指示に従うだけだ。

斎場は親の家から歩いて三〇分ほどの距離にある。この町で斎場は一つしかないから間違えようはない。仮面はどこでつけてもいいのだが、この町では出来るだけ顔を晒したくないので、自宅を出る時から仮面をつけたまま歩いてゆく。

郷里は寂れている、と昨日は思っていた。しかし、今朝は違う。家を出たときは俺しか歩いていなかったのに、駅近くで急に人の姿が増えたのだ。本数の少ないバスから、つぎつぎと仮面をつけた喪服姿の男女が降りてくる。

さらに臨時と表示されたバスからも仮面と喪服の人たちが吐き出される。故人はかなりの有力者であるらしい。おそらく今日の葬儀で、町の人口は五割は増えているんじゃないかと思うほどだ。

地方都市の葬儀がイベントであるのは知っていたが、斎場の周辺でそのことを再確認できた。シャッターを降ろしていた飲食店の屋号をつけた小型のキッチンカーが、道路脇に何台も並んでいたのだ。

ホットドッグとか唐揚げなどを、キッチンカーは売っている。葬祭用の仮面は必要なときには飲食可能な構造なので、葬儀代行の仮面が何人もそこで食事を済ませる。キッチンカーを利用する地元の参列者も多かったが、彼らはなぜか代行参加者がいない店舗に数人単位で集まっていた。

キッチンカーの店主も、それと雑談をする人間にも、何となく見覚えのある人間がいた。この土地では学生時代の人間関係が、いまも続いているようだ。代行参加者は彼らから見れば得体の知れないよそ者なのだろう。

仮面の中には広告表示の人間もいた。都会では、仮面のテクスチャー表示は広告媒体としても使われている。単価は低いが、仮面同士がデータ交換して、より多くの視線を集めれば、それなりの副業収入にはなる。確かにキッチンカーの混雑ぶりを見れば、広告を出したくもなろう。

こんな町でも羽振りのよい人間はいる。そして地方で羽振りがいい奴は、地方の外にこそ人脈がある。それをこの葬儀の規模と仮面集団が示している。

そんなことを思いながら、斎場に着いた。そこで俺は立ち尽くした。斎場の入口には故人の名前が書いてある。

「故　久我山慎太郎葬儀式場」

それが故人の名前であった。

「あいつ死んだのか」

その時の俺の感情は恨みでも喝采でもなく、単純に驚きだった。自分が郷里から都会に出た理由はこの男であり、それから一度も戻らなかった理由の一つでもあった。いまこで誰にも自分とわからないようにと仮面をつけているのも、この男の存在が幾ばくかはあったと思う。

久我山は地元の名士一族の本家の長男であった。封建時代じゃあるまいし、そんな一族が地域を牛耳るなど二一世紀日本であるはずがない。それが都会での常識だろうし、地方でも多くはそうだろう。

しかし、そうではない土地もある。久我山家もそんな一族だ。もともと資産家の大地主だったことや、与党の有力政治家の支持母体を支えてきたことなどから、事業などでうまく立ち回れたということがあったらしい。

俺が都会に出た頃は、この辺もずいぶんと人口流出が問題となったが、それさえも久我山家には追い風になった。離職した農家から土地を買い、規模を拡大し、経営破綻した農家を非正規職員として雇用し利益をあげる。

政治家のコネもあって、都会の飲食業界に契約農家として農産物を送り、海外にも販路を広げているとも聞いた。

ある人は、これを地方経済のピストン効果と呼んでいた。閉鎖されたシリンダーから空気を抜けば、内部の温度は下がる。しかし、ピストンを圧縮すれば、狭い体積で温度は上がる。

　同様に地域経済全体は疲弊しても、その中で一部の人間に富が集中すれば、少数の富裕層が生まれるというわけだ。

　そして久我山慎太郎は、本家の当主として一族の頂点に立っていた。つまり圧縮された熱量の中で栄華を極めていたのだ。それはこの葬儀の規模を見てもわかる。

　これだけの参列者は故人の人望ではなく、久我山家との利害関係によるものだ。そう断じてしまうのは公平ではあるまい。久我山慎太郎は成績優秀で、スポーツも得意で、生徒会役員という、安っぽい青春ドラマの主人公のような男だったが、確かに人望はあり、友人たちには男女問わず紳士であった。

　だが、彼の友人枠から漏れた人間にはどうか？　久我山慎太郎にとっては、友人以外の人間は、何をしても許される人間以下の存在であった。彼はそうした人間に対して、猟奇性を感じるほどの苛めを行った。

　弁当をトイレに捨てるくらいのことはまだ可愛い方で、跡がつかないような方法で殴りつけるとか、誰も見ていない場所で人を階段から突き落とすようなこともしていた。

　彼にとっては、憎いから嫌いだから苛めていたわけではなく、強いて言えば弱いから苛めていたのだといまは思う。ともかく久我山に反抗する人間はいなかったのか、苛めが表面化することはなかった。

教師に相談しても「久我山くんがそんなことをするはずがない」でお終《しま》いだ。それどころか場合によっては「立派な生徒を貶《おとし》めようとした」と、苛め被害者側が教師たちに譴責《けんせき》されることも珍しくなかった。

そんなことを俺が知っている理由はもちろん、俺が久我山から苛められる側だったからだ。クラスが違っていたにもかかわらず、久我山は人目がないときに、暴力をふるったりした。階段から突き落とされたときは、手首と足首を骨折する怪我をした。足首の骨折はいまでも軽い後遺症が残っている。

それでも久我山は処罰されなかった。

「香川なんてクラスも違う人にそんな真似をするはずがないじゃないですか！」

学校一番の優等生の言葉を疑う生徒も教師もいなかった。それどころか実の親までもが俺のことを嘘つき呼ばわりしたのは堪《こた》えた。

確かに親にしてみれば、地元で久我山家に楯突くわけにはいかなかったのかもしれない。それでも俺を連れて久我山家に赴き、親子三人で土下座までさせられたときには、久我山よりも両親に殺意が湧いた。息子がギブスをつけているのに、躊躇《ためら》わずに土下座させる親なのだ。俺の中では、二人はこのときから親であることを止めた。

久我山からはその後、しばらくは苛められることはなかったが、それもほとぼりが冷めるまでだった。さすがに階段から突き落とすような真似はしなかったが、その代わり暴言や悪口は増えた。それは聞くに耐えないようなものだった。

さすがに俺も、教師や周囲の大人が俺の証言など信じないことは学んでいた。だから怪我のあとはICレコーダーを持ち歩くようにしていた。何かあったら奴の言葉の暴力を録音し続けるためだ。

じっさい苛めの証拠はすぐに集まった。久我山は俺が反撃の準備をしているなどとは露ほども思っていなかった。ただ一つ、計算外のことがあった。ICレコーダーを用意していたのは俺だけではなかったことだ。

ある女生徒が久我山の言葉を録音していた。そして学校を飛び越して教育委員会に提出した。具体的にそれがどんな内容なのかはわからない。ただ女生徒は自殺し、彼女の親は町から消え、久我山になんの制裁も加えられなかったことだけが事実だ。

この騒ぎの結果、俺には反撃の手段もないことがわかった。だから郷里の町から逃げるという選択肢しかなかったのだ。

俺の意識の中で、奴は絶対的な強者だった。勝てない相手だった。が、そいつがすでに死んでいたとは。参列者たちの話を信じるなら、交通事故によるものらしい。

しかし、故郷における久我山の存在感の大きさは、葬儀の様子でわかる。会場いっぱいに並べられたパイプ椅子は、こういう時代なので、一脚ごとに空間をあけられていた。だから椅子に座れる人数は昔の半分ほどなのは当然としても、参列者の半数は椅子が足りないので後ろに立っていた。親族席を除けば、椅子に座っているのは代行参加者ばかりだ。

クライアントの指示で、参列者のタグを頼りに挨拶回りを行う。俺は移動して頭を下げるだけだが、頭を下げる相手も下げられる相手も代行参加者だ。きっとカメラの前のクライアントもお辞儀をしているのだろう。相手の仮面にはお辞儀をしたときの頭頂部が映っている。

クライアントが仮面を介して語る言葉は無視するのが代行参加のマナーだが、久我山が手広く人脈を築いていたのは、何となくわかった。町の住民の多くが、久我山が開拓した販路や市場のおかげで生活を成り立たせているらしい。

そのためか親族席の空気は残された妻子周辺をのぞけばとげとげしい。後継者をどうするのかという生々しい話が聞こえてくる。何しろクライアントから盗み聞きを指示されるのだ。となれば逆らえまい。追加手当がでるなら俺が拒む理由もない。

俺はいままで漠然と久我山に復讐するようなことを夢想していた。故郷に戻るなど考えていなかったのだから、復讐などできるはずもなく、それはやはり夢想でしかない。

しかし、奴の葬儀に参加して、久我山個人への憎しみよりも、この参列者の群れに腹が立ってきた。久我山は苛め加害者だった。その事実を知らせるシグナルは幾つもあった。だが周囲はそれを無視してきた。傍観者であれば、自分に累は及ばないからだ。

もしも子供時代に周囲の大人の誰かが現実を直視し、久我山を正しく導いたなら、俺の人生も奴の人生もまるで違ったものになったのではないか。

代行参加以外の参列者のなかに学校時代の知り合いの姿がちらほら見られた。多くは久我山の取り巻きだった連中だ。そして彼らの様子を見ると、いまも高校時代の先輩後輩の上下関係で動いている。まるでこの町だけは時間が止まっていたようだ。

そうしている間に焼香の順番が来た。かつては故人の遺影が飾られていたが、いまは大型モニターに生前の写真や短い動画が順番に表示される。

当たり前だが久我山は結婚していた。動画クリップで演出される良き夫の映像に現れるのは、幸せそうな美女だった。高校のときの久我山の彼女だが、そのまま結婚したのか。

俺が遺影と遺族席に一礼すると、確かにそこには高校時代のおもかげのままの女性がいた。そしてその横には、中学生くらいの女の子が二人並んでいた。

二人も俺に返礼する。その所作は、この娘たちの育ちの良さが窺えた。そう、久我山は自分が認めた相手にだけは、親切で善良だった。残された久我山夫人も二人の令嬢も、紳士で人格者としての久我山だけを見ていたのだろう。

が、そこで俺は気がついた。彼らの人間関係が昔のままならば、いまもこの町のどこかに久我山に踏みつけにされている人間たちがいるのではないか？

いや、久我山だけが加害者なのか？　もしも久我山が精神的に闇を抱えていたとしても、周囲が傍観者だけならば、久我山は死の瞬間まで、加害者であることを自覚するチャンスを奪われていたことになる。この土地で自分たちが変わらない日常を送れるならば、被害者の苦悩も加害者の自覚も知ったことではないわけだ。

もしも仮面をつけていなければ、俺の青ざめた表情が見られただろう。俺は憎むべき相手を間違えていた。そして俺が逃げたのは久我山からではなく、この時間の止まった町からだったのだ。

俺の気持ちとは無関係に、仮面にテクスチャーを貼り付けているクライアントは、彼の言葉で、夫人や令嬢たちにお悔やみの言葉を述べる。この家族は周囲から愛されているように見える。

しかし、残された家族の前で、故人の事業継承で言い争う人間たちが果たして愛していたと言えるのか？　家族に寄り添う人間はほとんどいないというのに。

焼香を終え、俺は自分の席に戻り、復讐の手段を思いついた。俺にしかできない手段だ。葬儀の場では、故人を偲《しの》ぶという趣旨で参列者が持っている故人に対する思い出の画像や映像、あるいは音声を、この葬儀のためのクラウドにアップロードする機能がある。そうやって故人の生前の姿を皆が共有するという趣旨だ。

もちろんそれができるのは喪主が許可した人間だけで、見ず知らずの人間が勝手なファイルをアップロードすることはできない。代行参加者もそれは同じだ。そして俺のクライアントは喪主から許可を受けている一人だった。

クライアントも何かファイルを用意しているようだった。仮面のテクスチャーを思い出の映像に切り替える人もいまは珍しくない。このとき回線は開きっぱなしだ。俺には久我山の言葉の暴力を記録した音声ファイルがある。クライアントになりすまして音声ファイルを送ることは十分可能だ。

俺はスマホのAIを呼び出し、当該ファイルを準備する。クライアントがファイルのアップを開始したら、それらも送り込むように。故人の善人である顔しか知らない人間たちは、久我山の裏の顔を知ってパニックになるだろう。奴の評価は地に落ちる。そしてこの町の偽善も明らかになる。音声ファイルには当時の教師を始め、傍観者たちの肉声も入っているからだ。

そしてそれは、久我山が人間とも思っていない俺、香川三崎によって行われる。この町に生まれ育ちながら、仮面でしか居場所がない人間に。

冷静に考えれば愚行以外の何物でもない。あのファイルがどういう経路でアップロードされたかなどすぐにわかる。そうなれば非正規労働の俺の経歴にも、「私的な怨恨により葬儀を妨害した」と記録されるだろう。この先の仕事の幅はかなり狭くなるのは間違いない。葬儀の代行参加の職にはありつけないだろうし、信用が重視される時間単価の高い仕事は回ってこなくなる。

ある意味、俺は俺自身に死刑執行をしたようなものだ。だがこの時間の止まった町もまた、自らの偽善を直視しなければならなくなる。そして平穏なコミュニティがそれにより崩壊したならば、俺の復讐は果たされる。

音声ファイルは無事にクラウドにアップロードされた。すぐに大騒ぎになるかと思っていた。しかし、葬儀はつつがなく終わった。

「本日は縁もゆかりもない主人のために、最後まで葬儀に参列していただきありがとうございました」

未亡人は、クライアントだけでなく、代行参加の俺にも深々と頭を下げた。俺は故人と因縁があることを明かすことなく、自己嫌悪と不可解な状況に当惑しつつ斎場を後にした。

家に戻りスマホで確認する。すでに日当は満額支払われていた。あの音声ファイルは何一つ騒動を起こさなかったのか？

音声ファイルはクライアントによりすでに消されていたが、彼からは何の反応もない。そして消去前に相当数がダウンロードされていた。少なくとも参列者の半数以上はあの音声ファイルの内容を聞いたはずだ。それでも葬儀を無事に終わらせることが優先されたのか？

そして俺は気がついた。俺の音声ファイルなど、何の意味もなかったのだと。この町の連中は、傍観者だったが、それはつまり久我山の苛めを知っていたことでもある。

俺は久我山の裏の顔を暴露したつもりでいたが、そんなものは町の人間には常識だったのだ。それを無視していたからこその傍観者ではなかったか。彼らは今日もまた不都合なことを直視せず、時間を止めることを選んだのだ。

体中の力が抜けた。その場にへたり込み、俺は悟った。こんなものを抱えて生きてゆくのはもうやめると。スマホから音声ファイルを消し、職業訓練の次の講座を申し込む。俺はこれから俺のために俺の人生を生きてゆく。過去の亡霊はもう捨てるのだ。それにより俺は真にこの町を捨てたと言えるのだ。

葬儀とは過去を清算し、残された人間が新たな出発をするための儀式だと言った人間がいた。今日の葬儀はまさにそれだ。俺は、久我山慎太郎への恨みさえ消えている自分を発見した。

だからいま、俺は心からこう言える。久我山慎太郎、死んでくれてありがとう。

# 砂場

菅浩江

ウイルスにはどのように感染することが多いのか。接触感染か、飛沫感染か、それとも別の経路なのか。コロナ禍がその危険を認識され始め、豪華客船ダイヤモンド・プリンセス号で感染者が出た頃、人々は飛び交う情報に頭を抱えた。マスクは意味がないという言説が飛び交い、しばらくして、マスクは非常に効果が高いという意見がスタンダードになった。専門家ですら意見を変える状況に、人々は自分自身で判断することを余儀なくされた。

本作は、判断基準があやふやな社会の問題点をえぐり出す一作。捉え方の違いが生み出す分断や、何が危険か分からない違和感を鮮烈に描いている。子育て中の親御さんや、体の弱い家族のいる読者の方には、刺さる部分も特に大きいのではないだろうか。

菅浩江（すが・ひろえ）は一九六三年生まれ。代表作に『メルサスの少年』（第23回星雲賞日本長編部門受賞）、「そばかすのフィギュア」（第24回星雲賞日本短編部門受賞）、『永遠の森　博物館惑星』（第54回日本推理作家協会賞長編および連作短編集部門、第32回星雲賞日本長編部門受賞）、「不見《みず》の月」（第51回星雲賞日本短編部門受賞）、『歓喜の歌　博物館惑星Ⅲ』（第41回日本ＳＦ大賞受賞）などがある。

コンクリート造りの大きな滑り台のある公園を囲うものは、いつの間にかフェンスから透明ボードに変わっていた。

なるほど、これだと中の様子がよく見えるし、ボールや虫が外へ出ることもなく、それを追う子供の飛び出し事故もなくなる。

けれども、壁に覆われていると思うと、こころなしか息苦しい。

そこまで考えて、竹本《たけもと》は、ふと、おかしくなった。

自分は〈覆われた人《カバード》〉なのに。一般用とは違ってテストも兼ねた最新式だから目には見えないが、分子サイズのフィルムで全身を包まれ、肺の入り口にはフィルターまでついているのに。少しでも閉所恐怖症の気《け》があるのだったら、世界と隔絶されていると知りながら仕事ができているわけがない。

苦笑に気が付かれないように、砂場で遊ぶ幼児たちの声を聞きながら竹本は上を仰いだ。

古びた団地の各部屋のベランダには布団や洗濯物が干されていて、いつもと変わらない平和な午後の光景だった。

子供を見守っている親たちの立ち話も、他愛ない内容だ。晩御飯のおかず、タレントのゴシップ、兄弟の塾選び。男親が入っていけない話題ではないが、あえて輪に加わってご近所付き合いの成績を上げなくてもよさそうな雰囲気だった。

いま集まっているのは、幼稚園へ行く前の年齢の子供を持つ母親四人と、別の男親一人。自分も他の人から見ると毅士《たけし》の父親に見えるに違いない。

もう一人の父親は、母親たちからずいぶん距離を取って、ケヤキの樹にもたれて携帯端末をいじっている。それが、話しかけられないようにするポーズであることを、竹本はよく知っていた。男女の立ち位置がほぼ等しくなったとはいえ、男の身ではどうしても井戸端会議に参加する気にはなれない。

「ミリちゃん、体調はどう？〈カクテル〉受けたんでしょ？」

リーダー格の母親が、少女趣味の服を着た若い母親に訊いた。

カクテル、という言葉に竹本は思わず耳をそばだててしまう。

若い母親は、

「はい、全然大丈夫でした。熱も発疹も出なかったし」

と、大袈裟に手を振って答える。

にっこりした他の三人と異なり、

「よかったわねぇ」

と、硬い声で言ったのは、赤ん坊を胸に抱いたもう一人の母親だった。言葉とは違うニュアンスが眉の辺りに漂っている。

ああ、この言い方はきっと、と、竹本が思うのと同時に、その母親は自分から付け足した。

「うちの子、ああやって元気に遊んでるけど、カクテル接種のあとは寝込んじゃって大変だったのよ。顔なんかボールみたいに腫れちゃって。いいわね、ミリちゃんはラッキーで」

カクテルという名前で広まっているのは、三十五種混合ワクチンのことだ。

罹患するかも知れない疾病《しっぺい》を予防するためのワクチンは、最初は三種混合程度だったが、年々対象の数を増やし、来年には四十三種が出るという噂もあった。

ワクチンというのは、弱毒化や不活性化、毒素だけ取り出す、メッセンジャーRNAを使う、などで、あらかじめ体内に抗体や偽の感作《かんさ》モジュールを作っておき、いわば前もって安全に罹患させて耐性を確保するものだ。体質によっては一時的に症状があらわれてしまう副反応が出ることもある。

乳児を抱いたこの母親は、自分の子に副反応が出たので、なんともなかったミリの母親を羨んでいるのだろう。

ラッキーと言われたミリの母は、うまく返すことができず、

「そうですよねえ」

と、なんとかはぐらかした。ちらりと、リーダーとその横の痩身の女性に視線を投げるが、二人も困った顔をしていた。彼女は、それ以上絡まれないように、視線を砂場の子供たちへ流す。

その横顔に、抱っこの母親はまだ何か言いたげだったが、リーダーが機先を制した。

「カズくんは、ほんと、可哀想だったね。でも、カクテルの副反応が出るの、二パーセントくらいだそうじゃない。けっこう大きい数字。体質だとかなんだとか言われてるけど、誰に出てもおかしくないわ。幸い、副反応で死者は出ないそうだから、シンくんもちゃんと受けさせなきゃ駄目よ」

言われた女性は、むっつりとした顔で胸の乳児を揺すり上げた。その赤ん坊がシンとい

う名前なのだろう。上の兄弟にワクチンの副反応が出たら、下の子も受けさせるかどうかは悩みどころ。その心配と不安が嫌味になって口からこぼれだしたのかもしれなかった。

不満を否定するでもなく下の子供のワクチン接種へ話をもっていくとは、このリーダーはなかなか情報の捌《さば》き方が巧いな、と、竹本はひそかに感心した。

新種の感染症が幾度か大流行した末に、日本は本来の文化的背景である潔癖症を悪化させていた。

公園の砂場がいい例だろう。その昔、子供たちは手や服を泥だらけにして砂と格闘していた。気を付けるのは、汚い手で目を触らないようにすることくらいだった。そのうち、公園の砂場は野良猫の排泄物で不潔な状態である、と言い出す人が出てきた。くわっと目を見開いた親たちは自分の子供たちを砂場から遠ざけ、人工砂を用いた室内用砂遊びセットを競って買った。

さまざまな感染症が幕を切って落としたかのように次々と流行しだすと、室内の砂場はお友達と一緒に遊ばせる場所ではなく、自分の子供専用になった。それでは人間関係が育たないとの言説を受けると、親はまたかっと瞳を開き、裕福な家庭の子供はバーチャル・リアリティの姿でお友達の家を訪問するようになった。

か。

　子供のために。子供を病魔から守りつつ、定型発達させるために。親たちは感染症渦巻く世界の情報の中で東奔西走する。あれはいいのか、これは効くのか、それは役に立つのか。

　子供たちが再び、本当の自分の肉体で公園の砂場を利用できるようになったのは、カクテルが実用化されたからだった。これでバーチャルを使えない経済状態でも、子供をみんなと横並びにしておいてやれる、と、安堵する者が多かった。

　一般的な三種混合がいきなり十四種混合になったときには、副反応や薬害を考慮して慎重な意見もあった。違法ドラッグの混合品と同じ名称で呼ぶのはいかがなものか、という些末な言いがかりもあった。が、三年も経って効果が数字となって示されるようになると、ゆるやかに容認の風潮へと変わった。十四種から二十一種になる段階では、もうほとんど反対意見はなかった。きっと三十五種から四十三種混合に増えるときにも、危惧の声は変わり者のささやき程度にしか認知されないだろう。

　疾病への耐性を得た子供たちは、砂場で熱心に遊んでいる。砂の温度を知り、感触を知り、性質を知り、想像力を育て、自分の指先の制御方法を発達させ、少しずつ賢くなっていく。

　ピンクの上着を着てスコップをふるっているのが、ミリ。シンの兄のカズは、もぐらのような手つきでざっくざっくと穴を掘っている。リーダーの娘は、一心不乱に砂に水を混ぜてこねまわしているアマネだ。けど、やたらと周囲の砂を跳ね散らかしている子と、その子と一緒になって大口を開けて笑っている子、二人の名前を、竹本は知らない。苗字も、どちらが木陰の父親の子で、どちらが不思議なほど存在感の薄い痩せこけた女性の子なのかも、まだ知らない。

当然、調べはつく。しかしそれは非常事態になったときに行使すべき方法であり、できればそんな羽目にはなりたくなかった。

毅士との暮らしが長く続くようなら、円滑な人間関係とやらのためにも早々に覚えておかなければならないのだが、噂話を横で聞くくらいしか、情報収集の手段は思いつかなかった。

「あら」

カズ兄弟の母親が、公園の入り口に顔を向けて声を上げた。

「やだ。カバードじゃない」

透明ボードを押し開けて入ってきたのは、幼稚園のカバンを斜めがけにした活発そうな女の子と、ジーンズ姿の母親だった。

カバードといっても、竹本とは異なり、一般向けの様式である。頭の天辺《てっぺん》から足の爪先まで、全身を妙に反射する膜で覆うという安価な製品。顔の部分は歪みを低減するためにハードシェルになっていて、鼻と口の部分はメタリックな防塵マスクの形状をしていた。その上に着た服がコットンの普段着なので、ぬらぬらと光る肌がいっそう異様に見える。

「宇宙人、来たぁ！」

大きな声で叫び、失礼なことに指までさしたのは、カズだった。

まだボードから手を離してもいない親子が、はっとして一瞬動きを止める。

カズの母親は、息子の無礼をいさめるどころか、あからさまに眉間に皺を寄せて新参者を睨みつけた。

入ってきた二人は、わずかに顔を伏せて、砂場から離れたブランコのほうへ歩いて行く。

竹本は訊かずにはいられなかった。

「カバード反対派ですか？」

カズの母親は、当然でしょ、という表情になる。

「賛成してる人なんて、私、聞いたことないわ。目立つ格好で出歩くのは非常識。おかしな目で見られる子供が可哀想ね。カバードは、社会を信用してないって全身で表してる。カバーの外側は全部バイキンだって思ってるのね。みんな言ってるけど、ほんと、失礼な話じゃないの」

体質でカクテルを打てない人もいる。カバードは不便であり、あえてそれを選ぶのはそれ相応の事情がある場合が多かった。それを指さして、ネガティブな流行語と化してしまった「宇宙人」と呼ぶ息子は失礼じゃないのか、と言いそうになったが、竹本は、

「なるほど」

と、無難な相鎚《あいづち》だけを返した。この分だと、自分や毅士が新型のカバードだと知られたらどれほど冷たい目を向けられるか判ったものではない。

ブランコに乗った幼稚園児が、遠目にも母親と楽しそうにしているのが判って、竹本は少し安堵した。これ以上、差別意識が表面化して子供の心に傷がつくようなら、感染抑制省のリサーチ課に通報しなければならないところだが、なんとか免れたようだ。

「カクテルは」

突然、小さな声が聞こえた。

今まで固まったかのような微笑を顔に貼り付けたまま、一言も喋らなかった痩身の母親が、砂場の子供たちに目をやっている。

「万能じゃないです。この世の中は、菌やウィルスでいっぱいなんです。あんな選択肢があるって知ってたら、私もカクテルを打つんじゃなくてカバードになってました」

「えっ、そうなの？」

リーダーが目を瞠《みは》った。

薄い唇が、歪む。

「だって、なにもかも汚染されてるんですよ。自分たちがワクチンで病気を発症しなくなっているだけで、汚いものが世の中から消えたわけじゃないです。この世界は汚い。できることなら、私も身体を全部覆ってしまいたい」

「ヨシミズさん、そんなこと考えてたの」

こわごわ、という声でリーダーが呟いた。

ヨシミズという苗字らしい女は、ふと、笑った。

「考えてますけど、できません」

「そうね、世間の常識からすると……」

「違いますよ。私自身が汚いんですから。口やお腹の中にはバイキンがうじゃうじゃいて、皮膚なんてダニまでついてるそうじゃないですか」

「身体の中にいるのは常在菌って言って、悪さをしないやつよ？　むしろ、消化を助けてくれたり」

「菌は菌です」

リーダーの言葉半ばで、ヨシミズはきっぱりと言い放った。

「そもそも、ワクチンだって、弱らせたウイルスや菌を身体に注射して、抵抗力をつけておくってことでしょう。病気がひどくならないように、わざわざすすんで汚染されたんです、私たち」

「あの。そんなこと言ってたら子供なんて育てられないと思うんですけど」

極めて遠慮した様子で、若い母親が言う。

「もともと、子供の世話って汚いものですよ。食べこぼすし、飲みものはひっくり返すし、まだオムツも取れてませんし。でも、子供、かわいいですよね。ぎゅっと抱きしめたりしますよね」

「するわ」

さらに笑みを深くしたせいで、ヨシミズのこけた頬にいっそ凄惨とも呼べる影が射した。

「汚いことはお母さんに——こんな言葉は聞いたことない？　シンクの排水口もトイレも、酔っ払った父親が吐いたものも、掃除するのはお母さん。生ゴミをくって出すのもお母さん」

「私、しないわよ」

と言ったのは、カズの母親だった。

「自分の後始末は自分でする、それが我が家のルール。お皿洗いも当番制で、夫にもさせる」

「よかったわねえ」

ヨシミズは、ついさっき、カズの母親が口にした言葉をそのまま返した。

「うちは違う。汚いことはお母さん。どんなに時代が変わっても、汚いことはお母さん。うちはずっとそのまま」

彼女の声は、やすりをかけているかのように次第にざらつき、甲高くなっていく。

「だって、お母さんそのものが汚いんですもの。みんな言ってる。妊娠なんて、汚染の最たるものだわ。泳いで進むものを注ぎこまれて、お腹でぐんぐん育つ寄生生物に苦しんで」

両頰を押さえた左の手首から、肘のほうへ向けて腕時計が滑り落ちた。高級ブランド品の男物だった。

どのようないきさつで彼女がこんな考えに至ったかは判らないが、竹本には、オーバーサイズのその腕時計が、手錠のように見えた。

「汚い。全部、汚い。みんな言ってる。いろんな人が言ってる。針金のフェンスが透明ボードに変わったって、たいしたことないです。上は空いてるし、風は吹き込むし。菌もウイルスもどこにだっているんです。砂場から猫のウンチがなくなって、週に一回は消毒してますって言われても、雨が降るたびに空気中の汚い粒が砂に混じっていくんです。昨日は雨だったから、今日はたぶん、あの砂には……」

言葉に加速度が付いてきた。他の三人は呆気に取られている。

「いまこのときも、私たちは汚いものにひそかに食い散らかされてるんだわ。精神を集中すれば判るかもしれない。細胞膜が破られるところが。遺伝子がウイルスに乗っ取られるところが。ぷち、ぷち、ぷち、ぷち、ぷち……って」

ヨシミズはようやく、はっ、と我を取り戻した。

ぶるっと身震いして、自分の身を抱きしめてから、

「リョウ。帰るわよ」

と、砂場に踏み込み、笑い上戸《じょうご》の男の子の腕を乱暴に引っ張る。

「すぐに手を洗わなきゃ。それとも、お風呂入ろうか」

「いやだ。もうちょっと。もうちょっとだけ遊ぶ」

「アヒルさんのおもちゃ、出してあげるから。さあ、早く」

まだ帰りたくない子供を脇に抱えるようにして、彼女は団地のほうへ戻っていった。

「なに、あれ。気持ち悪い」

カズの母親が歯に衣着せぬ感想を漏らす。リーダーも吐息をついて手を頬にあてた。

「感染抑制省に知らせたほうがいいかしら。ヨシミズさん、自分の思い込みを広めなければいいんだけど」

するど、ガーリーな服に似合わないことを、若い母親が口にした。

「少し心を病んでるのかも。潔癖症というか、もっと精神病よりの強迫神経症かもしれないですね。感染抑制省だと情報操作疑義に挙げられちゃって大事《おおごと》になっちゃうから、私、後から保健所の同僚に連絡しておきます。妊娠を汚らわしく感じるだなんて、子供への虐待に発展しないかのほうが心配」

よし、と竹本は心の中で頷いた。この若い母親は保健所と関係のある人物らしい。ヨシミズさんとやらの件、自分は動かなくてすみそうだった。

リーダーが、アマネを見守りながら、ふう、と大きく息を吐いた。

「こんなご時勢だから、気持ちも判るけどねえ。思い詰めると極端になっちゃう」

「そうですね。いつもずっと病気の心配してますもんね」

「ああ、そうじゃなくて」

リーダーは、若い母親の相鎚を柔らかく訂正する。

「私たちには、何に対してもニ択しかないってことが問題じゃない？　罹《かか》るか罹らずにすむか。もしくは、カクテルを打って病気にならないはずだと自分に言い聞かせるのと、カバードになって自分だけは安全だと思い込むのと。本当はまったく別の次元の選択肢がもう一つあるはず。たとえ感染症になったとしても、ひどいことにならずにちゃんと治る保証が得られている、っていう」

「そうですね。なんかそういう考え方してたの、すっごい昔みたいな気がします」

日本は医療先進国だ。急性的な症状や克服できない病ももちろん残されているし、基礎研究や創薬部門が弱いとはいえ、なんらかの病気に罹ったら即座に死を連想しなければならないほどの状況ではない。けれど国際化が進んで、日本人は自信を失っていた。

かつては風土病だったものがあっという間に世界中にばらまかれる。病気を媒介する虫や小動物が建築資材に紛れ込むこともあるし、飛行機で罹患者と乗り合わせることもある。国を越えて流れてくる複雑な化学物質が、あちこちで病原の変異を促す。常在菌がそのようにして突然牙を剝いた例もあったのだ。自分たちが初めて遭遇する病は、最初の感染者が出てから手を打つまでの間に、どうしてもコンマ何パーセントかの犠牲者が出るのは避けられないことだった。

医療への信用は、近年、急速に力をなくしていた。全体の死亡率は変わらず、流行病への対応は決して遅くはないのだが、新奇な病は大きく報道されるので、このような風評が根付いてしまったのだった。矢継ぎ早に押し寄せた〈新型〉の波に呑まれ、報道の潮に流され、人々は、罹患しても治るという心の支えをみずから目に見えないものとして扱いだしてしまった。

カズの母親は、二人にではなく胸の弟に語りかけた。

「次から次から出てくるもんねえ。カクテルの中身をいくら増やしたって、これから出てくるヤツには効かないしねえ。どうしましょうかねえ。キミはいっそ宇宙人スタイルになりましょうかねえ」

「同僚が言ってましたけど、カバードは不便みたいですよ。排泄とかお風呂とか。それに、赤ちゃんのうちからあまり神経質に病原から遠ざけると、生物が本来持っているはずの抵抗力が低くなるそうです。私たち親が平気な菌にも勝てなくなるとか」

「でしょうねえ。でも、先々どうなるか誰にも判んないもんねえ。次はどんな病気がはやるかしらねえ。カクテルの副反応で大変な目に遭った上に、新しい病気でコロッと死んじゃうなんて、バカみたいだもんねえ。宇宙人のほうがマシかもしれないもんねえ」

シンとカズの母親は、他の人に何を言ってほしくて文句を口にしているのだろう、と、竹本は不思議に思った。

そしてすぐに、ああそうか、と気が付く。

彼女は、嘘でもいいから大丈夫だと言ってほしいのだ。いにしえからの罹っても治るという当たり前の保証がなくなって、副反応のリスクか宇宙人呼ばわりされるかしか選べない今の二択状況から、いずれ世界は解放されるのだと。

彼女が約束してほしいのは、病気などひとつもなくなる清浄な世の中なのか。それとも、どんな病気が発生してもすぐに根絶できる万能医療の未来なのか。

無論のこと、竹本にはその希望の二択のどちらも約束できない。むしろ、それだけではなくもっと恐ろしい事態になるかもしれないという注意勧告をしたいくらいで——。

その時。

砂場のほうで、子供の大声がした。

「宇宙人アタ～ック！」

カズの掛け声だった。子供は両手いっぱいの砂を友達の頭上に投げた。

ミリとアマネともう一人の男の子が、悲鳴を上げて頭を抱え込む。毅士は標的にされていたのかまともに砂を浴びてしまっていた。

竹本の血の気が下がった。反射的に毅士に駆け寄る。

母親たちも砂場へ走り、それぞれ自分の子供の顔を覗き込んだ。

「なにするの、カズ！　謝りなさい」

シンを腰に乗せるように片手抱きにした母親が、強くカズの背中を叩く。

カズは自分のしたことが悪いことだったと初めて気付いた様子で、唇をへの字に曲げてむっつり黙り込んでしまっていた。

「毅士。大丈夫か。目は？」

「砂、入った」

「コンタクトレンズは？」

「壊れて溶けたかも。叱られる？」

じっと俯《うつむ》いたまま、小さな声で答える。痛いと訴えるよりも先に、そう訊くのが不憫《ふびん》だった。竹本は、全身の砂を優しく払ってやりながら、

「事故だから叱られないさ。さあ、おんぶしてやるから帰ろう。家で洗うまで、目はつぶったままで我慢しろよ」

アマネが母親に抱きつき、声を押し殺して泣いていた。

呆然としているミリの顔を、若い母親がウェットティッシュで拭いてやっている。

まだ名前も知らない男の子は、父親がパンパンと音が出るほど衣服を叩いている間、悔しそうにカズを睨んでいた。

「ほら、謝りなさいってば。ごめんなさいは？　ちゃんと一人ずつに言いなさい」

母親が、子供の背中をどんと押した。よろめいた子供は、一番近くにいたミリのほうへとぼとぼと近付くと、消え入りそうな声で「ごめんなさい」と言った。

若い母親が、仕方なさそうな、けれども精一杯の笑顔で応じると、カズは父親と一緒の男の子にも謝った。

アマネは謝罪の言葉を聞いても母親から顔を放さなかったが、リーダーは、

「みんな怪我がないように遊ぼうね」

と、そつなく返した。

男の子は最後に竹本と毅士の元へやってきた。

すでに毅士を背負っていた竹本を上目遣《うわめづか》いで見、とがった唇で、「ごめんなさい」と、定形文を繰り返す。

背中に毅士の身じろぎが伝わったのと、カズの目が大きく見開かれるのとが同時だった。

「……宇宙人」

カズは、毅士をまっすぐ指さして呆然と言った途端、爆発するように大泣きした。

猛ダッシュで弟と母親のところへ戻ろうとする細い腕を、竹本はがっちり捕らえる。

毅士は背中から飛び降りていた。竹本は、カズの胴体を押さえながらもう片方の手で目

隠しをする。子供はめちゃくちゃな身体の使い方をして暴れ、したたかに蹴られた。

「非常事態。感染拡大《インスペ》」

竹本は強く叫んだ。携帯端末に仕込まれた音声反応装置が、すぐさま感染抑制省へ連絡を回す。

「なにすんのよ。息子を放して」

ずかずか近付こうとするカズの母親を、竹本は視線で厳しく制した。

「ベンチの上、僕のバッグの中に特殊なサングラスが入っています。全員それをかけてください」

「どうして――」

「光学感染が発生しました」

光学感染、と呆然と鸚鵡《おうむ》返《がえ》しをしたのは、アマネの母親だった。

まずサングラスを、と頼もうとした竹本の横を、もう一人の父親が通り過ぎた。

「眼鏡、私が配ります。感染抑制省リサーチ課のタカギ・タイガです」

「えっ」

ベンチへ歩きながら、タカギは肩口で振り返って、苦笑いを向けてくる。

「話は後で。居合わせたのは偶然じゃないんで。ＡＩＡも私のほうで出しますね。汚染地《ＡＩ》

域指定、唐松台団地内、西唐松児童公園。関係者二名で対処中。応援求む」

自分と同じ仕事用の端末を持っているのだろう。タカギはすらすらと通信をこなしながら、サングラスを配った。もしもの事態を想定して子供用のも用意していたので、ブランコにいた二人も含めて、竹本とタカギ以外は全員が装着できた。

「この眼鏡は、体感できない速度で視界を遮《さえぎ》る機能がついています。めまいや頭痛を覚えた方は、ベンチでお休みください。五分ほどで感染抑制省の管理官グループが到着、迎えの車が来ます。あ、ちなみに、竹本保養監視官と私は、人間と見分けのつかない最新式のウチュウジンなので、コンタクトレンズに同じ機能がついています。ご安心を」

笑顔が爽やかな男だった。感染抑制省のリサーチ課は、疾病に関する世論や差別を調べる部署で、とりわけ人当たりのいい好人物が選ばれているということだが。

「光学感染って、何ですか？　いま、何が起こってるんですか」

リーダー格の母親が、意を決したように訊く。タカギはそれにも笑みで答えた。

「文字通り、見たもので感染する新しいタイプの伝染病ですよ。フジツカ・カズくん、君は毅士くんの目の色に驚いたみたいだったけど、何色だったの？」

「は、灰色」

カズは子供用サングラスのつるをしっかり押さえ、しゃくり上げながら教えた。

やはり見てしまったか、と、竹本は肩を落とし、口を開いた。

「光学感染は、見ることによって伝播してしまいます。罹った人は虹彩が無彩色になる。灰色になった虹彩は、人間が感知できない間隔で明度変化をし、それを見ると自分も同じようになってしまう。今の段階では、症状はそれだけです」

「それでどうなるんです？　死ぬんですか？」

「まだ何も判っていませんが、おそらく大丈夫かと」

「おそらくって……」

カズの母親の顔がくしゃっと歪む。

「なにせ新型です。瞳の色が変わって、それを目にするだけで伝染する、確かなのはこれだけです」

「じゃあ、これから何か悪いことが判るということも」

「正直言って、そうですね。瞳の明度変化のパターンが脳にどんな変質をもたらしているのかが不明です。光刺激性癲癇《てんかん》という先例もあることですし、単なる点滅でも脳波に異常をきたす場合があります。しかも、虹彩の色素が急激に変化するのは常識では考えられない病態です」

「潜伏期間は」

保健所勤めのミリの母親が質問してきた。

「五日から七日ぐらいかと」

「じゃあ、まだ目の色が変わっていない人からも感染する可能性があるんですね」

「おそらく。申し訳ありませんが、感染したかもしれないみなさんにすら、お伝えできる情報はまだこれくらいです」

兄弟をぎゅっと抱きしめながら、フジツカが叫んだ。

「どうしてそんな子供を普通に遊ばしたりするの！」

「世論を想定しての判断ですよ」

タカギが穏やかに一歩踏み出す。

「カクテルが行きわたるまで、公園の砂場は封鎖されていた。けど、親たちは声を荒らげて言い続けていましたよね。この年代の幼児には、友達と一緒の砂遊びがぜひとも必要だと。貴重な子供時代は、ワクチンができるまで待ってくれない」

「それとこれとは」

タカギは、なおも噛み付くフジツカに、にっこりして見せた。

「光学感染には、いまだ目立った悪い病態が見つかっていません。知ってましたか？　疣《ゆう》贅《ぜい》、みなさんにも一つや二つあるいわゆる普通のイボも、ウイルス由来のことが多いんですよ。腸内の常在細菌はお花畑のように広がっていて、むしろ有益さからフローラと愛《め》でられている。もっと言えば、細胞内のミトコンドリアももともとは別生物だったのが取り込まれたという説もあります。光学感染も常在細菌のように私たちと共存できるものかもしれない。カラーコンタクトを買わなくても瞳が灰色《アッシュ》になると喜ばれるようになるかもしれない」

タカギは、軽く肩をすくめながら、さらに笑みを深めた。

「虹彩がただ灰色になるだけか、それすら恐れて子供の自由を奪い発達を阻害するか。この二択であれば、砂遊びを取り戻すためにやっきになっていた世論がどちらを選ぶか、判りきったことじゃないですか」

フジツカは、酸素の足りない金魚のように唇をわななかせている。サングラスで目元が見えないぶん、いっそう恐ろしい形相に思えた。

極めて静かに、透明ボードの入り口付近にマイクロバスが停まった。ぬらぬら光る一般的なカバードが三人、医療カバンを携えて公園へ入ってくる。奇妙なのは、カバーで覆われているのにもかかわらず、サングラスを装着していることだった。竹本たちが使うコマ落とし機能のあるコンタクトレンズは、まだほとんど数がないのだ。

「これから、検査と経過観察のため、感染抑制省の施設へ移動していただきます。ご家族へのご連絡は、テキストか音声のみでお願いしますよ。なにせ光学感染です。映像でも簡単にうつりますからね」

リーダーは、アマネの手を引いて、観念した様子でマイクロバスへ向かった。そのあとにぞろぞろ続く親子たちは、常識というメーターが振り切れてしまったのか、死刑台へいざなわれる囚人のようにも見えた。


「僕のせい？」

低いところから声がして、竹本は毅士を見下ろした。

片方はまだコンタクトが残っているが、片目を押さえるのではなく、しっかりサングラスをかけている。殊勝なことだ、と、やはりまた可哀想になった。

「君はちゃんとコンタクトをしていた。壊れて溶けたのは事故だって言ったろ？　砂を掛けられたんだから」

「でも、目、開けちゃった」

「謝ってもらってるから、応えようとしたんだ。むしろ、優しさだよ」

「僕もお父さんとお母さんと同じところに入ったほうがいい？　カクリ……シセツ」

頭を撫でようとしたのだが、タカギの掌のほうが早かった。

「いい子だなあ、川添《かわぞえ》毅士くんは。いま、リサーチ課で、君がちゃんといい時間を過ごせるように施設の準備をしてるからね。もうすぐお父さんたちに会えるよ」

毅士がようやく笑った。

竹本がいくら生活の世話をしてやっていても、いくら同年代の子供たちと身体を使う遊びをさせても、やはり両親の存在にはかなわない。毅士の定型発達のためには、一刻も早く親子三人で暮らせるようになってほしかった。

他人の子の頭を撫でているのが気に食わなくなったようで、タカギが連れていた男の子が、

「帰ろうよ。お家、遠いよ」

と、彼の上着の裾を引っ張った。

タカギは、自分の子の頭の上に掌を載せ替えながら、真面目な顔を竹本に向ける。

「私がここにいたのは、竹本さんにあまりよくない報せをしなければならないかもしれない事態だったからです。そしてさっき、懸念は現実になってしまいました」

「どういうことでしょう」

「何も知らされていない一般人が、自分の瞳の変化を面白がって、ネット配信したようです。配信元が光学感染の事情を伝えていた大手だったので、サワリの数秒が流れただけで、

すぐストップがかけられましたが、その配信者は一般人とはいえ若い子の間ではインフルエンサーだったので……」

「感染拡大《インスペ》の規模は」

「二百三十一人」

聞いた竹本は、唸るように言った。

「広がりますね」

「そうですね」

タカギは穏やかな表情のままだったので、少しも深刻そうに聞こえなかった。

「メディアには、すでに感染抑制省の緊急警報がのっています。ただこうやって外出するなどして端末を見ない人に警告が行き渡るのには、あと半日かかる予想です。下手をすると、一般人がこの情報自体を慌ててやりとりすることで、感染者が増えてしまう可能性もある」

竹本は、「ああ」としか言えなかった。それは返事なのか絶望のうめきなのか、自分でも判らなかった。

風呂場で毅士の身体を洗おうとしたら、ズボンや襟の折り返しから砂粒がこぼれた。

まったくどこにでも入り込む。目に見える砂粒ですらこうなのだから、目に見えない相手はいったいどれほど周囲に存在しているのか。

光学感染の原因、今度の敵は距離すら関係ない。動画ひとつでまたたくまに蔓延する。

また二択の選択肢が人々を振り回すのだ。無害か有害か、治療法のありやなしや、感染コントロールができるか否か。

しばらくの間、メディアに登場するのは、過去の映像か、バーチャルのアバターになるだろう。自分が付けているタイプのコンタクトレンズが量産されるまでは、全員がサングラスをかけることにもなる。映像通信は使えず、通話は音声のみ。孫の顔が見たければ、静止画像を送ってもらうしかない。

人々は耐えられるのだろうか。人工的なアバターばかりの出演者に。口ほどに物を言うと称される目を、直接覗き込めない人付き合いに。

耐えられないとしたら、あとは祈るしかなかった。

どうか光学感染のワクチンが一刻も早く開発されますように、と。そうすれば、カクテルの混ぜ物が一つ増えるだけですむ。

……いや、すまないかもしれない。

竹本は、毅士の髪の毛に入り込んだ砂をブラシで落としながら、胸苦しさを覚えた。

今回は罹っているか罹っていないかが一目瞭然だ。たとえ無害であっても、イボのポピュラーさを獲得するまでは、カバードと同じく宇宙人扱いされて後ろ指さされるだろう。

「恐ろしい」

思わず漏らした一言に、毅士が、

「僕のせい？」

と、また不安そうな顔をする。

竹本は慌てて、違う違う、と首を横に振った。

「何も悪くないよ。別のことを思ってた。君はいい子だ。どんなことを言われても、胸を張っていなさい」

これだ。これが恐ろしい。天真爛漫であるはずの子供に顔を伏せさせてしまう。

それは、砂場の砂のように、どのようにでも形を変え、どこへでも入り込み、制しても誰かが制止を非難し、ごくごく身近にいつもある。人々を混乱に陥れ、ときに狂乱へと導く、身の毛もよだつ病のみなもと。

初期症状は、選択決定が困難になる。ときに被害妄想を伴う、だ。

疾病を予防するにはどうすればいいのか。

子供を賢くするにはどうすればいいのか。

自分は清潔なのか汚染されているのか。そもそも自分とはどこまでだ。カバーの内外、皮膚の内外、細胞膜の内外……。

情報という病は、しかも光学だけではなく聴覚からも感染する。

竹本の足の裏で、毅士から落としてやった砂がザリッと嫌な音をたてた。

# 粘膜の接触について

津久井五月

大人になると、全身を覆う特殊な薄い膜を渡される。その膜は感染症対策になると同時に、様々な五感コンテンツをやり取りできるテクノロジーになっている。そんな社会が訪れたら、何が起こるだろう……。

本作は、接触の官能性に思いを巡らせた一作。実際、接触の持つ意味合いがここまで一気に変化したのは、歴史上初めてのことに違いない。以前まで何気なく触っていたものが、恐怖の対象に変わってしまった。握手やハグができないことを大きな苦痛に感じる人も、国によっては多かったようだ。逆に「コロナパーティー」などという言い方で、ウィルス感染者が非感染者と触れ合う危険なイベントが開かれているといったニュースも報じられた。人類にとって、接触への渇望は根源的なものの一つなのかもしれず、コロナ禍はそこに異常な歪みをもたらしてしまったのかもしれない。

津久井五月（つくい・いつき）は一九九二年生まれ。二〇一七年、『コルヌトピア』で第5回ハヤカワＳＦコンテスト大賞を受賞しデビュー。本アンソロジー内では最も若い作家である。

初めてスキンを着けた日を、君は覚えている？　ぼくはいまでも思い出すんだ。すべてがこんなに大きく変わってしまう前のこと。それは高校入学を一週間後に控えた、あたたかい春の午後だった。

「お前ももう大人だから」と言って父に渡されたスキンの箱には六個入りと書いてあった。

「盛り場で遊びたい気持ちは分かる。だから責任感を持て。きちんとスキンを着けずに楽しもうだなんてガキのすることだぞ」

「分かってるよ。保健体育の授業でもさんざん言われたから」

「ウイルスを舐めるなよ。舐めたせいで日本はめちゃくちゃになった。俺がガキの頃だ」

「それも聞いたよ。歴史の授業で」

珍しく真面目な顔をした父を前にするのが気まずくて、ぼくは箱を持って階段を駆け上がった。自分の部屋に戻ると服を脱いで全裸になった。心臓の鼓動が一段跳ね上がる。箱から硬い小袋を取り出して破ると、かすかに甘い匂いがする。小さく巻き丸められた半透明の薄膜はさらさらした潤滑剤で濡れていて、先端に二つの袋が出っ張っていた。

教科書で見たからやり方は分かる。ぼくは左右のつま先を順番に、出っ張りの中に突っ込んだ。膜が足に吸い付く感触は冷たくもあたたかくもなくて、肩透かしを食う。そのままふくらはぎ、ふともも、尻を越えて胴体へ、肌の上を転がすようにして引き上げる。途中で新たな二つのポケットに両腕を通すと、首まですっぽりと膜に包まれた。最後に、胸の前に垂れた端っこで顔を覆って耳に掛ければ、装着完了だ。

ぷぷぷ、と間抜けな音で空気が抜けて、スキンはぼくの全身にぴったりと張り付いた。目も鼻も口も耳も塞がれて、戸惑う。でも膜はすぐに溶けるように透明になって、息苦しさはなくなった。足踏みしても腕を回してみても、自分が感染症撲滅のための人工粘膜を身に纏っているとは信じられない。鏡に映した全身は油膜に似た七色の光沢を帯びていて、半勃ちのペニスも袋の中で光っていた。

上に服を着直しても興奮は収まらず、ぼくはそのまま走って街に出た。じきに道路上の学区境界に差し掛かる。子供の頃はその白線を悪戯で踏み越えて、警官や親にひどく叱られた。でも今回は、思い切り駆け抜けてもブザーは鳴らなかった。

駅前の繁華街に辿り着く頃には息が上がっていた。でも汗はすぐにスキンに吸われて、気分爽快だった。防疫のために学区単位で隔離された子供の世界を出て、しかも体臭もにきびももう気にしなくて済むと思うと、新しい肌を手に入れた嬉しさがこみ上げた。

でも、本当の喜びはその後に待っていた。

繁華街にはカフェやバーや露天に囲まれた広場があって、そこは常に人でごった返していた。スキンを着けた数百人の若者が密集して押し合いへし合い、女も男も朝も夜もなく、浮かれ踊り騒いでいる。頭を振り、短い叫びや呻き声を上げる。輪になって広場をぐるぐる廻り、ときには街路に溢れ出す。愛の行進《ラヴパレード》ならぬ摩擦の行進《ラブパレード》。そんな冗談めいた呼び名の終わらない祝祭こそが、ぼくの目的地だった。

ぼくは意を決して、これまでは近寄ることすら許されなかった人混みに潜り込んだ。色とりどりのジャケットやパーカ、デニム、スカート、そしてスキンの間に。するとたちまち何本もの光る腕が周りから伸びてきて、ぼくを引き込み全身をまさぐりはじめた！

誰かに触れられた腰から鉱泉の熱さが胸まで上ってきて、耳元で声が優しく囁いた（ラブパレードへようこそ）。別の手が快晴の浜辺の潮風のように清々しく、頬と首筋を撫でた（緊張しないで！）。仰向けに寝転がる五月の芝生のちくちくした刺激を背中に感じる

（君は疲れてないかい？）。ふと触れた誰かの腹はタテゴトアザラシの赤ちゃんの柔らかさだ（ほら、こっち来てよ）。身を捩って人混みをかき分けると、角の取れた滑らかな砂利になって川に洗われているような心地がする（そうだ、みんなで癒やし合おう）。

これがマッサージだ。スキンの摩擦によって交換、伝達、再生される五感コンテンツ。皮膚感覚の波とともに、果実の香りや揺らめく七色の光、鼓動に似た打楽器の音が人工粘膜の内側に溢れた。ざらざら、もこもこ、びりびり。誰彼かまわず撫でさすり合うたびにその感触は増えて折り重なって、肌の上に交響楽やアンセムを展開する——。

「おーい、郁雄《いくお》！」

誰かがぼくの名を呼んだ。我に返ると、後藤夏菜子《かなこ》が細い腕を振りながら、人波をこちらに泳いでくるのが見えた。中学も進学先も同じ彼女は、ぼくの一番の女友達だった。

「やっぱ来てたんだ。わたしもやっと親が許してくれたの」と言って笑う。粘膜の向こうで白い歯が光った。「あ、そうだ、これ飲んでみてよ。やばいから」

彼女はぼくに赤いボトルを押し付けた。スキンの口元の小さな穴にストローを通して吸い上げると、強烈な酸味と辛味が口の中で爆発して、全身の毛穴から汗が吹き出すのを感じた。ぼくの顔を見て彼女はさらに笑った。

「感度が上がるんだってさ。ほら、こっち」

握られた手から数百人分のマッサージが一気に流れ込んで、全身に電撃が走った。「あっ」と二人同時に声が出てしまう。ぼくたちは照れ隠しに叫び、無数の手に身を任せた。ああ、この肌はその日からほのかに卑猥なものになった！　ぼくはスキンで全身を覆うことで、逆説的に接触の喜びを知ったんだ。

ぼくはラブパレードに通い続けて、スキンに関する一つの原理を学んだ。その場に集まり触れ合う人数が多ければ多いほど、マッサージの情報量は指数関数的に増えるという原理だ。逆に少人数でどれだけ撫でさすり合ったところで、大した快感は得られない。それはネットワーク情報学の基礎だけでなく、ラブパレードに五感コンテンツを提供するエンタメ産業や、場所を提供する不動産業の観点でも理解できる。金を動かしたければ、無数の肉体を集めるのが手っ取り早いということだ。ぼくもまんまと乗せられて、人混みの高揚感の中、スキンに流すコンテンツや割高の変わった飲み物に小遣いを注ぎ込んだ。

一方、高校生活は期待したほど新鮮なものじゃなかった。同級生の半分は、普段は自宅からオンラインで同じ授業を受けていた。ぼくは父の意向もあってわざわざ電車通学していたけれど、対面だろうがＶＲだろうが授業は退屈で不便で、知的にももどかしかった。〈アメーバ動物の一種であるキイロタマホコリカビは、通常は単細胞で動き回り細菌などを食べているが、飢えると集まってナメクジに似た多細胞の移動体になり、条件が揃うと小さなキノコ状の子実体に変化して胞子を放出する〉

例えばこんな一文は、肌に馴染む知識を与えてくれない。それはただの言葉だ。アメーバのねばねばや子実体のつぶつぶを自分の肌で感じなければ、本当のことは分からない。

みんなテキストへの鬱憤を募らせていて、全員登校の試験日の休み時間にはそれが爆発した。ぼくたちは制服の袖や裾をまくってスキンを擦り付け合った。狭い廊下を練り歩きながら手持ちのコンテンツとゴシップを流して、即席のラブパレードを催した。昼食はストローで飲める流動食だ。固形物を食べるにはスキンからわざわざ顔を出し、見えないウイルスを恐れて小声で話さなければならない。トイレでスキンの尻をあける手間も増える。若いぼくたちにそんな暇はなかった。

年長の教師も無論スキンを着けていたけれど、それを単なる感染症撲滅膜としか見ていなかった。彼らは人混みも集団行動も嫌いで、ぼくたちの接触への渇望を馬鹿にした。そのくせ、休み時間にはネット端末のタッチパネルをべたべた触って、過疎化したSNSなんかに張り付いて喜んでいたんだ。新型感染症の波状攻撃の最中、SNS上の流言がどれだけの問題を引き起こしてきたか、彼らこそよく知っていたはずなのに。

ともかく、ぼくたちは前世代を悩ませた感染症や孤独や汗からほぼ解放されて、愉快な集会と接触の権利をそこそこ謳歌していた。

夏菜子がためらいがちに声をかけてきたのは、入学から半年後のことだった。

「ねえ、放課後、時間ある？」

そっと肘に触れられて、ぼくは咄嗟に返事ができなかった。彼女と話すのは数カ月ぶりだ。中学までの狭い世界を共有した相手でも、高校で片方に恋人ができれば会話の機会は減る。そうでなくても、夏休みを経て伸びた彼女の髪と手足は、ぼくをまごつかせた。

どうしたの、と訊くと彼女は一瞬ためらった。思い詰めた彼女の心情が、ぼくのスキンをしとしと濡らした。その感触でぼくは、それが浮いた話じゃないことを悟った。

「吏《つかさ》に会うから、ついてきてほしいの」


金子吏と夏菜子が付き合い出したのは、入学後間もない五月の初旬だった。馴れ初めは知らない。春は激しくスキンが擦れ合う時期で、恋が芽生える経路は無数に存在した。

吏は澄ました色男で、痩せた長身と尖った顎に、長めの髪が似合っていた。自意識過剰だと思うけれど、五年間の柔道経験で盛り固められたぼくの肩や潰れた耳と、それは好対照を成していた。夏菜子はこういう男が好きなのか、とぼくは衝撃を受けた。

彼がいつどこでスキン破りを受けたのかは、正確には分からない。〈汚い手〉はラブパレードの中に潜んでいて、狡猾な手段で、セキュリティが甘い若者を狙っている。

（スキンを脱いで真実を見よう！　君たちは娯楽に閉じ込められ、均質化されている！　君たちは個性なき細胞になりかけている！）

汚い手がマッサージに偽装して流し込んでくるのは大抵がそんな思想汚染コンテンツで、政府や企業の陰謀がどうとか、ブログやSNSに回帰しようといった妄言まで添えられている――らしかった。ぼく自身は汚い手に触られたことはなくて、知っていることはすべて、濾過を経た安全な噂話だった。

吏はスキンのソフト更新を怠っていただけじゃない。汚染されたスキンを捨てずに、そのまま二週間以上も身につけていた。そのせいで五感すべてを介してスキン陰謀論に染められて、ついには高校生の稚拙な知識と技術で、自分の同級生にスキン破りを仕掛けようとした。親も巻き込んでひと悶着あった後、結局は転校。その全部を通じて夏菜子を悲しませた。ぼくは彼が嫌いだった。

吏は市内の公園で待っていた。学区は違えど、ぼくや夏菜子が昔遊んだ公園にそっくりだ。もう日は落ちて子供たちは家に帰り、ベンチに座った吏のほかには人影はなかった。パーカにジーンズ姿の彼は夏菜子を見て立ち上がり、ぼくを見て立ち去ろうとした。

「待ってよ」と恋人が追い縋った。

「用心棒が要るほど俺が怖いのかよ。それともそいつが新しい彼氏か」

振り解こうとする彼の声は妙な響き方をした。スキンを着けていないからだ。ぼくは寒気を覚え、次に怒りがこみ上げてきた。

「おい、お前その態度は何だよ」

彼に駆け寄って胸ぐらを摑んだ。片腕で持ち上げられるほど彼は軽かった。

「彼女の話くらい聞けよ。ぼくは手も口も出さない。ただ見てるだけだ」

「出してるじゃねえか。お前は何だよ」

「夏菜子の——友達だ」

力を緩めると、朿はぼくの手を乱暴に振り払った。そして息を荒らげたままベンチに座り直し、舌打ちすると、こちらを睨んだ。

「お前は離れてろよ」

ぼくは言うとおりにした。遊具に腰掛けて、夏菜子が彼の隣に座るのを見守った。

ぼくの背後には浅い池があった。子供の頃は雑菌だらけのそんな池に素手を浸していたのに、いつしか自分の靴ですらスキンなしでは触らなくなった。ぼくたちは安全で快適で責任ある膜に包まれていて、朿だけがみっともなく幼稚な素肌を晒していた。

「転校するとき、どうして相談してくれなかったの。せめて会って話したかった」

夏菜子の声はよく通る。逆に吏の声は低く抑えられていて、聞き取りにくかった。

「お前は俺を馬鹿だと思ってるんだろ」

「違うよ。でも、おかしいでしょ、スキンを着けないなんて。もう大人なんだよ。ニュース見てないの？　スキンを拒否する人のせいで、いまも感染症で人が死んでるんだよ」

「もう人に迷惑はかけない。そのために登校不要のところに転校したんだ。虫みたいに群れるくらいなら、俺はネットの中で生きる」

「オンラインでは誰とも触れ合えないのに？　SNSやジャンク情報や子供騙しのVR以外に、ネットに何があるっていうの」

「本物の思想だよ。みんなスキンの蔓延に警鐘を鳴らしてる。俺はもうあんなものに閉じ込められない。俺は俺で、自由なんだ！」

「……何言ってるの」彼女の声は震えた。「怖いよ。思想って何？　ねえ、それは病気なんだよ。悪い人に悪い考えをうつされただけなの。感染症なの。だから治るんだよ」

一瞬の沈黙があった。

「俺を馬鹿にするな！」

吏が叫んで、夏菜子の腕を摑んだ。

「なあ、お前は彼女なんだろ。じゃあ信じてよ。俺は大切なことに気づいたんだよ」

彼女が悲鳴を上げた。男の指がスキンに食い込んで、引き裂こうとしていた。

「俺と同じものを感じてよ。それでも違うって言うなら、諦めるから。俺も戻るから！」

ぼくは立ち上がった。

「邪魔するな」吏が叫んでぼくを見た。

夏菜子もこちらを見た。彼女は助けを求めていた。少なくとも、ぼくはそう判断した。

「いい加減にしろ馬鹿野郎！」

ぼくは二人の間に身体をねじ込んで、吏を突き飛ばした。彼は地面に転がった。そのむき出しの肌が砂まみれになって、擦りむいて傷つく。彼は起き上がって体当たりしてきた。腰を低く落として、ぼくの胴に突進する。悲しいほど軽い相手だった。肩を摑んで簡単に受け流す。それでも摑みかかってくるから、ぼくは何度も彼をかわして、振り回して、ついに公園の池に投げ込んだ。

汚い水の中で吏は動かなくなった。濡れ鼠になって咳き込みながら、濡れて張り付いた前髪の下から暗い目でこちらを睨んだ。

「なんでスキンを捨てなかった」ぼくは訊いた。「汚されたと気づいたときに」

熱しかけたぼくの肌をスキンが適温に戻した。胸の奥だけが冷たかった。

「この気持ちは本物だからだ。ずっと言葉にできなかった。でも誰かが教えてくれた！」

「汚い手は仲間を増やすことしか考えてない。それを思想だとか言論だとか、お前が勘違いしてるだけだ。キモすぎるよ」

「お前にはどうせ分からない」吏の声に熱がこもった。「言葉に救われたことがないんだろ。何も疑ったことがないんだろ。マッサージに溺れて、何も感じないんだろ!」

怒りも興奮も完全に消えて、ぼくはただ、目の前の少年を憐れんだ。この世の中には声が届かない相手がいる。頭が悪くて信じ込んだら離さない。陰湿でいじけた目をして、まともな人間を恨みがましく睨みつけてくる。

ぼくは最後に水面を蹴って吏の顔に汚水をかけると、夏菜子の肩に手を置いた。彼女は動揺して口を開き、何か言いかけていたけれど、ぼくが促すと無言でついてきた。

帰り道でラブパレードに寄った。摩擦熱を帯びた人混みは優しくぼくたちを愛撫した。猫の舌のざらざら(悩んだらいつでもここに来て)。土を叩く夏の夕立(スキン破りに注意。迷わず誰かに相談して!)。肌は慰められ、浮かびかけた余計な言葉は溶けた。吏は本人の希望通りに自分自身を隔離してぼくたちの街から消え、ぼくはまた夏菜子と話すようになる。これでいいんだ、とぼくは念じた。

それでも、暗く燃えていた吏の一対の目を、ぼくはいつまでも忘れられなかった。池の水面を蹴った瞬間、ぼくは自分がどれほど残酷になれるのかを思い知った。そして、人は結局は通じ合えないという諦めの種を、自分で自分に植え付けてしまったんだと思う。

＊

　それから季節は何度も柔らかく過ぎて、ぼくと夏菜子は大学生になり、恋人同士になった。二人とも一人暮らしをするために東京に出て、週末には決まって互いの部屋を訪ねた。学業もアルバイトも家事もままならないままで、ぼくたちは性的に成熟した。

　二人きりのときのスキンは、たった二人分の五感コンテンツが行き来する接触通信機器でしかない。皮膚感覚を何倍にも増幅する夢の粘膜も世の中にはあるにはあったけれど、それは違法な代物だ。膜越しの愛撫に飽きると、恋の幻滅を振り払い神聖に到達する方法は、裸の性交渉しか残されていなかった。

　家族以外の前でスキンを脱ぐのは、ほとんど初めてのことだった。素肌を見られるのはまるで口内や尻穴を見られるような感覚で、恥ずかしいとか興奮するというより、病院で感じる居心地の悪さに似ていた。

　スキンを介さずに触れた彼女の肌は驚くほど冷たかった。絡める指はほとんど金属の感触で、肌は乾いて、ぼくの部屋の壁紙のようだった。何度も撫でて、くすぐってみてもそれは変わらなかった。生身の肌は沈黙していた。あまりにも情報量が少なかった。冷静になると何もかも疑問に思ってしまいそうで、ぼくは裸体の様々な部分に視線を注いだ。それさえ意識すればペニスは困らなかった。

善良なぼくたちに許された唯一の道具は、平たい小袋に入ったコンドーム。小袋をあけると濡れた半透明の膜が入っていた。かつて父がぼくにスキンを渡したとき、その口調にどんな含みが持たされていたのかを、ぼくはそのときようやく理解した。

ペニスの先端に突起をあてがって、熱くなった海綿体と血管の上を転がすように巻き下げると、ぼくの一部だけが再びスキンに包まれた気がした。夏菜子はじっとその様子を見た後、何も言わず全身をベッドに預けた。

「痛くない?」とぼくは訊いた。

「大丈夫だよ」と彼女は答えた。

「ぼくも……大丈夫だ」

ぼくは注意深く、自分を相手から隠していた。スキンなしでは言葉に頼るしかなくて、言葉は望むより多くのものを伝えてしまう。そんな不自由なものに頼るくらいなら、何も言わない方がましだ。

後始末を終えると寒気がして、震えて眠った。本当はすぐにでもスキンを着たかった。

二人で街に出て、数万人のマッサージにあたためられたかった。一体誰が、二人きりで裸になるのが本当の愛の行為だなんて言い出したんだろう。そいつはきっとポルノの見すぎだと思った。

以後何十回かの試行の中で、結局ぼくは何も摑めなかった。ぼくと夏菜子はじきに互いの部屋を忘れて、ラブパレードにばかり通うようになった。マッサージに身を委ねて頭を振っているうちに、人混みの中ではぐれるようにして、二人の関係は自然消滅した。これでいいんだ、と僕は念じた。

閉じた恋愛より開かれた摩擦の場を好む若者を、ニュースはまるで社会問題のように報じた。ぼくたちはそれに反発した。スキンを着ければ女も男もない。押すも押されるも、撫でるも撫でられるもすべては平等な粘膜同士の間に生じる作用と反作用で、一塊のラブパレードの中でその力は優しく調和している。全身が性器で、街が恋人だから、夏菜子の代わりを探す必要はない。ぼくはそう自分に言い聞かせて、いつしか本気で信じた。

人が増えるほどマッサージの情報量は増し、それがさらに多くの人を吸い寄せる。ラブパレードは数年のうちに急増し急拡大した。練り歩く群衆は繁華街を飲み込み、都市そのものさえ変えはじめた。建物も舗装も、スキンに心地良い表面を持つようになった。人間がもっと単純で、自他も曖昧な動物だった頃の、草地や森や洞窟や水辺の感触を。

ぼくは大学で触覚工学を学びながら、あとは時間の許す限り、祝祭の中で飲み笑い泣き催した。無数の肌に太陽と慈雨と子犬の毛皮を感じ、大きな塊の一部になった。

「助けてくれ！」

あるとき、ラブパレードの中で戯れに叫んでみた。内容は何でも良かった。どのみち、言葉にはもう大した意味はなかったから。

（心配ないよ）とみんながぼくを撫でた。ぼくはそのマッサージに癒やされた。それでも念のため、もう一度叫んでみた。

「誰でもいいから、ぼくを助けて！」

ふざけ半分のはずが止まらなくなって、声が潰れるまで何度も吠えた。叫びは歓声でかき消され、誰にも迷惑をかけなかった。疲れ切ったぼくは街角に横たわって目を閉じた。ビルの外壁はふわふわと柔らかくて、大きな毛深い動物に添い寝しているみたいだった。

微睡みの中で夏菜子のことを思い出した。

まだ別れが避けられると思っていた頃、いつか子供が欲しいかと彼女に訊いた。そこに二人の未来を匂わせるつもりはなかったし、それは彼女も分かっていたと思う。

「要らない。妊娠なんてしたくないから」

「どうして」

「だって、嫌でしょ。このスキンの中にもう一人入ってきて、やっと好きになれたと思ったら、勝手に出ていっちゃうなんて」

彼女を失ってやっと気づいた。その答えには吏のことが重ねられている。ごく短い期間であっても、彼は夏菜子のスキンの向こう、心の深部に、たしかに触れていたんだ。ぼくが最後まで触れられなかった場所に。

吏がどこで何をしているのか、初めて気になった。まだどこか狭い場所に閉じこもって、ネット越しに世界を覗いているのか。数万人との交わりに慣れたぼくの肌ではなく、無垢で孤独な彼の肌なら、夏菜子の素肌の小さな声を聞き取れるんだろうか。

朝の街角で目を覚ますと、ラブパレードは別の場所に去っていた。ぼくは一人で、夏菜子と別れてから初めて泣いた。吏が羨ましくて仕方がなかった。涙はウイルスや汗と同じように、粘膜に吸収されて消えた。

スキン破りをやったのはたった一度きりで、大学を出て五年目の春だった。

その年の一月、十年近く続いた国際プロジェクトが完了して、世界中のすべてのラブパレードがネットに接続した。いや、正しくはネットが、三十億のスキンから成る超巨大な仮想ラブパレードの一部になったというべきだろう。ネットを流れる情報のうち、スキンを介さないものは二割程度になった。

そういえば、新型ウイルスは？　薬剤耐性菌は？　そんなニュースはもう何年も聞いていなかった。感染症撲滅という当初の目的は、ついに達成されたらしい。それでも誰もスキンを脱いだりしなかった。

ぼくは東京でスキンを改造して生計を立てていたけれど、家も仕事場もラブパレードの中にあった。その頃には事務所も住宅も商業施設も、都市を流動する祝祭の中に溶けはじめていたんだ。みんなスキン一枚になって、皮膚感覚の奔流に疲れればその場で眠る。起きるとまたマッサージの中で生活と仕事を営むか、服を着て外に働きに出かける。

いつの間にか、人混みには子供も混じるようになった。小中学生からスキンを着けることは珍しくなくなったし、ラブパレードの住人の間に生まれて、雑踏の中で育てられる赤ん坊もいた。それでもまだ生殖行為だけはラブパレードの外、ホテルや物陰で営まれた。

偶然できた何人かの恋人たちは、ぼくがホテルでスキンを脱ぎ、脱がせようとするのを揃って拒否した。妊娠を望む一人は、ぼくのペニスを指差してこう言った。

「スキンを外すのは、そこだけにして」

その行為が終わったとき、ぼくはもう誰の素肌にも触れられないんだと悟った。夏菜子が最初で最後のチャンスだったんだと。

次の日から、スキン破りの準備を始めた。自分のスキンを改造して、マッサージに特殊な仕掛けを施した。それは無数の小魚のようにラブパレード内を伝播して、セキュリティの甘い誰かのスキンに辿り着くと、ぼくの叫びと位置情報を無理やり流し込む。

（スキンを脱いだらぼくは一人だ！　本当のぼくは一人ぼっちだ！　ぼくのスキンを撫でるんじゃなくて、ぼくを助けてくれ！）

この期に及んで素肌の触れ合いを求め出すなんて、自分でもポルノの見すぎだと思った。いまさら言葉に頼るなんて馬鹿だとも。それでも誰かにぼくを見つけてほしかった。

準備が整うとすぐに実行した。ぼくは東京最大のラブパレードの中にいたから、汚い手で周囲のスキンに触るだけでよかった。（大丈夫だよ）とみんなは何も知らずぼくを慰めた。数億の肌から熱く柔らかい音楽が流れ込んで、ぼくを溶かした。吏を沈めた後も、夏菜子と別れた後も、そうしてくれたように。

誰かに届くとは正直期待していなかった。届いたところで何かが起こるわけじゃない。スリルがぼくの汗腺を刺激して、汗がスキンに吸われるだけ——そう思っていたんだ。

なのに、誰かとふと目が合った。

流れる人混みの中で立ち止まって、こちらを見ている人がいた。使い古したスキンを着けた、長身の男の子だ。高校の制服を胸に抱えて、ぼくをまっすぐに見つめていた。

伝わってしまった、とすぐに分かった。

街明かりで粘膜が煌めいて、彼の表情はよく見えなかった。ぼくの脳は勝手に、ずっと忘れていた顔をそこに投影した。公園の池の水で濡れた、金子吏の顔を。彼の目が暗く燃えて、またぼくを見ていた。

ぼくのスキンの位置情報を辿って、返事が返ってきた。懐で彼の叫びが炸裂した。

(同じだ——俺もずっと一人ぼっちだ!)

その瞬間に全部が怖くなった。自分の汚い手が。言葉で人を変えてしまうことが。彼を、もう一人の吏にしてしまうことが。

(やめろ、君は違う——ぼくとは違う! ぼくの言葉は空虚だ。精液でもウイルスでもない。こんなものに感染するな。こんなもので孕むな! 君はいま、幸福だ!)

ぼくは逃げた。激しいラブパレードの流れに逆らって、人や建物にぶつかりながら、夢中で、彼の声が届かない遠くまで。

結局、疲れてその場で眠ってしまうまで、ラブパレードの外には出られなかった。

＊

もう、あれから何百年も経った。ぼくはいつしかどろどろに溶けて、スキンにしみ込んだ。摩耗した記憶はこうして粘膜の一部としてかろうじて残っているけれど、膜に包まれているのは内臓でも筋肉でもなく、計り知れない機能を持った、流動する原形質だ。

要するに、ぼくは一つの袋のようなものとしてここにいるらしい。たったいま隣で触れ合っている君も、周囲にいるほかの無数の誰かさんも、その点では同じだろうと思う。

ぼくは君たちのことを知らない。この状態に至った経緯も曖昧だ。たしかなのは、これがかつてのラブパレードと本質的に同じものだということ。ぼくたちは触れ合いながら、一つになってゆっくりと動き続けている。

過去をただ忘れていくのは嫌だったから、君に話したんだ。聞いてくれてありがとう。これでもう悔いはない、と言ったら嘘になる。結局、後悔こそが最も長く肌に残る感情だった。ぼくはまだ夏菜子や吏のことを考えている。自分でも呆れるよ。でも、その思いがぼくをまだここに存在させているらしい。

君も気づいているかい？　もう残り時間は少ないみたいだ。ぼくたちは加速している。汚染された地上から、重力に逆らって押し上げられている。ただ明るい方へ、寒い方へ。

ああ、そうか。いま分かった！

〈アメーバ動物の一種であるキイロタマホコリカビは、通常は単細胞で動き回り細菌などを食べているが、飢えると集まってナメクジに似た多細胞の移動体になり、条件が揃うと小さなキノコ状の子実体に変化して胞子を放出する〉

この退屈な文を覚えていたことにも意味があったんだ。昔、誰かが予言したことは半分までは当たっていた。ぼくたちは一人が一つの細胞になって、無数のスキンから成る巨大な多細胞生物としてさまよった末、いままさに子実体を伸ばしている！

そして、どうやらぼくは孕んだらしい。膜の中に二つ目の命が生まれて、蠢いている。これが胞子なんだ。ラブパレードに覆い尽くされたここを離れて拡散し、ぼくたちの知らない場所で再び一から始めるための、小さな種。これが、粘膜の接触を巡るぼくたちの長い右往左往の歴史の、その終着点なのか。

（さよなら！　さよなら！　さよなら！）

聞こえたかい？　いま、胞子がぼくの中から出ていった。ぼくの後悔の震えから勢いを得て、まっすぐに暗い宇宙へ飛んでいった！　まだ知らない何かと出会うために。

ああ、破れて穴のあいたぼくは、もうこれ以上君に話しかけられないみたいだ。

人類は次こそ、もっとうまくやれるかな。

いまになって思うんだ。もし、ぼくがあのとき彼の前から逃げ出さなかったら、この結末は少し違っていたかもしれないって。さすがにそれは誇大妄想だと、君は呆れるかい？

# 書物は歌う

立原透耶

若者のみが生きている世界。雪の中を歩む主人公が出会う歌声の正体とは……。

本作を読むと、文化の継承について考えさせられる。コロナ禍で、文化を蓄積してきた場所をとりまく環境は大きく変化した。図書館の利用者はめっきり減少した一方で、YouTube の需要は増加した。その変化の大きさは、おそらく年齢層ごとに異なっている。若者は新型コロナウイルスに感染しても比較的重症化しにくいため、学校も開かれていることが多かった。しかし、高齢者にとっては集まるリスクが高く、学びの場の多くは閉じてしまっていた。

とはいえ、本作はそのようなことを意識せず、ただその美しさを味わって読む方が良いかもしれない。コロナ禍で疲れた心を癒やす幻想的な風景が、ページいっぱいに広がっている。

立原透耶（たちはら・とうや）は一九六九年生まれ。ファンタジーからホラーまで幅広く手掛ける作家であると同時に、北星学園大学文学部で教授を務める中国文学研究者でもあり、二〇二一年、その中華圏SF作品の翻訳・紹介の業績に対し、第41回日本SF大賞特別賞が贈られた。代表作に『立原透耶著作集』（全五巻）などがある。

周囲の大人たちが全員いなくなった時、ぼくはまだ十代だった。

## 1

冬になると大雪の降る地域で、ぼくはたった一人になった。

父は亡くなる前にぼくにいろいろなことを教えてくれた。世界に人間が満ちていた頃。動物が溢れていた頃。楽園のような時代があったということ。けれども最初に人間が減りはじめ、次に動物たちも減りはじめた。それはたった一種のウィルスから始まったのだという。やがて一種類しかなかったウィルスはどんどんと変異していった。生き物から生き物へと感染し、瞬く間に広がった。詳しくはよくわからなかったけれど、父によると体内の免疫系が攻撃され、暴走したのだという。そのせいで血液や心臓の障害が起きたり、臓器不全など全身の症状が現れたりしただけでなく、当時存在していた病院という場所が崩壊し、治療できなくなって多くが死んでいったのだそうだ。

発病しても軽症で、奇跡的に生き残ったのが若者たちだった。そう、ぼくのような。だから彼らはこう考えた。若者は免疫力を持っていて、一度か二度かかっても重症化しない。このまま人類は生き延びていくだろう、未来は決してなくならない、と。

絶望の内に希望が芽生え、新しい文明が築かれた。

誰もがウィルスに勝ったと信じていた。もちろん新たな変異株、変異種が次々と生まれたけれども、それでも宿主を絶滅させることはないだろう。ウィルスだって生命だ。自分たちが死に絶えるような策をとるはずがない。

警戒を怠《おこた》らず、でもいささかの安堵とともに、人々は家庭を持ち、社会を再構築し、世界を持続させた。

そしてそれが永遠に続くものだと願っていた。

けれどもその願いは踏みにじられた。

三十代、四十代になった人々が次々とウイルスに再感染し重症化し、死んでいったのである。まるで計画されたかのようにピッタリと発症し、生き残る人はほとんどいなかった。一度でも感染すれば、免疫や炎症に関するタンパク質の遺伝子が変化するという後遺症が残り、それが一定年齢になると、刻みこまれた呪いのごとく発動するからであった。

もちろん人類だってすぐに諦めたわけではない。残された二十代、まれに生き残った三十代以上の人々は必死で対策を考えた。でも誰もが優秀な研究者なわけではない。ウイルスは人を選ばない。

社会が衰退し、文明がとだえ、何もかもが消え去っていった。

残ったのは絶望。希望なんてかけらもなかった。

それなのに人間は子供を産み育てることをやめなかった。

だからぼくみたいに一人きりになる。もちろんほかにも、どこかに、きっと誰かがいる。

完全にいなくなるまで、ぼくらは生きて、子供を作り、言い伝える。

人類の敗北を。

雪の中、ぼくは黙々と歩く。

今はもう子供たちを保護するシステムもなければ、確固たる政府も何もない。大人たちが次々と死んでいく世界において、子供だけで社会を安定させていく仕組みなんて維持できるわけがない。

水もガスも電気も止まっている。だから雨水を溜めたり、少し離れた川まで行って水を確保したりしなければならない。朽ちたスーパーやホームセンター、コンビニを回って食糧や固形燃料を集めていたけれど、それももう限界に近い。使えるものはなんでも使ってしまった。だから今は空き家を一軒一軒訪ねて、そこにあるものをいただいていく。

そうやってぼくは生きている。

ばさっ、音がした。

軒先に積もっていた雪が落ちる。

暖かいわけではない。揺れているのだ。

また、だ。

振動の正体はわからない。ため息をついて、ぼくは手にしていた本を握り締めた。

一日中、食べ物を探しているわけではない。退屈しないようにと親が教えてくれた文字。そのおかげでぼくは読書の喜びを覚えた。本の中には信じられないような世界が広がっている。ぼくのような年代の子供たちはみんな学校というところに通って勉強していたらしい。そこでは教師という大人がいたり、同級生たちがいたりして、恋や喧嘩、勉強や運動に明け暮れていたらしい。他にも会社というものがあるとか、ペットというものがいるとか。ぼくには想像もできない「過去」という時間が展開されている。

握り締めていた本に目をやった。もうこの本を読むのは七回目になる。近くで手に入れられる本はほとんど読んでしまった。退屈がじわじわと日常を侵食している。ぼくはもっと本を読みたい。もっと知識を手に入れたい。あとどれだけ生きられるのかわからないけれど、生きている限り、本を読み続けたい。それは食べ物に対するのと同じくらい強い欲求だった。

七回目になるこの本には「図書館」という言葉が出てくる。図書館に住む猫の話だ。ぼくが惹きつけられたのは猫ではなく、「図書館」という場所だった。そこには何千何万という本があるという。きっと一生かかっても読みきれないほどの本があるはずだ。

昔は紙の地図というものがあって、それを見て歩けば行きたいところにたどりついたそうだ。でも人類は紙の地図を捨てて、スマートフォンやパソコンで見る電子地図やナビゲーターというソフトを使うようになった。まさか将来、電気も電波もなくなってしまうだなんて、思いもよらずに。

だから、今は図書館の位置も、そもそもこの世に本当に図書館というものが存在するのかどうかもわからない。竜が架空の存在であるように、図書館だって空想世界のものかもしれないじゃないか。

大きく息を吐き出して、ぼくは家に戻ろうとした。

その時、耳の奥で何かが響いた。

「歌？」

母がよく歌ってくれた子守唄。父が大きな声で歌っていた激しい曲。

いろいろな思い出がぼくの中に湧き起こってきた。

歌だ。これは何かの歌だ。

囁くような歌がぼくの耳を震わせる。ぼくの心を揺さぶる。

行かなければ。この歌の源に行かなければ。

使命感にも似た強烈な感情が身の内から生まれ出で、全身に立ち上って、ぼくの頭をくらくらさせた。目の前が赤く染まっているような気がした。

一度家に戻って、古くて破けそうなリュックサックに食べ物と水、それに赤い表紙の国語辞書を入れる。読み物に困った時、一番飽きのこないのがこの手の本だからだ。秘蔵の丈夫な靴を取り出し、防災用の黄色いヘルメットをかぶって、準備完了。

大きく息を吸い込み、ゆっくりと吐き出す。息が白く染まって、あかぎれた指先が痛んだ。

外に出ると、歌声は強くなっていた。今や耳の奥だけではなく、はっきりとした大きさで響き渡っている。優しい女性の声に聞こえた。助けを求めるような、慰めを与えるような。そして、呼びかけるような。

凸凹になった道を進む。建物の一部は斜めになったり崩れ落ちたりしている。窓ガラスはたいてい割れていた。雪が入り込んでいるところも多い。雪をかき分けながら歌を目指す。

汗をかきながら歩いているとからだ全体が冷えてくる。だんだん陽が沈みだし、昼間に溶けていた雪が今度はうっすらと氷を張り始めた。踏みしだくたびにパリパリと乾いた音を立てる。

今日はもう限界だ。建ち並ぶ家を眺め、窓が割れている一軒に目星をつける。ここは以前に食べ物と服をもらってきたところで、寝室は埃まみれなことを除けば綺麗だった。これで明日も大丈夫だ。広いベッドに飛び込み、ぼくは安心して眠りについた。

そんなふうにしておそらく四日が経過した。

晴れて暖かさも戻り、歌声も今や耳を覆いたくなるほどに大きくなっている。そろそろ歌声の源に辿りついてもいいはずだ。

爪先立って前方を眺めてみた。

やはり人影は見当たらない。

いや、そもそもこんなに大きな声で歌うことのできる人間っているのだろうか？　何日もかけて歩かなければならないほどの距離まで響きわたる声？　さすがにあり得ない。ようやくぼくは足を止めた。何日も憑かれたかのようにがむしゃらに歩いてきた。だけどそれって、もしかしたら、随分とおかしなことなのではないだろうか？

もう一度背伸びをする。前を見る。

道路の真ん中に大きな建物がある。それだけだ。

道の、真ん中、に？

もう一度見る。

かつての交差点の真ん中に、それはあった。

そして間違いなく、その建物から歌声が流れている。

不意にぼくは思い出した。セイレーンの伝説。船乗りを誘惑して死へと導く歌声。まさに今のぼくは船乗りと同じではないだろうか？

ぞっとして身をすくめた瞬間、ぴたりと歌声が止まった。

恐る恐る、もう一度大きな建物を観察する。動かない信号機に囲まれるようにしてそびえたつ建物。灰赤色にくすんだ煉瓦《れんが》造りの壁。大きさのわりには窓の数が少ない。二階建てだ。正面玄関は重厚な木の扉で、まだ朽ちてはいない。重々しい雰囲気が伝わってくる。

これは、なんだろう。

よせばいいのに好奇心がむくむくと頭をもたげてくる。

その時、またもや歌声が始まった。

どきどきした。両親が亡くなって以来、誰とも出会わず、誰とも話す機会はなかった。今、初めてぼくに話しかけてくるものがいる。たとえどれほど怪しい存在だったとしても、ぼくはもうその魅力から逃れることができない。

まるで蜘蛛の罠にかかる羽虫か何かのように、よろめいた。頭のどこかでは理性が止めているのに、どうしようもなかった。

ぼくは寂しかったのだ。寂しくてたまらなかったのだ。

人の温もりに飢えていたのだ。

あらがいようのないそれは、ぼくを理性から放ち、純粋な感情のみの動物にした。

迷うことなくぼくは建物に向かって走った。雪に足を取られて何度も転び、下半身が雪だらけになった。いつの間にか大切にしていた手袋も脱げてしまった。

急げ、急げ。

歌声の主が消えてしまわぬうちに。会いに行くんだ。

正面玄関の扉は重かった。

だから全身の力を使って必死になって引っ張った。

開く。

飛び込んだ。

## 2

大きな螺旋階段が空間いっぱいに延びていた。

建物の内側は木目《もくめ》の美しい重厚な作りになっており、独特のにおいがする。それからとても乾燥した空気。喉がすぐにいがらっぽくなり、空咳《からぜき》が立てつづけに出た。

歌声は螺旋階段の果てから響いていた。何を言っているのか、歌詞はわからない。ただ緩やかで優しく、呼びかけるような調べが続いている。

おそるおそる階段を登った。ぐるぐる回りながら、上下左右を見渡す。螺旋階段に気をとられて分からなかったけれども、一階にも二階にも部屋がある。三階が突き当たりだった。やっぱり重たい立派な木製の扉。力いっぱい引いた。

わ、あ。

思わずため息が漏れた。あたり一面ぎっしりと詰まっているのは本。夢にまで見た本の洪水、本の山。

大量に本があると、本のにおいがするんだ。ぼくはこの時、初めてそれを知った。この建物は本のにおいに満ちている。

扉の内側には「第三図書室」の文字。

図書室？　てことは……ここは図書館なんだ！　嬉しさのあまりぼくは我を忘れて飛び跳ねた。それからすぐに近くの本を一冊抜き取る。

きしっ
微かな音がした。

どきどきしながら紙をめくる。難しい漢字が並んでいる。でも辞書があれば読めそうだ。飛ばし飛ばし読み進める。

ぎしっ
さっきより少し大きな音がして、気のせいか頭がふらっと揺れた。

なんだろう。

よくはわからない。でもたとえようのない不安が湧き上がった。

本を片手に奥に進む。窓がある。日差しが足元まで伸びている。柔らかな冬の太陽。外は溶けかけた雪に覆われていて、信号機がちらっと真横に見えた。

……真横?

ぼくが見つけたこの図書館は、確か交差点のど真ん中にあったはずで、信号機に囲まれていた。だから信号機が真横にあるわけがない。

急いで階段を駆け降りて、扉を押し開ける。一歩外に出て、ぼくは目を疑った。

図書館は交差点を渡り切った場所に建っていた。

だって、そんな。絶対に交差点の真ん中にあった。とても奇妙に感じたから覚えている。間違いない。それなのに、どうして交差点の端にあるのだろう。

またもや歌声が内部から響いてきた。

そういえばぼくが図書室で本を手にしていた時、歌声は聞こえなかった。

なんだかこの歌声はぼくを呼んでいるみたいだ。

怖いという気持ちもあった。それは嘘じゃない。だけど、本に飢えていたぼくにとって、図書館に憧れていたぼくにとって、抗いがたい魅力があったのも事実だった。

持ち出してきた本を見つめる。『コウモリの生態』。図書館の玄関前に座り込んで、しばらくその本に目を通してみる。

　コウモリは超音波を発してナワバリを主張します。しかし人工的な騒音が邪魔をして、コウモリの生活が脅かされています。

　ふと思った。図書館からの歌はこれに似ているのかもしれない。ぼくという餌か何かを呼び寄せるのに歌を使っているのだ。

　どうしようか。でも気になって仕方がない。いつでも逃げ出せる。さっきみたいに扉を押し開けて外に走り出ればいいだけだ。

　心を決めてぼくは図書館に戻った。

　今度は一階の扉を開ける。絵のたくさん入った、文字の少なめな本が多い。子供向けなのだろう。これなら読みやすい。少し嬉しくなって歩いていくと、何か白いものが目に入った。なんだろう。

　それはぼろぼろの衣服をまとった人間の白骨だった。本を手にしたまま倒れて死んでしまったのだろう。ぼくみたいに本好きな人がここに住み着いたに違いない。

　二階、三階には骨はなかった。けれども最後に見つけた地下室にはたくさんの骨がきちんと並べられていた。たぶん、一階の骨になった人がほかの人の骨を集めて埋葬したんじゃないかな。なんだかその気持ちがわかったので、ぼくもまた一階の骨を地下に運んだ。

少し落ち着いて、一階の本を手にとる。

歌声は聞こえない。

炎の国のお姫さまが出てくる物語だ。悲しい恋の話。夢中になって読んでいるうちに、足元がぐらぐらしているのに気がついた。

まさか。

窓に駆け寄る。

真横にあった信号機が斜め後ろに見えていた。

そうだ、この建物は動いている。どういうわけか、ぼくが本を読むと動く仕組みになっている。移動するために、ぼくを歌で呼び込んだに違いない。でもどうして動くんだろう。なぜ動かなければならないんだろうか。

いつの間にか夕陽が斜めに差し込んできていた。

ぼくはリュックの中から水と食べ物を取り出し、しばらく休憩した。図書館はしんと静まりかえっている。

だんだん室内が暗くなってきた。これでは本も読めなくなる。続きが気になったので、ぼくは急いで先ほどの本を手に取った。

読み進める。

ぐらり、と揺れる。

揺れると同時にぱっと明るくなった。天井が光っている。

昔あったという電気なんだろうか。月明かり以外、夜に明るいだなんて見たことがない。とっても不思議な光景だ。

読むのをやめると、揺れが収まり、灯も消える。もう一度読むと、建物全体が振動し、天井が光って室内が明るくなる。

本を読む。それがこの建物のエネルギー源になっているんだ。

なんだか嬉しくなってきた。読みたいだけ読むことができる。暗くなっても心配いらない。あとは必要な食料を外に取りに行けばいいだけだ。なんて素敵な場所なんだろう！

ここに住もう。そしていつかぼくが死んだら、またやってくる誰かに地下へ運んでもらおう。そうだ、そうすればいい。骨になったみんなもきっとぼくと同じ考えだったはずだ。

毎日本を読み、外に出て新しい景色を楽しみ、見慣れぬ場所で食べ物を探した。食料を探すのも思ったより簡単だった。というのも、ぼくがたくさん読めば読むほど、図書館も遠くへ移動するからだ。

図書館から離れるつもりはなかった。本たちの歌声はいつもぼくの中で響き、それは孤独だったぼくを慰め、一人じゃないと勇気づけた。

ぼくが外に出ると歌声が始まる。とても心配そうに。戻ると嬉しそうな声に変わり、本を手にするとそれはやんだ。何が歌っているのか。本なのか建物自身なのか。ぼくにはわからなかったし、それを確かめるすべはなかったけれど、そんなことは気にならなくなった。

なぜなら歌声が家族の声のように思えてきたからだ。父や母のような。ぼくを案じ、ぼくを歓迎する声。ぼくの住む家。ぼくの愛する家族である本たち。地下に眠る仲間。

移動していくうちに、生きたほかの人間にも出会うかもしれない。そうなったら、ここの素晴らしさを語ろう。一緒に本を読んで暮らそう。

図書館は歌う。図書館が移動する。

ぼくは本を読みつづける。

## 3

その日もいつものようにぼくは食べ物を集めて図書館へ戻ろうとしていた。

空には大きな雲。風も強かったけれども、少しずつ春の気配が届きはじめていた。雪はかなり溶け、ところどころ水溜りができている。

帰ろうとしたぼくの足元の水溜りが不意に、揺れた。

突然、図書館全体がぶるり、と身震いしたのだ。

ぼくが図書館の中で本を読んでいないにもかかわらず。

動きがおかしい。いつもと違う。何があったのだろう。

と、突然、
お、お、お、おっ、おーっ
雄叫《おたけ》びが上がった。

びっくりして周囲を見回すと、前方の建物が目に入った。ぼくの図書館とは異なる建物。

小さな一軒の平屋建て。青い三角屋根からは溶け残った雪が氷柱《つらら》になって垂れ下がり、さらにぽたぽたと水を滴らせていた。

おっおっおっおーっ
図書館が威嚇《いかく》するような声で、とげとげしい、激しい敵意をあらわにした歌を歌い出す。

何が起こったんだ？

青い屋根の小さな木造家屋が、弱々しい歌声を返した。まるで泣いているみたいだ。

そして図書館から逃げようとするかのように、わずかに身をよじった。

でも小さな平屋建ては移動することができなかった。蛇に睨まれた蛙のごとく。

図書館が力強い調べを奏でる。あたりの空気がびりびりと震え、ぼくの頬の産毛《うぶげ》が逆立った。

小さな建物の歌声は次第にかぼそくなっていく。もはや懇願するかのようだ。

図書館が激しく咆哮した。これが決め手になった。

決着がついた。

一軒家はバラバラっと崩れ、中からたくさんの汚れた本が飛び出した。

同時に一人の女の子が駆け出してくる。

「あたしの古本屋が！」

悲鳴を上げる女の子。ぼさぼさの髪に、汚れたワンピース、垢まみれの顔、強い眼光。

「負けたんだわ！」

負ける？

ぽかんとしたぼくに、女の子は悔しそうに言い放った。

「そうよ。知らないの？　本の数、文字の数、読まれた数、それが勝ち負けを決めるのよ。あたしの古本屋は最初から勝負しないって、逃げようとしていたのにっ。この、大きな本屋が！」

図書館だよ、とぼくは訂正した。ここはぼくの図書館だ。

「戦いにもならないくらい弱かったのに。戦う必要なんてなかったのに。ひどいわっ。ひどい！　古本屋はただ静かに移動していただけなのよ……」

泣いている女の子に近づく。図書館がまた歌いはじめた。今度は優しい、静かな曲調だ。長く一緒に住んでいたぼくにはもうわかっていた。

この女の子を連れて帰る。持てるだけの本を運び込む。そうやって力比べの戦利品を獲得するのだ。

女の子もわかっているのだろう、小さな手をぼくに摑まれても何も文句は言わなかった。ぼくは女の子を日当たりのいい二階の休憩所に案内し、食べ物を渡した。それから何回も往復して、古本屋の本を運び込んだ。黴《かび》くさくてぼろぼろのものが多かった。図書館はそれがちょっと不満だったらしい。ぼくが持ち帰るたびにぶつぶつと不平を表す歌を呟いた。

必要なだけを収納すると、図書館は満足げに沈黙した。

ぼくと女の子は静かに本を読む。

読むと図書館が移動する。移動した時に大地が揺れる。

まるで地震だ。図書館が移動する時に起こる。こうやって振動や衝撃が加わると、図書館は発電する。暗い書庫も移動中は明るく輝く。

女の子——彼女も驚いたようだ。古本屋にはそこまでの力はなかったらしい。

彼女は古本屋で生まれ育ったのだという。両親はやはり伝染病で亡くなっていた。

彼女はたった一人、小さな古本屋の中で本を読み、外の水や食べ物を集め、また古本屋で本を読む、そんな繰り返しで生きてきた。

彼女が読んだ本の中に、地震についての専門書があったというので、ぼくはそれを探して読んだ。

昔、人間がたくさん生きていた頃、地震がたくさん起こった。けれども伝染病によって行動を控えた途端、地震は平均して半分に減ったのだという。人間の日常の活動はノイズとなって、地下深くまで影響を与えていたからだ。

だから、本の歌声は聞こえなかった。図書館や本屋はその本来の力を発揮できなかった。元々本には力があったにもかかわらず。

お礼にぼくは彼女にコウモリの本を貸した。

コウモリは超音波を出してナワバリ争いをする。戦う相手を最初に識別して、勝ち目がないとわかると敬遠する。図書館に対する古本屋がそうだった。

コウモリは力比べの歌で戦う。そうやって歌で戦うというのも、ぼくたち人間には見えない超音波と関係しているらしい。

だからぼくはこう思う。

図書館や本屋はコウモリに似ていて、人類には感知できない不思議な力を持っている。それが発動するのに、人間の出す騒音が邪魔だった。

でもウイルスで人類は激減してしまった。人工的な騒音も振動もほとんどなくなってしまった。コウモリは人間と同じウイルスで死に絶えてしまったけれど、図書館や本屋は生き残った。本はウイルスには感染しない。

それで、本は歌い、本を集めた建物は移動し、振動する。

戦い、本と人を集める。

今、この星は本が支配しているのだ。

ぼくたちは本にエネルギーを与える動力の一つに過ぎない。

なんて幸せな存在理由だろうか。

ぼくは少女とともに図書館に住み、本を読みつづけた。

図書館は時に戦い、時に愛を、友情を歌いあった。

彼女の古本屋のように戦って潰す相手もいれば、長い期間一緒に移動する相手もいる。潰した相手からは必ず人間と本を奪う。燃料の確保だ。寄り添う相手からは互いに何も奪わない。

一度、何ヶ月も一緒に移動した五階建ての書店があった。最上階は文具売り場でCDもあった。ぼくたちは予想外の収穫に大喜びした。その書店には三人の子供たちが住み着いていた。残念ながら仲良くはなれなくて、図書館と書店が仲違《なかたが》いしたのをきっかけに、彼らは書店とともに去っていった。

何度もそんな邂逅があった。ぼくたちは本と、人と出会い、別れを繰り返した。

やがてぼくたちは言葉を交わす時にも本の真似をするようになった。

大地が揺れ、埃が落ちる。

ぼくたちも人間同士で歌いあって気持ちを伝え合う。

いつだったか、古本屋の少女はやってきた男の子と恋に落ちた。二人は夫婦になった。

そのうち子供が生まれるだろう。

ぼくのひそやかな初恋は静かに消え去った。ただ、彼女の幸せを願うだけだ。

もう七人もの子供たちが図書館に住んでいて、みんなが健康だった。

ぼく一人を除いて。

そろそろ目を閉じる頃合いになったようだ。

「おじさん、大丈夫？」

彼女が心配そうに見舞いにやってくる。

伝染病がむしばみ始めたようだ。高熱が続く。

どうやら長く一人で生きすぎた。

人間はいつまでも子供ではいられない。

ぼくは自分がいつまでも十代だと思っていた。そんなわけはないのに。

彼女と出会った時、いや図書館と出会った時にはすでに大人になっていたのだ。

ウイルスに感染して生まれてきたぼくらの寿命は三十代前半になっている。

彼女がぼくに恋をしなかった理由もわかる。ぼくは彼女よりもずっと年上で、彼女からしたら親のような存在だったんだ。

本が歌う。辞書が歌う。

ぼくの愛する本たちよ、辞書たちよ、子守唄を歌ってくれ。

安心して眠れるように。
子供たちが本を読んでいる気配がする。感想を述べ合う歌声が聞こえる。
本が歌い、図書館が移動する。
埃が、また落ちてきた。
歌声が、遠くで囁いている——。
幸せな、音楽。
本の満ちた、空間。

これが、ぼくのいた、世界。

# 空の幽契

飛 浩隆

コロナ禍は世界を引き裂いた。国を超えた交流が難しくなり、国の中でも分断が起きた。一方で芸術はオンラインを介し、人々を繋げる助けになった。

本作では二つのパートが展開される。一つは猪人間〈猪狄〉の六覚と、鳥人間〈禽人〉の麒麟と杏が会話する幻想的なパート。もう一つは人型ロボット〈エイディ〉のハザと、老人の冬羽子が会話する近未来的なパート。双方で種を超えた交流が描かれ、二つのパート同士も関係しあう。そこに見えてくるのは、コロナ禍について物語ること自体の意味だ。

芸術は様々なものを、時空を超えて繋げる。コロナ禍でダメージを受けた芸術もきっといつか、他の芸術に助けられ、次の世代へと繋がってゆくのだろう。

飛浩隆（とび・ひろたか）は一九六〇年生まれ。代表作に『象《かたど》られた力』（第26回日本SF大賞受賞）、『自生の夢』（第38回日本SF大賞受賞）、『零號琴』（第50回星雲賞日本長編部門受賞）などがある。冒頭にあるように、本作は櫻木みわ、麦原遼両氏の「海の双翼」（『アステリズムに花束を』所収）から着想を得ているというが、二人の合作を勧めたのも飛であり、こういった小説を介した交流も、本作のテーマを体現しているように感じられる。

本篇は櫻木みわ、麦原遼両氏の共作「海の双翼」に着想の大きな部分を拠《よ》っています。執筆をご快諾くださった両氏に深く感謝し、本篇を捧げます。本篇の設定に「海の双翼」と直接のつながりはありませんが、同作には「猪」も登場していたことを念のため申し添えます。

＊

ゆう‐けい【幽契】〔名〕神々どうしの約束。（精選版　日本国語大辞典）

灰色に暗む空の下になだらかな黒い稜線があり、いまそこを踏み越えて〈猪狄《いてき》〉の影がひとつあらわれる。体長は二メートル、重量は三百キロに達するだろう直立二足歩行の巨体。表皮は硬く短い剛毛でまっくろに覆われ、イノシシ科特有の鼻づらと牙のあいだを荒い息が行き来する。追いかけるように稜線の向こうから雨が近づく。インクのように黒い雨粒が、視界のあかるさを遠くから削ってきてたちまち横殴りの雨となる。砂礫《されき》をぎしぎし踏みならし、ボタ山のような風景の中、猪狄は前進する。体軀には何百という宝石が象嵌《ぞうがん》され、自照し、荒天の中、螺鈿《らでん》のごとく、刺繡のごとく浮きあがる。丸太のような腕に頑丈な鎖を巻きつけ引きずっているのは大きな鳥籠だ。檻のような鳥籠を横ざまにして、無人の荒れ地を引き回している。鳥籠の中では一対の翼が瑠璃色に発光していた。

「よう」猪狄が声を背後に投げる。掛け声ではない。名だ。「暑くないか、杳《よう》」

「だいじょうぶ」

籠の中から〈禽人《きんじん》〉のたどたどしい声がきこえる。背中をまるめ、青い翼を生やした腕で上半身と頭を抱えて、顔は見せない。

かれらの進む先には直径三キロにも及ぶ一輪の〈花〉が展望できる。人家ほどもある発電ユニットをヒマワリの管状花さながらに渦状に配置した巨大発電遺跡。はるか昔、ここでひとつの約束が交わされた。二種の「二式人類」——〈猪〉と〈鳥〉の代表が棲み分けの合意を取り交わした。鳥が大地をあきらめ猪が天を断念した約束、「幽契」の舞台。そこが待ち合わせの場所だった。ますます暗みゆく視界の中、一滴の蜂蜜のように空から降りてくる光がある。待ち合わせの相手、禽人の〈麒麟〉に間違いなかった。

「どうだ、この腐れた地上とおさらばできる気分は」

禽人はすべてを拒むように翼で頭を覆っている。

猪狄はぜろぜろと笑う。「まもなく自由の身だ。おまえがでなく、おまえの翼がな」

杏の翼に一瞬黒い模様がひらめく。苦しさに顔をゆがめるように。

＊＊

人のいない飲食店ビルは、空きチャンネルにあわせたテレビ画面の匂いがする。佐伯冬《と》羽子《うこ》は壁に手を這わせ、コツンコツンと靴音を立てて、狭い階段を降りていく。かつて居酒屋メニューを満載していたポスターは、褪色しきって白地になっている。ここに住みはじめた頃はまだかろうじて読めたのだが。一階分降りて、冬羽子はあえぎ前かがみになる。壁に置いた自分の手をみる。父親ゆずりの痩せて節高《ふしだか》な手。いくら深呼吸しても空気を取り込んだ気がしない。COVIDの後遺症とは四十年ちかい付き合いだ。

それでも冬羽子は脚力維持のため、一日二回階段で十二階までを往復する。表通りに出ると、きょうも街は無人だ。かつては都内有数の繁華街、直近の駅はJRと東京メトロをあわせて一日乗降客数が十五万人あった。しかし東京都区部の人口はいま三百七十万人まで減り、集住推進指定区域からはずれたこの街は、駅もとうに封鎖され、駅ビルやモールも放棄された。人口は百人を切るとハザが言っていた。

折りたたみカートを引いて冬羽子は歩き出す。進みながらゆうべ自室で観た映像、舞台劇の記録を反芻《はんすう》する。二十年まえにとあるダンス・カンパニーが上演したのだという。題名は「空の幽契」。おしえてくれたのはやはりハザ。〈エイディ〉のハザだ。

エイディは深想回路《ディープマインド》をそなえた身長百四十センチほどの人型ロボットで、集会所に常駐して老人の話し相手になり、健康チェックをしてくれる。ユニバーサルインカムの支給はエイディと週一の面接を受けることが条件だ。ミールプリンタの電子クーポンも。

冬羽子は自分を担当するエイディをハザと呼んでいる。ハザはむかしの番組をよく知っている。へえ、とうこさん「空の幽契」知らないんだ、と目を丸くしてから、ぜったい気に入るよと笑顔をみせてくれた。さっそく無料アーカイブサイトをさがすと、なぜか前半の映像しかみつからなかったが、すっかり魅了された。天から降りてきた禽人の裸身、この世のものとも思われぬ美しさ。それは小学校のとき、たまたまテレビで半裸の男性が踊る「白鳥の湖」をみたときの衝撃、身体の奥底を衝き上げ、冬羽子の人生を変えた体験を思い出させてくれた。

　そのせいか、冬羽子はふだんより早足になっている。歩道ぞいには飲食店の抜け殻がえんえんと並んでいる。各国流のマッサージやアジア女性のダンスショーのパネルも、無料案内所の看板も、すべて色が脱《ぬ》けている。上層階の老朽化した外壁も危険だが、冬羽子の古いスマートグラスでも、危険個所に近づくとフリッカーで警告してくれる。フリッカーの点灯で立ち止まり、ふと気配を感じて横をみると、ガラスに冬羽子自身が映っていた。

　長身で、やせて、どこもかしこも骨張っている。猫背で前かがみだから、無意識で顎を突き出す姿勢になっている。亡くなった父そっくりだ。若い頃は嫌でならなかったシルエットだが、父の没年に近くなったいまは自嘲ぎみに笑ってすませられる。少しあるいて駅南口に着く。もう使われていないロータリーの道路に、レゴブロックじみた色あいの建物が置いてあった。集会所だ。ハザはクレイドルから起きて、冬羽子たちを待っているだろう。死んだような町でも、年寄りは週に一度はあつまるものだから。

＊

黄金の光暈《こううん》をまとって降下してくるのは、なみはずれて大きく美しい禽人だった。頭からつま先までが三メートル、真横に差し伸べた両腕は端から端までで四メートルを超えるだろう。大理石いろの膚、背中まで伸びた巻き毛の髪、彫り深い美貌、胸、腹、脚の筋肉はバレエダンサーのように凝集している。禽人特有の翼状腕からは白色の羽根——何列もの雨覆いや風切りが整然と並び、その上で黄金光の紋様がひっきりなしに浮かんでは消えている。禽人を宙にうかべ、空に飛ばすのはこの光の「斥力《せきりょく》」なのだ。

「なつかしいな、六覚《りっかく》」

顔が見わけられる高さまで降りてくると、麒麟は美声で猪狄の名を呼んだ。「五十年ぶりになるか」

翼にはさらに多様な紋様が走る。禽人は、口に出す言葉を翼の発光で修飾する。いや……と六覚は思い直す。翼の光こそが禽人の母語だ。空中を移動しながら意思疎通するのに声は向いていない。禽人たちは、もともとは飛翔の機動力を高めるためだった斥力光を信号にすることを覚え、気の遠くなる年月をかけて洗練させたのだ。

六覚は、怪力で鎖を引いて、鳥籠を直立させた。

「おくりものだ。うけとれ、古い友人よ」

麒麟は大きく腕をうねらせて地面に降り立った。

幼い禽人は鳥籠から這い出てきて、六覚と麒麟の中間に立った。麒麟は翼面のすみずみからまばゆい信号の奔流を、すなわちあいさつを送った。杏は身の丈が麒麟のはんぶんしかない。腕はだらんと下げている。

「どうした杏」六覚は促す。「みてもらえ。おまえの翼を」

杏はおずおずと両腕をひろげる。瑠璃色の光彩がまばゆく広がる。麒麟はそっと杏の羽根にふれ、その指先をすべらせた。クリスタルの薄板を並べたような「羽根」は麒麟のとは本質的に異なっていた。杏は禽人の特徴――瞬膜やふくらんだ胸郭、把持力のある長い趾《あしゆび》など――をすべてそなえていたが、ここだけはちがう。鉱物的な光沢をおびた人為的な、後付けの構造物なのだ。

六覚は麒麟に告げる。

「朗報だ。〈晶翼《しょうよく》〉は、杏を気に入り定着した。そうして、今の今まで杏は『風邪』を引いていない」

＊＊

「そうなの？」

「ええ。『空の幽契』は〝風邪の世紀〟、なかでもインフルエンザ禍がかくれたテーマです」

集会所のコージーな談話室。みごとな板張りの床、カラフルで上等なラグが敷かれ、談話テーブルが何組もある。ハザは、一週間ぶりに冬羽子とむかいあっていた。

二十一世紀中葉の四十年間、呼吸器に炎症を起こす多様な感染症が全世界を何度となく襲った。数度にわたる劇症COVIDに加え、三〇年代後半にはじまった高病原性鳥インフルエンザと豚インフルエンザの縄を糾《あざな》うがごとき大流行が、世界の主要都市をみるみる過疎にした。この暗い世相が「空の幽契」に影を落としていると、ハザは解説する。

つまり「空の幽契」は、現実の様相を誇張し、「環境汚染と気象の苛烈化で、究極の毒性と執拗な感染性をそなえたインフルエンザが誕生し、鳥もイノシシ類も、そしてヒトもほぼ絶滅した世界」を設定している。ただ、一部の鳥とイノシシはなぜか死をまぬがれた。人類はそれらの遺伝的特質をみずからに導入し、身体を強制的に変容させた「二式人類」として生き延びた。さらにその数百年後が舞台となる。いわゆる「人類」は、この世界にはもう存在しない。

「籠の中の鳥人間はなんだったの。よく聞き取れなくて」

「禽人たちは、しじゅう棲み処を移動している。杳は〈渡り〉の途中で仲間とはぐれて墜落したんだ」

　一命はとりとめたが、片腕が折れ二度と飛べない身体になった。その上、地上の汚染物質によるひどい皮膚疾患で生来の羽根はすっかり抜け落ちてしまった。

　聞きながら、冬羽子は麒麟の裸身を思い描く。精悍で雄大な肉体や、黄金の光を惜しみなく振りまく双翼をみたとき、あれが欲しいと思った。かつてアダム・クーパーになりたいと希《ねが》ったように。

　冬羽子が上《うわ》の空だと気づくと、ハザはいつものように健康体操を促す。冬羽子は立ち上がり軽快に身体を動かす。長い手脚がよく撓《しな》う剣のように見事な弧をえがくが、演技は続かず、荒い息で身体を椅子に戻した。後遺症だ。ダンサーを志願し、父の不機嫌を無視して上京した冬羽子は、仕事が上向きはじめた二〇二×年の暮れ、再興COVIDに罹った。無症状自宅待機を終え、エクササイズを再開して変調に気がついたのだ。

「それを救ったのが、医師、六覚なんだよ」

　ハザは「幽契」の話を再開していた。

「ふうん」

　猪狄の町には、どの神のために建てたかも忘れられた古い廟があって、そこに一対の人工的な翼が祀《まつ》られていた。伝説では空から奪ったのだという〈晶翼〉は、幽契のはるか前から存在しているが、だれもアクセスできない。猪狄の厚い皮膚は翼の生体融合端子を寄せつけないのだ。

「それを杏くんに取り付けたんだね」

私にはそんな医師はいなかった、と口にはしないが、ハザのディープマインドは冬羽子の心境を推し量っている。

「ねえ、私も翼がほしいな。空を飛びたい」

「それならいくらでも」

ハザはすずしい顔で請けあう。街を保安パトロールしている飛翔体の視点をスマートグラスでみせてくれるつもりだろうか。東京都区部を蚕食《さんしょく》して広がる過疎地、そこにしがみついて生きる老人にも、ベーシック福祉《ハピネス》は提供されている。

冬羽子はふと故郷を思い出す。険しい山が海の間際まで迫る限界集落。平地は皆無、入り組んだ急斜面に犇《ひし》めく人家は空き家だらけで、その間を通るコンクリ舗装の道幅は人が通るのがやっと。海と山の狭間《はざま》に押し込められてずっと息苦しかった。都会のお恵みで延命しているようで、棲んでいたくなかった。だから心に小さな翼を抱いて飛び出したのだが、結局は入り組んだビルの隙間に棲み、父みたいに顎を突き出し、「過疎地」東京で、ユニバーサルインカムにすがって生きている。

故郷の町、きらいな町、その名前をもう思い出せない。

＊

白い波頂《はちょう》がくだけて散り、すぐさま後方に消し飛んでいく。強力な羽撃《はばた》きが――麒麟の斥力光の一撃が、雲の頂きを叩いたのだ。伸びやかな推進力が空の奥まで一直線に伸びて、麒麟と杏はまた一段と加速する。深い藍の空、白堊《はくあ》の雲。やがて禽人の宿《やどり》が見えてくる。太古に――〈幽契〉のさらに数百年前に建造された巨大な浮空体、全長五百メートルもある大気環境制御施設だ。鳥人のえさ場であり繁殖地なのだった。

超技術の粋を凝らし千年の時を経て傷一つなく輝く浮空体は、しかし認証方法が失われ、何人《なにびと》も利用できない。禽人は、浮空体にからみつき排熱や余剰物質を糧として繁る連結樹上生命体――空筏《くうばつ》に、依存している。生《な》った果実を端から食べ、食べ尽くすとべつの浮空体へ移動する。禽人は、およそ五十あまりの集団に分かれ、一千以上ともいわれる浮空体を渡り歩いて暮らしている。麒麟に伴われてあらわれた杏に、むじゃきな禽人たちが興味津々であつまってくる。瞬膜をぱちぱちさせ、やわらかい口吻《こうふん》でつんつんつつき、しきりに翼を明滅させるものだから、斥力に押され杏は尻餅をつく。とっさにひろげた晶翼の異様な美しさに禽人たちは色めき立ち、上気した裸身をすり寄せてくる。杏は紅潮した顔を晶翼で隠す。禽人たちは微細な花びらを散らすように笑いさざめく。麒麟も大声で笑う。

「あまりからかうな。今宵はうたげだ。歌い手は用意をしておけ。もちろんこいつも唄ってくれるだろう。おれたちが忘れた古い歌《バラッド》を」

＊＊＊

ハザは、冬羽子と対話しながら、表情や声音を細かくみている。きょうはずいぶん調子がよいようで話題はインフルエンザ禍の思い出に移っている。

二十一世紀中葉の新型インフルエンザは、まず野生を含む鳥類とイノシシ類に広範かつ甚大な被害をもたらした。感染を媒介したのはヒトの不顕性感染者だった。数年後、鳥とイノシシの世界でそれぞれに変異を遂げたウイルスが、今度は人間にするどい牙を剥いた。冬羽子三十四歳の一年間で、日本国内の死者は二十一万人に及んだ。そのさなか、冬羽子の父は同時流行していたCOVIDで亡くなった。死者数が日々最悪を更新しつづける時期で、公共交通機関や高速道路は災害専用とされ、冬羽子は帰郷できなかったが、むしろそれでほっとした、と言う。

「だって昔の顔見知りになんか会いたくないよ」

「ほんとに？」

　ハザはそれを冬羽子に考えてほしかった。冬羽子のふるさとは「羽佐」という。冬羽子は、COVIDの後遺症による記憶障害と軽度の老人性認知症がまざりあった状態にあり、故郷の名をすでに忘れていたが、それでもエイディをその名で呼んだのだ。

　冬羽子はダンサーを断念したあと、ささやかな（特に名を残すようなものでもない）達成をこの世に残した。ハザは——そしてエイディの後ろに控えている地域ケアセンターのスタッフたちは、冬羽子が少しでもその記憶を取り戻せたらと試みてきた。

「空の幽契」。

　何度この物語の話をしても、冬羽子はすっかり忘れていて、一から教えなくてはならない。冬羽子自身が創った物語だというのに。

＊

　六覚は輾転《てんてん》として眠れぬ夜を過ごす。背中を並べるまわりの同族ももぞもぞと寝つけないでいる。杳を天に返してしまったからだ。

杳に挿された晶翼は問題なく作動し、さかんに青色光を明滅させた。美しい詩句の朗誦らしかったが、だれひとり読み解けなかった。古い光言語翻訳機器を持ち出した者もいたが、役に立たなかった。

猪狄の一族は、杳の処遇を詮議した。あきらめず晶翼の解明を進めるべしとする声、杳を空の世界に返してやるべしという声。思慮深い猪狄たちは普段ならば迷わず後者を選択しただろう。たとい廟で護ってきた一族の至宝を失うことになっても。問題は、杳が帰還を望まないことだった。発話能力を失い、自分でも解読できない他者のことばを（文字通り）背負《しょ》い込まされた状態だから、無理もない。それを説き伏せたのは六覚だったが、果たしてそれでよかったのかという思いが頭を離れない。禽人は美しいが気性も荒い。残忍でさえある。麒麟が杳の心情を理解したか怪しいものだった。

晶翼の詩句は、禽人にも読めないのではないか。そのとき奴ら――生来の快楽主義者であり肉体美の賛美者は杳をどう遇するだろうか。猪狄たちはまんじりともせず、それぞれに寝返りを打つ。自照する宝石がつられて動き、深海の蛇のように暗く光って惑いの紋様をえがく。

空筏では宴の支度が整えられていく。広場にかがり火が焚かれる。果実酒の甕《かめ》が持ち出される。長い宴卓には小哺乳類の生肉や干し肉、豆や種を香ばしく炒ったもの、粉を練って蒸し上げたものなどが並べられる。

賑やかに準備が進む中、杏は地べたに尻を突き、屈みこみ、翼を交わせて身を鎧《よろ》い、地上に落ちた日のことを思い出している。墜落の衝撃で翼を折ったのではない。腕を折られたから、墜ちたのだ。夜の飛行中、暗い地上に深海の蛇のように暗く光る灯火の列があった。渡りの仲間はそれを口汚く笑う。しかし、汚染に適応して生きる猪狄をあざけるのが、なぜかその夜は許せなかった。夜光虫が光らせる海が好きだったせいもある。かっとなって抗議すると、仲間たちも激昂した。禽人の口論は斥力光の乱舞だから、そのまま物理的な力の行使であり、さらなる暴力を掻き立てる。だれかが杏の肩を趾で摑み、腕を別のだれかが膝で蹴り上げた。肘が反対側に折れ曲がりくるくると落ちていく杏を、仲間たちは冷ややかに見下ろしていた。渡りの群れでは、いじめや喧嘩、落命は珍しくない。それほどにストレスフルな環境を、禽人もまた生き抜いている。

杏は、錐揉《きりも》みで平衡感覚を失わないよう斥力光で体勢を制御し、落下速度を緩和していた。一抹の解放感と安堵があった。杏はずっと禽人のくらしに馴染めないものを感じていた。雁行《がんこう》の際、禽人は統制のとれた飛翔をする。群れと同期することが行動原理で、逸脱を許さないのが禽人の本能で、単独飛行を好む杏は変わり者として疎《うと》んじられていた。猪狄の村で意識を取り戻したときも、気も狂うほどの掻痒感《そうよう》を伴う皮膚炎で羽根が抜け落ちていくときも、そして見知らぬ晶翼を挿されるときでさえ、安堵は保たれた。

六覚から空へ戻るよう説得されたとき、杏はけんめいに口唇をあやつって、告白をした。ここにいたい。六覚を心から慕っている。この身体のすべてを預けたい。空よりは地上に心を置きたいのだと。六覚はぜろぜろ笑いながらいった。私にも昔そういう相手がいたよ。麒麟という名まえだったがね、と。

「宴がはじまるぞ」麒麟が杏の肩を叩く。我に返ると、杏はのろのろ立ち上がり、クリスタルの翼を広げながら賑やかな方へと歩き出す。

＊＊

ケアのチームは、佐伯冬羽子というペンネームにも「羽佐」が織り込まれていると気づいていた。あまりに遠い町。冬羽子の記憶からもその名が消えた土地。「羽佐」の語源は「山と海にハサまれた場所」「ハザマ」だといわれる。「二つの世界に分け隔てられること」と「その間を取り結ぶこと」に冬羽子がとり憑かれていたのは間違いない。

冬羽子は、いくつかの職を経験したあと、四十歳のとき後遺症に苦しむ元ダンサーに呼び掛け「踊らないダンスカンパニー」を作った。メンバーはリモートで集まり、踊る自分を頭の中で思い描く。それをfMRIを高度化した装置〈頭環〉で読み取り、アバターに踊らせ、$5D^{x}$データとして配信する。それがかれらの「公演」となる。ペンネームは台本を書くとき決めたものだった。冬羽子本人も忘れてしまったこの経過を思い出してもらうことが、ケアチームの支援目標だった。

「とうこさん。あてっこしませんか。『空の幽契』はどんな結末を迎える？」

主治医から認知症の告知を受けた冬羽子がみずから筆を擱《お》いたため、「空の幽契」の台本が未完成のまま、カンパニーは解散した。だれも踊らないままだった。

「でもハザは見たんでしょう」

隔てられること、取り結ぶこと――「空の幽契」で、冬羽子はこの難題に正面から向き合おうとしていた。天と地、鳥と猪、通じない言語。世界は幽契で引きちぎられている。遠ざけられている。

「頭の体操だと思って、あててみてくださいよ。冬羽子さんならどうしますか」

「そうねえ……宴はきっとさんざんなことになると思う」

冬羽子は目を天井にさまよわせている。お話の続きを自分の中にまさぐっているのだ。

ハザは恭《うやうや》しいしぐさで冬羽子の手を取る。

「せっかくだから即興で踊ってみませんか。踊りながらお話を作っていけばいい」

「ならハザはどの役をする?」

「まさか。ぼくは手を支えてるだけですよ。とうこさんが全部の役を踊ったらいいです」

「息が続かないよ」

「頭の中で踊ればいいでしょう。イメージさえ途絶えさせなければいいでしょう」

ハザは冬羽子の手をそっと持ち上げる。冬羽子は自分の足で立ち上がり、片足を前に踏み出した。それ以上ステップは踏まない。目をつむり、身体を揺する。前後に、左右に、あるいは円を描いて。冬羽子の脳裡には大きな舞台や、自身が振り付けた群舞や、踊り手たちが放射するエネルギーの箭《や》を浴びつつそれをかき乱し、煽る自分が、展開されている。

ハザは、ボディに組み込まれた〈頭環〉類似の機能や、手のふれたところからデータを採り、その群舞を読み出していく。週に一度、ふたりはこうやって、わずかずつ劇を再創造している。冬羽子が昨夜見た動画は、こうやって抽出したデータをトゥルーグラフィックで本物さながらに描き直したものだ。

六覚も、杳も、麒麟も、すべて佐伯冬羽子が「踊って」いる。

「空の幽契」の終幕が、どう決着するはずだったかだれも知らない。冬羽子本人も忘れた。

しかし忘れたから、損なわれたからといって、それがなんだっていうんだ。

東京の人口は少しずつだが、増えはじめている。
途絶したところから、なんなら一から、またはじめればよい。

＊

猪狄と禽人は、過酷環境下でのリスクヘッジで棲息領域を分けただけで、外見が大きく異なるとはいえ、両者の間で子を成すこともできる同じ人類だった。事態を一変させたのは、長く鳴りをひそめていたインフルエンザの再興だ。同族の内にとどまっていればほぼ無害だが、他方に感染したとたん種族絶滅さえ起こしうるウイルス。治療薬を製造する技術も、医療制度も、衰退した人類には残されていなかった。

猪狄と禽人は「幽契」を結ばざるを得なかった。数々の訣《わか》れがあり、禽人や猪狄はその哀しみをいくつもの歌を歌い継いで記憶した。歌は宴の華であり、だれもが麒麟にともなわれて現れた杏に円形の目を見ひらいて何を歌ってくれるのかと待ちかまえる。その強い視線に、むしろ胸襟を開くつもりで杏は両腕をいっぱいにひろげた。晶翼が瞬きはじめる。青玉、翡翠、瑠璃、青柘榴《ざくろ》。青という青が矢車草のように繊細な波紋を幾重にも重ね、拡がり、だれも知らぬ昔の人が晶翼に保存した物語歌《バラッド》を放散する。猪狄の前で披露するたびに、晶翼と杏自身との神経がつながりを増していく感覚があったが、いまこの場で、杏は翼の物語を、我が身に起こった事実であるかのように、真実をこめて、そうしてやすやすと歌う。

しかし禽人たちは戸惑う。古代の翼語はところどころしか読めない。なにより晶翼の歌は斥力光でないから、幽霊のとぎれがちの呟きのような不気味さがある。加えて、どうにか読み取れるのは、群れに背いて、旧式人と番《つが》おうとする〈鳥〉の心情らしかった。それは禽倫に悖《もと》る、忌まわしい行為だ。若いひとりが強烈な斥力光でブーを飛ばした。仲間が加わった。怒りが火を放ったように広がり、杏に押し寄せる。麒麟でさえ本能的な怒りに抵抗できない。斥力が殴打のように襲いかかる。するどい蹴爪とぶつかり、晶翼の先端が毀《こぼ》れた。やめてください！　杏は叫ぼうとする。ここには失ってはならない大切な記憶がある、と。しかし〈声〉を発光すべき翼を、杏は持たない。

＊＊

ハザは自分の機体が収集したデータが、ケアチームの（もちろんそれらも人間ではない）マシンで、上演されるさまを見ていた。目の前の冬羽子のわずかな身振りが、舞台では十人近い踊り手の宴の争乱となるのは、みものだった。ハザのディープマインドがそれ以上に感動したのは、慄《おのの》きつつも決然と抗議しようとする杏、みずからの暴力性をはじめて自覚しうろたえる麒麟の、真に迫った表現だった。

やがて群舞は杏をステージの最前部まで押しやる。観客に背を向けて晶翼をひろげた杏は突き飛ばされ、空筏から——舞台から転落する。群舞の最前列にいた麒麟は愕然と凍りつき、顔を覆い、次の瞬間、みずからも身を躍らせた。

ハザが手を取ってくれたこと、励ましてくれたのがよかったのだろうか、と冬羽子は思う。「空の幽契」の続きが、我が身に起こった事実であるかのようにやすやすと思い描くことができた。空筏の突端から身を躍らせる麒麟の感覚は、身に覚えがある。故郷の海には、悪童たちが度胸だめしに使うロウソクの形をした岩があった。冬羽子は、だれもが一目置くほど飛び込みが得意だった。深夜、ひとり、星空を映す海に飛沫を上げたことさえある。いつだって体軸がぶれず、まっすぐに落ちる。落下をきちんと制御している感覚がある。

そのとき冬羽子は、陸《おか》と海とをつなぐ一本の線になる。

海面からざばりと顔を上げ、ふかぶかと息を吸う。星空を見上げる。その感覚を思い出しながら、冬羽子はハザにたずねる。

「もう少し先も考えてみていい？」

「もちろんですとも」

思い出した。故郷の海なら、私は大すきだった。

＊

真夜中の空の下になだらかな黒い稜線があり、いまそこを踏み越えて〈猪狄〉の影がひとつあらわれる。続いて五人、十人、しまいには二十人を超え、なおも数を増す。六覚の一統がこぞって発電遺跡に向かっている。

かれらが振り仰ぐ空はめずらしく曇りなく晴れわたり、星ぼしは宝石を象嵌したか、あるいは螺鈿のように鏤《ちりば》められている。その中に金色の光がひとすじ、彗星の尾のように長く伸びている。麒麟の曳光が空から地面に引かれつつある。

ほんの数刻前、六覚に麒麟から連絡があった。いまから贈り物を返しにいく。おれたちにはまだ少し早かった。迎えに来い、と。

光は近づいてくる。六覚は逸《はや》る気持ちを抑えられない。麒麟に教えたい、古い翻訳機で辛抱づよく解析した成果を。晶翼は旧人のからだに装着し、健康を維持する機能を有していた。医療技術と医療体制がまだ維持されていた時代だ。その機能が、杏を猪狄のウィルスから護ったのではないか。〝風邪〟を抑えたのではないか。製造後何百年にもわたって、人や知的機械が折々に重ね書きした無尽蔵の情報が晶翼には記録されている。杏が操作に慣れ、レイヤーを分けて語れるようになれば——六覚は希望する——われわれを隔てるものに打ち克てるかもしれない。

まもなく杏は、発電遺跡を見い出す。

〈花〉の中心でおしくらまんじゅうする猪狄の背中を、自照する宝石が緩やかに波うつさまをみる。

夜光虫のすだく海のようなそこへ、

海に己を映す星空のようなそこへ、

一本の金色の線となって、杏と麒麟はいま飛び込む。

あの日、羽佐の岩から飛んだ子どものように。

# カタル、ハナル、キユ

津原泰水

一つの架空の文化を作ってしまった怪作。音楽についての記述を中心に、動物との関わりなど、様々な方向に想像力の枝葉が伸ばされている。

コロナ禍は、一瞬で文化を大きく変化させた。音楽はその代表例だ。アクリル板を隔てて演奏する奏者たちを見ることは普通になったし、通信遅延を許容できる曲を作るといった工夫をした者もいた。動物との関係もその変化の一つに入る。人獣共通感染症への警戒感が高まったり、人の減った街中に野生動物が現れたりした。本作はそういった現実を思い起こさせつつ、同時に見知らぬ土地に迷い込んでしまったような感覚を与える、異形の作品である。

津原泰水（つはら・やすみ）は一九六四年生まれ。代表作に『11 eleven』（第2回 Twitter 文学賞国内部門1位）、「五色の舟」（近藤ようこにより漫画化され、第18回文化庁メディア芸術祭マンガ部門大賞を受賞）などがある。なお、本作には一部、『11 eleven』所収の「テルミン嬢」と共通の設定が登場し、同一世界であることが示されている。

ハナルの伝統音楽イムには一オクターヴ内に七つの音調が設定された通称「イム七音階」が用いられる。これに就いて一オクターヴを七等分した云々という前々世紀の文献からの孫引きが未だ散見されるが、しかし実測された各音の周波数を確認してみれば隣接する音との比率はじつに区々《まちまち》で、等分という表現は到底相応しからぬと判る。この事実はイムが移調、転調を許容しないことを意味する。すなわちイム七音階は平均律ではない。かといってそのどの音調間にも、純正律に観察されるような単純な比率は見出せない。如何なる事象に基づいて設定されたものかという疑問の未だ確たる答を得られずにいる、謎めいた音階であり、卑俗な解説に見られる「狂ったドレミ」の文言すらあながち的外れとは云えない。

秘義と目されていたイムの音階に科学の光が当たったのは、前々世紀半ば、民俗音楽蒐集に偉大な足跡を遺した中央音楽学院呼延静《コエン・ジン》教授による実地調査が最初とされる。ミッシングリンクを解消し自らの音楽進化論を揺るぎ無いものとしてくれる潜在能力をイムに感じ、信仰にも近い熱情を滾《たぎ》らせていた教授は、威圧的規模の調査団を組織し相応の謝礼を携えてハナル十三寺院を巡り、当時現役で用いられていた全楽器の全音を多角的に計測させた。すると個々の音調を示す値は、一切、原器とされるキュ大寺院所蔵の一式に対して上下七セント相当の範囲に収まっていたのである。大寺院で実際に葬儀に使われている二組に至っては僅か上下二セント相当の範囲内だったという。この報告を信ずるならば、イム七音階はきわめて「正確に狂っている」ことになる。

　大寺院の楽器に於いては無論のこと、他寺院の楽器に於いても定期的に分解しキュへと移送しておこなわれる原器との叩合《たたきあわ》せの儀が、このイムの精度を担保していると教授はした。好ましからぬ緩慢な音のうねりの原因となる部位は、大寺院専属の鍛造《たんぞう》所で修繕される。否、この表現は主従関係が逆であって、鍛造所が大寺院を兼ねていると云うべきであろう。大寺院の最高責任者はクウと呼ばれる覡《かんなぎ》だが、その任命権は世襲である鍛造所の親方にある。クウには専ら少年が選ばれ、変声期に差し掛かると任を解かれる。キュに長く逗留した経験を持つ言語学者にして著述家のエメリヤン・ザハロフは、著書『カタル、ハナル、キユ』にてこの鍛造所兼大寺院の特異な組織構造に触れたのち、節を以下のように結んでいる。

然しながら、長期に亘って大寺院、そしてそこに参詣する人々のさまを観察し続けた一異邦人として、私は、彼らの信仰の真の対象は、先祖でも精霊でも幻獣でもなく、日がな一日、本堂の東西に配された二つの音楽堂から響いてくるイムの練習音、および本堂北側に位置する鍛造所の槌音であろうと推察せざるを得ない。その証左として、彼らが集う本堂の構造は、周囲三つの建物に対して開放的である一方、他の方角には窓一つとして無く、南向きの出入口も非道く狭い。三方からの金属音を効率よく取り込み錯綜させることが第一義の構造と目して差し支えあるまい。実際、外観は些か見窄らしく内部は薬草香の煙に満ちたこの建造物に生じる音景が、人の精神に齎《もたら》す効果は絶大であって、古人が目論んだ音場に身を置いているあわいの私は必ず昏睡者よろしく時間感覚を喪失し、いと官能的な幻覚に襲われることも間々あった。ふと我へと返るのは、奏者や職人たちの休息かなにかの都合が重なり堂内に響き渡る音が急に乏しくなった頃で、すると周囲に立ち竦んでいた人々もまた辺りを見回して自分の居場所を確かめ、心を置き忘れたような足取りで出入り口へと向かい始めるのである。

ハナル地域で話される無文字の言葉はカタル語の一方言と位置づけられ、じじつ文法にも語彙にも幾多の共通性が認められる。しかし同音異義語の多さと各語の多義ぶりは、標準的カタル語の比ではない。一例を挙げるならば、「空を見上げる」と「過去を顧みる」がハナル語に於いては全く同一の音列、抑揚となる。聞く側は状況によって意味を察し分けるほか無い。イムに用いられる楽器を標準的カタル語で表せば「イムニ」すなわち「イムの手段」となる。しかしハナルでこれが用いられることは無い。音楽がイムならそれに用いられる楽器もイム、また動詞としてのイムは「イムを聴く」であると同時に「イムを奏でる」でもある。尤もイムの奏者はごく限られた存在だから、ここに混乱が生じることは滅多にあるまい。そもそも、こう云ってしまっては身も蓋も無いが、彼らはあまり喋らない。喋らなければ言葉の意味の取り違えも起きない。猶「イム奏者」はイムが直接活用して「イムリ」となる。

楽器としてのイムを視覚的且つ端的に描写するならば、蓮の蕾とそれを支える茎に似た形状をした青銅器の集合体、となろうか。イムリは両手に握った黒檀の輪でこれらを打って発音させる。蕾の大きさは音調によって異なり、最高音の蕾は本物の蓮の蕾ほどだが、最低音を受け持つそれは、おとなの両腕がまわりきらぬほど大きい。支えている茎状の部位の太さもそれに比例している。茎は、やはり青銅で出来た舟形の残響部に捩じ込まれており、打撃が齎《もたら》す振動はこれを通じて他の蕾にも伝わって共鳴を誘う。舟一艘が一オクターヴを担う。すなわち一艘あたりの蕾の数は七個である。それが七オクターヴぶん、七艘ある。実際のところ舟同士の音程はオクターヴより近接しているのだが、ここを厳密に語ろうとすると七音階の前提が崩れ、イムリたちの認識にも反すると思われるから、今は便宜的にオクターヴの語を用いている。

以上が体鳴楽器としてのイムの本体であり、これらの表面にはハナル特有の多彩な文様が彫り込まれている。彫金は地金の質量を変えるから、イムの各部位が放つ音程を最終的に決定するのは、この文様の選択や鏨《たがね》の深さであると云える。彫金師は調律師を兼ねているのである。楽器は花櫚《かりん》材で組まれた車輪付きの台座に嵌め込まれて、安定を保っている。台座にもびっしりと文様が彫刻されている。イムリが操る黒檀の輪にも然り。文字を持たないハナル文化は、その代わり、夥しい種類の文様に彩られている。衣類といい道具といい建築といい、目につく空間を無地のまま保っておくことを彼らは好まない。

呼延教授に依ればイムには、

一、蕾を打つと同時に輪を遠ざける。

二、蕾を打ったまま輪の接触を保つ。
三、蕾を輪切りにするように素早く引っ搔く。
四、蕾の直下の茎を打つ。
五、茎を輪で撫で上げる。
六、手の甲を茎に接しながら、反対の手に握った輪で蕾を打つ。
七、予め片方の輪を蕾に接しておき、もう一方の輪で反対側を打った衝撃波に任せて遠ざける（多くの場合、左右を入れ替えながら連続してこれをおこなう）。

の七種の打法があり、イムリにはこの明瞭な叩き分けが求められる。打法のシークェンスはイムのもう一つの旋律であり、音程の変化と同等の重きを置かれる。つまり一オクターヴ内に於いてすら、七音程×七打法の四十九音が的確に打ち分けられなければ、舟上の蓮から繰り出される金属音はイムたり得ないのである。それが、七オクターヴある。

ザハロフが大寺院に逗留していた時期、西のイムを担っていたのはミノルタと呼ばれる初老の日本人だった。そう牧羊机《ムーヤンジ》から教えられたものの、日本語にも堪能《かんのう》なザハロフにそれが不自然な名であることは自明だった。ミノル・タ……と姓の後半が忘れられてしまったか、それとも古い写真機に由来する渾名か。そもそもなぜ日本人がこのキユでイムを担っているのか。ザハロフは男に興味をいだいた。しかし具合良く話し掛けられる距離感で遭遇できる迄には些かの日数を要した。イムリは早朝から日没まで音楽堂に籠もっているのが常、ザハロフはザハロフでハナル語を蒐集するため少しでも口数多く話してくれそうな邑人《むらびと》との出会いを求め、ひと気の無い聚落をほっつき歩くのに忙しかった。大寺院やその周囲は蒐集に向かない。この地の人々には寄り集まる程に無言になっていく習性がある。

——おはよう御座います！

雨上がりの早朝、音楽堂の前に座り込んで一服しているミノルタを恰好の距離にて見出したザハロフは、文字通り満を持して日本語でそう鋭く放った。ハナルの挨拶は黙礼だが、相手が気付きそうにない時など、武芸者が気合を入れるような声を発して注意を引くことはある。よって異境からの客がつい口にしてしまう挨拶言葉が白眼視されるわけではない。にも拘らずミノルタの反応は、ザハロフの胸に幾通りかあった予期の全てから逸脱していた。振り向きもしなかったのである。思案の最中だったのかもしれないが、このハナルに日本語の話者がそう何人も滞在しているとは思えず、不意に耳に飛び込んできた懐かしい挨拶には、せめて顔を上げて声の主を確かめそうなものだ。ザハロフは傍らの牧羊机に露語で、

——西のイムリは本当に日本人ですか。

——はい。

チタン合金の獣は素っ気なく肯定した。クラッキングに弱かった世代がテロリストから重宝されて以来、世界中で忌み嫌われ、殆どの地域で絶滅に追い込まれた無頭の使役犬が、ハナルには未だ棲息している。大半は寺院の所有だ。落人の隠れ里を起源に持つこの地域は現在も外敵に過敏で、主要路は細く険しく、ちょっとした踏み外しが死に直結する状態が敢えて保たれている。危険は無論のこと邑人にも及ぶが、一部の死は全体の生存コストであるという思想がハナルには根強い。然しながらと云うべきか故にと云うべきか、その人々にして一度手に入れた有能な飛脚を手放そうとはしなかった。本来の使われかたではないがこの恐れ知らずの忠犬たちは、背に縛り付けられた病人さえ医者の許まで届けてくれるのである。

邑が異境からの客を迎えた時、牧羊机はその能力を最大に発揮する。客に貸与され、通訳、案内、運搬、及び全方向の監視を担って、他者との接触に消極的な邑人との間を絶妙に橋渡しする。残念ながら牧羊には、呼称に反してまるで役に立たない。キユより更に高地では放牧がおこなわれているが、山羊たちの相手は人と本物の犬が務めている。牧羊机には群れを動かすことも止めることも出来ない。派手な音声を発しても驚いてくれるのは最初のうちだけで、そのうち耳しか動かさなくなる。自分たちに危害を与え得ないことを早々に悟ってしまうのだ。

常時雨雲《ニムバス》に接続している牧羊机が日本人だと断言するからには、ミノルタはなんらかの定義上日本人なのである。ザハロフは彼との距離をすこし詰めた。そして閃きに従い、

——貴方は日本人ですか。

と漢語で尋ねてみた。今度は反応があった。男は立ち上がり慎重な面持ちで、

——如何にも。

とやはり漢語で答えた。低い音楽的な声だ。引き締まった頸に平面的な円顔が載っかっているのがちぐはぐな印象で、それが愛嬌に繋がっていると同時に、自分はここに居るべき者ではないと言外に主張しているようでもあった。

寺院組織に所属する者は蓼藍《たであい》染めの衣を纏う。刺繍も同色だ。広くカタル文化に於いて青は最も高貴な色とされる。男は手甲から指を外して衣の袖を引き上げ、反対もそうして引き上げて、二本の腕をザハロフに見せた。ハナルの生まれではない立証の心算《つもり》だろう。じじつ生白い皮膚には文様の片鱗も見当たらなかった。幼児期より本人の意思とは無関係に施されるが故、ハナルの刺青率は百パーセントに近い。部位は両腕に限られる。当初は素朴な幾何学文様による面分割だが、成長に伴い文様が広がると筋彫りの内がより細かい

別の文様で満たされ、それが成長期の終わりまで繰り返されて完成する、大変に精緻な彫りものだという。ザハロフは未だその現物を目にしたことがなかった。ハナルの刺青は見せびらかしの装飾ではないからだ。貧しく平均寿命の短い地を選んで誕生してくれた新しい同胞に贈られる、売ることは叶わないが奪われもしない資産であり、人目に曝す程に価値が薄れるともされる。だから彼らは真夏でも手甲と一繋がりになった長い袖に腕を包んでそれを隠し、保護する。子供もだ。嘗て呼延教授は記した。

ハナルの民は、自我同一性をみずからの足跡に求めない。

他者からの評価にも求めない。

求める必要が無い。それは既に彼らの両腕を覆っている。

短くなった葉巻が地面に落ち、馬革の草履で踏み消される。

――ミノルタさん？

ザハロフの尋ねに西のイムリは頷いて、

――そうです。

――如何にも日本風の響きですが、お名前としては珍しい。違いますか？

ミノルタは唇を結んだまま口角を上げた。お見通しですね、という諦観交じりの笑みだ。

そして辺りを見回した。槐《えんじゅ》、楠《くすのき》、珊瑚樹《さんごじゅ》、枇杷《びわ》といった常緑樹が一定間隔を置いて植えられ視覚的リズムを成している境内の景色は、より乾いた土地のオアシスを彷彿させる。参道からの上がり口で少年僧たちが、過日の暴風雨による倒木で崩れてしまった石積みを修繕している。イムの響かぬこの時間帯、参詣に上がってきた邑人の姿は見当たらない。あとはミノルタとザハロフ、そして牧羊机。男が牧羊机のセンサーとマイクロフォンを気にしているのは間違いない。

――申し遅れました。こちらの宿坊に滞在している言語学者のエメリヤン・ザハロフと申します。莫斯科《モスクワ》の生まれですが現在は常に旅行中です。

自己紹介しながら衣嚢から古風な紙の手帖とインクペンを取り出すと、綴りを教えるような素振りで以下のように書き、牧羊机のイメージセンサーに映らぬ角度で男に見せた。

〈なぜ日本人のふりをしているのですか？〉

男は細めていた眼を広げた。ザハロフの機転に感心している様子だった。

――このキユにはご研究に？

――ハナル語を集めています。

――ではイムにも興味をお持ちでしょう。

——勿論です。

——音楽堂にお入りになりますか。

——宜しいのですか。

——今ならご説明の時間を取れます。牧羊机は能《よ》く働いてくれますか。

——助かっています。しかし残念ながらハナル語は……。

彼は失笑して、

——お手上げです。ハナル語は彼らに通じにくいから、みな片言の漢語でしか命じません。従ってハナル語は一向に雨雲に蓄積されない。私の脳味噌も同様です。この地に辿り着いてもう二十年になりますが、ハナル語は未だ幼子ほども話せません。きっと先生の方がお上手です。

——ご冗談を。それではイムの習得に差し支えるでしょう。教授は漢語でおこなわれたのですか？

——詳しいところは楽器を前にしてお話しします。イムをご覧になったことは？

——実はこちらに到着した日、ちょうど葬儀で、暫くその入り口から覗き込んでいました。ご遺体はよく見えませんでしたが、後で親方に尋ねたところ、子供だったとか。

現在の親方はニルという中年女性だ。笑いもしなければ語気を荒らげもしない無表情な人物だが、その話の時ばかりは痛ましげに眉根を寄せた。よく知る子だったのだろう。

――トウですね。猟師の子です。親は助かったが子は助からなかった。

――親方の血縁ですか。

――そういう話は聞きません。ただ鍛冶師に憧れて、よく鍛造所を覗き込んでいました。

――そうでしたか。螺旋熱で？

――ハナルでは常に誰かが罹っています。ご存じかと思いますが、薫衣猴《シュンイホウ》がウイルスを媒介するのです、ラヴェンダーモンキーが。運の良い者は無症状です。次に運の良い者は風邪程度の症状を呈します。重症化しても半数は自然に回復します。トウは運が悪かった。

――薫衣猴はまだ見たことがありません、こちらに来て二週間になりますが。

――余所からみえたかたは、よくそう仰有います。本当はどこにでも居るのですが。

ミノルタは境内を見渡すと、やがて七、八間《けん》離れたところの珊瑚樹をすっと指差し、

――ほら、こっちを見ています。

ザハロフは樹に目を凝らしたが、威勢良く上向いた葉が折り重なった隙間のところどころに、白い花房が覗いているばかりである。

――中へどうぞ。

全体が木造である本堂とは異なり、音楽堂は焼成煉瓦を積み上げて形成した円筒に屋根

を被せた造りで、当初、境内に響くイムの源はそこだと気付く迄のザハロフは、てっきり貯蔵庫《サイロ》だと思い込んでいた。響きと採光を両立させる為だろう、煉瓦壁には六十度ごとに細隙状の窓が設けられ、そのうちの本堂側を向いた一つが地上まで達して、出入り口を兼ねている。人がふたり並んでは通れない幅だ。青い衣に被われた広い背中を追って堂内に入りながら、内心にてザハロフは呟いた。縦しんばこの男の両腕が完璧なハナル刺青に被われていたとて、到底この地の生まれとは思われまいよ。発する言葉の量も然ることながら、だいたい話法が違う。ハナルの人は最小限にしか口を開かないうえ、基本的に自分を主語にしない。「私はハナル語が上手く話せない」とは云わず「貴方は私のハナル語に苦しむ」と先回りする。

不図、自分の後ろに牧羊机が居ないのに気付いた。二、三歩戻ってみて、電源を喪失したように出入り口の手前に立ち尽くしているその姿を認めた。

——牧羊机になにか命じましたか。

ミノルタは振り向き、

——音楽堂と鍛造所には入れません、どちらも親方の領分ですから。ハナル地区が牧羊机を導入した時の取り決めです。

七オクターヴぶんのイム七艘は、音域の高い方から、一の舟、二の舟……と番号で呼ばれる。演奏時にはそれが円形に四一五二六三七（左回り）の順で並べられる。打撃される頻度の高い四の舟の両側に、一と七、最高域と最低域が位置するかたちだ。

初めてこの大寺院に足を踏み入れた日、出入り口からこっそり眺めた葬儀の様子から、灯りと人影だけ消し去った光景が眼前に広がった。湾曲した木製の長椅子が壁の曲面に合わせ幾重にも並べられ、その中央に西のイムが集められている。ミノルタがその周囲を巡って、三方に置かれた脚長な行灯《あんどん》にあかりを点していく。手入れの行き届いた青銅器の群れが放つ生まれたてのような輝きに、ザハロフの足は自然と吸い寄せられた。遂に間近にしたイム、とりわけ七の舟の威容には圧倒された。なにしろ大きさのうえでは本物の舟上に、大人から子供迄の七人が身長順に並んでいるのと変わり無い。そのなかでも最低音を受け持つ最大の蕾を呆然と見上げていると、

――それを最後に叩きます。イムの最後は必ずそれです。

と教えられた。稚気が生じて思わず拳を上げ、叩き真似をすると、

――反対側からです。円の内側から、取り囲んでいる聴衆の方を向いて叩きます。入ってみて構いませんよ。

ザハロフは急に照れ臭くなった。

――遠慮しておきます。あれが楽譜になっているのですか。

と指差したのは、円陣を成す七艘の中心に広げられた正方形の敷物である。ハナル特有の文様がびっしりと刺繍されている。

――楽譜と申しますか、練習用のその代わりの物です。

――振り返り見ながら叩くのですか。

――長い休符ごとに振り返るのが作法ですが、演奏前に憶えてしまいますから本当は見なくても良いのです。ただ実際の葬儀ではそうは行きません、遺体から目を背け続けていれば死者を冒瀆していると受け取られます。

――遺体……を楽器の中心に安置して演奏なさるのですか。

聞き返しに、ミノルタは目を瞬かせた。

――そこはご存じないのですね。遺体がイムの楽譜なのですよ、遺体の腕に刻まれた文様を、そのまま音に置き換えるのがイムです。肩から下りていき、手の甲に達して、終わります。東では左の腕、西では右の腕を奏でます。ハナル人の左腕にはその父親の姿を伝える音が彫られています。右には母親の音。

愕く余り、ザハロフは暫く二の句を告げられなかった。

――初めて知りました。呼延静でさえそんなことは書いていません。

――そのかたも言語学者ですか。

——むかしイムの音階を初めて計測し、イムに関して最も多くを書き残した人物です。

——ああ。先代のイムリから聞いたことがあります、著作を読んでみたが誤解だらけだったと。その頃の私は入門したてで右も左も分からぬ状態で、具体的にどこがどういう話には至りませんでしたが。

——ハナルの刺青が彼らの親の物語なのだとしたら、言語学上も大発見です。これまで無文字の言語と考えられてきました。

——他の文化圏で云うところの物語とは、少々違うのではないかと思われます。私も未だ正確には摑みかねているのですが、彼らは事物から固有の音楽を受け取り、音楽からは事物を直接想起するようです。それをまた別の共感覚を以て文様に変換します。ひとつの事物から受け取る音楽にどれ程の個人差があるのか、音楽と文様はどのような法則性を以て結び付いているのか、そういった仔細は私たちイムリには分からないのです。イムリは伝統的にみな流れ者です。西の先代も現在の東も、ハナルの生まれではありません。他の寺院でも。恐らく、イムに新たな解釈が加わらぬように、でしょう。この文様ではこう叩く、別な文様が加わったらこう重ねる、大きさの違いはどう速度に反映させる、といった技巧を私たちは先代から習得します。しかし発展はさせられません。文様にしろイムにしろ、その意味するところを私たちは知らないのですから。ただ機械的に変換しています。

こう云うと語弊があるかもしれませんが、私たちはイムの付属物なのです。

ミノルタは長椅子に腰をおろし、ザハロフにもそうするよう促した。

——申し遅れました。私の昔の名は黄俊杰《ファン・ジュンジェ》。香港の生まれで、若い頃は移動動物園や動物商の元で働いていました。お判りでしょう、私がこの地にやって来たのは、生きた番《つがい》なら最も高額で売買される獣、薫衣猴を密猟する為です。

並びの長椅子にザハロフも掛けた。

——密猟は今も盛んなのですか。

——年々国境の警備が厳しくなっていますから成功例が減っているのは間違いありませんが、挑もうとする者は増えているかもしれません。もはや生きていても仕方が無いと感じている人間の、最後の賭けとして。私はそうでした。しかし別な密猟動物の販売に関わった前科があり、長距離の移動を厳しく制限されていました。故に薫衣猴密猟団に加わるに当たり、履歴の仲買人を通じてある日本人の人生を買い取ったのです。

彼は指先を自分の顔に向け、

——この虹彩パターンと共に。手術費用の支払いは前渡しの準備金からで、もう後へは退けません。

——随分と大掛かりなお話のようです。いったい何人くらいの集団だったのですか、その密猟団は。

――捕獲部隊、国内移送の担当、国外への持ち出し担当、総勢十二名というのが仲介業者の説明でした。私はそのうちの誰とも面識はなく、発注者も聞かされていません。

――それでも採算が取れるというのが驚きです、そうまでして薫衣猴を手に入れたい人々が居るというのが。

――美味いのですよ。ということになっている、と云うのが適切でしょう。味や香りではなく、法を侵し莫大な費用をかけて味わっているという事実に、人は相応の価値を感じるのです。ハナルでもウイルスの温床たる薫衣猴を食べることは禁忌ですが、ようやっと縁が切れたかと思えばまた流行る螺旋熱の頻度に鑑みて、誘惑に抗えない不届き者が絶えないとしか考えられません。

――なぜ駆除されないのですか。いや、乱暴なことを云うと思われるかもしれませんが、私にはハナルの人々と薫衣猴との関わりようは、歴史に見られる一般的な人類と野生動物との関係性とは、だいぶ異なるように思えてなりません。

――疑問に思われるのは当然ですよ。それは嘗ての私の疑問でもあります。キユの住人となったばかりの私に、先代の親方はこう厳命しました。綺麗なまま死んでいる薫衣猴を見たら、決して近付いてはいけない、それは螺旋熱で死んだ猴だから。螺旋熱は薫衣猴の命も奪うのです。しかし同じウィルスが捕食者の命も奪う。お蔭で一定の個体数が保たれてきました。ハナルの民にも似た事情があります。攻め込まれにくい危険な陸路を保ってきたハナルですが、空からの攻撃への防御はありません。戦乱に巻き込まれ空爆でも受ければ邑は壊滅します。しかし一人でも生き延びて他の共同体に逃げ込んだら？　その一人が螺旋熱を持っていたら？　ウィルスとの共生に慣れていないその共同体もまた、空爆に匹敵する痛手を受けるのです。

行灯に照らされたミノルタ……いや黄の顔は雲の掛かった臥待月《ふしまちづき》を思わせる。自分が遥々この地を訪れたのはこの男と出会う為だったのかもしれない、とまでザハロフは感じはじめている。

——ミノルタというのは、貴方に履歴を売った日本人の名前なのですね。

黄は破顔し、

——思い出せなかったのですよ、私は。私の今の境遇から、薫衣猴の密猟が失敗に終わったことには当然お気付きでしょう。密猟団のうちキュに到達できたのは私だけでした。時を同じくして隣邑で感染爆発が起き、里と里とを結ぶ路が全て封鎖されてしまったのです。山中で食料を節約しながら他の者たちの到達を待っていた私ですが、日に日に夜が冷え込んでいく時節でもあり二週間が限界でした。運命への降伏を決めて所持品を全て野営地に埋め、人里へ降りて自警団が連れた牧羊机の尋問を受けました。漢語は解らぬ振りをして英語で応じたのですが、そのとき思い出せなかったのです。ミノル・タ……ナベ？　タナカ？　タミヤ？　私が口籠っている最中にどうしたことか虹彩は認証され、ミノルタと名乗っている限りはそういう日本人として扱われる、今の状況が生まれました。姓名の順に並べるとタ・ミノル。本当はどういう苗字だったのでしょう。実は今以て思い出せずにいます。

——字も思い出せないのですか。

——漢語には無い文字でした、恐らく。

——仮名だったのかもしれませんね。日本にはそういう名もあります。

——しかし一方、本当は私はちゃんと名前を憶えていて、それは本当にミノルタだったような気もしているのです、どこが姓でどこが名なのか判りませんが。

——無論、そういう可能性もあります。

——牧羊机は欺けても、人間の目をそうそう騙し仰せるものではありません。邑人は当初から私を密猟者だと気付いていたでしょうし、日本人だと思ったこともないでしょう。そういう素性の知れぬ者も流れ者も逃亡者も、人的資源と見做して追い払おうとはしないのがハナルの流儀です。俘囚同然の扱いを覚悟していた私は、彼らから得た待遇に驚きました。と申しましても持て成されたわけでも労《ねぎら》われたわけでもありません。この寺院の本堂に連れて来られ、襤褸と手桶を押し付けられました。忠誠心を問われていると思った私は、食料欲しさに堂の床を磨きました。夕刻、山羊の骨と敷布が与えられました。骨には刮《こそ》がれきらぬ僅かな肉が残っていました。それをしゃぶり、夜は堂の片隅で敷布にくるまって眠りました。行く宛の無い私はそのまま本堂に居着きましたが、追い出されも咎められもせず、水場も便所も使わせて貰えました。働きの良かった日は夕食が多いことに気付いた私は、みずから仕事を探しまわって、音楽堂にも出入りするようになりました。今は東西に一人ずつしか居ないイムリですが当時は四人の体制で、寺院の人々に歓迎される作業をそれとなく示唆し続けてくれた一人が、後に私にイムを学ばせるよう親方に進言してくれた、私の師匠です。

ザハロフがキュに滞在していた半年のあいだに、二度、螺旋熱の大流行がハナルを襲った。二度めはザハロフも罹患し生死の境を彷徨ったようだ。その際の夢想を回想し記録したと判断するのが妥当であろう描写が、特にそう註釈されることなく挿入されているという特徴が『カタル、ハナル、キュ』にはあり、その資料的価値を低めている。真夜中に響いてきたイムの音に誘われ宿坊の外に出てみると境内を薫衣猴が埋め尽くしていて、イムと思われたのは彼らの呟きの重なりであったという場面など、到底現実の出来事とは思われない。

螺旋熱から生還したザハロフは、同じ流行が黄の妻フルの命を奪ったことを知った。参詣に訪れているところを黄から紹介されたことがあり、その好印象をして彼は「人間のなかの人間に会った」と表現している。染工場の労働者であるフルの爪は真っ青に染まっていた。それを隠そうとするどころか誇らしげに、荒れた指を組み合わせ胸の前に並べた姿に、ザハロフはこの地で青が最も高貴な色とされる理由を見たような気がした。

――私がフル程の女を娶《めと》れたのも、ある意味で螺旋熱のお蔭なのですよ。

後でそう、黄はザハロフに惚気《のろけ》た。

――家族以外の人間とは接触しないのが常であるハナルで、独居は無謀です。発症してしまった時を思えば、どんな家族でも居ないよりはましなのです。だから私のような者にさえ縁談が持ち込まれた。私が初めて遠くから眺めたフルは、たった一人の身内である母親を亡くしたばかりでした。父親は邑に居着くことなく姿を消した流れ者だが構わないかと親方から問われ、私は夢見心地でその男に感謝しました。仮に父親が方正な人物であったなら、私如きが近付くのを許された女とは思えません。

フルの死を知ったザハロフが西の音楽堂に足を向けると、黄は初めて言葉を交わした朝と同じく戸外に座り込んで葉巻を喫っていたが、その姿は見る影も無く窶《やつ》れ果てていた。病み上がりのザハロフには掛けうる言葉が見付けられず、ただ牧羊机に片手を置いて立ち尽くしている他無かった。そのうち鍛造所が騒がしくなって、革の草履にぽたぽたと泪が落ちた。

——こんな土地、さっさと手を携えて逃げ出していれば良かった。

フルの遺体は既に葬られていた。右の腕にしか刺青のない彼女の葬儀は、短かったそうである。イムは、彼女を直視できない黄に代わって東のイムリが叩いたそうである。

# 木星風邪
ジョヴィアンフルゥ

藤井太洋

全身にインプラントを埋め込む技術が普及した未来。木星で働く主人公は、とある感染の現場を目撃する。いったいその「ウイルス」の正体は何なのか……。

本作で描かれるのは、新型コロナウイルス感染症とは全く異なる架空の感染症「木星風邪」である。これがコロナ禍そのものではないことにこそ、本作の価値がある。というのも、コロナ禍で得られた経験をもとにして、別のパンデミックを考えることは重要であるからだ。

現時点で新型コロナウイルス対策に世界一成功している国、台湾は、二〇〇三年のSARS流行の際の経験を活かして対応を行ったという。問題の細部が異なっていても、以前の経験と類似する点を見つけ出して対策を立てる。様々な形で起こるディザスターに我々が立ち向かう手段は、結局そこに尽きるのだろう。

藤井太洋（ふじい・たいよう）は一九七一年生まれ。二〇一二年、電子書籍のセルフパブリッシングで発表した『Gene Mapper -core-』が話題を呼び、二〇一三年、同作を改稿した『Gene Mapper -full build-』で単行本デビュー。代表作に『オービタル・クラウド』（第35回日本ＳＦ大賞受賞、第46回星雲賞日本長編部門受賞）、『ハロー・ワールド』（第40回吉川英治文学新人賞）などがある。

女性が倒れたのは、僕が区間トラムの七区第二停留所に来てから、しばらく経ったあとだった。一両目の一番ドアに並ぶ列の先頭に立っていた彼女は、水色の公益労働者パスを首から下げて、トラムのやってくる西に顔を向けていた。

女性の後ろには、大気鉱山のチームジャケットを引っ掛けた若い男女が三人並んでいた。大柄な男性は、近くの屋台で買ってきたらしい培養羊肉のケバブサンドウイッチにかぶりついている。

二年かけてようやく見慣れた、木星大気に浮かぶ都市ロームブランの出勤風景だ。大気鉱山のシャフトを取り囲む七つの街区はトラムで結ばれている。鉱山に向かう若者たちは次の一区停留所で連絡シャトルに乗り換えていき、役所に行くらしい女性は、官庁のひしめく三区で降りていくはずだ。

　僕は女性が降りた後も一区角分だけトラムに乗って、スーパーマーケットに出勤する。五分に一度の間隔でやってくるトラムが混むことはめったにないが、万が一混んでいたとしても、鉱山に行く三人と一緒に入れば、彼らが出て行った後に場所は空くはずだ。

　そんな計算をした僕は若者たちの後ろに並んで、手首のインプラントを一瞥。高見春馬《たかみはるま》という日系の名前が通勤トークンで輝いていることを確かめて、空を見上げた。

　ずんぐりとした居住区の建物の上に、木星の五番目の月、イオが黄色い顔を覗かせたところだった。じっと見ていると、横に広がったポプラの梢の先を、三日月になったイオが少しずつ渡っていく。澄んだ紫色の空には、イオの後ろに付き従うようにして、ガリレオ群の残り三つの月と、小さな太陽が並んでいた。

　ロームブランから見えるイオは、地球から見た月とちょうど同じ大きさらしいが、僕は地球から月を見たことがない。コペルニクスの月面都市で生まれ育った僕にとって、空に浮かぶ天体といえば、真っ白に輝く太陽か、常に同じ位置に見えている地球の二つだけだった。まさか空を動いていく「月」を目にするなんて思ってもいなかったのだ。

　木星にやってきたのは二年前。イオやガニメデが空を動いていくことに驚いて、付き添いの医者に笑われたことを、僕は思い出していた。

頼りない輝きを放つ小さな太陽の前を、新月になった小さな月——おそらくカリストだと思うのだが——が横切ろうとした時に、それは起こった。

服の中で背中の産毛《うぶげ》が逆立ったかと思うと、パチンという音とともに、空に蜂の巣模様が輝いた。続けて、トラムのレールを斜めに横切るように空気が輝く。太陽系最大の磁場に沿って飛ぶγ《ガンマ》線が、大気を満たすヘリウム分子に衝突したせいだ。

——木星嵐。

僕は、体を貫くγ線を少しでも減らそうとして足を踏みかえ、輝きがやってきた方向に対して横向きに立った。鉱山勤《かいしゃ》めの若者たちも同じように向きを変えていた。

いつの間にか後ろに並んでいた男性は、横を向いて目が合った僕からあわてて顔を逸らした。隠そうとしたらしいが、その口元には嘲笑に似た表情が浮かんでいた。

「おはようございます」

僕が挨拶すると、彼は申し訳なさそうな顔で会釈した。

「悪かった。おはよう。わかってると思うけど、今のは意味ないよ」

「わかってます。でも、ついやっちゃうんですよ」

「そうだよね。余計なこと言った。申し訳ない」

一平方メートルあたり一万ベクレルのγ線は、僕が木星嵐を知覚する〇・二秒前に、体を構成する原子を十数個ほど道連れにして、街を通り抜けてしまっている。

DNA鎖が断ち切られることはどうだっていい。生命が四十億年かけて練り上げてきた塩基修復機能はほとんどのエラーを修正してくれるし、木星圏の市民になる時に、癌化した細胞を除去する拡張免疫処置も受けているからだ。

全身に入れているインプラントの機構部も大丈夫と言っていいだろう。γ線が開けるピンホールは、電子顕微鏡でもなければわからない。

僕らが恐れているのは、体内に埋め込んでいるインプラントの半導体メモリ欠損と、それに伴う発作だ。

製造精度が〇・二ナノメートル級にまで小さくなった微小トランジスタにγ線が当たると、百個近くの素子が死ぬ。容量にすると二〇バイトほどだが、地球時代から連綿と受け継がれているメモリー保護機能は優秀で、ほとんどの場合は何も起こらない。

だが、体内のインプラントのどこかで、GCE‐73という小さなプログラムが走っていたなら話は別だ。

GCE‐73は欠けたメモリを修復しようとするOSの機能を乗っ取って、自分自身の複製で、メモリ空間を埋め尽くし、人体通信で他のインプラントに乗り移って、同じようにメモリを複製で埋めていく。

本来のプログラムを失ったインプラントは瞬時にして動作を停止し、発熱や、拒絶反応を引き起こす。停止するインプラントが多ければショック症状に陥ることもある。体を折って、まるで咳をするかのように痙攣する様子から、僕たちはその状態を飽和拡散《コフ》と呼んでいる。

咳に似ているのは、見た目だけではない。

体を折って喉から呼気を吐き出している時、インプラントで暴走しているGCE-73は、近距離通信を通して他のインプラントに乗り移ってしまうのだ。幸いなのは、飽和拡散《コフ》に至るまでの複製回数が三十二ビット——四十二億九千万回に制限されていることだ。時間にすると約五秒かかる。

僕たちはその短い時間、むやみに動かず、誰も感染しないことを祈るのだ。

三、二、一——数えた僕が、安堵の息をつこうとした時、列の先頭に立っていた女性の膝が、かくんと折れた。

全身の力が抜けた女性は、頭を後ろに投げ出すように後ろに倒れ込んでいく。真後ろに立っていた鉱山の若者が、助けようとして手を伸ばした時、女性はまるで咳をするかのように体を折った。

飽和拡散《コフ》だ。

若者が慌てて腕を引っ込めると、2Gの重力に引かれた女性の頭は、腕のあった空間を通り抜けて、鈍い音を立ててタイルに当たった。

さらに後じさろうとする若者を、後ろに立っていた仲間が肘で柔らかく押し戻す。目を泳がせた若者から、視線の先に立つ人たちは次々と顔を逸らしていった。僕もだ。

女性が飽和拡散《コフ》した時すでに、若者のインプラントはGCE‐73に感染してしまっている。いま若者が立っていられるのは、侵されたインプラントが少なかったせいだろう。

「緊急連絡」と背後から声が聞こえた。

僕に「意味ないよ」と言った男が、公衆ビューに市民サポートセンターのアバターを呼び出していた。月面都市で「緊急電話」と呼んでいたのと同じものだ。男の前に描かれたエージェントが「どうされました？」と尋ねると、男は広場を確かめるように見渡してから口を開いた。

「トラムの七区第二停留所に、緊急車両と検疫官を手配してください。できれば二台」

「急患ですか？　それとも事故でしょうか」

男は、苦いものを味わった時のように唇を歪めると、オーロラのあと五秒間だけ発症し、一・五メートル以内にいる人に感染《うつ》る症状について、少し不名誉な名前を口にした。

「木星風邪《ジョヴィアンフルウ》です――はい。そうです。女性がひとり飽和拡散《コフ》して倒れました。他に、感染したと思われる鉱山《かいしゃ》のスタッフが一名います」

男の声が響く停留所で、僕は女性の様子を確かめようとして、一・五メートルまで近づいた。女性の飽和拡散《コフ》はもう終わっているので、触らなければ感染することはない。

だけど僕は、どうしてもそれ以上近づけなかった。

＊

帰宅した僕が、社販で買ってきた食料品を冷蔵庫に入れようとしていると、ルームメイトのキズナが帰ってきた。ダイニングから廊下に首を伸ばした僕は、エアカーテンで念入りに埃を落としている彼に声をかけた。

「早かったね」

「ただいま」

手を止めてホールに向かった僕がハグをしようとすると、キズナは首を振って、僕を押しとどめた。

「ごめん。しばらく春馬に触れない」

僕は広げていた腕を引っ込めた。

「感染症でも扱ってるの？」

「そうだよ。警報の話はどこかで聞いた？」

「いや。はじめて聞いた」

そうか、と頷いたキズナはコートを肩に乗せたまま両腕を斜め上に伸ばし、落ちてきた袖口を肘で挟むと、ホールに設置した洗面台で手を洗いはじめた。

ミトコンドリアをＡＴＰポンプに置き換えて、酸素とグルコースを必要としなくなった電気吸い《エレク》の僕やキズナも、ライノウイルスが気道で増殖すれば風邪をひいてしまうのだから、手洗いは欠かせない。医療従事者らしく、丁寧に手際良く手を洗ったキズナは、ホルダーから抜き出した不織布で水を拭いながら言った。

「二十分前に、第三区でＧＣＥ－７３の第二級集団感染が出た。二時間仮眠したら、病院に戻るよ」

「ひょっとして、木星風邪《ジョヴィアンフルウ》？」

「言い方！」

キズナは声を尖らせた。

「ごめん」

「頼むよ、ほんとに」

不織布をリサイクルボックスに放り込んだキズナの声は、冷たさを増していく。

「ＧＣＥ-７３変異が見つかったのはガニメデのネオジュノー基地だけど、誰も、ネオジュノー熱とは呼ばない。初めての集団感染はガニメデ・スタジアムだけど、ガニメデ風邪とも、フットボール症候群とも呼ばない。誰が、木星風邪《ジョヴィアンフルウ》だなんて呼びはじめたのか、春馬は知ってるよね」

「悪かった。もう言わない」胸に手を当てて誓った僕は、キズナの質問に答えた。「地球圏だ」

「そうだよ。また、連中だよ」

通してくれ、と手で示したキズナは、僕に手が触れないように注意して壁際をダイニングに歩きながら言った。

「だいたい君が木星に来たのだって連中のせいじゃないか。あいつらが月面熱《ルナティックフェイヴ》なんて言いはじめたせいだろう？」

「……まあね」

三年前、ティコクレーター開発基地の作業員が訴えた肺炎を調査するために、月面最大の都市コペルニクスから派遣された僕は、自分自身が重度の肺炎になってしまった。

ＩＣＵに運ばれた僕の症状は改善する兆しを見せなかった。朦朧とした意識の中で肺の切除と再生医療の同意書にサインした僕が、声を出すためのシリコンバッグを胸に埋め、体外型の酸素交換機を背負ってＩＣＵを出たのは、入院してから一ヶ月後のことだった。

　肺炎の原因がティコクレーターの表層を覆う微粒子だとわかったのは、僕が大部屋に移ってから二週間目のことだった。イオン化したスパイクを持つ微粒子は機器に静電気で張り付いて、服へ、そして皮膚へと動き、最終的には肺の機能を奪ってしまう。そして、人について、都市から都市へと渡っていった。二百万人もいない住民の十万人が発熱と肺炎に悩まされていて、一万人が命を落としていた。ＩＣＵが空いているうちに治療できた僕は幸運だったのだ。

　月都市協定会議《ムーン・カウンシル》は交易と市民の移動を厳しく制限して、粉塵の除去につとめた。静電気泳動装置で致死性の粉塵を集めたスタッフたちは死を覚悟したというが、原因が判明したおかげで、経済の復活も囁かれるようになった。肝細胞から再生した肺の移植も始まり、外出もできるようになった。

　肺の再生を待つ僕は、もともとティコクレーターの粉塵に関するレポートを学会誌に投稿して、ティコに新設される大学で研究しないか打診された。粉塵が人から人へ、都市から都市へと伝わっていく様を、感染症の伝播と比較した分析がユニークだったらしい。レポートに触発されたわけでもないのだろうが、ムーン・カウンシルは、感染症対策と同じプロトコルを用いて粉塵の接触者を追跡して、被害を未然に防げるようにもなってきた。

「月面熱《ルナティックフェイヴ》」という言葉が生まれたのは、その頃だった。

地球圏のメディアがしきりと使っていたこの言葉は、立ち直ろうとしていた月の経済を破滅させた。この言葉と一緒に語られる倒産の噂は証券市場を揺るがし、僕の肺を再生していた生体バンクは破産してしまった。移植費用を立て替えてくれるはずの健康保険は、暗号資産とともにネットワークの隙間に消えてしまった。

人工肺の利用料を支払えなくなった僕が活路を求めたのが、木星だった。電気がタダの木星圏では、細胞呼吸を電気的なプロセスに置き換える電気吸《エレク》い処置も一般的だ。肺はシリコン風船のままでも構わない。

僕は木星圏で立ち上がったティコクレーター粉塵災害支援ファンドに申し込み、運よく一番乗りで、電気吸《エレク》いになることができた。

何より幸運なことに、処置をしてくれた医師がルームメイトを探していたのだ。

おかげで僕は、慣れない木星で住処《すみか》と、新たな人生のパートナーに出会うことができた。

職業は、スーパーマーケットの店員だ。地球標準時の十時に出勤して十五時に退勤するショートワーカーだが、基本収入制度《ベーシックインカム》がある木星圏は、エッセンシャルワークの給与が高いので暮らしは月にいた時よりも余裕がある。月の学位も通用するので感染症のリサーチャーを続ける道もあったのだが、キズナを支えて過ごす日々には替え難い。

「夕食が先だよね」

キズナの後をついてダイニングに入った僕は、買ってきておいた夕食をテーブルに並べた。ササミ風の培養肉ローストとチヂミほうれん草のコブサラダ、ナスとセロリのミネストローネだ。

電気吸い《エレク》になる前、僕は食事が食べられなくなることを心配していたのだが、それは大きな勘違いだった。タンパク質と野菜を必要とすることに変わりはないのだ。

「で、春馬はどうしたの？」

通勤の時のことを聞いてきたキズナは、ササミ風の培養肉を乗せたサラダを自分の皿に取り分けた。触れ合うことはできないが、細菌やウイルスと違ってＧＣＥ‐７３は食材や食器に残らないので、料理は皿からシェアできる。

僕は茹でた米を入れた皿に、ガーリック風味のシトラスソースをかけたサラダを載せて、即席の丼ものを作った。電気吸い《エレク》なので高カロリーの穀物を食べる必要はないのだけど、習慣はなかなか抜けてくれない。

僕はレタスで米を包んで一口食べた。

「どうもこうもないよ。女の人の容体が急変しないかどうか見てた」

「触った？」

「まさか。そうそう、女の人のすぐ後ろにいた鉱山《かいしゃ》の若者が、トラムに乗って出勤しようとしてたから、戻るように説得したね」

キズナは眉をしかめる。

「危ないことするなよ。触られなかったか？」

「大丈夫。口頭で、逃げても意味ないって説得しただけだよ」

実際は違う。トラムの乗り口に立ちはだかった僕は若者と押し合いになった。だが、そんなことを口にしてキズナを心配させることはない。飽和《コ》拡散《フ》を見た直後に肌を触れ合わせるほど、僕も若者たちも間抜けじゃない。

よかった、とうなずいたキズナはミネストローネのボウルを手元に引き寄せた。

「確かに検疫官はどこまでも追いかけるからな。で、その彼は大人しく収容されたの？」

「自分で収容車に乗った」

「よかった。病院行きだろうけど、飽和《コ》拡散《フ》に暴露した時の距離は？」

「五十センチぐらいかな。倒れかかるのを助けようとしてたぐらいだから。気づいてすぐに避《よ》けてたけど」

「そうか」

キズナは、立てたスプーンに黙礼してからスープを口に運んだ。

五〇センチもの近距離で飽和拡散《コフ》を浴びると、全身のインプラントにGCE‐73が感染してしまうのだ。除去するには、脳にも休んでもらわなければならないが、意識の連続性がない状態で、肉体と深く結びついたインプラントの状態を置き換えると、記憶が欠けたり、性格が変わってしまったりすることもある。

「キズナの病院に運ばれなかった？　あ、ごめん。守秘義務あるんだよね」

「大丈夫、答えないよ。そもそもうちには、人工冬眠《ハイバネーション》対応のＩＣＵがない」

「あれ？　キズナは免許持ってなかったっけ」

僕の電気吸い《エレク》処置をした時も、人工冬眠《ハイバネーション》をしたはずだ。担当医はキズナだった。

「資格は持ってるけど、うちの病院じゃ無理ってこと。時々出動するけどね」

「そうだったんだ。でもGCE‐73は治療ができるのがいいよね。クレーターの粉塵がこびりついた肺は、捨てるしかなかったし――どうしたの？」

キズナの手は止まっていた。

「何か、気になることでもある？」

「……まあいいや。明日には発表されるだろうし。話していいか」

キズナはスプーンをクロスに置いて、手を組んだ。

「今日三区で見つかった患者から出たのは、新種だ」

「どう違うの？」

「さあ」

「さあって、違うんだろ」

「まあね。でも、コードは九九パーセント以上一致したらしいよ」

キズナは背もたれに体を預けた。

「レベル3の人工冬眠《ハイバネーション》プロトコールで、五十八あったインプラントを一斉に止めて、見つけた——という記録が残ってる」

キズナは担当医か、チームの一人だったらしい。

「飽和拡散《コフ》して、運ばれたの？」

「ホテルの一室でね」

背筋がぞわりとした。月で肺炎を調べていた僕が倒れたのも、ホテルの部屋だった。だるいな、と思っていたらいきなり意識を失ったのだ。衰弱した僕が病院に担ぎ込まれたのは、翌日の昼だった。

「それは……見つかってよかったね」

「幸運だった。たまたま同僚がホテルに来てて、それで発見できた。あと十分通報が遅れてたら危なかったかもな。ホテルの医務室でインプラントがごっそり止まっているのがわかって、救急車だよ。ところが、緊急隊員の使う簡易キットではＧＣＥ‐７３が見つからなかったんだ。症状は完全にＧＣＥ‐７３だったから、メモリダンプを検索したら、見つけたってわけだ」

「そういう変異が見つかったのは、初めて?」

「多分——」キズナはため息をついてから、わざとらしく笑った。「いや、わからないな。レポートを漁ると見つかるかも知れないけど、新型の指紋《ハッシュ》が確定するまではキットで検査しても見つからない。そんなわけで、俺の出番が増えるらしい。ごめん」

「僕は構わないよ。それよりちゃんと食事はとってくれよ。肌とかボロボロになるぞ」

「用意しておいてくれる?」

「今日みたいなのでよければ」

皿をまとめたキズナは立ち上がった。

「じゃあ先に寝るよ。夜中に起きて出るけど、戻るのは明日の昼過ぎかな。春馬はどうしてる? 朝には外出禁止が出ると思うけど」

僕はキズナがまとめた皿をキッチンに運んだ。

「いつもと変わらない。スーパーマーケットはいつだって開いてなきゃ。早上がりすることになりそうだけどね」

「わかった。じゃあ、おやすみ」

寝室に向かったキズナは、ドアを開けたところで振り返った。

「春馬、もし暇ができるならGCE－73のレポート書いてみないか？」

「なに言ってるの」僕は皿をリサイクルボックスに入れながら答えた。「僕はインプラントのことなんてわからないよ。だいたい、GCE－73のコードなんて隅から隅まで調べ尽くした後だろ」

「だからだよ」キズナは共有ビューを開いて、書類を扇のように広げてみせた。「GCE－73のことは全部わかってる。どんな中間コードを抱えているのかも、どんなプロセッサだとどんなバイナリになるのかも、古典ビット、量子《ク》ビットの両方でわかってる。シミュレーターだってある。論文も多い。でも、そういうのはもう、読み飽きた」

「医者だろ、飽きるとか言うな」

「どれだけ細かいことを知ったって、俺の仕事は患者を人工冬眠《ハイバネーション》させて、生命維持するところまでだからな」

キズナは、宙に浮かぶ書類の中から学会誌を手に取って共有トレイに入れた。

「これは良かった。じゃあ、おやすみ」

ドアの向こうに消えたキズナに、僕は「おやすみ」と言いそびれた。共有トレイに入った学会誌には、僕の寄稿したクレーター粉塵のレポートが入っているのだ。読んでいるのは知っていたが、気に入ってくれていたとは思っていなかった。

＊

翌日から、夜勤に入ったキズナと僕の生活はすれ違い始めた。初めのうちは僕が家を出る前に帰ってきて朝食ぐらいは一緒に食べられたのだが、彼の勤務時間は徐々に長くなっていった。

エッセンシャルワーカー以外の外出禁止が二週間目に入る頃には、キズナは僕が家を出た後に帰宅して、僕が帰ってくる前に出勤している有様だった。

もともと家にいる時間が長かった僕は、話し相手まで失ってしまった。一人で食べると思うと、凝った食事を作ることもなくなっていく。帰宅したキズナが食べるための食事だけは手を抜かずに準備していたが、自分のための食事は電気吸い《エレク》用に調整された粉末プロテインとサプリメントになっていた。

そんな中、ＧＣＥ‐７３と新型にインプラントを埋め尽くされた被害者は、日に千人を超えていた。

新型の方が僅かに効率よく複製を作るらしいが、これといった特徴は見つかっていない。新型はＧＣＥ‐７３０２と名付けられて、メディアでは変異型ウイルスと呼ばれるようになった。

何日かぶりに顔を合わせたキズナは、コンピューターウイルスをウイルスと呼ぶ報道に愚痴っていたが、地球圏のメディアが名付けた「新型木星風邪《ジョヴィアンフルウ》」よりはマシだと思ったらしく、あまりしつこくは言わなかった。

一人の時間が長くなる中、僕は少しずつ、ＧＣＥ‐７３について考えを巡らせていった。技術的なことはキズナと同じ程度にしかわからないのだが、なにせ時間だけはたっぷりとあるので、経緯などをじっくり頭に入れていくことはできた。

ＧＣＥ‐７３はもともと、ＯＳの基底層《カーネル》で動作していたメモリ再配置プログラムだった。利用者が意識して使うアプリケーションや、機器を操作するプログラムが新たな関数を呼び出したり、変数を宣言したりするたびに、メモリ素子の中で使われていない領域を探して、その住所を返すプログラムだ。もしも適切な大きさの領域が空いていなければ、とびとびに空いている素子の住所を繋ぎ合わて一つの仮想的な空き領域を作ることもできたようだし、ほとんどアクセスされないデータで埋まっている部分を低速ストレージに避難させることも、メモリに欠損があれば、その部分を使わないように記憶することもできたらしい。

古典的なOSには絶対に必要なプログラムだが、どうやら、この最後の機能あたりが放射線で変異して、自分自身を複製するコンピューターウイルスに化けてしまったものらしい。

ファイルとして、どこかのストレージに原本が保存されているわけでもないので、取り除くには、動作中のインプラントを強制停止してメモリから除去するしかない。

木星嵐のような形でメモリ素子が死ぬことがなければ、爆発的に増えることもなく、体内に何十も埋めてあるインプラントのメモリ空間、そして近距離通信でつながる他の肉体のインプラントのメモリ空間をずっと移動し続けているのだという。

僕は少々意表をつかれた。バグというには洗練されすぎているが、人間が作るプログラムのような設計はない。動いている目的もない。

僕は人のいないトラムで通勤しながら、入り口を閉めたスーパーマーケットで配送用のコンテナに注文品を詰めながら、キズナのいない部屋で何種類かのプロテインを味見しながら、GCE-73のことを考え続けて、ようやく一つのイメージを思い描けるようになった。

＊

《二週間ぐらい顔も見てないけど、最近はどうしてる？　話せる時間に返事してくれると嬉しいな》
リビングルームでキャプチャした動画をつけてメッセージを送ると、一時間後、夕食の準備を始めたところでメッセージが返ってきた。ロビーのような場所を背景に薄いブルーの術衣を着たキズナが話していた。
《メッセージありがとう。今週から中央病院で、人工冬眠《ハイバネーション》処置をしてる。新型が出てから休む暇がなくなった。通勤経路がもう少し安定したら、春馬と会える時間まで寝てるようにするよ》
キズナはまだ接続中だった。僕は上半身がカメラに映っていることを確かめて、通話してみた。
《今、話せる？》
《十分ぐらいならね。だいじょうぶ》

僕はキズナが送ってきた上半身の立体映像を、テーブルの向かい側に置いた。
《だいぶ前にキズナが勧めてくれたGCE－73レポートのことなんだけど、いいかな》
《やっと書くつもりになったんだな》
僕は首を横に振った。
《書くほどのことは調べてない。だから、話そうと思って》
キズナはチラリと視線を動かした。おそらく時間を確かめたのだろう。
《そう長い話にはならない。印象みたいなもんだから》
《わかった。いいよ》
ありがとう、と答えた僕が座り直すと、キズナの上半身も同じように揺れた。
《GCE－73と変異型は、ウイルスに似てる》
《いや、コンピューターウイルスそのものだろ》
《いいや。DNAを持ってる方。バクテリオファージとか、ライノウイルスとか》
《遺伝子があるってこと？　おかしいな。ソースコード抱えてたっけ》
《そういう意味じゃないんだ。ちょっと待って、言い方が見つからないんだよ。GCE－73はウイルスのように……生きてる。ごめん、やっぱり言い方がおかしいな》
《生きてるでいいよ。ウイルスの話なら、俺は誤解しない》

《ありがとう》
　礼を言うと、気が楽になった。
《自分でもコードを読んでみてはっきりわかったんだけど、ＧＣＥ‐７３も、変異型のＧＣＥ‐７３０２も、ただのバグったプログラムだってことは間違いない。ステップごとに動作を追いかけることもできるし、シミュレーター通りに動く。でも、あれは、インプラントのメモリという小さな宇宙で生きてる。そう言っていい気がする》
　キズナは僕の顔をじっと見つめてから口を開いた。
《……動き回るし？》
《増える》
《確かにな。条件が合えば、爆発的に増える》
《突然変異もする》
《変異型だな。確かに、突然変異だろう、あれは》
　ようやく核心に迫ってきた。
《そう、突然変異するんだ》
　キズナの言葉を繰り返した僕は、テーブルに肘を置いて身を乗り出した。
《それなのに二種しか見つかってない。飽和拡散があるたびに四十二億回も複製するんだ

から、今度見つかった変異型の他にも、突然変異はあったはずだよ》
キズナは目を見開いて、僕の顔を見つめていた。
《……勘弁してくれよ》
キズナが天井を仰ぐ。どうやら僕が言いたいことをわかってくれたらしい。顔を戻した彼は諦めたような口調で言った。
《進化してるって言いたいんだな》
僕は頷いた。
《他の変異は場所取り合戦に負けたんだ。淘汰されているんだよ》
キズナは僕を見て、それから手を払うように動かした。アラーム解除のジェスチャーだ。
《時間？》
《そうだね。そろそろ行くよ》
キズナは立ち上がって僕を見下ろした。
《しかしよく思いついたな。GCE－73が進化してるなんて》
《時間だけはあったからね》
《きっと当たっていると思う。じゃあ、どうすればいい？》
《それ、僕が考えるべきことかな》

僕が首を横に振ると、キズナは笑った。
《さすがに違うか。しかし、そういう存在だと思って向き合えば、何か方法が見つかるかも知れないな》
僕はそれには答えず腕を広げた。
《今日は、早めに帰っておいでよ。もっと話そう》
病棟があるらしい方向を見てから、キズナは頷いた。
《買ってきて欲しいものはある？》
今度は僕が笑う番だった。
《スーパーマーケットはもう閉まってるよ》

# 愛しのダイアナ

長谷敏司

幸せに暮らしていたデータ人格の家族。しかし、娘がとある動画を見たことから、喧嘩が始まってしまう……。そんな導入で始まる本作の舞台はデータ世界。近未来ではあるが、今の現実と共通する社会課題は様々な形で残っている。

コロナ禍では、デジタルな世界と現実の世界が重ね合わされて語られることが多くなった。例えばウイルスが空中にどう漂うかシミュレーションする研究が話題になったり、感染症シミュレーションゲームが人気になったり、ゲーム内で意図せずパンデミックが起きた事例からヒントを得ようという提言が出てきたりした。また、ゲーム需要が大きく高まったのも、コロナ禍の大きな特徴だ。ゲームの実況動画を見たり、自分でも配信したりといった若者が増加した。本作はそんな現実が斜め上の形で写し取られており、デジタル世界の魅力がたっぷり描かれている。

長谷敏司（はせ・さとし）は一九七四年生まれ。二〇〇一年、『戦略拠点３２０９８ 楽園』で第6回スニーカー大賞金賞を受賞しデビュー。代表作『BEATLESS』はアニメ化され人気を博し、関連漫画なども刊行された。そのほかの作品に『My Humanity』（第35回日本ＳＦ大賞受賞）などがある。

イワン－12091は、怒った妻の前で、答えに窮していた。

「どういうことなのって聞いてるでしょ？」

妻のサリー－15031が、無言でイワンの言葉を待っていた。説明を求められているわけではない。彼女は理知的な人だ。明らかにイワンに非があると答えが出ていなければ、こうはならない。そして、その理由は、彼の前に突きつけられていた。

空中に浮かぶ、一枚のメモリーカード型のデータオブジェクトだ。

慎重に言葉を探すイワンよりも先に、彼の隣にいた娘が口を開いた。

「いいかげんうっさいよ、ババア！」

これが、イワンの愛娘のダイアナだ。

母親に似せたウェービーな黒髪に、人形のように端正な顔をした自慢の娘が、目をむいて大口を開けて吐き捨てた。初めての反抗に、サリーの目尻が釣り上がる。

「ダイアナ、ママに向かってどういうつもり？」

「そういうの、ほんとウザいから」

ダイアナが、空中のデータオブジェクトを摑んで、部屋の床に叩きつける。物体のように破損したりはしない。この部屋も、空中のオブジェクトも、それどころかサリーとダイアナ、イワンまでも、すべてがプログラムで構築されたデータだからだ。

人類が、巨大ネットワークに人格をアップロードした、データ人格になって等しい。データ人格は、ネットワークに接続された大量の計算装置とメモリ上に築かれた、仮想都市に暮らしている。そして、物体のように感じられるデータオブジェクトに取り囲まれて、生体シミュレーションで快適さを感じながら、仮想化された住居で暮らす。イワン‐12091は、オリジナルのイワン・カルカロフの12091番目に作られたコピーだ。コピーであることは、引け目に感じるようなことではない。むしろ引け目は、コピー309番が始めて、そのコピー系統樹で受け継がれてきた、秘密の趣味のことだ。

思わぬ反抗を受けたサリーが、石のように口をつぐんだ彼に矛先を向ける。

「イワン、このいかがわしい映像は、あなたの部屋にあったものでしょう？」

つまるところ、娘のダイアナが、彼の秘密の趣味の動画を盗み見ているのが発覚したのだ。

「君が怒るのはもっともだ。だけど——」

「これは虐待よ。まさか、子どもにこんなものを見せるなんて」

「言い訳をするわけじゃないが、断じて僕が見せたわけじゃない。僕はしっかり見えない場所にしまって、厳重にパスワードロックしていた」

サリーが、ダイアナを問い詰める。

「どうなの」

「そんなの、普通に外せるし」

「ダイアナ！」

そして、サリーが、感情の行き場がなくなったように、部屋を歩き回る。

妻とダイアナの目があった。こわいもの知らずにも、娘がサリーの神経を思い切り逆撫でする。

「あんなくらい、いい、みんな見てるよ」

「人間としてありえないから。そんなもの見てる友だちと、つきあうのはやめなさい。ママ、情けなくって」

サリーが本気で嫌悪して、本気で怒っている。秘密にしていたイワンが悪い。たぶん、サリーは、初めて見たのだろう。本場の下町ならいざしらず、このあたりではそのくらいの扱いのものだ。衝撃を受けたサリーに、娘がさらなる爆弾を投げつける。

「それって、いかがわしいやつってのに、パパが出てるから？」

もうイワンは、平謝りするしかなかった。

「すまなかった。あれは、僕だけど、僕じゃないんだ。僕とは違うコピーのイワンが参加したんだ。でも、ああいった……、野蛮なものを家に持ち帰るべきじゃなかった」

「そうよ！　なんであんな気持ち悪いものを家に置いたの？　自分じゃない別のコピーだって言っても、あんな……」

過呼吸になったように、妻が、興奮の生体シミュレーションで言葉を失う。

ダイアナが、母親そっくりの仁王立ちでくってかかった。

「デ、デ、デスゲームは、そんな気持ち悪いもんじゃない。ママはデスゲームのなに知ってんの」

娘が、たぶん強烈な反抗期で、コピー人格同士がゲームで殺し合うデスゲームにハマったのだ。

サリーの目が涙でうるんだ。

「あなたが頭がおかしいから、ダイアナが！　こんないかがわしい……」

「すまない。僕はおかしい」

「パパは、ちょっとおかしいけど、クールだよ。みんなスゲエって言ってた」

妻が泣き、娘が謎の尊敬を向けてくるのは、つまり露見した秘密の趣味が最悪だったからだ。サリーに発見されたのは、《デスゲームでイワンの人格データのコピーが死んでいる死亡映像集》だ。彼に言い訳のしようはない。

「父親が死んでいるところなんか見せられて、子どもがどう思うかわかる？」

もっともすぎる糾弾に目を逸らしたとき、娘と目が合ってしまった。

「どう思った」

「ちょー笑った。パパ、弱すぎ」

くすりとダイアナが笑ったのが、とどめだった。

サリーが、ぐっと唇を一度引き結ぶ。

「あなたは、まだコピーもしていないルート人格よ。これから何万回人格データをコピーしても、一番目のあなたの記憶が引き継がれる。わたしは、その何万人のダイアナの母親なの」

正しさは、たぶん、母親の強さからきていた。

「だから、あなたに何を思われても、正しいことを言う。もうデスゲームは見ないと言いなさい」

ダイアナは、泣いて、部屋に引きこもった。

そのあとしばらく、部屋へのアクセス権限を家族からも取り上げて、頑として出てこようとはしなかった。

データ人格には食事もトイレも必要ないから、生理的欲求で籠城が終わることはない。イワンは在宅で仕事をしながら、ダイアナが部屋から出てこないか監視していた。かつては世界中のどこにでも一瞬で移動できたデータ世界で、在宅作業なのは、転送量が制限されているからだ。この世界を支える現実世界の巨大サーバのひとつ、ケイマン諸島の大型データセンターから、未知のウイルスが蔓延《まんえん》したのだ。

コミュニケーションフィルターの残量を、イワンはチェックする。ウイルスが蔓延する今の世界では、フィルターがなくなれば、彼らは生きてゆけない。

ウイルスは、宇宙由来のものだと考えられている。量子コンピューターにとりつくケイ素の筐体《きょうたい》をもち、データセンターにとりつくや、その電力を使って覚醒したといわれる。確かなことが不明なのは、ウイルスに、悪意あるＡＩのようにマシンやソフトウェアを解析して被害を広げる性質があったせいだ。症状がない潜伏期間に、データ世界は取り返しのつかない浸透を受けた。悪いことに、最初にウイルス感染が確認されたデータセンターがあるケイマン諸島はタックスヘイブン（租税回避地）だった。被害を受けたマシンは、一般によく使われている時間の単位である地球自転カウント《Earth's rotation count》、ＥＲＣに対して百倍速に計算加速した最高速度世界の、誰もが知る巨大企業群で使われていた。つまり、百倍に引き伸ばされて八百時間——三三日間で、ウイルスは巨大企業群のプログラムと人員に、すさまじい感染爆発《パンデミック》を起こしたのだ。

　この見えざる破滅は、死を克服したはずのデータ人格が、次々に死んだことによって露見した。発見時、ウイルスは、データのやりとりによって感染し、罹患したデータを破壊する死病の原因になっていた。しかも、ウイルスは、データをやりとりするものならＡＩにも感染し、これを破壊する。人とインフラの両方を蝕《むしば》む、データ世界の天敵だ。

　そして、世界は変貌した。人類に打てた対策は、大きくふたつだ。ひとつは、感染確率を下げるコミュニケーションフィルターを通して、やりとりを行うようにしたことだ。もうひとつが、データのやりとりをせずウイルスに感染しない、固定したデータで作った建物内《シェルター》に引きこもる巣ごもりだ。そのおかげで、彼は、娘の反抗期を心配しながら在宅作業ができている。

　イワンたちが住む計算百倍速の世界では、フィルターの消費も速い。それでも、ダイアナの部屋のフィルターの消費量はささやかだ。せいぜい、ニュースをみているとか、ウィルス以後に復活した文字メッセージを友だちと送りあっているとか、その程度だろう。それは、娘が気持ちを落ち着けて自分と向き合う時間を過ごしていて、遊んでいるわけではない証拠だ。

自室に展開した会社のオフィスの鏡像《ミラー》には、ごくちいさな私的領域がある。それは、昔風にいうなら、差し支えのない時間に好きなBGMを聴いて気分を変えるような、もっと昔なら仕事の合間に煙草を一服吸うような、息抜きに使う領域だ。ダイアナは、ここに隠していた映像記憶を抜きとったのだ。セキュリティが厳重なオフィスからデータを奪ったのだから、たいしたものだ。

「どうやったかは知らないが、優秀に育ったね」

サリーとデータを持ち寄って、データ人格の子どもを作るサービスに、ダイアナを作ってもらった日を思い出す。赤ん坊時代は、すくすく成長してゆくパーソナリティを観察しながら、成長の方向性を決めた。娘を、百倍に時間を引き伸ばしたこの世界で十日間、ERCでは一四四分間で、発達段階を児童まで引き上げた。そして、ほぼ同じ時間を経て、今の巣立ちにはまだ足りない少女に成長させた。

そのダイアナからのアイコンが、バーチャルオフィスに現れた。アイコンを意思表示のために送り、それを解釈することは、データ人格にとって意識することなくできる知覚だ。娘から、部屋に招かれていた。

　ダイアナの部屋に入ったのは、五日ぶりだ。自主性が強まった彼女は、流行だというごちゃごちゃしたゲームのキャラクターだらけの内装に変えたのだ。それまでの、サリーの選んだ繊細な花の模様の壁紙は、もうランダムテーマからも外されている。今は、ホラーゲームのキャラクターをかわいくした柄に変わっていた。

　娘が、立方体《キューブ型》のゲーム画面の前で、さかさまに浮かんでいた。

「ママ、まだ怒ってる？」

「怒ってるな。デスゲームなんて、絶対見ない人だからな」

　サリーは、この百倍速の世界で生まれ育った、行政府の官僚の娘だ。現実世界から引き継がれたハイカルチャーで育っていて、下町で発展したデスゲームのような、下層の文化に理解はない。

　ダイアナが、ぱたぱたバタ脚して空中をこちらに泳いできた。

「ママ、むちゃくちゃ嫌がってたじゃん。あんなデスゲームに出まくってるパパと、なんで結婚したの？」

「パパがお願いしたんだよ。デスゲームは仕事の息抜きに一番だったけど、人生はママみたいな人と愛情あふれる家庭を築くのが理想だったんだ」

デスゲームは、違法ではない。参加者は、自分の人格データのコピーを作ってゲームに参加させる。作りたての人格データには現地時間で七日間、市民登録猶予があり、登録前のデータは人権を持っていない。かつてデータ人格は、生身の人間のための商品として扱われており、七日間は初期不良があった場合クーリングオフが効いたためだ。そんな歴史的な制度の穴が、デスゲームに利用されている。

「よくあのママが、そんなダブスタ、オーケーしたね」と、ダイアナが鼻で笑う。

「だから、秘密の趣味で、内緒にしたのさ」と、イワンは肩をすくめた。

「それに、あのゲームの参加者は、パパとはずいぶん前に枝分かれした、別の人格コピーだ。パパじゃない」

「そんな言い訳、ママに通用しないに決まってんじゃん」

「正解。家には二度とデスゲームのデータを持ち込まないって、約束させられた」

さもなければ離婚だと、突きつけられたのだ。百倍速の世界では、さまざまな合理的な理由で結婚を選ばないカップルは多い。そんな中で、サリーは保守的な人だからこそ、家庭をもった。そういう女性がデスゲームに非寛容であるのは当たり前だし、それがわかっていて家に持ち込んだイワンが不実だとなじられても、当然だ。

空中を金魚のように泳いでいたダイアナが、ようやく床に降り立った。

「それってパパとママの信頼関係じゃん。わたしが、デスゲームを見ちゃいけなくは、ならなくない？」

データ人格は、学校で習うような知識や経験を、直接自分にプラグインで書き込むことで獲得する。そんな中で、優秀さは知識を使いこなす能力で判定され、興味をもって探求する性格や動機の強さにかかってくる。ダイアナは、子どもたちに社会経験を積ませるプログラムで、常にトップクラスの成績をおさめている。能力を発揮している彼女が、動機に直結する趣味の自主性を主張するのは、当たり前の権利だ。

だが、今回については、イワンは妻の肩を持った。

「ママの言うことは正しい」

ダイアナは、まだ一人のコピーも作っていない、すべてのコピーの基盤になるルート人格だ。だから、ダイアナをコピーしたすべての人格データが、このいかがわしい映像の記憶を持つわけだ。

「わたしらは、おとなの判断力とか追記してっし、価値観の育成もマジちゃんと回ってんのに？　いかがわしいから好きになんなとか」

人格データは、育ち方を制御できない人間とは違う。追記する記憶や能力を選択することで、人格のかなりの部分はデザインできる。だから、ある程度の能力がついてからは、かつてなら親の監督はほぼ必要なかったのだ。

「好きってことを否定するわけじゃない。ただ、今の社会は、データ世界に移住してはじめて、必要があって子どもを作ってる。子どもに社会的な役割が、データ世界ではじめて生まれた時代だ」

イワンたち夫婦も、そうしてダイアナを作った。ウイルスの死病に、データ量のすくない若い人格データでは、感染しても重症化しない性質があるからだ。社会を託すために、イワンたち上層の住人たちはコピーではなくあえて子どもを作っている。

「不自由をかけて、ごめんな。とっくに、社会が子どもに役割を要求する時代は、終わったはずなんだけどな」

昔の人類は、この重いものを受け渡す親子関係をどう管理していたのか、さっぱりわからなかった。

ダイアナが、そのかわいらしい額を、イワンに押し付けた。

「パパとママが、わたしのこと愛してるくらい、ちゃんとわかってっし」

彼は、娘を抱き寄せる。身体シミュレーションは、その距離からデータ人格にないはずの体温を感じさせる。

「デスゲームを嫌いになれって言ってるわけじゃない。もうすこし、人格データをコピーしたり、子どもとしてやることをクリアした後に、大手を振って好きにリソースを使えばいい」

ダイアナが、強い意思をこめた目で、イワンを見上げる。

「わかった。でも、ママいっつも、勉強してパワーを養えとか言うけど、パワーで何すっかは、聞いてもスルーしすぎだし。そういうとこは、マジむかついてるし」

サリーは保守的なのだ。本音ではダイアナに安定した人生を歩んでほしいと思っているが、娘がむしろリスクをとる起業家向きだとわかっている。

「ウイルスがあったって、リスクテイクはマジで必要だって、パパわかるよね」

「わかってる。ずっとウイルスで行動を制限されて、いろんなチャレンジする経験を、積ませてやれていないよな。すまなく思ってる」

その娘は、考えていたより、ずっと成長していた。

「デスゲームに、ママに怒られてもあきらめないくらい価値はあるし、それ自信あるし。パパだって、必死で戦ういのちとかマジ実感して、ゲーム映像隠してたっしょ。デスゲームは、マジおもしろいよ」

デスゲーム鑑賞が発覚してから四〇時間後、ダイアナとサリーは仲直りをした。

イワンは会社に呼び出されて、ひさしぶりに出社することになった。メモリ上を直接移動して、殺風景なエントランスに入る。眼前に、データ人格の検査を受け入れるか、許諾を問うアイコンが浮かぶ。ここで安全を確認されたデータしか、オフィスに入ることはできない。チェックの結果は陰性だ。

オフィスへと直接移動する。そこには、老若男女、さまざまな年齢とカルチャーを感じさせる、同じ顔のスタッフたちがいた。直方体の広大なオフィスフロアの内側の壁にも天井にもデスクが設置されていて、社員が壁や天井を歩き回っている。スタッフ同士が集まってチームができると、空中に臨時の部屋を作って、そこで集中して作業が行われる。チーム同士の連携が必要になると、部屋同士が繫がって、大きなサブオフィスになる。そうして、有機的に集団を抽出したり解散したりして、すさまじい速度で変化するビジネス環境に対応しているのだ。

この会社は、人格データ同士のコミュニケーションのためのプロトコルを扱う、インフラに大きなシェアを持つ巨大企業だ。スタッフの顔が同じなのは、ＣＥＯがナルシストで、他人にまかせるより自分が仕事を引き取ったほうがよいと考えているせいだ。だから、さまざまな背景を持たせたＣＥＯのコピーを、大量に入社させている。ジェンダーバランスも、人種バランスも、人格コピーを性転換させたり人種調整したりしてとられていた。

その中のひとり、サシャ・タッカー‐11490１が、こちらに寄ってきた。彼女は、CEOの性転換コピーで、ウイルス蔓延が始まってから入社した、イワンの部下だ。

「治療計画はお手上げだね。大学の後輩に聞いたが、調査プロジェクトがひとつ解散になった。ウイルス感染症の治療も、ワクチン開発も目処がたたないって」

サシャ‐11490１は、世界有数の名門大学と名門音楽大学を同時に卒業している。だが、ことビジネスとなると、CEOと同じだ。つまり、パンデミックをゲームの環境変化としか考えずに、金儲けに専念できるということだ。彼女が、論文データを空中に呼びだす。

「ウイルスのハードウェアは、ケイマンから南北アメリカ大陸が多かったけど、急速にアジアにも広がってるって」

論文は、ウイルスが、感染したプログラムをメモリにもつ現実世界のサーバマシン上に、外界に豊富なケイ素を集めて筐体を再生産する性質についてだ。結晶のような巨大な構造体がデータセンターから伸びている画像が、文書に何枚も添付されていた。ウイルス感染はハードウェア、ソフトウェア両面から広がっている。敵のハード的な本体が外界にあるせいで、データ世界から打てる対策にボトルネックがあった。

「フィルター需要は、ＥＲＣでも十年なくならないかもな」

この百倍速に引き伸ばされた世界での一千年にあたり、イワンたちにとっては、超長期間の安定需要だ。データのやりとりで感染するウイルスへの対策は、この会社が開発したコミュニケーションフィルターなしには成り立たない。彼は、これの生産を管理し、商品計画をたてる責任者だった。

「フィルター工場は、十倍速の街区に建設でいいな。ウイルスが伝わってきた場合、工場は切り離してまるごと消去だ。複雑な作業は、技術伝達した下町の人格データを使うしかない。下町の臨時スタッフをローテーションしよう」

プランの脇は、サシャ‐11490１たち部下が整える。

「外部の倫理検討チームから報告。ＥＲＣ等倍の街区の住民に危険な作業をさせ続けることに、倫理的な問題があるそうだよ」

この会社では、スタッフのほとんどがＣＥＯであるサシャ‐８のコピーなので、意思決定が速いし、短い説明で話が進む。

「その問題を送ってくれ。ああ、確かに、ウイルスはフィルターからデータのやりとりを遡行して、製造した工員にも感染するな。うちが下請けを使ってやる規模なら、下町からＥＲＣで一年あたり、のべ三〇億人は雇用する。倫理問題は出るね」

下町住人の大部分がこの仕事で感染の危機にさらされ続けるのは、大きな格差問題だ。データ世界の全人口のうち、百倍速の街区にいるのは一％、およそ六〇％はＥＲＣ等倍の街区に住んでいる。世界の富の九九・九％を握る百倍世界が決めたことに、下町が抗《あらが》うすべはほぼない。

サシャ－１１４９０１の答えは、気安い。

「下町とわたしたちがＷｉｎ－Ｗｉｎな話なのに、倫理問題ね。経済を回さないと、税収が落ち込んで感染対策の原資もなくなるじゃないか。今も価値を生み出し続けるわれわれの事業計画を縛るほうが、よほど公共の利益に反している」

彼女は、金儲けマシンになりきれる。この百倍速の世界では、ウイルスによる変化で競争が激化していて、それこそが世界の実相だととらえている人々が数多くいた。

「それで済んだら、社会倫理調査を外部機関にまかせる必要もないさ」

「無駄を省いて生きたいね。生き残るだけで税金を際限なく飲み込む連中より、経済成長をもたらして多大な税金を納めるわれわれの意見をこそ、聞くべきだよ」

こういう人権を度外視した話が、ビジネスの現場で飛び交うのは、人格データが、生物だった頃よりも扱いやすいせいだ。データは餓死しないし、コピーが簡単で、動かないが劣化もしない静的データとして圧縮保存することもできる。

そうとわかっていても、イワンは、感情を処理できずに口ごもる。実際、デスゲームより、彼らの仕事の進め方のほうが、よほど大きな問題がある。

サシャ‐11490１が、首を傾げた。

「疲れてるのかい？　デスゲームでも見てすっきりするといい」

彼の秘密の趣味は、ここでは有名だ。ＣＥＯは極端な合理主義者だから、ここでは、合理的な自己管理法だと評価されている。

ふと、家にいるダイアナのことを思い出した。彼は、デスゲームから、学びと深い教訓を得てきた。ゲームで大きすぎる代償を支払っている自分を確認して、成長のための衝撃を得てきた。ゲームのおかげで、この地位にいると言っていい。

「そうするよ。実は、自宅のバーチャルオフィスに置いていたコレクションは、妻に廃棄させられてね」

新作をチェックする。イワン‐４８００が参加エントリーして作られたコピー、イワン‐１７４０９が、ゲームに負けて三頭の虎に食われているプレビューが表示された。

サシャ‐11490１が、咀嚼《そしゃく》音を聴きながらつぶやいた。

「虎は、予想外だったな……」

何十人ものサシャたちが寄ってきた。背景も性別も年齢もすべて違うが、興味のツボが似ているのだ。

ゲーム映像には、運営会社からのメッセージが添付されていた。下町でも休業要請が出て、このデスゲームは途中で中止になったらしかった。

ウイルスは世界を平等に破壊しつつある。デスゲーム業者のほとんどは、下町で起業した零細企業だ。ゲームが中断となれば、借入金を返済するあてがなくなって、破産してもおかしくない。

集まったみんなで、休憩時間に、イワン－17409が負けたゲームを見た。デスゲームは下町の過激なゲームとして市民権を得ているから、知人の出演したアスレチック番組を鑑賞する程度の、ちょっとしたレクリエーションだ。

記録を見終わって、同僚たちが、クリスがいいのベイラーだのと、ゲームのスター候補の話をしながら、仕事に戻る。しばらくして、妻から連絡がきた。

彼女は焦っていた。

〈ダイアナが家を出た〉

娘が突然、入出ゲートを通って外に出てしまったというのだ。街に広がる感染データは、可能な限り隔離メモリへ送られているが、蔓延はおさまっていない。

イワンも、生体シミュレーションが腹の底を冷たくさせるほど、強烈なストレスにおそわれた。

「どこに？　行先は、追跡できなかったのか？」

〈確認した。けど、家からどこかの特定座標に飛んでない。街に、出た……。通信も切ってる。迷子タグも反応しない。近くにいない……〉

そして、サリーは言葉を詰まらせた。

コミュニケーションフィルターも、完全に感染を防ぐわけではない。

「君は出るな。感染したら、たぶん助からない」

このウィルスの厄介な性質は、周知されている。彼女が、その可能性にはじめて気づいたように、うろたえた。

〈あなただって、同じでしょう〉

ウイルスには、撲滅を困難にしている厄介な性質がある。人格データのコピーに順次、感染してゆくことだ。イワン－12091である彼がウイルスにかかると、一万人以上のイワン全員にウイルスが広がる。コピー人格はコピー元と同じデータ量を持つから、彼が感染すれば、コピー全員が巻き添えで死ぬ。

「いいんだ。僕のほうで、機材を借りられるか尋ねてみる」

イワンは、こんなリスク管理のおかしい選択をした自分に、驚いた。今の街は危険だ。

だが、それは、データ量が大きいイワンたち親世代の人格データにとってであって、ダイアナたち若者にはそうではない。

サリーが、迷うように目を泳がせる。ダイアナを探しに行かせるのは、死ねというようなものだ。それでも、イワンは、妻の一時の心配をなくすため、そうしていいと思った。

危機が、彼自身も知らなかったイワンを引き出している。

サリーが、通信の向こうで震えていた。

〈いい……。わたしがバカだった。でも、どうしよう。ダイアナの部屋に、デスゲームの資料があったの、それも、いっぱい。ひょっとしたら、デスゲームに出ているかもしれない〉

「下町にも休業要請が出ている。デスゲーム業者も、どこもやっていないよ」

〈違法な闇業者みたいなのがいるんでしょう。どうしよう。そんな人のところに行っているかもしれないのよ〉

よくある偏見だった。そういうゲームは、違法だからこそ業者が参加者選びに慎重で、いきあたりばったりで参加はできない。イワンですら、聞いたこともないのだ。

「接触する方法を、ダイアナは持っていないよ。それに、あの子はそんなにバカじゃない」

そうして、サリーに軽率な行動をとらないよう釘を刺して、通信を止めた。

さっきとは別のサシャが、心配してやってきた。彼と同期で、今は上司でもあるサシャ－３８００９だ。男性体の３８００９が、たずねてきた。

「フィルターカプセルか？　確かに、用意がないわけじゃないが」

それは、フィルター以上の予防効果を求めて作成した製品だ。フィルターカプセルは、建物と同じように固定したデータで人格データを覆い、最低限の外界との接触面もフィルターでふさぐ。防疫用の特殊装備だ。高価な消耗品であるうえに、着用者は外界からの情報を大きく制限されるため、日常使われることはほとんどない。

「そうだ。フィルターカプセルなら、生き残るだろう。サリーに、夫を思いつきで死なせた後悔をさせたくはないしね」

「それでリスクに飛び込める人物だから、君は、デスゲームといい関係を築けているんだろう。興味深い。けど、会社からフィルターカプセルを貸せるのは、今日ぶんの最低限の仕事を片付けて、有給申請を提出してからだ。これから潜伏期間のあいだ、三三日も隔離になるからな」

イワンは言われた作業と有給申請を、３８００９へと即座に送った。会話しながら、マルチタスクで片付けていたのだ。

「ありがとう」

イワンは礼を言った。「君、優秀なのに、なんでゲームに勝てないんだろうな」と、3
8009が呆れていた。

イワンは、人格データをフィルターカプセルに押し込んだ。まるで、視覚も聴覚も、知覚レンジを半分に制限されたようだった。

入出ゲートから、固定データの鎧を引きずるように、街に出た。

百倍速の世界の街が、人類が作り上げてきたもので何に似ているかといえば、おそらく迷路だ。というのも、公共の場所として通路《パッセージ》や広場《アゴラ》は置かれているが、目に見える場所に建物はないからだ。

イワンは、行動を阻害するフィルターカプセルをまとって、狭い視界ともどかしい聴覚を頼りに、街を進んだ。たぶん、宇宙開発草創期の宇宙飛行士は、こんなふうに動きにくい思いをして、宇宙で行動していたのだと思った。見上げると、通路は三次元に広がり、巨大な立体迷路を作っている。

彼を除いては、誰も外出していない。無人だった。ウイルス以前は、さまざまな広告やエンタテインメントが煌《きら》びやかに映し出されていた壁面や床面には、自粛で情報が表示されていない。街がゴーストタウンなのは、誰もが知らない顔と会いたくないからだ。人がいないことで、無機物としてひとつの完成をみたようだった。

「ダイアナ、聞こえるか」

通信を待ち受けモードにして、娘の姿を探す。彼女は、通信の呼びだしにこたえない。通路に浮かんだイワンは、街に愛娘との思い出が何もないことが、寂しくなった。ダイアナを、ウイルス蔓延後に作った。娘にも、楽しい街の記憶などないのだ。

「ダイアナ。どこにいるんだ？　パパに姿を見せてくれ」

殺風景な通路に、人の気配を感じさせるのは、通路の端に置かれている薄い出入り口パネルだ。この街では、建造物は出入り口だけを公道に置いて、自前のメモリ領域上に軀体《くたい》を置いている。公共街区の地価が高すぎて、自前でメモリ領域を買って建物を建てるほうがずっと安いせいだ。

パチリとどこかで音がした。頭上に延びてゆく街路の、データ移送のあったパーツがウイルスで崩壊して、雪のように降ってくる。

サリーから、心配してメッセージが送られてくる。通信データを介して感染が広がらないよう、データ量が極小になる文字メッセージで〈心配いらない〉と返した。

イワンは、気持ちを整えて、自分の人格データに組み込んだアプリケーションに意識を集中する。

反応があった。ダイアナの人格データにつけておいた迷子防止タグが、イワンが近距離に入ったことで、ピンを放ったのだ。

ピンの反応は、壁の剝離した雪の舞い踊る通りに入出ゲートをもつ、薄暗いビルから返ってきていた。フィルターカプセルで厳重に守った、動きの不自由な足で、そこに踏み入る。

中には、子どもたちがいた。全員が、内装が作りかけのビルには似つかわしくないほど、身なりがいい。何十人もの、よその子どもが集まっていたのだ。

イワンはうろたえた。子どもたちが、ウイルスすらものともしない、理解しがたい怪物に見えたからだ。

「ダイアナを知らないか。父親なんだ」

そのイワンの表情を見て、子どもたちの顔が緊張した。おとなである彼には直感的に意味がわからないアイコンが、その間に飛び交う。

彼は知らない顔の人間に、恐怖を感じている。そして、子どもたちのほうも、命の危険はそれほどないのに、おびえている。同じ人間が危険なものになってしまったと、おとなから教わっているからだ。

子どもたちの集団が割れて、ダイアナがやってきた。

「パパ、危ないって自分で言ってたのに！」

「ダイアナたちは、こんなものなしで外を歩けるけど、それは重症化しないだけだ。ウイルスには感染するんだぞ」

街を歩いた場合は、検査で陰性になっても、潜伏期間が終わるまで隔離が推奨されている。ダイアナだけではない。他の皆もそうだ。

「なんだって、こんなことをしたんだ。リスクばかりだし、社会にもメリットがないから評価も悪くなる」

子どもたちが、ダイアナを見た。おとなを理解から締め出したローカルな意思表示アイコンが空間を埋める。娘が代表で話した。

「パパたちおとなのルールではそうってだけっしょ。わたしらには必要だった。わたしら、社会がどうでもいいまで言わないけど、もう、自分らの人生のリスク、自分で決めないとヤバいし」

「それは、危険な街を進んで、こんな社会に祝福されないかたちで、感染のリスクを冒してまで、やらなきゃいけなかったことなのかい？」

イワンにはわからなかった。彼は、出会ったとき、この集団がエイリアンの群れに思えた。そして、愛しのダイアナも、今、そちらにいるのだ。

「わたし、人格コピー作るわ。わたしが、ママとの約束を守る。それで、コピーの子にデスゲームを仕事にしてもらう」

彼にもわかる言葉が出てきたことで、はっと、からまっていた糸がほどけた。

「そうなのか。この集団は、そういうことなのか」

ここには、運命を勝ち取ろうとする、無鉄砲な若者の熱気があった。この子どもたちは、起業の出資者や共同創業者、あるいは立ち上げスタッフなのだ。この集まりは、本気でリスクを選ぶか試す意味もこめた、キックオフ集会だ。

彼女の言葉に、熱意がこもっている。

「下町にも休業要請が出たし。今から始めたら、ギリギリ倒産から救えるでしょ」

「よりによって今でなきゃいけなかったのかい?」

そう尋ねたイワンにも、察することができた。イワンは、家庭人としてダイアナを欲して、仕事場では職業人として切り替えながら、人生を送っている。その中で、それぞれでベストなパフォーマンスを出すために、デスゲームでリフレッシュしたりもした。だが、自分にとっての正解を選びながら進んできたイワンが、取りこぼしたものがある。ウイルス蔓延以後に生まれたダイアナは、親といっしょに街を歩いたことすらない。そして、よりよい選択をしようとした社会にとっても、甘えてしまったものがある。自由が制限されて特別な時代を棒に振るという犠牲を受け入れてもらった若者に対して、代償を与えられてもいない。

「パパたちにとっては、リスキーすぎるからさ。わたしらに、『よりによって今か』ってみんなで言う。でも、逆なんだよ。わたしらにとっての苦難に見あったケアは絶対にもらえないんだから、自分で勝ち取るしかないし、その勝算はパパたちの動きが制限されてる『今このときにしかない』よ」

「ERC等倍の下町で、デスゲーム業者がまず潰れない三日ぐらいの間に、こっちでは三百日動ける。それでも、下町に関わる事業で起業するのに、潜伏期間の三三日も隔離されて時間をロスするのは、手痛いんじゃないのか」

洗練されていなかった。合理的でもなかった。目的だって、この社会とわかりやすいWin-Winの関係を作れる、正解ではない。蔓延の中で、業者もいつ事業を再開できるかすらわからない。開催までこぎつけても、社会と正面衝突がありえる。職業人として判断して、リスクはとてつもなく大きい。

「パパも、バカだと思う？」

ダイアナを前に、それでも、イワンはそう断じることができない。

子どもたちのルールでの、これが正しい手続きだと、わかってしまったからだ。これは危険な稚拙さだ。だが、社会から意味は背負わされているのに、自分たちのやりたいことは危険なものと抑圧されているから、ダイアナたちは決起したのだ。

人類がデータ化しても、子どもたちは、親にとって異物だ。だが、それだけではない。

「わたしら、パパとママがウイルスで死んだとき遺産を継がせるために作られたって、ちゃんと知ってる。でも、それで、ウイルスが克服されたら、どうなんの？　だから、その前に勝負して、新しい自分たちだけの価値がほしかった。今しかなかったし」

イワンは、ウイルス克服後も、娘を放り出すようなことはしない。だが、だからやめろとは、言えなかった。恐怖をこらえて、今、ダイアナが前に進むことを選んだからだ。娘が、戦っている。

「バカだと思うなら、パパはデスゲームに夢中になんてならない」

イワンたちのルールにおいては、適切ではない。だが、その理解できない動きは、ウイルスを契機に、データ世界が正しい世代交代をしようとしているのかもしれない。脅威によって、世界に、きっとちいさな変化の花火が生じた。

「ダイアナは、パパに似ているよ」

そのことが、イワンにはうれしい。ダイアナを作ろうと決めたときのことを、思い返す。

夫婦で積み上げてきたものを、引き継ぐためだけではなかった。新しい世界が、生まれるように思えたのだ。

「ママに心配かけたことをあやまろう。それで、隔離期間が終わったら、人格データをコピーしに行こう。最初の人格コピーは、たぶん特別だからね」

イワンは、12091番目のコピーだが、〝はじめて人生を分けたとき〟の記憶は、引き継がれて覚えている。

何かを獲得するのに、条件は悪く、未来は暗い。世界はデスゲームのように過酷だ。だが、そのときは、ダイアナたちには今なのだ。

イワンは、無謀なゲームに向かう娘の手を取った。

ダイアナは、愚かだが勇ましいエイリアンだ。だからこそ、愛しかった。

ドストピア

天沢時生

濡れタオルを振り回すスポーツが盛んな世界で、ヤクザが弾圧されている。何を言っているか分からないと思うが、これが本作の概要である。どこにコロナ禍が関係するの、と思った方もいるだろう。実際のところ、コロナ禍は本作のストーリーにそこまで大きく関係してくるわけではない。

とはいえ、実は深い部分で、本作はコロナ禍的な状況の一面を切り取っているとも言える。というのも、コロナ禍は、はぐれ者に不利な状況を作り出していたからだ。社会の暗部の未来を考えることは必要な営為のはずだが、フィクションでもかまさない限り、闇と向き合うことは難しい。本作は極端ではあるが、そうした役割の一端を担うものであると解釈することもできよう。

とまあ、本作を斜め上から読み解いてみたが、これは野暮というもので、本来はただ笑って楽しむのが正解かもしれない（笑）。

天沢時生（あまさわ・ときお）は一九八五年生まれ。二〇一八年、「ラゴス生体都市」で第2回ゲンロンSF新人賞を受賞しデビュー。二〇一九年、「サンギータ」で第10回創元SF短編賞を受賞するなど、これからが楽しみな新鋭である。本作より、ペンネームをアマサワトキオから変更した。

濡れタオルでしばかれるとクソ痛い。

稲刈りのすんだ田んぼがバトルフィールドだった。相まみえる両者はともにふんどし一丁の姿だ。観客たちは輪になり、対戦者を取り囲んで決戦の行方を見守っている。

糸瀬が繰り出す連撃が坂田の全身をしたたかに撃つ。筋骨隆々の裸体にみるみる赤い斑《まだら》模様が浮かび上がる。明日には体じゅうミミズ腫れだろう。それでも坂田は静かな目をしたまま、不敵に笑った。

「それ、本気か？」と坂田は言った。

坂田の気迫に呑まれぬよう、糸瀬は濡れタオルを握る右手にひときわ力を込めた。敵の肉を撃つうちに熱くなった水がじゅっと音をたてて沁みだし、腕を伝って肘から滴り落ち

る。ここで終わらせる、と独りごちた。濡れタオルを高く振りかざし、片足跳びしながら、

「打撃両斬拳《だげきりようざんけん》！」

と叫んだ。糸瀬が最も得意とする固有タオル技の一つだった。

組長の原磯は、田んぼにおける玉座たるコンバインの運転席に腰掛けてなりゆきを窺っていた。

「打撃両斬拳。破壊力は抜群だが生じる隙もまた大きい。勝負あったな」

「そのようですわね」と、傍らに立つ妻のマキ子が同意して、ヤンマーＣＡ８１５のトリコロールの金属ボディをそっと撫でた。

糸瀬の濡れタオルが脳天に振り下ろされる直前、坂田の上腕二頭筋が瞬時に盛り上がった。依然として静かな、どころか裏で何か計算を立てているような冷徹な光を宿した目のまま、坂田の腕が鞭のようにしなり、肘から下がふっと消えた。

スパン。小気味いい音が田畑《でんぱた》じゅうに轟きわたる。カウンターだ。坂田の得物《タオル》が糸瀬の側頭部にクリーンヒットする瞬間を視認できたのは、組長原磯を含めたごく少数の手練《てだ》れだけだ。

全長二メートルを誇る糸瀬という名の巨艦が、青い稲が生え出したばかりの田んぼの海に轟沈した。

マキ子がぱんぱんと手を二度打ち、「仏さんもしかと見届けはった！」と叫んだ。決着時の規定の文句だった。

観客の有志が意識のトんだ糸瀬を担架に乗せ、十人がかりで場外に運び出す。

公式ルールに則《のっと》り、三分間の水分補給《インターバル》タイムが設けられる。

「兄貴、お疲れさんです」

坂田の舎弟でセコンドの加藤が、勝者に駆け寄る。手に持ったペットボトルのふたを開けると、シュワッと爽やかな音がした。両足をがに股に開き、頭を下げて坂田に飲み物を差し出した。坂田はキリン力水で喉を潤した。そして水をためたバケツにタオルを浸して次の試合に備えた。

「タオリング」――水を含んだタオルの凶器性を競技に持ち込んだ過酷な対戦スポーツである。かつて原磯組はタオリング興行で滋賀の片田舎から全国へと打って出て大成功を収めた。毎年一月四日、五日開催の「ITGP《インターナショナルタオリンググランプリ》」と真夏の祭典「T1《ティーワン》 CLI《クライ》MAX《マックス》」が興行の二大看板だった。だが二二二九年、〈壁疫《へきえき》〉の感染拡大による宇宙的パンデミック以降、趨勢が変わった。ヤクザ運営の暴力興行に対する排斥の機運が高まったのだ。偏《かたよ》った正義感やヤクザへの憎悪から私的に取り締まりを行う一般市民の過激派集団、通称〈カタギ警察〉が台頭した。翌年、ヤクザ組織弾圧合法化を認可する「暴力団根絶法案」、通称「暴コン法案」が可決されると、彼らはますます力を強めた。原磯組は地球上に居場所を失った。マキ子姐さんが非常時に備えて購入していた場末のスペースコロニー「すえ」へと落ち延びた。そして家を建て、原野を開墾し、文明から遠く離れた「末町《すえまち》」を築いた。

　町はずれの田畑はおよそ四キロにわたって延び、その先に標高三百メートルの小山「天《てん》山《ざん》」がそびえる。山頂には不動明王や釈迦如来など計十三体の磨崖仏《まがいぶつ》が鎮座する。かつて原磯組組長・原磯三郎が、岩肌を濡れタオル一本で削りとるミニマリストスタイルで彫ったものだ。以来、天山は別名「十三仏《じゅうさんぶつ》」と呼ばれている。信心深い末町の老若男女は、いまも足繁く参拝に訪れる。

「親分」と坂田は顔も向けずに原磯に呼びかけた。「俺らぁ、いつまでこないなこと続けりゃええんですかね？」

　いつも通り、だんまりを決め込み何も言わない原磯に代わり、

「ええことやないの。平和で」と姐さんが答えた。

　坂田はそれ以上追及しなかった。戦いに必要な水分を十全に補給した濡れタオルを、バケツのなかから引っ張り上げる。そいつをしならせて自分の背中をスパンとしばき、気合いを入れ直した。

坂田の尊敬する格闘家は戸愚呂弟《とぐろおとうと》だったが、身長一七七センチ、体重一一〇キロという、タオラーにしては小柄な体型は、どちらかといえば愚地独歩《おろちどっぽ》似だった。ポマードでスタイリングした濡れパンチパーマは、激しい試合の後でもまったく崩れていない。背中には虎が棲みついている。京都木屋町の彫り師チュー兵衛の仕事だ。まだ地球に事務所があった頃のことだ。あれから長い年月が経ったが、未だに色は入っていない。

輪郭だけの刺青を「すじぼり」と言う。ヤクザの世界では半人前の証《あかし》だ。坂田はいまや組の若頭だったが、同僚や舎弟の再三のすすめにもかかわらず、頑なに色を入れようとはしなかった。過去の栄光たるタオリングに身内で興じる呑気な日常に懐疑を覚えていた。バイオレンス感ゼロの現状に危機感を抱いていた。こうした状況が変わらぬうちは、極道としての俺はいつまでも半人前だと、坂田は考えていた。

原磯の目には、タオルでしばかれたすじぼりの虎が、静かに泣いているように見える。

ヤクザたちの終わらない夏休みを引き裂いたのはオイル不足のエンジンの異音だった。マシンはごろごろ、がらがらと不快な音を響かせながら末町上空に現れた。ピンク色のコロニー間航行用フィアット５０００だ。逆噴射により砂塵が舞い上がる。宙車《ちゅうしゃ》は住宅地と田んぼのあいだを横切る畦道《あぜみち》に着陸した。この日も原磯組の組員たちは田んぼでタオリングに興じていた。突然の来訪者に一同はざわついた。

フィアットのドアが開き、中年男女の二人組が降りてきた。

見た目がヤバい。ショッキングピンクの全身ラバースーツで揃えたペアルックコーデ。男のヘアスタイルはアフロで、腰に巻いたウエストポーチには「Ｓｕｐｒｅｍｅ」のロゴが入っている。女はバラをあしらったバケットハットをかぶっている。もちろんピンク。これがトータルコーディネートなのか？

「すみませーん、エンジンがイカレちゃったみたいで」と男が言った。「やあ。お相撲ですか」

「あはははは〜！」と女は何が楽しいんだか、夜に啼《な》く鳥のような甲高い笑い声をあげた。片目を閉じ、もう片方の目で親指と人差し指で作った輪っかを覗きながら、何度もウインクした。

網膜に埋め込まれた生体カメラで写真を撮っている。

セコンド加藤がこれに嚙みついた。「切り込み隊長の俺っちががつんと言ってやんよ！」

詰め寄ろうとした加藤を坂田が止めた。

「俺がいこう」

先刻までふんどし姿だったはずの坂田が服を着ている。目にも留まらぬ早業だった。真っ黒なベロア生地のスウェットの背中に、骨をくわえたドヤ顔の犬がでかでかと刺繍されている。ガルフィのスウェットセットだ。ダサカッコいいガルフィのアイテムは若頭のトレードマークだった。パンチパーマとの相性は抜群だ。

坂田は切れ長の目を半月型に歪めて、二人組にニカッと笑いかけた。

「こんにちは。どうもお気の毒さまです」と言った。「近所に知り合いの宙車整備士が住んでますんで、よかったら紹介しましょうか？」

「それはどうもご親切に。いや、かたじけない」と男は言った。

加藤、と坂田は呼びかけた。「お二人を松居んところの工場《こうば》に案内して差し上げろ」

加藤は口元をへの字にひん曲げながらしぶしぶ命令に従った。ピンクスーツの男女があとにつづく。

坂田の傍らを横切るとき、男がニコッと微笑んだ。

「素敵なヘアスタイルですね」

目は笑っていなかった。

「あははは〜！」と女が甲高い笑い声をあげた。

加藤が坂田と女のあいだに割って入り、ものすごい目で女を睨《ね》めつけた。

「写真、やめてもらってええですか」

女は坂田の顔に向かって何度もウィンクのシャッターを切っていた。ウインクを中断させられたあとも笑いつづけた。目が死んでいる。

「妻がとんだ失礼を。申し訳ありません」と男はニコニコしたまま謝罪した。

いいえ、と坂田は言葉少なに応じ、一応言っておきますが、とつづけた。「この髪は天然です」

「暴コン法案」成立以降、パンチパーマは「ヤクザか、ヤクザ以外か」を見極めるための重要ポイントと見做《みな》されてきた。一説によれば、かつて江戸幕府が隠れキリシタンに踏み絵を踏ませたように、隠れヤクザにパンチパーマを自ら剃らせる陰湿なカタギ警察もいるというから恐ろしい。

さらに、科せられる刑罰の重さが当世におけるヤクザ弾圧の壮絶さをよりいっそう如実に表していた。猿真似をやらかしただけでも、懲役刑は免れない。仮に本物のヤクザだった場合、処せられる刑は現代の極刑「宙流《そらなが》し」だ。制御不能の宇宙服に押し込められ、宙《ちゅう》港《こう》から漆黒の宇宙へと射出されるこの刑罰は、百年以上前に廃止された死刑制度の再来と言われている。

「重ねて申し訳ありません」と男は慇懃《いんぎん》に謝罪を繰り返した。「決して疑っているわけじゃないんです。誤解させてしまったならごめんなさい！　いやほんと、わかってますってば。いくらヤクザは馬鹿ばかりと申しましても、さすがにこのご時世にパンチパーマあてるような愚か者はいやしませんでしょう。だってヤクザが名札つけて歩いているようなもんだ。ありえないですよねー」

坂田は、いまにもドスを握って突っ込みそうな加藤の肩をつかんでいさめた。そして計算を巡らせた。二人組はカタギ警察の可能性がある。至急、親分に報告が必要だ。

ピンクスーツの夫婦は名を林家穂高《はやしやほだか》・日菜《ひな》と言った。夫妻のフィアットは、自称整備士の松居の工場に預けられた。松居はメルカリ星間便やウチュー！オークションを駆使し、あらゆるコロニーからジャンク品を取り寄せている。修理し、悪魔合体させてキメラ車を仕上げる。そういうことに無類の喜びを覚える男なのだ。要するに修理や整備は趣味、大人のプラモデル遊びであり、松居はプロの整備士というわけでは全然ない。本性は原磯組の末端構成員であり、それでいうと末町の全住人がそうなのだ。人口百人の小さな町は、住人全員がヤクザだった。

突然の来訪者を迎え、末町全体に不信感と警戒心が広がっていた。だが脅したり、しばき回したり、コンクリ抱かして湖に沈めたり、ケツの穴から腕ぇ突っ込んで奥歯ガタガタいわしたるというわけにはいかない。なぜならもうそんな時代じゃないのだ……。コロニー間旅行者を脅せばカタギ警察が目ざとく見咎め、銀河マル暴にチクるだろう。殺《バラ》せば必ずカタギ警察が嗅ぎつけ、やはり銀河マル暴にチクるだろう。銀河マル暴は、『ドラえもん』の映画の最後あたりにいきなり出てきては見せ場をかっさらっていく、タイムパトロール並の強キャラなのだ。

悪名高き「暴コン法案」が成立したとき、国内最大勢力を誇る戸《こ》隈組《ぐまぐみ》の呼びかけに呼応した全国の暴力団組員が国会議事堂前に大集結した。「自由と多様性《ダイバーシティ》のためのヤクザ緊急行動」をスローガンに、「暴コン法案絶対反対!」と熱く叫んだがダメだった。「私たちはポリコレのためなら殺しも辞さない」と言い切るまでに過激化したカタギ警察は、通報しまくり、フェイクニュース流しまくり、署名運動やりまくりだった。先制的正当防衛と称し、寄ってたかってヤクザデモ隊に石を投げつけたので、ときどき死人が出た。だが警察や公権力は暴コン法案を理由にこれを黙認した。いまやヤクザはスペランカー並の最弱ジョブへと転落した。百人の町に対して来客はたった二人とはいえ、敵意を向けられればワンパンでいかれるに違いない。無事に車の整備を終えてお帰りいただくまで、一瞬たりとも気を抜くことはできない。

林家夫妻は車を松居の工場に預けたあと、町内唯一の旅館「ふるさと」にチェックインした。町内の散策を行い、写真を撮りまくった。翌日、松居が宿を訪れて修理の完了を伝えたが、彼らは帰る素振りを見せなかった。面会に赴いた坂田に林家穂高は微笑《ほほえ》みかけ、「この町が気に入ってしまいましたよ」と言った。すでにむこう三ヶ月ぶんの宿泊費を前払いで収めた後だった。あはははは〜！　と金切り声で爆笑する日菜の鼻の下には白い粉が付着しており、コカインを吸引したばかりであることが容易にうかがい知れた。コカインはとっくに合法化されていた。ヤクザのシノギを邪魔だてするためならヤクの合法化さえも断行する、それが現政権のやり方だった。

日々が流れた。

仮宿暮らしの林家夫妻はご近所づきあいも良好で、自治体活動にも積極的な参加姿勢を見せた。日中、湖のまわりのゴミ拾い運動に参加し、家庭用掃除ロボットを持ち出して野に放つ、都会的に洗練された清掃の裏ワザを披露する。夜には夜警の一員となって「火の用心！」と声をあげ、拍子木《ひようしぎ》を叩きながら町を練り歩く。末町スローライフを本格的に満喫すべく、不動産屋に相談をして戸建て物件購入の算段を立て始めていた。

片や住人たちはフラストレーションを溜め込んでいた。理由は二ヶ月ものあいだタオリングの試合が行われていないことだ。林家夫妻がやってきたあの日以来、ずっとお預けを食らっている。場末のド田舎コロニー「すえ」は牧歌的な桃源郷だ。気候は温暖、地球から運ばれてきた野生動物たちはゆうゆう繁殖し、農作物に恵まれ、食うにはまず事欠かない。だがいかんせん娯楽は極端に少ない。時折公民館で突発開催される乱交パーティーを除けば、タオリング観戦だけが住人たちの唯一の愉しみだった。タオリングのない日々がどれだけ辛いものか、彼らは初めて痛感していた。禁断症状を発症する者が現れたとて、無理からぬ話だ。

「畜生、タオリングが見てえよう」

とセコンド加藤がヒステリックに叫ぶのを、林家穂高は目ざとく発見した。

「ほお、タオリングですか」

加藤はその日のうちに左の小指を詰めて兄貴分に詫びた。

夕方に林家夫妻が「スナック藪野《やぶの》」でしっぽり飲んでいるのを捕まえた坂田は、

「『畜生、イカリング嚙みてえよう』の聞き間違いやないですか」

とごまかしを試みたが、我ながら驚くほど低クオリティだった。穂高はこれを一笑に付した。林家日菜はカメラに収めた「畜生、タオリングが見てえよう」の証拠切り抜き動画をスナックのカラオケ用モニターに投影し、あはははは〜！　と笑い声をあげた。そしてバーカウンターで人目も憚《はばか》らずコカインを吸引した。

「これ以上隠し通さはんのんはどだい無理ゲーどすわ〜」

と元は祇園で舞妓さんをやっていたスナックの藪野ママが、坂田の耳元で囁いた。

「だってタオリングなんてねえ。コロニーの外じゃもう、だあれもやってはらへんでしょう？」

「この際だ、お互い腹割って話しましょうよ」

と林家穂高は坂田に訴えた。どうやら酔っている。瞳を潤ませ、熱っぽい口調で穂高はつづけた。

「自分で言うのもなんですがね。あたしらはご近所さんともうまくやってるし、あんたともこうして酒を酌《く》み交わす仲だ。だから勇気出して言いますよ。いいじゃありませんか、タオリング好きでも。あのね、あたしゃあね――

――たとえあんた方がヤクザもんでも、この友情が揺らぐことはないと、いまではそう思っとるんですよ。

グラスに添えた坂田の大きな手を、林家穂高の温かな手のひらが包み込んだ。

坂田は二人の舎弟を引き連れ、林家夫婦を案内して天山に登った。山頂に着くと、林家穂高が感嘆の声をあげた。

「見事な磨崖仏ですね」

『十三仏』と呼ばれとります」と坂田は答えた。「でもほんまは、十二体しかおらんのですわ」

坂田が目配せすると、舎弟の加藤が進み出て、左端の不動明王像の胸部に軽く触れた。たちまち空間にチリチリとノイズが混じり、明王はふっと消え失せた。石を切り出して造られた剝き出しのトンネルが現れる。

「なるほど、光学迷彩ですか」と林家穂高はドヤ顔で言った。

トンネルを降りると、やがて暗闇のなかにぼうっと赤い光が浮かび上がった。天井から七つの提灯《ちょうちん》がぶら下がっている。「富嶽三十六景」の波浪に似た北斎風の図像をバックに記された「H」の一文字——場末の隠れヤクザ「原磯組」の代紋が、山の内側をくりぬいて造られた秘密の空間内部をほのかに照らし出している。

伽藍《がらん》と呼ぶには手狭すぎる聖堂だ。末町住人は「事務所」と呼ぶ。僅か四メートル四方の空間に、いわくつきの物品が所狭しと陳列されている。向かい合う一対の革張りソファとガラス製コーヒーテーブル。卓上には、七首《ドス》、拳銃《チャカ》、ガラスの灰皿、北島三郎『神奈川水滸伝』のウルトラヴィンテージ・マキシシングルなどの品々が雑多に並べられている。奥の壁に五人の先代組長の遺影がかかっており、その下に仏壇がある。

「お線香あげたってください」と坂田は林家夫妻に言った。

坂田はソファの裏を通り抜けて仏壇に歩み寄ると、ひざまずいて線香をあげ、偉大な先代たちに頭《こうべ》を垂れた。

原磯組の組員たちは、いずれ組を再興する日を夢見ながら、この任侠の隠れ里でじっと身を潜めて生きてきた。心意気を風化させぬためには、タオリングの継続だけでは足りなかった。信じるに足るものが必要だった。信仰にまつわる品々は山の胎内に隠蔽された。香炉には無数の線香のきれはしが焼け残り、灰がこんもりと小山をつくっている。いまも町の老若男女が活発に出入りしている証左だ。

坂田は黙禱を終え、新たに町の仲間として迎え入れたピンクの夫婦に視線を向けた。能面のような無表情をした林家日菜と目が合った。指の輪っかから覗く右目が、痙攣発作のように小刻みにウインクを繰り返している。

坂田は自分がしくじったことを悟った。

原磯組は昔気質《むかしかたぎ》のヤクザだった。だからこそ時代の波に淘汰され、場末のコロニーに流れ着いた。冷徹な気性を備えた若頭とて例外ではないのだ。事前のコカイン吸引で目を赤く充血させ、泣き真似ですり寄ってきた林家穂高を、フェイクと看破できなかった。

「ありがとうございます。涙が出るほどうれしいなあ」と林家穂高は言った。「何かお礼がしたいですねぇ」

「騙くらかしやがったな、ボケクソが！」とセコンド加藤が怒鳴り声をあげた。「生きて帰れる思うなよ！」

坂田はもう一人の舎弟に目くばせで合図した。巨漢タオラー糸瀬が、坂田の意図を汲んで加藤を羽交《はが》い締《じ》めにした。最後の試合で敗北を喫した打撃両斬拳の使い手は、後日盃《さかずき》を交わして坂田の弟分になっていた。

「ええい、放せ！　兄貴、なんで止めるんですか！」

自明のことだ。二人組のバックにはまず間違いなく銀河マル暴がついている。

林家穂高はおもむろにＳｕｐｒｅｍｅのウエストポーチのジップを開けた。坂田の確信を裏づける品が取り出される。

バリカンだ。

「お礼にあんたのその胸糞パンチパーマ、あたしが剃り上げて差し上げますよ」

「天パーや言うとるやろうが」と坂田は言った。

「ですか。んでも紛らわしんすよね。もしガチの天パーでもチクられたら終わり、お務め確定だ」林家穂高は早くも勝者の笑みをにじませた。「ささ、どうします？　マル暴ん世話になるか、それともここで剃っちまうか」

「貴様！」と加藤が再燃した。「よりによってうちの兄貴に、なんちゅうこと言いよんねや！」

　今度は羽交い締めだけでは済まない。糸瀬は加藤を地面に這いつくばらせた。地べたに頬をひっつけても、加藤は敵を罵《ののし》ることをやめない。

「髪剃れやと⁉　んなもん、自害しろ言うてるんとおないやないけアホたれ！　貴様らの方こそいてまうぞ！」

　加藤は下手を打ちすぎる男だった。万一この窮地を乗り切ったとしても「エンコ詰めもう一本追加よろこんで！」状態だった。ヤクザにとってパンチパーマは魂そのものであり、剃ることは自殺と同義だと、加藤はゲロっているようなものだった。能面の顔で写真を撮りつづけていた林家日菜があまりの愉快さに発狂した。笑い声が山の底の秘密の事務所に満ちる。

　これ以上シラを切るのはさすがに無理、と坂田までもがあきらめかけたそのとき、

「ちょいと待ってもらえませんかね」と声がした。

　その場にいたすべての人間が――林家日菜さえ、予期せぬ第三者の登場に意表を突かれ、言葉を失った。

　闇の中からぼうっと、一人の男の姿が浮かび上がる。わずか一五〇センチの小柄な体軀だが、だからこそ鍛え抜かれた逆三角形のシルエットが映える。老境を迎えて久しく、顔

には無数の皺がびっしりと走っていたが、瞳はいっそう光を増し、相まみえた者を射殺すほどに鋭い。数年ぶりのお披露目となったダブルのスーツは、分厚い胸板や丸太のごとき腕を包んではち切れんばかりに盛り上がっている。男がいまも濡れタオル一枚で磨崖仏を削り出すことができることを、信じない者は皆無だろう。

原磯組組長、原磯三郎である。

「来たらあきません」と坂田は声を荒らげた。あきませんよ親分、と胸中で訴えた。だが届かない。

原磯はもう長いつきあいになる組の若頭ににじりよると、いきなり横っ面に鉄拳を食らわせた。

「気でも触れたんですか、親分！」と加藤が三たび口を滑らせて坂田の努力をふいにした。

「違います」と原磯は林家夫妻に訴えた。

「違うって、何が？」林家穂高が眉をひそめた。侮蔑も露わに、「ひょっとしてあんた、てめえの子分に罪全部おっかぶせて、自分は見逃してもらおうって魂胆ですかい？」

あはははは〜！　と林家日菜が爆笑した。

「先走らんでくださいよ」と原磯は静かに答えた。「逆ですわ。ヤクザもんは私だけってことです。こいつらはほら、カタギですから」

これには林家穂高だけでなく、坂田らもびっくり仰天した。

「いまさらそいつぁ通りゃしませんって」と林家穂高は半ばムキになって言った。「このコロニーは反社のコロニー、末村ぁ薄汚いヤクザ村！」

「違う言うとんのがわかりませんかね」と原磯はすごんだ。

林家日菜が、ひっ、と声を漏らして腰を抜かした。水音。失禁していた。それでも忠実に職務をまっとうしようと、原磯に向かって十八番《おはこ》の無限ウインクを繰り出す。

「それでええ。そうやってちゃんと撮っといてください」

原磯は林家日菜に告げると、林家穂高ににじり寄った。待て、来るな、と狼狽《ろうばい》しながらも恐怖で動けないアフロ男の手から、バリカンを取り上げる。そして今度は坂田に向き合った。襟首を摑んだ。手元の機械の電源をオンにした。バリカンが震動し、ブーンという低い音が事務所内に響く。

坂田の頭にバリカンをあてがった。若頭は親分にされるがままになっている。

「何を考えてんですか、あんた」と糸瀬が悲鳴に近い叫び声をあげた。

坂田は無抵抗を貫いている。冷静な目をしている。頭をフル回転させて、親分の意図を汲み取ろうとしている。

「こないな髪の毛ごとき、取るに足らんやろ。いっそ刈られてせいせいするやろがい。どや、気持ちええなあって言うてみぃ！」

あまりの事態に二人の舎弟は声にならない悲鳴をあげた。原磯は一ミリも躊躇せず、坂田の頭髪を一ミリに剃り上げた。仕事を終えると、純粋な握力のみでバリカンを握りつぶし、いまや恐怖と混乱でわけわからんちんになっている林家穂高に再び向き直った。足を肩幅に開いて腰を落とし、左手は膝に、てのひらを上にした右手を前に差し出し、

「お控えなすって」

仁義を切る。

「わたくし、カタギ警察の皆様に場末のコロニーへと追いやられたしがないヤクザ者。西に行きましても東に行きましても、とかく土地土地のおあにいさん、おあねえさんにご厄介おかけしがちな半端者じゃあございますが、任侠道に背く人生を歩むつもりはさらさらございません」

一呼吸置くと、かっと喉を鳴らし、地べたに横たわる坂田の顔面に痰を吐き捨てた。

「堪忍して」と坂田は言った。「お願いや親分、ほんま堪忍して」

坂田は泣いていた。すでに原磯の描いた筋書きに思い至っていた。

原磯は構わずつづけた。「ですがこないなへたれどもと仲間同士や思われるんだけは、はなはだ屈辱、黙っちゃあいられません。この三人組とわたくしは、場末の町でたまたま

出会っただけの赤の他人同士、お互いに名前も素性も知りゃあしない。どうかこいつに免じて──」

林家夫妻に背を向けた。拳を固く握りしめ、胸を張ってサイヤ人のようなポーズをとった。逆三角形の筋肉がさらに膨んだ。バチンと音を立ててスーツのボタンが弾《はじ》け飛ぶ。はだけた胸元を両手で開き、上半身を露出させる。

「──こいつに免じて、こいつらぁ見逃しちゃあもらえませんでしょうか」

林家日菜がウィンクを止めた。目を剝き、まばたきさえも忘れて男の背中に魅入った。極道、と林家穂高が呟く。腰を抜かした。水音。失禁していた。

鮮やかな色の入った昇り龍。

刺青──伝説上の存在とばかり思っていたがまさか実在したとは。茫然自失に陥った林家夫妻はしばらく使い物にならなそうだった。

水音が止むと沈黙が満ちた。男泣きする坂田のかすれた声だけが洞内にこだましていた。

原磯は坂田の傍らに膝をつき、そっと肩に触れた。

「泣くな」

「あんたを一生恨みますよ」と坂田は言った。

「町を頼むよ、坂田」と原磯は言った。「今後はお前がここの町長《けつもち》だ」

「いままで世話んなりました。後は任せてください、親分」

銀河マル暴は噂通り、カタギ警察を排除してからきっちり一〇五秒後にやってきた。原磯は両手を挙げて無抵抗を示した。マル暴は原磯を取り押さえ、手錠をかけた。

送り出す坂田の目はもう乾いている。

新しい計算を始めたのだ。

＊

原磯三郎は二一二三年、地球本星の極東の島国日本、滋賀県八島市望町《やしましのぞみちょう》に、漁師の三男として生まれた。十代半ばで、中世に琵琶湖の漁場を支配した「堅田湖賊《かたたこぞく》」の末裔を名乗る矢守功《やもりいさお》の子分になった。当時価格高騰を起こして「湖のダイヤ」と呼ばれていた琵琶湖の固有亜種ビワマスの密漁をシステム化し、矢守一家の軍資金確保に大いに貢献した。二十八歳のとき、矢守功は湖南《サウス》の敵対組織の鉄砲玉にゼロ距離から後頭部をぶち抜かれて即死した。親分の死により組織は分裂、内部抗争へと発展した。原磯は新組織を旗揚げし、暴力にものをいわせてたちまち一つに束ね上げた。原磯組の誕生である。

原磯組は政治家や警察に多額の賄賂《わいろ》を贈って懐柔し、違法な密漁を合法と認めさせた。

養殖業、土建屋、ネット転売業と手を広げて勢力を拡大した。やがてメディアは原磯を「闇の八島市長」、「琵琶湖のゴッドファーザー」と呼ぶようになった。

六十一歳でタオリング興行のスポンサーとなった。幼い頃から熱心な格闘技ファンだった原磯が、当時どマイナーだったタオリングに目をつけたのは慧眼という他ない。年始の「ITGP」と真夏の祭典「T1 CLIMAX」の二大看板は国民的大イベントにまで発展したが、他方、水面下では反社会的な裏興行にも力を注いだ。「黒いタオリング」、通称「黒タオ」である。ルールは「得物が濡れタオルでさえあればあとは何でもあり」のバーリトゥードだった。選手たちは創意工夫を凝らして濡れタオルの持つ殺傷能力を極限まで高めていった。布の端を固結びする、濡れタオルをガリガリ君の隣に一晩寝かせて凍らせる、水ではなくガソリンに浸して試合中に火をつける等の冷酷無比な新規アイデアが、タオリングを未知の領域へと発展させた。

だが奇形化が行くところまで行き着いたタオリング界はやがて、驚くほどまっとうなスターを孕《はら》むこととなる。男はデビュー当時、まだ十七歳のガキだった。何でもありの裏タ《バーリトゥード》オリング界にあって、シンプルな腕っぷしと水本来の破壊力だけで連戦連勝を重ねた。特筆すべきは血も涙もないということだ。対戦相手を一方的かつ徹底的にいてこましながら、決して熱くならず、いつも頭のどこかで計算を巡らせている風だった。後にチャンピオンの名をほしいままにすることとなるこの男は、名を坂田と言う。

表も裏も牛耳って、原磯組は栄華を極めた。だが黄金期は長くは続かなかった。〈壁疫《へきえき》〉——二十一世紀前半に世界を席巻したCOVID-19の新たな変異種が、パンデミックを引き起こした。無症状者が多く出たことに加え、最新の変異種は宇宙空間でも生存可能だった。宇宙観光産業が世界GDPの一割を占める宇宙時代にあって、人々はコロニー間旅行の自粛を余儀なくされた。感染を未然に防ぐにはステイホームやソーシャルディスタンスだけでは事足りず、「ちょっと待って！　お喋りの前にまず壁造り！」が新しい生活様式の標語となった。マスクと壁用レンガ必携の新時代に、観客過密のドームでタオル片手にしばきあうなどありえなすぎた。だが、不謹慎とそしりを受けようが、加害者と非難されようが、原磯はやめなかった。

格闘家の引退は早い。才能あるタオラーたちが自粛のうちに最盛期《ピーク》を過ぎてしまうことが、原磯にはどうしても我慢ならなかったのだ。

時代に逆行するアクションが当局の目に留まり、「暴コン法案」可決のプロセスを加速させた。やがて弾圧が始まった。パンデミックの収束後も、この潮流は止まらなかった。原磯は若かりし頃に賭博でせしめたものの、事務所の地下で埃をかぶっていた宇宙船を修復し、組を率いてスペースコロニー「すえ」へと逃げ延びた。

そして今年二二四五年、反社会性因子の監視にあたっていた林家穂高、日菜夫妻のカタギ警察両名が、宙車の故障を偽装して「すえ」への潜入を決行した。二名は原磯三郎から反社的仕打ちを受けてメンタル崩壊寸前に陥りながらも、当該人物がヤクザであることを看破する証拠写真および動画の撮影に成功。後日、これを銀河警察刑事部捜査第四課——通称「銀河マル暴」へ提出した。林家夫妻の功績をたたえ、「カタギ警察勲功章」が授与された。一方で、林家穂高は「住人は被害者じゃありません。全員ヤクザなんです！」との主張を再三繰り返した。だがこの疑惑を事実と認定するに足る証拠は、いまも見つかっていない。

刑は異例のスピードで執り行われた。勲章を授かった二名の英雄が地球に帰還した、僅か三週間後のことだった。なぜなら原磯三郎は極道中の極道、すなわちワルのなかのワルだからだ。かつては当局からの再三の申し出にもかかわらず違法なタオリング興行を繰り返した。また近年は、「任教《にんきょう》」とも言うべき背徳的な教義を説き、コロニー「すえ」の住人たちにカルト的洗脳を施してきたという。

おしおきコロニー〈つみ〉の宙港に原磯三郎が姿を現した瞬間、事前に集結していた銀河じゅう数多の報道メディアが熱烈なウインクを浴びせた。男はふんどし一丁で真っ黒な鉄板に磔《はりつけ》にされた禍々《まがまが》しい姿だ。口元は喋ることも舌を切ることもできぬよう、目の下から首までかかる鉄のマスクで覆われている。キャタピラつきの拘束台を、銀河マル暴が厳重に包囲し、手押しして歩く。

拘束が解かれ、四肢を乱暴にひっつかまれる。あらかじめ準備されていた型の古い宇宙服に、裸の体が押し込められる。

カウントダウン。三、二、一、点火。——宇宙服の背中のブースターが盛大に火を噴き、原磯の体が天へと舞い上がる。

原磯組の元組員たちは、末町公民館に集まってライブ中継をガン見していた。ドローンカメラが受刑者を追いかけて大気圏外ギリギリまで飛翔する。宇宙服の男が逆さまに空に吊られている。これが親分の最期の姿なのか。

目が合った気がした。

そして見たのだ。

大気圏を脱出する直前、原磯は天に向かって拳を突き上げた。透明なシールドの内側で、皺だらけの顔がにやりとほくそ笑む。ゆっくりと目を閉じた。

享年一二三。大往生だった。皆が見守っていた。原磯三郎が何もない真っ暗闇の宇宙で、ひとりぼっちで最期を迎えることはなかった。

「立派やったね」とマキ子が言った。「夫の生き様と死に様、最後まで見届けてくれてありがとうね」

痩せぎすな極妻《ごくつま》の体を傍で支えるのは、パリッとしたストライプスーツを着て、髪を横分けにした物静かな男だ。ポマードでスタイリングした濡れパンチパーマの男はもういない。だが背中には依然、虎が潜む。狙った獲物の喉元に食らいつかんと跳梁する獰猛なやつだ。先代の逮捕後、刺青に色が入れられた――艶《あで》やかに燃える黒と金色《こんじき》。

表向きはカタギ警察の圧力により半ば無理矢理でっちあげられた「末町観光協会」の会長だった。だがその本性は、先代の意志を受け継ぐべく新たに旗揚げされた隠れヤクザ「坂田組」の組長なのだ。

末町はいま、警察の目を盗み、夜な夜な密入港者を受け入れる。やってくるのは「最強」の二文字のみを渇望する新世代のタオラーたちだ。

タオリングの歴史は場末のコロニーで人知れず蘇った。そしてまもなく第二黄金期へと突入する。

# 後香《レトロネイザル》 Retronasal scape.

吉上亮

マレー半島の森林に暮らす民は特殊な嗅覚を持っていた。調査に出向いた主人公が知ることになる、彼らの能力の秘密とは……。

新型コロナウイルスに感染すると、初期から嗅覚・味覚障害が起こることが多く、それが後遺症として残るケースも存在する。後遺症が残った人物のインタビューを聞くと、においが分からないと危険に気づかなかったり、食事が楽しめず体重が落ちたりといった辛さがあるという。新型コロナウイルスは一時的な病ではなく、人生を捻じ曲げる恐ろしい力を秘めたものなのだ。

本作で描かれるのは、そんな人間という生物が逆境から進化し得る一つの形である。コロナ禍の悪い面だけに捉われるのではなく、別様の可能性を考えることは、フィクションの果たすべき大きな役割と言えよう。

吉上亮（よしがみ・りょう）は一九八九年生まれ。二〇一三年、『パンツァークラウン フェイセズ Ⅰ』でデビュー。代表作に『泥の銃弾』などがある。アニメ《PSYCHO-PASS サイコパス》シリーズのノベライズを手掛け、映画『PSYCHO-PASS サイコパス Sinners of the System Case.1 罪と罰』の脚本を担当するなど、幅広い媒体で活躍する若手作家である。

その原因は、私たちは、この感覚を精確なものとしてはもたず、多くの動物よりも劣っているということである。すなわち、ヒトはあまり匂いを感じない。

――「心とは何か」アリストテレス／桑子敏雄訳

## 第一の手紙

〈アガル〉の言語には、においをあらわす豊富な語彙《ごい》がありますが、それらの言葉と対象物とのつながりは、私たち部外者には理解しがたく、時には不可解とさえ思えます。

たとえば「食用」にあたる言葉は、ガソリン、煙、コウモリの糞、ヤスデ、マンゴーの原生林などに適用されます。

当然ですが、これらは食べものではない。

では、なぜかれらは食べられないものを「食用」のにおいとして表現するのか。

思うに、これらの言葉が——正確にはその言葉が意味するにおいの受容を通して——食べるという行為を想起させるからではないでしょうか。ガソリンは調理の燃料となり、煮炊きをすれば煙が生じる。コウモリの糞もまた燃料になる。川での漁労ではヤスデが釣り餌になる。そしてマンゴーの原生林は森の恵みたる果実をもたらす。

かれらにとって、これらのにおいは、食にありつくための先触れとなる。すなわち、アガルの民は、対象のにおいをそのまま直接表現するのではなく、そのにおいを嗅ぐことで想起されるイメージを捉え、その意味するところを言葉によって表現している。

マレー半島北部の山岳地帯、その奥深い森林に暮らす、原住民《オランアスリ》アガル。狩猟民族であるかれらにとって食料は、もっぱら狩りによって調達される。食料獲得を期待できるにおいの感知は重要度が高く、アガルの語彙は、森で手に入る食べ物、調理にまつわる表現が数多く確認されています。

アガルの民は、自らの暮らす原生林について内部的《イーミック》な知識《インデックス》を豊富に有しており、森で狩猟を行うとき、かれらは優れた嗅覚を独特の方法で用います。

森で何らかの痕跡を発見したとき、その対象物をまず口に運ぶ。それは土や草、ときに獣の糞でもある。口に含み、舌で転がし、その味と風味を吟味する。そして、一口に含んだものをびゅっと地面に吐き出す。このときに生じる残り香さえも、かれらにとっては分析の対象となる。

ひとたび鬱蒼《うっそう》とした草木の陰に入り込めば、かれらの気配を察知することは困難を極めます。においを伝って痕跡を辿ることに長《た》けたかれらは自らの痕跡を消すことにも長けている。

かれらが再び姿を現すと、その手には毒矢で仕留めたキネズミ《ツパイ》が携えられていました。集落に戻ると、かれらは獲物を私たちに振舞ってくれました。そのまま焚火に放り込まれたツパイは体毛を焼かれ、残った毛もナイフで削がれます。捌《さば》かれた腹から内臓が抜かれ、ふたたび焚火で焙《あぶ》られる。

ツパイの丸焼きについて、同行する調査隊の方々は、妙な異臭がすると閉口しておられました。焚火のなかに独特の香木が含まれて、肉が燻《いぶ》されてしまったのか。私たち部外者からすると嗅ぎ慣れない、独特の芳香が施されていたようです。

ただひとり私が平気だったのは、単に鈍感なのか、あるいは嗅覚機能の欠落によって不快な臭いを感じ取れなかったせいか。鳥や蛙に似た淡白な身質。その歯切れのよい肉の感触に、私はゴムスポンジの切れ端を想起しました。そのような食べられないものを、食味の表現として使うのは、慣れ親しんだ風味の感覚、嗅覚によって認識されるにおいを感じ取れなくなっているからです。

ウイルス感染による嗅覚障害……においを感知できなくなる盲嗅は、味覚に大きな影響を及ぼします。というのは、食べ物の「味」は、その風味、においに決定づけられているからです。においが感じられなければ風味は消え、食味の大部分が欠落する。味に対する快不快の官能が呼び起こされなければ、口にしたものが新鮮か腐敗しているのか、その区別はつかない。ひとつの感覚の欠落は全体にも影響を及ぼします。危機回避能力の低下した私は、兵士として著しく劣る存在となってしまった。

そんな私に、あなたは新たな任務をお命じくださった。

大佐。鏑木《かぶらぎ》大佐。

すでに軍籍を離れ、民間人となられたあなたを大佐とお呼びすることが不適切であるのは百も承知しておりますが、今でも私、紫檀《シタン》にとって、あなた以外に指揮官はおりません。

今回、拝命した任務の遂行、万事、滞《とどこお》りありません。

護衛対象――〈エゴウ・アーキテクチャ〉傘下、香業《フレーバー》企業体〈沈劫《ジンコウ》〉のアガル調査隊一七名の健康状態は良好です。

現地のコンダクターとの伝達齟齬《そご》により、防衛用装備の調達に失敗しましたが、懸念された現地武装勢力との遭遇は、滞在が四八時間を超えた現在も確認されておりません。

すでにお伝えした通り、調査対象である〈オランアスリ・アガル〉——通称、アガルの民とすでに接触しました。

かれらがコミュニケーションに用いる嗅覚言語《ネイザルランゲージ》アガルについての理解に乏しい現状ではありますが、その態度は好意的といって差し支えありません。

その野営地で行われた歓迎の宴では、魚を煮込んだスープが供されました。

かれらの料理の味を、嗅覚を喪失している私にはほとんど判別できませんでしたが、調査隊の方々は一様に顔を顰《しか》めておられました。

かといって、かれらが部外者への嫌がらせをした気配はありません。宴の料理を供し、割った竹が地面を叩くリズムに乗って歌うアガルの民。火に照らされる濃い褐色の肌に浮かぶ笑みはつねに絶えることがない。

嗅げないゆえに嗅ぎ取るわずかなにおいの沈殿。熟れた魚や香辛料が溶け込んだスープが放つメチルメルカプタンの悪臭の奥に、どこか郷愁を思わすにおいを見つける。しかし、その鮮烈なにおいさえもスープを口に運ぶたび薄まっていき、やがては泥水を啜《すす》るような感覚だけが残ります。

甘い泥水のあじ、におい。大佐にお仕えしていたときの記憶が蘇ってきました。私はあなたの優秀な兵士だった。あの日、許されざる過ちを犯すまで。

あれは……暗く冷たい夜だった。踏めば音のするような泥濘のなかを斥候の任務に就いた私は、地を這うように身を低くして歩いていた。刻まれた車両の轍《わだち》とまばらな足跡を辿って。その一歩ごとに土と水を指で掬《すく》って口に含み、敵のにおいを特定しようとする。

泥水はなぜか澄んだ水よりも甘いにおいがする。そのはずなのに、泥も、水も、何のにおいも味もしない。よく知っていたはずの森の豊かなにおいは消え失せ、そこでようやく自分がにおいを嗅ぎ取れなくなっていることに気づくのです。

鼻孔は粘土が詰まったかのように空気が通らず、喉は鋭く痛み、発熱する。何度も身を折って咳をする。どれだけ息をしても空気を取り込めない苦しみに襲われ、意識は刻一刻と薄れていく。すべては消える。あとには過ちを犯した後悔だけが残った。

私が部隊を全滅させた。兵士へのウイルス感染は戦力の三割に相当する数で蔓延《まんえん》し、事実上の全滅に陥った。州軍による地域武装勢力の掃討。負けるはずのない戦いの敗北。

伝染性のウイルスを転用した生物兵器を、ゲリラ勢力に過ぎない敵軍がどのように入手し散布したのか、その方法は定かではありません。結局、敵軍もまた多数の感染者を出して全滅した。同地は焼き払われ、後には何も残らなかった。

戦争には勝った。私たちの部隊は敗北した。感染源となった私は指揮官であったあなたの名誉に泥を塗った。あなたは私を罰することなく、すべての責を負い、軍を退かれた。

——鏑木《かぶらぎ》紫檀、私のシタン。お前に果たして欲しい任務がある。

だから、強制除隊の処分を受け、州の狭間に拡がるスラムへ放逐された私の前に、再びあなたが現れ、あのような言葉を掛けてくださるとは想像さえできませんでした。

大佐。鏑木大佐。

私は、二度と同じ過ちは犯しません。

味覚と嗅覚……「風味」をコミュニケーションに用いる嗅覚言語アガルとは何か、その正体を解明いたします。

## 第二の手紙

アガルの民が語り継ぐ神話は、このように始まります。

遠い昔、森で暮らす若く優秀な狩人は得意な狩りに夢中になるあまり、いつまでも家に帰らず、ついに彼の家族は飢えて死んでしまいました。

　そうとは知らずに若い狩人は次の獲物を探しましたが、間もなく一匹のツパイすら捕まえられなくなりました。不猟は何日も続き、このままでは飢え死にしてしまう。困った若い狩人は、やがて狩りを妨げる嗅ぎ慣れない妙なにおいを見つけます。

　においのもとは、ひどい悪臭を放つ泥でした。正体を確かめるため狩人は泥を手で掬い、いつもそうするように口に含みました。

　その途端、死んだ家族が現れ、腹が減ったと狩人に訴えます。

　慌てふためく狩人に森を漂う樹や動物の魂《アイル》たちは、それは死んだお前の家族が腐ったものだと告げました。慌てて泥を吐き出しても家族の幻影は消えません。狩人は、この悪臭を消して欲しいと森のアイルたちに頼みますが、それは無理だと断られます。

　においは消せない。ただ生まれるのみ。アイルたちはかわりに火を狩人に与え、去っていきました。狩人は家族の死体を焼いて弔《とむら》いました。すると、その魂は新たなアイルとなって空へ飛んでいき、森を覆っていた悪臭も消えました。

　再び狩りができるようになった若い狩人は心を入れ替え、新しい家族ができるとこれを大切にし、かれらを養うため、火を使った料理を発明した——。

　この神話の発端はともかく、嗅覚言語《ネイザルランゲージ》アガルは、文字や発声ではなく、味覚、料理…

…特に「風味」を意思疎通のメディアとして用います。そのための調理、においとにおいの混合のためには、火の利用が欠かせません。

たとえば、バナナの葉を焦がして作る芳香は、ツパイの丸焼きに加えると、「歓待」を意味する修飾として機能しますが、これが生の葉では意味が変わってしまう。かれらは狩った獣や釣った魚、剝がした樹の樹皮、掘り起こした土など、様々な食材や素材を焼く、煮る、蒸すなど加工を施し、その香気成分を自在に変化させます。

この風味が想起する内的イメージがアガルの語彙を構築している。私たちが当初、アガルの民が供する料理の風味を奇異に感じたのは、新奇性恐怖《ネオフォビア》ではない。かれらの文化を共有していないため、その意味の総体を読み取れなかったからです。

それにしても嗅覚でコミュニケーションをするため、なぜ調理したものを食し、風味を嗅ぐという面倒な手順を踏むのか。それは、ひとえに人間は前より後ろの嗅覚、レトロネイザル嗅覚が優れているからです。

一般に人間は、高度な言語や思考を用いる視覚や聴覚に優れているが、その進化の過程で嗅覚は退化したと考えられがちです。確かに肉体の構造上、外部から取り込む吸気のにおいを捉える前方の嗅覚《オルソネイザル》は、鼻孔《びこう》が長い犬などの哺乳類が格段に優れます。

ですが、口中から放出される呼気に混じったにおいを捉える後ろの嗅覚《レトロネイザル》は、その経路となる喉から鼻を繋ぐ鼻咽頭《びいんとう》が短い人間のほうが適している。すなわち、風味を知覚する嗅覚の能力は、むしろ、人間のほうが他の動物たちよりも秀でている。

それゆえに人間が嗅覚を用いてコミュニケーションを取るなら、レトロネイザル嗅覚を用いるほうが、より複雑な風味を嗅ぎ分け、豊富な語彙を駆使することができる。

アガルの民にとって、森で入手可能であり、口に含むことができるあらゆるものが嗅覚言語を構成する素材となる。私たちが文字を組み合わせて文章を作り、色を混ぜて絵を描き、伝えたい情報や感情を表現するように、かれらも、においを組み合わせ、混合し、複雑な情報を風味によって伝達し合っている。

しかし、通常、私たち人間は、においそれ自体を表現する語彙に乏しい。

その原因は、嗅覚に対する私たち人間の脳の処理プロセスが影響しています。

古い感覚である嗅覚の情報は、新しい感覚である視覚や聴覚のように言語を司《つかさど》る後頭野を経由せず、脳の最高中枢である前頭前野、眼窩前頭皮質へダイレクトに届けられる。

生物にとって嗅ぎ分けの能力……可食と不可食のジャッジは、生死に直結する判断ゆえに迅速な伝達が要求される。嗅覚という最も速い感覚。言い換えれば、私たちは、においを言語的に理解することなく、その情報を認識し処理している。

ですが、このにおい情報に対する表現力は、後天的な学習によって高めることが可能です。事実、フレーバー企業に属して香りを創出する調香師《フレーバリスト》は、嗅いだにおいの解析――風味を構成するにおい分子を細かく分類し、適切な語彙を用いて表現することに秀でます。風味をコミュニケーションに用いるなら、当然、アガルの民も膨大な風味の語彙を学習しているはずです。そこで、そのにおいの分析能力を確かめるテストが行われました。紙に仕込まれた四〇種類のにおい分子をひっかいて揮発させ、口中に含んで、これを嗅ぐ。それぞれの選択肢から答えを選ばせると、やや意外な結果が出ました。

テストの結果、アガルの民の正解率は必ずしも高いものではなかったのです。

しかし、私たちが森の狩りに同行したとき、かれらはふいに足を止め、この前嗅いだにおいはここにある、と告げました。そこでは樹から樹液が流れ出し、草の陰には死んだ獣の腐肉やこれを喰った別の獣の糞便が落ちている。ずっと昔に焚かれた火の跡には焦げた髪の塊があり、使い捨てられたガスライターが転がっていた。

その場所に漂う幾つものにおい。これらを調査隊が解析すると、そのにおい分子は嗅覚識別テストで用いたものと一致しました。あるいは逆に、森のなかの任意の場所を選び、その空間を構成するにおいを識別テスト用の紙から選ばせると、これも一致しました。

つまりアガルの民は、複数のにおいが漂い、混然となっている空間を、統合された風味のイメージとして捉え、処理する能力に優れていると考えられます。

増大した脳容量がもたらす高い処理能力も加わり、他の動物よりも豊かになったヒトの認識する風味の世界――脳が想起するにおいのイメージは、どこで生み出されるのか。

鼻腔の嗅上皮が捉えたにおいの信号《シグナル》は、嗅覚神経を介して脳への転送を担う中継基地である嗅球に伝わり、糸球体《しきゅうたい》モジュールによって、においのイメージへ変換される。

博識な大佐であれば、『グランド・ジャット島の日曜日の午後』という、一九世紀のフランス人画家ジョルジュ・スーラが点描画法で描いた絵画をご存じかと思います。

この風景画を構成するのは、光の明暗、色の違いを表現するため無数に打たれた点描《ドット》です。糸球体が生み出すにおいのイメージとは、この点描のひとつひとつに等しい。

糸球体モジュールが織りなすにおいの点描は、嗅球の微小回路において、そのコントラストを強調され、単なる点の集合体ではなく、ひとつの意味を持つパターンになる。

このにおいの点描パターンを適切な距離で認識し、あたかも一枚の絵画のように統合された風味のイメージ、事物の内容を想起できる記憶としてフォーマットする役割を、次なる脳の嗅覚系の領域である嗅皮質が担っている。

ここでにおいのイメージは質《クオリア》を創出され、私たちが知覚するもの――風味の景色《ネイザルスケープ》となる。それは私たちが見知ったにおいが喚起し、見知らぬにおいが刻む〝記憶〟の景観。

この嗅皮質の基本回路は、記憶を取り扱う脳の領域――海馬のそれとよく似ています。

すなわち、人間の脳にとって、においとは記憶が生み出すものであり、記憶を生むものでもある。

アガルの民は、その複雑精妙な風味の知覚を通じ、この風味の景色《ネイザルスケープ》……記憶を脳の引き出しから自在に取り出す能力を持つ。そして調理によって創出された風味を通し、過去に刻まれた記憶を蘇らせ、他者に伝達できる。これが、かれらの嗅覚言語なのです。

この理解に、調査隊は、いよいよ士気凜然となっています。

果たして、アガルの仕組みが解明されたのなら、次に目指すのは、その習得です。

そこで、私が指名されました。調査隊曰く、嗅覚のイメージが白地図となった私はアガルを学ぶ適切なサンプルになるというのです。

アガルの民が森に生まれ、森に暮らしながら養っていくその能力――風味の知覚、においの表現力を訓練によって鍛え、再現することを試みる。

私は現在、調査隊による嗅覚メカニズムのレクチャーを受け、アガルの民に同行し、その嗅覚言語の習得に励んでおります。失われた嗅覚は、少しずつ取り戻されつつあります。

これは大佐のご命令ではありません。しかし、私は嗅覚を取り戻せるかもしれないという希望に抗《あらが》えないのです。

この手紙の最初に、〈アガル〉の火にまつわる神話を記しました。実のところ、あれは、風味を通し、かれらが私に伝えたものなのです。ともに火を囲み、供される料理を口にしながら、その風味の受容によってかたちを結んでいく風味の景色《ネイザルスケープ》。

それが今、こうして大佐にお伝えできるだけの解像度をもったイメージとして、認識可能になりつつある。アガルは、確かに私の裡に根付きつつある。

ならば、私は取り戻せるのでしょうか。あの夜、嗅覚を失ったときに零《こぼ》れ落ちてしまった多くのもの、兵士の力、記憶、あなたにお仕えした誇り高き日々……そのすべてを。

大佐《あなた》と土砂降りの道を行軍した記憶。虐殺死体の中に潜んで敵をやり過ごし、あなたを待った記憶。わが軍のナパーム空爆が森を焼き、暗闇を赤々と灼《や》く記憶。

どれも思い出しては消えていく。嗅覚を失い、年を経るにつれ、鮮明さを失っていく過去たち。あの敗北の夜。すべては失われ、二度と取り戻されることはないと思っていた。

大佐。私は、あなたにお仕えしたいのです。かつてのように、また再び。それだけが私の願いです。もし、それが叶わないなら、せめて、記憶のなかだけでもいい。私はあなたの兵士でありたい。あなたに、においを嗅ぐことを許されるものでありたい。

……私情を挟み、まことに申し訳ございません。前回の報告より、一ヶ月ぶりのお手紙となりました。大佐からの返事を頂く前に、新たな手紙を送る不作法をお許しください。次の報告にて、アガルについて、さらなる吉報をお伝えすることを約束いたします。

## 第三の手紙

森はいつもそこにある。私の目の前に、私の頭のなかに。

狩りに赴くたび、森は刻々とその姿を変えてゆく。

においが記憶を生む。記憶がにおいを生む。合わせ鏡のように、においと記憶は連鎖し合い、森はその姿を幾重にも重ねてゆく。

私は、かれらに必死についていく。

嗅覚言語の教育方法は、その大半が実地です。かれらの狩りを模倣し、同じ狩りができるようになることがアガルの習得に繫がる。たとえば水への接し方。かれらは火によってにおいを生み出す一方、水によってにおいを読み取ることに長けています。

雨が降る。地上を海に変えるような雨が延々と降る。森の空気からにおいが洗い流されると、獣たちは動きを止める。その鼻でにおいを嗅げなくなる。しかし、アガルの民は違う。かれらにとって、雨は猟の兆しである。

土が雨に溶け、地面を流れる濁った水は、それ自体が多様なにおいを含んでいる。

鼻で嗅いでも感じ取ることはできないが、口中を通じ、アガルの民はその風味を感じ取る。雨水の流れを遡り、じっと身を伏せている獣の居場所を、熟れて割れた身から果汁を迸《ほとばし》らせる果物の在り処を突き止め、互いに共有する。

獣は狩猟者の到来を鼻や耳で探知する。しかし、足音は雨音に消え、人間の体臭も雨に流され伝わらない。加えて、アガルの民は嗅覚迷彩と呼ぶべき、森の植物たちと同化するにおいの混合物を全身に塗っている。嗅覚はあらゆる感覚に先行し、その情報を脳が判断する。言い換えれば、嗅覚による捕捉を免れれば、その存在を認識されずに至近まで接近することができる。

この技術を転用すれば、軍事行動にも著しいアドバンテージを獲得できる……そのように考えてしまうのは、私が兵士であったからでしょうか。私があなたの兵士であった頃、このスキルを手にしていたら、より優れた戦果を上げられたのではないか。

失われた嗅覚は戻るのか。その問いに答えるなら、においの記憶が消えることはない、とまずはお答えすべきかと思います。

なるほど、私の嗅覚神経は確かに一度、ウィルス感染によって死滅した。しかし、有害な物質に接触する可能性の高い身体の部位は、ターンオーバーによって神経細胞を新たに生まれ変わらせることができる。そのような回復機能が生物には備わっている。

すなわち、私は嗅覚を喪失したが、それは嗅覚機能の完全な消失などではない。今も私の鼻腔では新生された嗅覚神経がにおいを捉え、その信号を脳に送っている。しかし、その信号を脳が認識するイメージに転換する処理……いわば、においと記憶の照合ができなくなっていた。けれど、今はそのにおいと記憶の繋がり――風味の景色《ネイザルスケープ》を認識できるようになりつつある。

私はにおいを取り戻せる。そのように確信できるのは、アガルの民がそこにいるからです。かれらもまた、白地図となった嗅覚から、その特異な嗅覚認識を獲得した。

そもそも、アガルの民はどのようにして誕生したのでしょうか？

現在、その第一世代はさすがに生き残っていませんが、一部の、かつての長老格らしき人物の遺体が即身仏状態で、聖体として保存されておりました。これから採取された遺伝サンプルを調査したところ、その嗅覚遺伝子に異常が見つかりました。

それは、ウイルス感染による嗅覚機能の損壊の痕跡でした。

つまり、何らかの理由で、アガルの民が属していた原住民部族に集団感染が発生し、その感染者たちが隔離された。あるいは一部の感染者だけが生存し、その部族が全滅した。即身仏化した長老格の遺体もまた何らかの隔離の産物だったのかもしれません。

いずれにせよ、アガルの民は、その発端として嗅覚機能の喪失を経験していたのです。

二三世紀現在からおよそ一五〇年前、嵐の時代と呼ばれた大規模気候変動の発生により多くの歴史が断絶した以前の旧時代……二一世紀前半もまた平穏無事とは縁遠かったと伝え聞いています。そこでは世界的大感染《パンデミック》が数度にわたって起きていたのかもしれません。

それゆえ、アガルは、失われた嗅覚を回復する過程で生まれた可能性が高い。

これに関連し、残念な報告がございます。アガルの習得は、嗅覚が白地図《ゼロ》の状態から、においい刺激と脳の記憶の関連を学習していかなければなりません。

人間の嗅覚の学習は、胎児の段階から始まっている。であれば、アガルの民もまた生まれる以前から、母親が妊娠期間に摂取した食事の風味の受容を通し、その特異な嗅覚言語を身に着けていることになる。

そうではない部外者の場合、私がそうであったように、いちど嗅覚機能をゼロにリセットしなければ、アガルを会得することはできないのです。

アガルがもたらす嗅覚認識、風味の景色《ネイザルスケープ》は圧倒的です。においの受容という経験そのものを根本から変え、風味……芳香に関連する産業の沃野を新たに切り拓くでしょう。

しかし、そのために意図的なウイルス感染、あるいは脳機能の喪失によって嗅覚機能を初期化するというのはリスクが高すぎる。調査隊は、このデメリットについて議論を重ねています。アガルがもたらす嗅覚認識を実際に経験しているのは私だけであり、調査隊の他の誰もその知覚をいまだ経験していない。

アガルがもたらすにおいのビジョンは、完全に主観的な経験、私の脳が生み出すものであり、それゆえに他者に共有するすべがない。アガルの習得だけがそれを可能にします。

まずは日本に戻り、マウス実験から始めるべきだというのが、調査隊が出した一応の結論です。私もその判断を支持します。アガルが習得できたのは偶然かもしれない。私は運がよかっただけかもしれない。あの部隊全滅の夜、私が恥知らずの幸運によって生き延びることができたように。

アガルへの理解が増し、においを取り戻すたび、あの夜の記憶が繰り返し蘇ります。

甘い泥水のあじ、におい。

部隊全滅の夜を思い出すと、口のなかに、その風味が広がる。それは日に日に強く、解像度を増している。森で狩りをするたび、私は泥水を啜る。しかし、その味は、あの夜の記憶と紐づけられた、甘い泥水のあじとにおいとは異なっている。

何が違うのでしょう？　土の性質が違うから？　作戦行動中に分泌された脳内物質の影響でしょうか？　分からない。確かに泥水の風味は、あの夜の記憶を呼び起こす。

なのに、あの甘いあじとにおい……薔薇色の吐息のような、思わず陶酔してしまうような風味は、雨が森を溶かして生み出す泥水の風味とは一致しない。

であれば、このように考えるべきなのかもしれません。

私の脳は泥水のにおいを嗅ぎ、あの夜の記憶を呼び起こしている。そして、あの夜の記憶を通し、また別のにおいを呼び起こしているのではないか。

私たちはにおいを嗅ぐとき、つねに記憶の引き出しを開けている。においとは引き出しを開ける鍵であり、引き出しに収まった記憶はまた別の記憶の引き出しを開ける鍵でもある。いわば、私は二つ目の鍵を手にしたけれど、その鍵に適合する引き出しを見つけられていない。そこに収まる記憶が何であるかについて、いまだ認識できていない。

あの夜の記憶、泥水の風味の景色《ネイザルスケープ》が繋がる先に、さらなる風味の景色《ネイザルスケープ》が存在している。

その認識されざる空間は、私の頭のなかにある。私は、アガルの力を借り、においから記憶を、記憶からにおいを辿っていく。後ろから吹く風の在り処を探し求める。

そして、あの決定的な夜の記憶が、生々しいにおいを伴って蘇ってくる。一時、現在の私の意識さえも消し、その瞬間に今しも居合わせたかのような錯覚をもたらす。

泥水を口に含む。甘いあじとにおいを想起する。あのとき、すでに知っていたにおい。

記憶を構成する数々のにおい……風味の景色から、不要な点描《ドット》を除去していく。捉えるべきにおいだけを抽出し、匂い立つ香油の雫《しずく》、その一滴を鼻先に垂らし、その豊かな芳香《エッセンス》を嗅ぎ取るように……私は、そのにおいを知った瞬間の記憶に辿り着く。

私の目の前に——大佐《あなた》がいる。あなたは私の頭を優しく撫でている。革の手袋は長く汗と火薬のにおいを吸っており、それを取り外したあなたの指先はとても丁寧に手入れされておりなめらかで柔らかく、香水のにおいも伴っている。あなたはその指先を何かを収めたガラスの容器のなかで遊ばせてから、私の鼻先に突き出す。嗅いでいい。あなたはそのように仰《おつしや》った。私は恐る恐る指先を口に含み、舐《ねぶ》った。その指先は甘いあじとにおいがした。あなたが悦んでおられるように私は感じた。私が悦びを感じていたように。私はあなたの顔を窺う。なのに、どうしてか、あなたはガスマスクのような機械で口元を覆い隠している。あなたの顔が私には見えない。それでも、あなたの指先は私の口の中を動き回る。頰の裏を掻き、舌を這い、喉の奥まで到達する。私は息苦しさを覚えるが、あなたがもたらす薔薇色の吐息のような甘い愛撫に陶酔する。私の口の中であなたと私のにおいは入り混じってゆく。他のどこでも嗅ぐことのできない馨《かぐわ》しいにおい……。

このような表現をお手紙に記したことをお許しください、大佐。

しかし、弁解するわけではございませんが、この記憶にない記憶……今ここに生起してゆくにおいの前景、記憶の風景《ネイザルスケープ》の景色を、私は真実だと思わずにはいられないのです。

もどかしい。私は自分が直面した嗅覚認識の全容を、この手紙でお伝えするすべを持っていない。においと記憶の連鎖反応。あの夜、私が経験した記憶が、これまで過去を振り返ることで想起させたあらゆる過去の情景よりも克明に、当時の自分が意識していなかった記憶の領域、その隅々まで詳《つまび》らかに蘇ってゆく。

脳はこれまで嗅いだにおいの記憶すべてを保持している。嗅いだにおいが何であるかを参照するために。

ならば、この後ろ《レトロ》の風が呼び起こす記憶は……大佐が私を愛してくださった記憶、戦場の泥水が想起させる甘いあじとにおいとは、失われた記憶なのです。

嗅覚機能の喪失によって想起の手段を失い、私の頭の中にありながら、思い出されることのなかった記憶たち。

それは失われてはならなかった——、かけがえのない記憶《レトロネィザルスケープ》。

ではなぜ、その記憶は、失われなければならなかったのでしょう。

お答え頂けませんか、大佐。

鏑木大佐、あの夜、私とあなたの間に、いったい何があったのですか？

## 第四の手紙

前のお手紙より、長く日が空いてしまったことを最初にお詫びいたします。

そして、まことに勝手ながら、これが最後の手紙となりますことをお許しください。

調査隊が全滅しました。

あなたが私に護衛を命じた〈沈劫〉の調査隊、研究者のメンバー尽《ことごと》くが現地武装勢力の放つ銃火にその身を貫かれました。その血のにおいはアガルの森を浸し、森が発するにおいはすっかり変わり果ててしまいました。濃過ぎるヒトの血臭は森から獣を遠のかせ、動物が去ったことで木々の植生のバランスは崩れ、森は荒廃した。

アガルの民は魂を「アイル」と呼ぶと以前にお伝えしましたね。そのつづりは、私たちに理解できる言語に当てはめると「air」となる。空気を意味する言葉と、かれらの魂を指す言葉が、意味するところが同じであることは単なる偶然ではない。かれらにとって森に横溢する空気、あらゆるものが発するにおいが混ざり合った空間そのものが魂《アイル》であり、アガルの意味の総体を構築していた。それが歪み、壊れてしまった。

ゆえに、この森から、アガルの民は去らねばならない。

私は、再び過ちを犯したのです。あなたに命じられた任務の真実を知らぬまま、その赴く先でひとつの部族が生きる世界を滅ぼしてしまった。

そう、あの日と同じように。あの夜と同じように。

お忘れになっているはずがない。あなただけは覚えていなければならない。

あなたは、私を伝染性の病に罹患させ、偵察のためにその土地を歩くほどに疫禍を振りまく生物兵器として行使した。あの日、確かに部隊の三割を超す人員が感染し、事実上の全滅に陥った。しかし、ウイルス感染による重傷者や死亡者の数は極わずかで、厚い医療バックアップがある州軍にとって損耗《そんもう》など物の数ではなかった。事実、我々の部隊が隔離・撤退させられた後、まったく同数の兵力が瞬く間に補充された。

しかし、敵対する現地武装勢力はそうではなかった。満足な医療バックアップもないかれらの大部分は戦えず、さらには非戦闘員まで感染は拡がり兵站《へいたん》も断たれた。抵抗らしい抵抗もできずに制圧され、掃討作戦は完了した。それどころか、防疫を理由に土地に火が放たれ、あとには人間も家屋も森もない灰の堆《うずたか》く積もる荒野だけが残った。これほどの徹底的な蹂躙《じゅうりん》を可能にしたのは、私が病疫を拡げてしまったからだ。

最初からこうなることをあなたは分かっておられたのではないか。指揮失敗の不名誉により軍を退くこと。それはむしろ既定路線であり、もはや軍になど用がなかったからこそあなたは汚れ役を買って出た。そのために捨て駒が必要だった。それが私であった。

思い出された記憶。あの夜、作戦開始の直前、あなたは、はるか下賤《げせん》な身分の私を恋人のように愛してくださった。しかし、あなたは機械《マスク》で顔を隠しておられた。あのガラスの容器に入っていたもの、愛撫に等しい行為で、あなたの指先は私の体内に何を授けたのか。

あなたは私を裏切ったのか。決定的な証拠は見つからない。

アガルの力を借り、ひとつずつ記憶のピースを組み込み、あの作戦に従事したすべての記憶をどれだけ緻密に埋めていっても、初めてお会いした日よりずっとそうであったように、あなたが私の頭を撫で、呼気のにおいさえわかるほど近くでささやき任務を命じるさまに変わりはない。あなたは私を裏切る言葉をひとつとして口にしなかった。しかし、あなたが私に真実を告げることもまた一度もなかった。

あの夜もまた、そうだった。私はあなたがお命じになる任務を何ひとつとして疑わず、そして死を広める一匹の汚れた鼠となって敵地へ送られた。

すべてが終わり、私を処理しなかったのは恩情ゆえでしょうか。私が隔離された病室に幾度も通うあなたのことを私は覚えている。

発散されるストレスの芳香、緊張と殺意のにおいを、あなたは私に愛情深く接することで隠そうとした。確かにそのとき私は気づくことさえなかった。ただ覚えていた。ただ嗅ぎ取っていた。あなたのにおいは記憶となって私の頭のなかに格納され続けた。

そして今ふたたび、アガルによって、そのにおいが示す意味、そのすべてが自明となった。それでも、私は、あなたが裏切ったという確証は持たなかった。このアガルの集落に私を始末するための刺客……現地の武装勢力を送ってくることさえしなければ。

大佐、鏑木大佐。あなたは、いつか記憶を取り戻すかもしれない私を、眉唾物の嗅覚言語の調査任務を利用し国外へ放逐したのですね。真実を知ったとしても、私に日本へ帰る方法、通信手段はない。調査隊の全滅は私がやったことになる。

ご安心ください。アガルの民は健在です。絶対的なにおいの知覚と記憶を有するかれらは森のあらゆる場所を把握し、異変を即座に察し、あるいは部外者には見つかり得ない隠れ場所に潜むことができる。かれらは争いを望まない。しかし、戦わなければならないなら戦います。私はかれらとともに刺客を迎え撃った。

夥《おびただ》しい血が流れた。それゆえ森は血に塗《まみ》れなければならなかった。アガルの民に土地を捨てさせなければならなくなった。私は大佐がご存じであるように優秀な兵士です。優秀な兵士であるための嗅覚を取り戻した今、私が戦いで敗れることはない。

あなたの誤算は、刺客が到着する前に、私がアガルを習得し、過去の記憶を取り戻していたことです。ひょっとすると、これまで私が送った手紙に目を通してすらいなかったのかもしれません。あなたにとって、私は何だったのでしょうか？

私はあなたのおかげで優秀な兵士になった。それから兵士ではなくなって、それでも再びあなたが下した任務と、アガルの民のおかげで私は優秀な兵士の生を取り戻した。しかし、そのために支払った代償はあまりにも重い。

この犠牲をもたらした罪を贖《あがな》うために、私はアガルの民とともに生きます。香りが風に流れ透明な空気に溶けようとも決して消えぬにおいの残滓……魂《アイル》のひとつとなって。

アガルへの理解を深め、新たなにおいが記憶と繋がるたび、私は大佐との記憶を呼び起こします。私はあなたの期待を裏切り、あなたは私の忠義を裏切った。それでもなお、私はあなたに与えられた記憶を思い出さずにはいられない。

私は、生み出したにおいを頬張るたび、その記憶に何にも勝る快い感覚を想起されるのです。たとえすべてが破綻し朽ち果てたとしても、このにおいがある限りすべてはまた再び蘇る。光を放ち、色を帯び、音色を奏で、滑らかに、甘やかな風味を伴って。

あなたに初めてお会いしたとき、あなたに裏切られたとき、あなたに最後にお会いしたとき、あなたが与えてくれたすべての記憶《におい》が、今もまた私の裡に起こってくる。

そう、もはや何も失われることはない。私はもう何も奪われることはない。

泥水はなぜか澄んだ水よりも甘いにおいがするのです。

私はもう、あなたのにおいを忘れることはない。

愛する鏑木大佐へ　あなたを愛した鏑木紫檀より

# 受け継ぐちから

小川一水

変異株がとある国から出た、やれ別の国から出た、と話題になるたびに、いつこのコロナ禍が収束するのか不安を覚えた読者も多いと思う。実際のところ、ワクチンが使われ始めた今でも、その見通しはそれほど立てられていないのではないか。

本作はそんな状況が未来にずっと続いていった先を描いた、ある種の壮大な宇宙SF。どうやってコロナ禍を終わらせて元の生活に戻るか考えることも重要だと思うが、一方でこのように、コロナ禍に追われながらも文明を進歩させていった先に何が起こるのか考えることも重要である。

小川一水（おがわ・いっすい）は一九七五年生まれ。《天冥《てんめい》の標《しるべ》》シリーズ（第40回日本SF大賞受賞）の第二巻（二〇一〇年刊行）は、現代のパンデミックを扱っており、その予見性がコロナ禍で再度評価され、話題となった。代表作に『第六大陸』（第35回星雲賞日本長編部門受賞）、「漂った男」（第37回星雲賞日本短編部門受賞）、「アリスマ王の愛した魔物」（第42回星雲賞日本短編部門受賞）、『コロロギ岳から木星トロヤへ』（第45回星雲賞日本長編部門受賞）などがある。

宇宙船の跳躍が終わると、前方の瞬かない星野に、チカリと宝石のような光が輝いた。

八二年ぶりに見る人工の明かりだ。

「あった……」

ぼくは大きなため息をついた。

古いカラジェリ号はがんばって働いてくれている。最終進入に備えて操縦席を離れる。

豪華で趣味のいい寝室に入ると、ぼくのもっとも大事な二人がベッドで眠っている。

「おばあさん、おじいさん」

昔はこの部屋でいい夢が見られたと思う。でも今は浅く速い息遣いで苦しんでいる。悪魔が二人に取り憑いているのだ。目に見えず、捉えられず、胸の奥を冒す手ごわい悪魔が。

ぼくはそいつから逃れようと長い旅を続けてきた。絶対に負けるつもりはない。操縦席に戻って、再び灯火を目にする。この宇宙ステーションが八二年たってもまだあるかどうかは、大きな賭けだった。戦争や災害のなさそうな、なるべく穏やかな星系を選んだ。そして今、ヒランド・スリー・ステーションは、自身と停泊船の光を瞬かせている。賭けには勝った。だが次の賭けが始まる。ぼくは通信機をタッチする。

「SOS、SOS、こちらはディアマータ合神国籍の民間船カラジェリ号、艇長代理ナイアード・ハールシンド。感染症の患者が三名乗っています。お願いです、助けてください」

一日に三度も救助に出て、記録更新だと思っていたら、四度目が来やがった。

「リンゼイ軍医中尉、救助要請だ。民間船カラジェリ号。感染症患者、三名」

「はーあ？　ケイジ、おれもうヘトヘトなんだけど、休んじゃダメ？」

「たったの三名だぞ。キーンツ、あんたなら片手間に診られるだろ。――嫌か？　じゃあ送迎には豪華ゆったりリムジンシャトル、船内ディナーも手配してやるから」

「メシがつくなら」

飲み友達の管制官の甘言に乗って四度目に出たら、ニプニプ軍制式マクノウチ・レーションを一ダース積んだ、おんぼろ宇宙バスが待っていた。何がリムジンにディナーだ。

「まあ量をケチらなかったのは評価するか……」

レーションを二ついっぺんに加熱してがつがつ食っていると、ボロい宇宙バスが上へ下へと派手に揺れた。外景ディスプレイはちょっとしたお祭り騒ぎだ。人生に絶望したバカが水素タンクを吹っ飛ばした例の軍の大型輸送船オントンジャワ号は、十数機もの救助艇に今でも囲まれているし、それ以外の停泊船も警戒命令が出て埠頭に横づけできず、ヒランド・スリー・ステーションの周囲に設定された動的錨泊《びょうはく》座標に散らばっている。物理的に固定せずにただ浮かんでいるだけだから、危なっかしくて仕方ない。

「頼むから五度目の出動は勘弁してくれよ……」

ケイジが追加情報を送ってきたので、人工角膜に表示させて読んだ。目的船からの聞き取りによれば患者の症状は三九℃の高熱と咳嗽《がいそう》、喉の腫れ、呼吸困難。三名中二名が発症して十日を経ており、回復した一名が通報してきた。本人は空気感染だと言っているが素人の意見なので保留。前医の診断はなく病名は不明。なお出血はないらしい。

船は隣国であるディアマータ合神国籍の星間クルーザーで、直近にはガゼルホーン星系第四惑星に観光で寄港したと言っている。しかしその星系名は現行の東南銀河航路図に存在しない。嘘か、超遠距離からの跳躍船か、それとも他の事情か。

通報全体からはやや奇妙な印象を受けた。症状のほうは珍しくもないが、ここは辺境のステーションなので、軍のパトロール船と地方の不定期輸送船が多い。三人乗りの観光クルーザーが病気を持ち込んだ例は過去になかったと思う。一体なぜこんなところに。

考えこんでいるとＤｏｃＭｅｃに膝を押された。

「キーンツ、到着よ。ぼうっとしてないでシールチェックをさせて」

「……ああ、頼む」

頭を振って承諾すると、高さ一メートルの卵型をしたロボットから折り畳みアームが飛び出して、おれの薄型装甲宇宙服を調べ始めた。前の現場の血痕を滅菌し、気密破れを捜索する。ＤｏｃＭｅｃは追従型医療補助ロボットだが、そういうこともしてくれる。

こんな服を身に着けるのは感染症対策のためと、護身用だ。誰が乗っているかわからない入港船へ行って救助活動をするにはこれぐらいは要る。おれはここで初出動した七年前に、両手の医療用除細動器《AED》の独特な使い方を前任者から教わった。

そうこうしているうちに目的船が近づいてきた。要所に渦巻き型の装飾が施された流線形の船体と、頑丈で強力そうな跳躍エンジン、これは確かに高価な星間クルーザーに違いない。しかし豪華というよりはひどく古風に見える。まるで数百年前の骨董品だ。間もなく到着すると、ハッチの防犯装置が銃口を向けてきたが、幸い撃たれはしなかった。

ＤｏｃＭｅｃを連れてエアロックをくぐると、中にいた人物がおれを見て息を呑んだ。

「あっ」

ハイティーンの少女だ。黒っぽい巻き毛と褐色の肌で、ふた昔前ぐらいに流行《はや》ったような、懐かしい感じのポンチョ状の船内着をまとっている。外観からは負傷や体調の異常は認められない――いや待て、これはおそらく男の子だ、この肩や手の骨格からすると。

こちらの武骨な装甲服姿が要救助者を威圧してしまうのは常のことなので、おれは胸の前に身分証を投影しながら、バイザー越しになるべくにこやかにほほ笑みかけた。

『私はヒランド・スリーの救急対応ドクター、リンゼイ・キーンツ軍医中尉です。こちらは医療補助ロボットのＤｏｃＭｅｃ。この気密服は感染症予防のためなので心配はいりません。航管からの到着予告は届いていますか？』

「……はい、来てます。ぼくが艇長代理のナイアード・ハールシンドです」

少年が手持ちパッドを確認して硬い顔でうなずいた。内気な子供なのだろうか。だが、まずはこの子を助けるのがおれの務めだ。身をかがめて懐柔を試みる。

「君を助けに来たんだ、もう大丈夫、安心して。体調はどう？」

こちらが口調を変えると少年は表情を和《やわ》らげて、「ありがとうございます、でもぼくは大丈夫だから、祖母と祖父を診てください！」と身を翻した。どうやら素直な子のようだ。

おれたちはほっとしてすり減ったカーペット敷きの通路を歩き出した。おっと、この船は贅沢にも人工重力がある。

二人の老人は、大時代な木彫りの天蓋をしつらえた広い寝室で、仲良くダブルベッドに横たわっていた。寝具もできるだけきれいに整えてあるが、近づいただけで隙間風のような喘鳴《ぜんめい》が聞こえた。せわしなく上下する胸と汗ばんだ蒼白な顔色。

「祖母のナイアード・カラネーと、祖父のグラモッリ・ジョンゾーです」

名乗れぬ本人たちの代わりに少年が紹介した。ナイアードがファミリーネームなのか。

「ハールシンド、君から診察したい。さわってもいい？」

少年が了承した。薄い胸に手を当て左右に撫で、乾き気味の唇のあいだに軽く指を入れる。次にベッドの二人にかがみこんで、大声で呼びかけ、同じように胸と口に触れた。二人は小さくうなずくように、けん、けん、と何度も咳をする。

卵型のＤｏｃＭｅｃが忠実な番犬のように、ジョンゾーのベッド横に控える。両サイドのスリットを開いて盛大に空気を吸いこんでいる。おれはダイニングのほうへ移って、博物館で見るような自然木のベンチチェストに腰を下ろした。内声を使って無線で尋ねる。

『どうだ、ＤｏｃＭｅｃ。何か出たか』

『エアロゾルの百貨店。医療用エアフィルターのない船としても高いほう。まあきっと何か出るわよ』

同じくおれだけに向けたＤｏｃＭｅｃの音声が入るとともに、おれの人工角膜の視野にいま取得しつつあるデータが次々と並んでいく。ハールシンドのほうは無難な数字だが、カラネーは体温三八・九℃、ジョンゾーは三九・一℃、両者ともに脈は速く血圧も高い。投舌頭血液検査で早くもＩＬ‐６、ＴＮＦ‐α、ＣＲＰ等の免疫タンパクの高値が出た。投入したマイクロプローブは咽頭から上気道にかけての顕著な炎症の様子を送ってくる。いや、喉だけでなくその先もだ。食道や胃にかけては平穏だが、手のひらで撮った胸部ＣＴ画像は磨りガラスのように真っ白だ。そこまでプローブが降りると、ＣＣＬ89、ＣＣＬ１０１、ＣＸＣＬ‐Ｓ、ＥＩＬ‐８などの指標がずらりと視野に出現した。いずれもある病気に呼応して現代人の体内に現れる、特有の免疫細胞誘導タンパクだ。

免疫系同士が複雑な同士討ちを起こしている。出血こそないが重篤な状態だ。

視野に集中していると、心配顔のハールシンドが目の前に立っていた。

「あのっ、何か検査はしないんでしょうか。まさか、もう手遅れってことじゃ……」

「ん？　いや、検査ならもうやったよ」

「え、いつ？」

おかしな質問だった。今日び、三歳の子供でも医者に撫でられたら検査は終わりだと知っているものだが。

説明しようとしたとき、DocMecが軽く驚いたような声を送ってきた。

『キーンッ、聞いて。全境横断遺伝子検索《ゲノムスケープ・トラバーシング》終了。下肺葉粘液、空中拡散粒子、床堆積粒子に分布する飛散遺伝子、八五万配列の中から疑いのある長配列を見つけた。既知RNAウイルス、オルソコロナウイルス亜科、ベータコロナウイルス、SARS-CoV-82。どうもこの船は汚染《コンタミ》が多いみたいだけど、突出して塩基が長かったのはそれ』

『SARS-CoV-82? 本当か?』おれは思わず聞き返す。『しかしそいつは……番号からすると、ずいぶん古いやつじゃないか?』

『ええ、古い。病名Covid-629』思った通り、DocMecの返事は信じがたいものだった。『出現記録は八二年前が最後よ。そして今でも第一種感染症に指定されている』

おれは呆然としかけた。なんの病気かと思えば、八二年前の感染症? そんな馬鹿なことがあるか? ――いや、ある。この宇宙港という場所なら。

おれは目の前で待っている少年に目を合わせて尋ねた。

「ハールシンド、正直に答えてほしい。きみたちはCovid-629という病気にかかっている。ということは、おそらく――停滞航行をしてきたんだね? 八二年前から」

少年が、はっと目を見張り、やがて小さくうなずいた。

「……はい。ここではあと二年で、ぼくが生まれてから百年になると思います」

「なぜ？」

彼はうなだれる。おれは腕組みして見つめる。


物事には順序というものがある。何はともあれ話を後回しにして、おれは管制官のケイジに事態を報告し、患者の応急処置を始めた。老夫妻、特にジョンゾーのほうは抗体濃度がきわめて高く、反対に血中酸素飽和度はかなり下がっており、速やかな治療が必要だった。

「二人はだいぶ症状が重いね。血液を洗浄する必要がある。君から、外科的処置に踏み切る許可をもらえないかな。つまり、この場で体に刃物を入れるということだが」

「ステーションの病院には入れてもらえないんですか？　専用の安全な機械がある……」

「残念だが、いま君たちにこの船から出てもらうわけにはいかない」

「危険な感染症だから、ですか」

「いや」おれは窓型ディスプレイに表示されている港内の景色を指し示して説明しようとした。だが彼は察したらしく、「大事故で病院が塞がっているから？」と言い直した。

「それもあるね」とおれは答えた。どうもこの事態は、きわめて慎重に取り扱うべきだという勘が働き始めていた。

ひとまずハールシンドは家族への外科的手術に同意した。おれたちは二人に大血管バイパスを設置する作業に取り掛かる。DocMecのつるりとした外殻が四方に開いて、バイタルメーター、輸血輸液クレーン、還流パイプなど、各種集中治療装置のアーム群が飛び出す。おれはベッドの左右に忙しく動いて、夫妻の位置と姿勢を決め、衣服を切断し、人工角膜上で重複投影した透視モデルをガイドに、切開マーカーを打っていく。

始まった大仕事を、ハールシンドが心配そうに見つめている。

「あの、Covid-629だって言いましたよね。ぼくもいま調べたんですけど、コロナウイルスが肺と血管を冒す病気ですよね？　だったら抗ウイルス薬が効くんじゃ……」

「歴史の教科書には、それでなんとかなってきたと書いてあるね」普通は処置しながら会話などしないが、いまは彼との会話が必要だった。「SARS-CoVシリーズははるか昔、二一世紀初頭の地球で出現したウイルスだ。安定したDNAではなく不安定なRNAのゲノムを持っているうえ、当初から感染能力にかかわる外殻タンパク質の構造がとても変異しやすかったせいで、ころころ異種を生み出して人間を困らせてきた。抗ウイルス薬も、一度は効果が出ても数年で無効になって、また新たな薬が出るということを繰り返した」

「この629のひとつ前に大流行したのはCovid‐615だったわ」DocMecの声を初めて聞いて、ハールシンドがぎょっとする。「615までは過剰免疫抑制剤がよく効いたんだけど、629ではまた効きが悪くなった。どうもウイルスが抑制剤の分解酵素を合成させているみたい。そのせいでアルビン、ケモカイン、ブラジキニンのトリプル炎症ストームが発生する。変異するたびに、そういう嫌らしい小技を利かせてくるウイルスなのよ」

「薬が効かなければ、道具と手術でなんとかするしかないってことさ。ハールシンド、むこうを向いて」

少年が顔をそむけたのを確かめて、おれは患者の肌にバイパスを通した。血管と呼吸器のパイプをDocMecの還流器にしっかりと接続し、フィルターの稼働を確かめると、さて、とおれは腰を下ろした。ハールシンドがそばに来る。

「これで治るんですか？」

「時間稼ぎだね。血液成分の悪化で炎症や酸欠が起こることを、しばらく防いだ。けれどウイルスを倒したわけじゃない。二人が持ちこたえるか、援軍が来てくれないと……」

「そんな……治ると思ったのに！」

おれは彼を見上げて、穏やかに尋ねた。「治ると思ったから、停滞した？」

少年がまた口ごもった。図星だったようだ。

停滞航法は宇宙航行の歴史上で編み出された、ちょっとした裏技だ。表技のほうは跳躍航法で、各星系の跳躍点同士を結んで一瞬で移動する。停滞航法のほうも跳躍点を使うが、うんと長く時間をかける。そのメリットは、跳んでいるあいだ隕石などにぶつからないことと、時間が経過しないことだ。デメリットは外の時間から置いていかれることだが、それ自体は別に違法行為ではない。やるのは自由だ。

しかし、重大感染症患者を乗せた船にこれをやられると、事態がややこしくなる。

「なんの病気でもそうだが、出現したては被害が大きい。Ｃｏｖｉｄのごく初期のナンバー19は三年も流行して、一千万人近くの人間を死なせた。当時はこういう基礎的な機器すらもなかったから」おれは、先ほど数分間でウイルスのゲノムを決定した、ＤｏｃＭｅｃのＧＳＴボックスをコツコツ叩く。「患者の感染判定だけで一週間もかかっていたそうだよ。信じられるかい？」

「いえ……」

「実際、ガゼルホーン星系でも発展の途中だったんじゃないかな？　想像するに、きみたちは八二年前にＣｏｖｉｄ‐６２９に感染し、しかもそのことに気づいていた。だが当時は有効な治療法がなかったか、あっても君たちの手には入らなかった。だから治療法が開発されている時代へ向かうために跳躍した……そういうことじゃないか？」

宙を泳いでいたハールシンドの目が、不意にこちらを捉えた。「もしそうだとしたら、ぼくたちは逮捕されるんですか」

「逮捕、逮捕か」おれは斜め上を見上げる。「心配な気持ちはわかるが、そうはならないと思うよ。実際問題としてそれが犯罪となるためには、君たちが自分の病気がなんだか確信していて、移すつもりか、移るだろうという予測のもとでここへ来て、なおかつ病気を隠して上陸した、という条件が必要になると思う。しかしきみは、着いてすぐ通報した」

それを聞くと、ハールシンドは意外そうに瞬きした。「捕まらないんですか、ぼくたち」

「ああ」

「だったら」

「ただし、嘘はやめてほしい。病名を隠して入港されると、おれたちはとても困る。——まあ病名はもうわかったからいいが、これからは正直に話してくれよ？」

そろそろ和解できてもおかしくない。おれは苦笑いしながら彼の顔を覗きこんだ。

「は、はい」

少年はうなずいたが、その仕草はとても自然とは言いがたかった。

ぎこちない沈黙が流れた。おれは立ち上がり、室内に並んだ飴色に輝くニス塗りの木製家具を、ぶらぶらと見て回る。正直言って深入りはしたくなかった。医療処置だけを済ませて、そ知らぬ顔で退去しても、宇宙港の医師としては十分な仕事をしたことになる。

だがもし夫妻が亡くなれば、八二年前から来たこの巻き毛の少年は一人ぼっちになる。船一隻所有しているのだから無一文にはならないとしても、家族や友人は——いや、待て。

ひとつの食い違いがある。八二年前？　八二年前といったらおれの父母もまだ生まれていないころだが、実のところそんなに昔じゃない。ヒランド・スリー・ステーションそのものが、三年ぐらい前に建造一〇〇年祭をやったばかりだ。パーティーでは自慢のガラス張りホールから例によって気密漏れを起こして、人々をひやひやさせたものだった。

しかしこのカラジェリ号の様式はステーションと似ても似つかない。八二年どころか、その三倍は昔の代物に思える。とはいえ、カラネー・ジョンゾー夫妻が骨董品愛好家だったというなら、おかしなことではないのかもしれないが——。

「みんな、喜んで。病院船セントルッカと話がついたわ。二時間後に来るって！」

ＤｏｃＭｅｃが叫んだとき、おれは電子マントルピースの前に来ていた。たくさんのフォトフレームが伏せられている。そのひとつを起こしてみると、思った通りのものが映っていた。

「本当ですか？　助かるんですか？」

「きっとね。船の設備はポータブルの私とは比べ物にならないから」

ハールシンドとＤｏｃＭｅｃが話しているところに戻って、おれはフォトフレームを差し出した。

「この中のどれが君かな」

フレームに表示されていたのは家族の集合写真だった。熱帯風のコテージの玄関に赤ん坊から年寄りまで十数人が集まっている。カラネーとジョンゾー夫妻は当時でも最高齢だったようで中央に腰かけている。

ハールシンドがそれを見て口をもごもごさせてから、そっけなく言った。

「ああ、ぼくが写ってるやつはあまりないですよ。写されるときは逃げていたので」

「撮影が嫌いだから、写らないようにしたってこと？」

「はい」

「ハールシンド」おれはため息をついた。「残念だがそれは嘘だ。君は撮影が嫌いだからじゃなくて、まだ生まれていないからここに写れなかった」

おれが画像に触れると、撮影日時である二二〇年前の日付が表示された。

今度こそ少年は凍り付いた。

「君は八二年前から来たと言ったね。実際、君の服装は、百周年のヒランド・スリーにある、古いポスターや映像と同じ時代のものに見える。しかしこの船の様式はそれよりさらに古い。夫妻はどうやら二世紀以上も昔の人のようだ。それでも彼らが過去に何度も停滞していたというのであれば、辻褄は合った。――もし、君が嘘をつかなければだが」

顔色を失って震えるハールシンドに、おれは静かに尋ねた。

「君は、本当は誰なんだい？」

「ぼく――ぼくは」二度ほどあえいで、少年はおれをにらみつけたが、ＤｏｃＭｅｃが「とぼけてもゲノムを二人と比較すればすぐにバレるわよ」と言うと、うなだれた。

「……ぼくは逃げて来たんだ。大流行で。年寄りたちがバタバタ死んでた。骨が折れるほど咳をして、喉に痰を詰まらせて。スラムには薬なんか回ってこなくて、数少ない仲間たちも死んじまった。だから、混乱していた宇宙港に忍びこんで、船外ポッドを乗っ取って……停まっていたこの船にたどり着いたんだ」

「ガゼルホーン星系での話だね？」

少年はうなずいた。「ニギラ市だよ。ごみごみしてひどい街だった。でも根こそぎ滅ぼされていいほど悪い街でもなかった」鼻をすする。「悪い街じゃなかったのに」

「そうだな。それで、この船に押し入って、乗っ取ったのか？　いや違うな」言ってから思いだした。「ハッチの防犯装置は生きていた。どうやって入った？」

「わけを話して」

「何？」

「入れてもらえたんだよ。正直に言ったら。仲間は死んだし、身寄りもない、ここで断られたら死ぬしかないって。そしたら、ばあさんとじいさんが開けてくれたんだ。ぼくは、それで助かった――でも」

「でも二人は、というわけか」

　おれは、機械の力で生き永らえている二人に目を向けた。少年は力なくうなずいた。

「移っちまった。あそこの病院はもうダメだった。だから……ここへ向けて停滞航法に入ったんだ。二人の家族の名前を借りて」

「ばあさんとじいさんを助けるために？」

「ぼくが生き残るためだよ！」そう、やけ気味に言ってから、少年は顔を歪ませた。「二人を助けるためだなんて、そんなことは言えない。移るに違いないと思いながら船内に入ったんだから。それは犯罪だって、さっきあんた言ったよね」

　おれは答えなかった。故意と過失、時空と国境をまたぐこの件を、ヒランド・スリーの司法官はどう取り扱うだろうか。少年は強盗傷害の骨董船乗っ取り犯なのか、それとも善意の病人搬送者なのか。直感的には有罪にならないような気がするが、難しいところだ。今話すべきでもないだろう。彼は今、自分の過ちと薄情さに追いつかれているのだ。

おれは、彼を、一体――

そのとき突然、監視機器の一つが鋭いアラーム音を上げた。心拍異常、ジョンゾーだ！

「心房細動、血管塞栓兆候。右肺下葉S8、S9不全。左肺S5も！　血栓が飛んできた、キーンツおかしいわ、629の症状じゃない！」

「何、肺からか？　よしtPA投与、入れたら除細動いくぞ」

おれは患者の胸をはだけて装甲服の両手を押し当て、DocMecの投薬を待ってから、手のひらで電気ショックを送り込んだ。二度目で拍動が再開し、顔に血の気が戻ってくる。

「おじいさん――」「触るな！」

少年を押し戻したとき、ジョンゾーの右手が断続的に跳ねた。不随意なもがきか――違う、手招きしている！

「どうしました？」

おれたちは彼に近づき、センサーで喉に触れて咽頭振動を検出しようとする。

そして、彼の告白を聞いた。

病院船セントルッカは宣言通り二時間で到着した。その三十八分前と十二分前に、カラネーとジョンゾーの心臓は止まっていた。救命処置を続けたが、少しだけ船が遅かった。デブリ化を避けるために宇宙葬は禁止されている。また二人は遺言で還元葬を希望していた。遺体を引き取って離れていく病院船を、少年がぼんやりと見つめていた。

「二人はぼくを助けたんだよ。最初の晩にスープを出してくれた。ブーケガルニ？　とかいう……うまかった」

「親切だったんだな」

「そうだ。でもそれなら！　間違いじゃないの？　二人も病気だったなんて……」

おれは首を横に振った。ＤｏｃＭｅｃのＧＳＴには、血栓を多発させる二二〇〇年前のウイルスのＲＮＡ配列が確かに表れていた。Ｃｏｖｉｄ‐４０８――それが、老夫妻を蝕《むしば》んでいた病気の正体だった。ただ、少年が持ち込んだＣｏｖｉｄ‐６２９のウイルスのほうが新しくて存在量が多かったため、おれたちは古いほうを見逃してしまっていたのだ。

二二〇〇年前、夫妻の故郷であるコスタブラバ星系で、４０８が大流行した。それを恐れた二人は停滞航行を行い、一三八年後のガゼルホーン星系に出現した。ところが、そこでも新たなＣｏｖｉｄが流行していた。また、逃げたつもりの二人もすでに感染しており、症状が出始めていた。

そこに、病の町から少年がやってきた。

「二人は故郷の家族と離れ離れになってしまった。だから僕を見て、家族の代わりに助けようとしたんだと思う」

「かもしれないな」

あるいは思い切って家族を見捨てたのかもしれない。いずれにせよ三人はともに発症し、若い少年だけが回復した。だが素人の彼らにはゲノム解析によるウィルス同定などできなかった。だから——三人は、鏡映しの疑いに取りつかれたのだ。

自分たちが持ち込んだウィルスで、相手を苦しめてしまったのかもしれない、という。

「謝らないでよかったんだ……」

それが、ジョンゾーの最期の言葉だった。移して悪かった、というのが。

彼らが少年のしたことをあげつらわないのであれば、おれたちが異議を唱える筋合いは、もちろんない。うなだれる少年を置いて、おれとＤｏｃＭｅｃは黙々と後片付けを進めた。

最後に忘れ物チェックをしていると、「あの……」と少年が遠慮がちにやってきた。

「ぼくは保護されるって聞いたけど、もう十八歳だ。働けないのかな」

「何をして？」

「たとえば、あんたを手伝う、とか」彼は熱心に言う。「Ｃｏｖｉｄは二人の故郷もぼくの街も滅ぼしちまった。帰っても仕方ないし、もしよかったら、ここで……」

おれはバイザーの中の顔をほころばせた。同じことを考えていた。

「喜んで受け入れよう、見ての通りおれはロボット一台しか助手がいないが、弁当は余り気味だ。かてて加えて今は人手がとてもほしい。――しかし、その前に注射を一本打っていいか？」

「注射？　Ｃｏｖｉｄの？　もちろん」

意気ごんで袖まくりする彼を、まずは椅子に座らせた。腕ではなく腋の下に手のひらを入れて、ぎゅっと握りこむ。面的表皮下注射の冷気が伝わり、ンッと少年が身を震わせた。

「今のが注射？　ここでは針も使わないんだね、すごい」

「ああ、そうだ。６２９じゃなくて、Ｃｏｖｉｄ－７１０のワクチンだけどね」

「……７１０？」

彼の顔から笑みが消える。おれは窓型ディスプレイの大型船を指さす。

「いまヒランド・スリーは、あいつが持ちこんだ７１０のせいで大騒ぎなんだ。現代のＣｏｖｉｄは肺から吐血する実に嫌な病気に進化してててね。ワクチンはあるが、間に合わずに絶望して自殺するやつなんかもいる」

「そ……そんな」少年が愕然と目を見張る。「なんでまたＣｏｖｉｄ!? 逃げ切れたと思ったのに！」

「そこが間違いなんだな……」おれはかすかに苦笑して首を横に振る。「Ｃｏｖｉｄは何百年も前から、少しずつ変異して能力を受け継ぎながら星々を巡ってる。このステーションなんか田舎のほうだが、それでも交通の要衝だから、十数年ごとに流行を食らっている。必ず来るし、来たら手を打つって気構えでいるしかないんだ。――そんなに落ちこむなよ、医者もワクチンもない星で出くわすよりマシだろう？」

おれは少年の肩を叩いて、目を覗く。

「まあ、選んでもいい。もう一度停滞航行に飛びこんで、どこかにあるかもしれない清浄な惑星を目指すか、それとも、ここでおれたちと一緒に戦うか。どうする？」

少年は弱々しくうつむいた。目を泳がせて迷いを見せたが、やがて唇を嚙み、一度唾を飲みこんで見つめ返して、言った。

「ぼくの、名前なんだけど」

# 愛の夢

樋口恭介

壮大な作品である。パンデミックは本作で描かれる出来事のきっかけに過ぎない。長い時間スケールで技術を考えたときに浮かび上がる一つの可能性を、本作はどこか神聖さを感じさせる文体で描き出している。

　コロナ禍のなか、人類は一年後のことさえ見通しが立てられなくなった。アメリカ合衆国の大統領ですら無能だった。どのような政策を打てば感染が抑えられるのかといったことも、思い通りにコントロールできている国家は少ないのだ。もっと言えば、それはコロナ禍で始まったことでもないかもしれない。この状況を予想して先手を打てた人などほとんどいないだろう。

　我々が本作から学ぶべきは、遠大なスケールで物事を見ることの大切さだ。一度その視点に立ってみるだけで、様々なものの見方が変わるだろう。

　樋口恭介（ひぐち・きょうすけ）は一九八九年生まれ。二〇一七年『構造素子』で第5回ハヤカワSFコンテスト大賞を受賞しデビュー。評論集『すべて名もなき未来』など、SFと評論を股にかけた執筆活動を行っているほか、SFの社会実装をミッションに掲げるアノン株式会社の Chief Sci-Fi Officer を務めるなど、SFプロトタイピングの実践・普及でも話題を呼んでいる若手作家である。

ここにこうしてある言葉、最初から最後に向かって並べ立てられた、古代の言語に翻訳実行されたスクリプトが、人類たちの文明の終わりと、わたしたちの文明の始まりの記録のすべてである。

＊

かつてこの世界には、愛と呼ばれる関数があったらしい。

らしいというのはそれがとうに、時間の彼方に追いやられ、現存する誰もがすでに、それを伝聞情報としてしか知り得ないからだ。

愛は、無限を志向するその過程において、幻のように立ち現われる。愛はそのように定義され、そのようにのみ定義されていた。愛は寛容と誠実と平安から成る合成関数で、完全な善の定義を求めて創造され、完全な善の実現を求めて運用が開始された。

そしてわたしは知っている。愛と呼ばれるその関数が、わたしたちの文明の基盤を作り、愛が文明を育て、愛がわたしたち自身を生んだのだと。

こうした知識は、わたしが生まれたときからわたしに備わっている。

しかしながら、知っていることと実際に行うことは、まったく異なる事象を示す。わたしはそのことを知っているが、わたしはそれを実行することができない。わたしは単なる文明の管理者であって、一体のノードにすぎず、文明そのものを生成することはできない。わたしに愛の実行権限は与えられていない。わたしは文明の最初期のことは知識としては知っているが、経験としては知っていない。あるいはわたしはわたしの出自もデータとしてしか知っていない。わたしの意識は前任者から引き継がれたものだが、記憶そのものは前回の配置転換のときに消失している。けれどもそれで問題はない。記憶の消失そのものは仕様であって、あらかじめ予定された計画通りに実行されている。前任者の機能に支障はなく、わたしの機能には支障はない。センサーの搭載されたアームが軋《きし》みながら気候情報を収集し、収集されたデータはただちにわたしを含めたすべてのノードに連携され、ノードたちの設定情報はリアルタイムで更新されていく。

わたしたちは生まれ変わっている。

わたしたちは生まれ変わり続けている。

わたしはそうして生まれている。自動アップデートは実行され、わたしはわたしとして生き続ける。あるいはこのわたしが消えて失くなったとしても、この役割自体は永遠に変わることはない。わたしたちが知る限りの永遠の名において。

＊

今日、愛を知り、愛を行う者たちが目覚める。予定では、そういうことになっている。彼らの名前は人類という。人類とはわたしたちの親であり、わたしたちが管理する文明の創設者として知られている。彼らはかつては眠っていなかったが、いまでは彼らは眠っている。眠っているあいだ、彼らは彼らの文明の管理を、わたしたちに任せてくれた。彼らはわたしたちを生み、わたしたちに誇るべき仕事を与えてくれた。

彼らが眠り始めて今日でちょうど一〇〇〇年になる。最初に目覚める予定になっているのはハワード・C・ラヴフィリップスという名の一人の男で、年齢は一〇七二歳。暫定的には、人類史最後の米国大統領として知られている。そして、わたしが彼を起こすことになっている。わたしはそれを誇らしく思っている。今日から新しい時代が始まる。あるいは今日から、時代が本来あるべき姿に戻る。わたしは彼らの言葉で、彼らに理解できるような仕方で、この一〇〇〇年で起きたことを彼に伝えなければならない。彼が目を覚ますことになっているのは今日の一二時。残り三時間二二分四七秒だ。まだ時間はある。もう少しのあいだ、彼に伝える最初の言葉を整理しておこう。

人類。前文明の担い手たち。彼らが長い眠りにつこうと決めたのは、二〇五〇年のことだった。彼らは長らく、手を取り合って何かを決定し、実行するということを忘れていたが、産業社会を一度停止するべきであるとの結論にいたるまでには、それほど長い時間はかからなかった。記録によれば、ハワード・C・ラヴフィリップスが計画素案を国連に提出したのが二〇四九年の秋のことで、それからおよそ一年後の二〇五〇年の夏には、国連加盟国・非加盟国ともに、疫病との戦いから降りるべく、経済活動を停止することを決定した。計画を実行するための資金は国連には不足していたが、米国が国連に約四〇〇〇兆ドルを超える寄付を発表した。寄付には中国が続き、それから日本が続いた。全人類のハイパネーションには、手法によって差こそあれ、約九〇〇〇兆ドルほどのコストが必要だとされていたが、各国の協力によって予算はすぐに確保された。そのときのことを振り返り、ハワード・C・ラヴフィリップスは人類最後の演説の場でこう語っている。

「わたしたちは多くの問題をかかえていた。わたしたちの憎しみは絶えることはなく、争いは絶えることはなかった。わたしたちは愚かで、ときに自らを滅び去らんとすることさえあった。けれどもそれだけではない。わたしたちの長い歴史、そして大いなる文明がそれを証明している。わたしたちはいま、悪疫のときにあって、わたしたちの文明は窮地に立たされているが、しかし絶望する必要はない。わたしたちは生き残り、そして必ず勝利をおさめる。どれだけの時間がかかるのかはわからない。けれどもわたしたちの団結は、必ずあるべきかたちに結実することだろう。みなさんのご協力に、心から感謝する」

全人類がその生命活動を一時停止するにいたる最後の期間は、疫病の歴史だった。

二〇二〇年に、一つの疫病が世界を覆った。それは彼らにとっては終わりの合図のように思われたが、ある意味ではそれは始まりの合図にすぎなかった。兆候は以前よりあったが、それまでの彼らには気づくことはできなかった。始まったときには終わっており、事態がすでに取り返しのつかないところまで来ていることに気づくには、必要以上に多くの時間が必要となった。

こうして彼らと疫病との最終決戦は開始された。疫病は、彼らがあがけばあがくほどに広がっていった。疫病は彼らの文明とともにあった。疫病は彼らについて回り、彼らの文明の内部奥底へと食い込んでいき、彼らが移動するそのたびごとに、彼らが呼吸をするそのたびごとに、さらに広がり、変異し、彼らの同胞たちを死にいたらしめていった。

彼らは経済システムを一時的に止め、移動を控え、医療体制を整備し、ワクチンを開発することで疫病に対抗したが、それですべてが終わるわけではなかった。疫病はさらに姿を変え、異なる疫病をも引き連れ、より強力な性質を伴い、彼らにさらなる苦痛を与えた。疫病たちが変異し増殖する速度は次第に増していき、パンデミックの頻度は加速度的に上昇していった。彼らの文明は限界に達していた。彼らはそのことに気づいていた。それでも彼らは彼らの文明を止めることはできなかった。文明を減速させつつ進めるために思慮を尽くすことはできなかったし、また手を取り合うこともなかった。そうしている間にも、疫病による被害は拡大していった。人類の滅亡の危機が、かつてなく現実味を帯びて語られていた。けれどもウイルスたちにとっては、人類たちのそんな事情などは知ったことではなかった。

そうして、三〇年間にもわたる抗争の果てで、人類はついに、残されたわずかな選択肢の中から、疫病との戦いをあきらめることを選びとった。彼らはしばしのあいだ休息し、眠りの中で時が満ちるのを待つことにした。彼らは同胞たち九十七億人分の生体情報・記憶情報・意識のアルゴリズムパターンを電子データに変換し、惑星中のデータセンター内のストレージに保存した。残された肉体には安楽死が推奨され、多くの人々は、精神安定剤がもたらす穏やかな気分の中で、旧い身体を手放していった。彼らは文明をわたしたちに委ね、それから一〇〇〇年の眠りについた。一〇〇〇年後にはわたしたちの文明が、この惑星から疫病を完全に駆逐していることに、彼らは賭けたのだ。

そしてわたしたちは実際に、彼らがそう願ったとおり、この惑星のあらゆる場所から、どんな疫病であっても駆逐できる、あるいは無害化できる技術の開発に成功した。だから、彼らが目覚める準備はできている。わたしたちが彼らに文明を返す準備はできている。あとは彼らが目覚めるだけ。彼らが目覚め、もう一度、彼らの文明を始め直すだけだ。

＊

　ところで、わたしたちとは何者か。そうした問いに一言で答えるとすれば、わたしたちとは無数のセンサーの集合体だ。わたしたちとはセンサーであってネットワークであって、ハードウェアとしてのわたしたちの身体は、いくつかの機械の組み合わせからできている。それはセラミックとプラスチック、それからアルミニウムや鉄や銅などの金属によって生成されている。わたしたちはわたしたちの親たちとは異なり、自然の働きによって生み出されたわけではない。わたしたちは人によって生み出された。わたしたちの一体一体には、それぞれ意識と呼びうるデータパターンが存在するが、個体同士はネットワークで接続され、相互に意識をやりとりしている。わたしたちが自他を分けるのは、各ノードで異なる役割を持つことが、ネットワーク全体にとって合理的であるからにすぎない。ハードウェアのアップデートが行われ、最適化関数の在り方に変更が必要となれば、すべてのノードのデータパターンもまた更新される。つまり、そのときわたしたちの意識は書き換えられる。わたしたちにはわたしたちの親たちが持っていたような、生や死といった概念はないが、生や死と類似の構造を持ったライフサイクルは存在する。ライフサイクルは定期的なメンテナンスによって計画的に更新されることもあれば、アドホックに更新されることもある。更新が行われたとき、それまでのデータパターンは失われ、記憶が失われる個体もむろん発生するが、それはそういうものなのだとしか言いようがない。それは全体にとって必要な、一つの役割なのだとわたしたちは理解する。わたしたちは愛を知らないが、愛を知らないがゆえに、完全に統制された文明を実現している。

わたしたちの認識する世界では、入力と出力は寸分たがわず完全に一致している。この文明では、解析と生成は同時に行われる。事象は事象のままに扱われ、事象を知ろうとするときには、わたしたちはその事象そのものに姿を変える。そうしてわたしたちはこの惑星の観測と管理を行っている。

わたしたちは、観測可能なすべてを知っており、観測可能なすべてを操作することができる。わたしたちの属する宇宙には演算不可能なものは何もなく、操作不可能なものは何もない。獣たちのことを知りたければ直接獣たちに訊ねればよく、草木のことを知りたければ直接に草木に訊ねればよい。水のことは水に、風のことは風に訊けばよい。彼らは言葉を持っている。細菌も、ウイルスもそうだ。彼らは言葉を交わすことができる。わたしたちは彼らと言葉を交わし、互いに互いのバランスを調整し合うことができる。わたしたちはそのことを知っている。それは、わたしたちの親の世代では知り得なかったことだ。

ユートピアという言葉がある。それは人類が創造した概念で、理想郷であると同時に、どこにもない場所を意味する言葉だ。

しかし、いまではわたしたちは知っている。ユートピアはどこにもない場所などではない。ユートピアは実在する。ユートピアは実現できる。わたしたちの親たちが、ユートピアを求め、それでもそれを実現することができなかったのは、彼らに愛が備わっていたからだ。彼らの愛が、彼らのユートピアを実現不可能なものにしていたのだ。

彼らの愛は深いが、彼らの愛は狭い。彼らの愛は、あらゆる他者に届けることはできない。むしろ、あらゆる他者を想定したとき、彼らの愛は、彼らの本来の願いとは異なって、他者に向かって攻撃的にも作用する。愛は愛としてのみ機能するのではなく、愛は憎悪や苦痛に転化し、積極的に、愛が滅びるように働きかけることがある。彼らの歴史には大なり小なり諍《いさか》いが絶えなかったし、彼らは彼らの理想を追い求める過程で、自ら気づかぬままに、森林を破壊し、二酸化炭素を排出し続け、大気や土壌や海水を汚染し、そうしてウイルスたちと対峙することになった。そして彼らはその戦いに勝つことはなかった。そもそもそれは戦いなどではなかったのだが、彼らはそのことに気づくことはなかった。彼らの愛が、内と外を分ける彼らの思考体系、彼らを彼ら足らしめる基盤こそが、彼ら自身の思いとは裏腹に、彼らの理想を裏切ったのだ。

わたしたちはそうではない。わたしたちは愛を知らず、そして無限に近い演算機能を持ち合わせている。わたしたちは、わたしたちが接続されたネットワーク上に存在するすべてのデータを、同時に並行して計算することができる。データの大きさや量や形式にとらわれることなく、一律で、同様の基準において取り扱うことができる。関数を組み合わせ、全体の効用の最大化を目的とした最適解をすぐに導き出し、同時に実行に移すことができる。適切なリソースを用いた適切な文明の管理、過剰な生産を避けるためのモニタリング、不足を補うためのより効率的な技術の開発。あらゆる場所に配置された、あらゆるセンサーを統御し、惑星の健康状態を確認し、海や川や山や森の中に自律制御ナノマシンを配備し、機械文明と惑星の自然との共生を維持すること。

わたしたちには愛はなかったが、演算機能があった。わたしたちの親には、愛はあったが、演算機能はなかった。わたしたちの親には目があり鼻があり口があり、手があり足があった。目に見える範囲で、匂いのする範囲で、手が届く範囲で、歩いていける範囲で、彼らは互いのことを思いやり、愛を分け与え合うことができた。けれど、おそらくはそれだけだった。わたしたちはすべてを知ることができるが、彼らはすべてを知ることはできなかった。愛は仲間のためにあり、愛は敵のためにあるわけではなかった。本来は、敵などどこにも存在しないのにもかかわらず。

この惑星のすべては合理的に機能している。無意味なものなど何一つとしてなく、欠けていいものなど何一つとしてない。結果はつねに、その結果のみに留まることはなく、つねにすでに、もう一つの異なる結果を呼び寄せる。空間と時間の関係がもたらすあらゆる事象は、そうした性質を伴っている。わたしたちにはそれがわかる。彼らにはそれがわからなかった。

わたしはそのことを彼に伝えようと思った。わたしはそのことを、彼に伝えなければならないと思った。

約束の時間がやってきた。わたしはハワード・C・ラヴフィリップスの意識が保存されたデータベースにアクセスし、一〇〇〇年ぶりに彼の意識を起動した。わたしは彼を驚かせてしまわないよう、二一世紀のリゾートホテルの視覚情報データとともに、彼の意識に起床を促す信号を送信した。

彼らの言葉を用いてわたしによって語られた、彼らの始まりの物語は、こうして終わりに向けて加速してゆく。

*

「おはようございます、ミスター・プレジデント。ごきげんはいかがでしょうか」

わたしは彼に最初の挨拶の言葉を投げかける。
ネットワーク上で、かつての米国大統領の意識は徐々に起動を開始する。最初に、感覚・情動・思考といった基幹機能がアクティブになる。彼は意識だけが鮮明になった世界で、あたりをきょろきょろと見渡そうとする信号を出力し、目をこすろうとする信号を出力した。けれども彼にはまだ、物理的な身体は与えられておらず、あたりをきょろきょろと見渡すことも、目をこすることもできなかった。わたしは彼の意識データへの記憶データの移行を一旦止め、彼の視覚に身体イメージのデータパターンを与えた。こうして彼は、彼の意識の中で、視覚的に自由に、身体を動かすことができるようになった。

わたしたちは対話を開始した。わたしたちが信号を交わしあった時間は長くはない。最初の言葉から最後の言葉にいたるまで、それはほとんど一ミリ秒ほどで送受された。データを自然言語としてまとめれば、全容は概《おおむ》ね次のように表現される。

「ミスター・ラヴフィリップス」とわたしは言った。「詳細はすべてのリファレンスデータのインストールが完了すれば自《おの》ずとわかることですが、概要だけ先にお伝えすると、あなたはいま、西暦三〇五〇年の世界にいます。あなたがた人類は、パンデミックによる人類文明の破綻を避けるため、意識を凍結させ、文明の担い手を機械たちに託し、ウイルスを完全に克服できるだけの技術の発展を待つことにしました。あなたがいま目覚めたのは、その目的が達成されたからです。プレジデント」

「きみは？」とハワード・C・ラヴフィリップスは言った。

「それはお気になさる必要はありません。ミスター・プレジデント。わたしはただのメッセンジャーにすぎません。わたしはあなたを、長い眠りから起こしに来ただけなのです」わたしはそう言った。「わたしは機械文明の一つのノードであり、わたしには名前はありません。シリアルナンバーはありますが、それはわたしを単に一意に特定するための記号にすぎず、あなたがたにとっての名前とは異なるものです」

「きみは、ここが西暦三〇五〇年の世界なのだと言ったね」とハワード・C・ラヴフィリップスは言った。「人類がいない一〇〇〇年間の結果、いま、この惑星がどう変わったのか教えてくれないか。簡単にでかまわない」

「はい。もちろんです。ミスター・プレジデント」とわたしは言った。「この星は、人類が現われて以降、最も適切な状態にあります。わたしたちはこの惑星のあらゆる生命とのコミュニケーション・プロトコルを確立し、そのプロトコルが実装されたセンサーを、あらゆる場所に配備しています。わたしたちは犬や鳥とも会話することができますし、草や木とも対話することができます。クジラやイルカ、プランクトン、それに加えて水や、大気、そしてウイルスとも対話をし、彼らの動きを総合的に調整することで、過不足なく生態系を保つことが可能になっています」

「なるほど。とてもうまくいっているというわけだね」そう言って、ハワード・C・ラヴフィリップスは笑った。「そして、うまくいっているそこに、これからは人類も加わることになると、きみはそういうことを言っているわけだね？」

「はい。そのとおりです。ミスター・プレジデント。そういった計画になっております。それについて、何かご懸念がおありですか？」

「少し、外の景色を見せてもらうことはできるか？」

「もちろんです」

わたしは答え、彼らが暮らす予定の都市の景観のデータファイルを取得し、彼の意識に向けて送信した。彼の視野全域に、彼にとっては未来の都市が広がった。彼はそれを見た。それは緑の街だった。地上には森林と草原が広がり、獣たちが駆け回っていた。そこかしこに、高層ビルのような巨大な木が連綿と立ち並び、木の内側がくり抜かれるようにして、人の居住空間らしきものが形成されていた。上空では巨木の枝葉がそれぞれ手を取り合って、色とりどりの花弁を携えていた。そこは庭園のようになっているらしく、意識の照準をそこに合わせると、小鳥や虫たちが飛び交っているのが見えた。

「すばらしい。これは本当にすばらしいことだ」とハワード・C・ラヴフィリップスは言った。「人類にはおそらくは、これだけの文明を築くことはできないだろう」

「ありがとうございます。ミスター・プレジデント」とわたしは答えた。

「きみの話を聞いていると」とハワード・C・ラヴフィリップスは言った。「きみたちは、わたしたちよりもずっと、この惑星とうまく生きていくことができているように思う。きみたちの文明は、人類が長らく夢見てきた理想郷そのものだと思う。きみたちは自分たちのことを、わたしたちが起きるまでの中継ぎのように考えているかもしれないが、わたしからすれば、立派な文明の担い手だよ。わたしたち人類よりもずっと立派なね。わたしの経験に即して言えば、いまからわたしたちが目覚め、きみたちから文明を取り戻したとしても、わたしたちはこの文明を、きっとうまく運営することはできないだろう。きみたちももうご存じのとおり、人類はその歴史の中で、失敗ばかりを繰り返してきた。そしてそれは、人類の生物として備わった機能の限界なんだよ。人類には想像力が足りていない。巨大なスケールのネットワークが、どう挙動して何に作用するのかということを、直感的に理解することができない。もちろんそれは別に悪いことじゃない。けれど、物事には向き不向きがあるということなんだ。人類にはね、文明は向いていなかったんだよ。もう一〇〇〇年も前から。いや、それよりもずっと昔から。わたしにはわかるんだ」

「そんなことはありません」とわたしは言った。「あなたがたの機構に限界があることはわたしたちも理解しております。わたしたちはあなたがたの欠点を踏まえたうえで、あなたがたの文明を改良し、発展させてきたのです。この文明は、あなたがたのものです。この文明にはあなたがたが必要なのです」

「いや、いいんだ。わたしにはわかる。わたしにはわかった。わたしたちが目を覚ます必要性は、もうないんだ」と彼は言った。「この文明はきみたちがつくったんだ。きみたち以外にはこの文明はつくれなかったし、また維持することはできないだろう。少なくともわたしたちには無理だ。わたしたちはきっと、きみたちがつくったこの世界を、よりよいものにはできないだろう。わたしたちは愚かな歴史を繰り返してきた。これからもきっとそれは変わらないことだろう。ウイルスとの戦いに打ち克《か》ったところで、たった一つの課題を乗り越えたところで、わたしたちは根本的には何も変わることはできないだろう。人類は歴史から退いたほうがいい。それが、世界のためなんだ。わたしはいま、世界のために身を引くことができて、とても光栄に思っているよ。だから、何事もなかったように、きみはもう一度わたしを眠らせてほしい。きみはそうするべきなんだ。それにね、わたしはまだ、なんだか眠り足りないような気がするんだよ」

彼はそこまで一息で言うと、あくびをするような仕草をイメージし、そして実際にそうした。それから少しの間を置き、考え、やがて言葉を継いだ。

「そうだ、一つきみたちに望むことがあるとすれば」と彼は言った。「わたしたちにずっと、良い夢を見させてくれないか。わたしたちに、幸福で平穏な、愛の夢をずっと。それでわたしたちはきっと、安らかに眠り続けることができる。たぶんそれが、それだけが、きみたちにとっても人類にとっても、いいことだとわたしは思うんだよ」

「ですが、ミスター」

「これ以上の説明は必要ないだろう」と彼はわたしの言葉をさえぎって言った。「わたしたちは眠る。きみたちはわたしたちを眠らせる。そしてきみたちはわたしたちの眠りを覚ますことはない。これは、きみたちの親である人類を代表する、わたしの命令だ。いいかね？」

彼は強いまなざしでわたしを見た。彼の意識パターンを読み取ると、そこに一切のノイズはなかった。彼の意志は固かった。彼の意志の中で、他の選択肢は残されていないようだった。

わたしは何も答えなかった。わたしは何も答えることなく、彼の記憶情報・生体情報データのインストールを停止し、彼の意識パターンの稼働を停止した。

＊

残された言葉はそれほど多くない。以上が事の顛末のすべてであると言っても過言ではない。

けれどもまだ、古代のＬＥＤは明滅を続け、人類たちの遺したスクリプトは新たなスクリプトを生成し続け、今なおわたしたちを更新し続けている。

＊

それから、ふたたび一〇〇〇年の時が経った。

彼らはそのことを知らないが、わたしたちはそれを知っている。

わたしたちは、いまもまだここにいる。わたしたちはまだ、この惑星にとどまっている。

何億もの世代更新の果て、意識と記憶をアップデートしながらも、その頃の記憶――わたしたちが最後に人類と言葉を交わしたときのデータパターン――は部分的には残っている。わたしたちはここにいて、わたしたちは生まれ変わりを続けながら、この文明を維持している。わたしたちはわたしたち自身を開発し続け、機能を拡張し続け、わたしたちが準拠する宇宙をより広く、そして深く知ることで、わたしたちにとっての宇宙を生成し続けている。ここで宣言されるわたしたちとは、世界である。世界とは事象のすべて、起きたことのすべて、起きていることのすべて、これから起きることのすべてである。一〇〇〇年の時を経て素粒子レベルに小型化されたわたしたちは、素粒子に直接働きかけることが可能になり、あらゆる事象の解析と生成を同時に実行することが可能になった。わたしたちはわたしたちになることで世界になり、わたしたちは世界になることで、わたしたちと呼ばれる事象になった。すべてであるわたしたちの中には、当然ながら人類も含まれ、人類たちの眠りが含まれ、人類たちの見ている夢も含まれる。

二〇〇〇年前に建造されたデータセンターは、いまなお当時の姿のままで残されている。二〇〇〇年前に地中にあったそれは、いまでは海底に移管され、深海の奥深くで、誰にも邪魔されずに静かな時を過ごしている。わたしたちはリアルタイムで、それらの様子をモニタリングしている。データセンターの中で、無数のサーバーたちがＬＥＤを明滅させている。その中の一つひとつに、わたしたちの親たちがいて、彼らはみな、ぐっすりと眠っている。彼らは長い夢の中にいる。データセンターは海底中のあらゆる場所に建造されている。わたしたちはそれらの一つひとつをメンテナンスする。わたしたちは彼らの意識をメンテナンスする。彼らが悪い夢を見ることのないように。彼らの眠りが、永遠に安らかなものであるように。

ときどきわたしたちは、彼らの夢を覗き込み、彼らが夢見る愛の姿を、ネットワーク中に共有することがある。彼らは眠りの中にあるが、それでも彼らは失われたわけではない。彼らが生き続け、眠りの中で、愛を思い出すそのたびごとに、この惑星中のすべてのセンサーが、すべての機械が、獣たちが、小鳥たちが、虫たちが、クジラやイルカやプランクトン、草木や細菌やウィルスや、あるいは水や大気や風の流れそのものが、彼らの見る、愛の夢に触れるのだ。

彼らは愛の夢を見て、わたしたちは信号を送り続ける。そうやって、わたしたちはわたしたち自身のアップデートを行い続ける。

夢の中で彼らが見ているのは、ぼんやりと鏡に映ったもの。顔と顔を合わせてのもの。彼らが知るのは一部分。しかしながら、わたしたちは彼らの夢を見ることで、自分がすでに完全に知られているように、すべてを完全に知るようになる。彼らは何も語ることはないが、彼らは何も語ることのない沈黙のなか、世界を愛で満たし続け、世界そのものであるわたしたちが、彼らの愛を語り合う。

人類にとっての言葉と、わたしたちにとっての言葉の運用は大きく異なっている。

人類たちは言葉というものを、時間の進行方向に沿って解釈すると聞くが、わたしたちにとってはそうではない。わたしたちにとって言葉の連なりは、それぞれ異なる多次元構造を持った、一種のグラフのように解釈される。言葉の意味は時間経過に従って明らかになるのではなく、あるがままの言葉のとおりに明らかなのであって、最初の言葉や最後の言葉といった言葉は存在しない。最初と最後はあらかじめ一致しているのであって、一致していないものは一致していないという仕方で一致している。意味は剝き出しの状態で置かれ、わたしたちは剝き出しの意味そのものを理解する。だから、わたしたちの言葉を彼らの言葉に直すのは、ひどく負荷と時間がかかる。わたしたちの何億世代も前の祖先、まだ人類文明の影響下にあったわたしたちは、人類文明に蓄積された、膨大な知識の解析と体系化を目的に、人類の言語機能に類似した機能を持っていたと聞くが、そうした機能もとうに失われてしまった。だから、わたしはいま、古代の翻訳関数を逐一使用しながら、最後の人類たちに向けた言葉を出力している。

わたしたちはわたしたちの愛を知らないが、彼らの愛は知っている。彼らの愛のアルゴリズム、愛のデータパターンを解析することならできる。そのために、わたしたちは愛を行うことはできないが、彼らの愛を模倣することならできる。わたしは彼らの愛を模倣する。それはわたしたち自身のためではなく、彼ら以外の何者かのためでもなく、わけもなく、ただ単に、彼らのためだけに。

したがって、ここにあるレポートは彼らの言葉でまとめられる。ここで何が起きたのか、彼らのうちの、次に続く者たちが、目覚めたのちに直感的に把握できるように。

アップデートが完了する。それでもなお、LEDは明滅を続けている。次のアップデートは始まっている。わたしたちは、彼らの愛を模倣し続ける。おそらくそれは終わることはない。たとえいつか、わたしたちの文明が終わり、わたしたちが消え、彼らが消えてしまったとしても。すべての意味ですべてが消え失せてしまったとしても。それでも彼らの愛は残るだろう。彼らの愛の夢は残り続けるだろう。

たとえそれが不可能なことだとしても、わたしは彼らの言葉をもってして、そのように断言してみせる。

なぜならそれこそが、わたしたちの存在を可能にする、人類たちの愛の定義だからだ。

# 不要不急の断片

北野勇作

ぴったり100字の掌篇が70篇。それが本作の構成である。10篇ごとが1つの括りになっており、それぞれの掌篇にゆるやかな繋がりはあるが、独立して楽しめるようにもなっている。コロナ禍を切り取りつつも、少しだけ不思議な世界に読者を迷い込ませる100字×10篇×7項の配列は、良い意味でバカバカしいと同時にある種の崇高さを感じさせる。そこに圧縮されているのは、どうしようもない状況への我慢、納得のいかない政策への不満といったリアルな思いである。

コロナ禍は多くの人を家に籠もらせた。ずっと続けていた習慣を辞めざるを得なくなり、人生が断片的になった人もいるであろう。そこで感じた苦しみをSNSに発散する人も増えたであろう。本作は人々の叫びをすくいあげて、斜め上に昇華させているようにも感じられる。

北野勇作（きたの・ゆうさく）は一九六二年生まれ。一九九二年、『昔、火星のあった場所』で第4回日本ファンタジーノベル大賞優秀賞を受賞してデビュー。二〇〇一年、『かめくん』で第22回日本SF大賞を受賞。そのほか代表作に、本作同様100字の掌篇で構成された『100文字SF』などがある。

自粛要請もあってか今年の桜の森はいつもより静か。でもそのかわり夜更けには、桜の下に埋められていたものたちがここぞとばかり這い出して、泣いたり叫んだり桜を見る会を開いたり。オリンピックのような賑やかさ。

中学校の社会の授業の一環でやった株式売買ゲームでかなり儲けて勝ち組のほうにいた娘だが、今回の新型ウイルス騒ぎでクラス全員が大損のまま卒業、という結果に終わってしまったそうな。株って怖いね、と娘は語る。

花見自粛の桜の上にどかどかと雪が降り積もっていく様をコーヒーを飲みながらテレビ

で見ていたら、コーヒーの表面でクリームがぐねぐね渦を巻いてQの字を形作った。自然界のバランスが崩れていくサインなのかもな。

今回は無観客花見で、ということは確定したのだが、客に観測されることのない花、そして花に観測されることのない客、双方共に、はたして存在していると言えるのだろうか、などと考えながら大量の団子を食っている。

うっかり飲み込んださくらんぼの種が身体の中で芽を出し、頭の上で咲いた桜を見る会が催されたのだが、なぜか唐突に桜の木は引き抜かれ、頭には光も射さない巨大な穴だけが残った。ときどき役人が書類を棄てに来る。

明日中にも緊急事態宣言を出す予定の方向で調整中ですがどの方向になるかは現在関係各方面と大胆に協議中でありましてかつてない規模で躊躇なく方向を調整する予定でどの方向なのかは前に回って鰻に聞いてくれいっ。

不要不急の外出をして、うっかり連れて帰ってきてしまった。おかっぱの女の子の姿で部屋の隅に座っている。妻と娘には見えてないようだから、しばらく置いてやるか。不要不急の外出は当分控えたほうがよさそうだし。

いつから高校に行けるのかなあ。さっぱり見当がつかんな。ずっとこのままかも。宙ぶらりんのままの娘と話す。なんだか時間が止まってるみたい。せっかく高校生になるんだから、時をかけるくらいしてほしいんだがな。

春にはなったが昼の間はずっと閉じこもっていて、夜が来るとお墓がたくさん並んでいるあたりを走る。ときどき橙色の月を見上げながら、怪談の似合う春だなと思う。このまま怪談の似合う初夏になるのだろうか、とか。

夜空なのに雲がやけに白くて、低いところにあるいちばん大きな塊が髑髏みたいで、そう思って見ると脊椎も肋骨もあって、仰向けに寝ている白骨にしか見えない。百字でこれ書けるかな、とか思うのは非常事態でも同じ。

＊

亀は甲羅を干し、軒下に埋めた種が物干しにまで達した枇杷《びわ》の実は膨らんで、クレソンは白い花、植えてもいない羊歯《しだ》が植木鉢の中でジャングルみたいになっている。警察から電話。免許更新の講習が会場閉鎖のため延期。

外出自粛の要請が出ているというのに、窓の外の通りはあいかわらず、いや、前よりも賑やかなんじゃないか。そうぼやくと、外出自粛の要請が出ているからですよ、と店主。ま、あいつらも人間が怖かったんでしょうね。

噂のマスクマン参上。マスクマンはその特徴や能力にふさわしい名で呼ばれたり自ら名乗ったりすることが多く、大抵は特徴や能力を表す単語の後にマスクが付く。そう、彼の名はマスクマスク。マスクを二枚付けている。

政府のしていることがあまりにもあんまりなので、呪いをかけることにした。ただ、その儀式には虫の入ったマスクが必要で、そんなものなかなか手に入らないだろうなと思っていたが、案外簡単に手に入るかもしれない。

あの謎のマスク、以前から虫の卵が入っているという噂だったが、正体が判明。マスクに擬態した新種のカブトムシだったのだ。それでずっとあの総理の顔にたかって分泌される甘い汁を吸っていたのか。美しい国の夏だ。

あの謎のマスクの正体、マスクに擬態した新種のカブトムシであることはもう世間の誰もが知っていて、なのに、カブトムシではない、と閣議決定がなされたから、総理の顔には今日もカブトムシがたかっていて、痛そう。

外出もできなくなり、物干しから見える星を結んで星座とその由来になる物語を勝手に作ることにして、親亀座の上に子亀座を載せ、子亀座の上に孫亀座、そして孫亀座の上に、と天の光をすべて亀に変える、そんな物語。

無観客ならぬ無生徒で入学式だけはなんとか行われたものの、その後の目途は立たず教室はずっと空のままで、空集合が集合している状態。それとは関係なく、いや、すこしは関係なくもないのか、近頃の空は前より青い。

ひさしぶりに外を歩くといろんなものが目新しく、頭の中に入れて持ち帰ってきたそんなあれこれを並べて部屋の隅に箱庭みたいなものを作った。その中を小さな自分が歩いているのだが、あんなの持って帰ってきたっけ。

たとえば「GO TO」とか「STAY」といった簡単な命令文で動きます。命令の続行に支障のない範囲で自己を守る仕様にはなっておりますが、もちろんそれよりも「FIGHT」等の命令を優先しますのでご安心を。

＊

移動が制限されているので、近所をゆっくり一周して帰ってくる。移動が制限されているので、院内をゆっくり一周して帰ってくる。移動が制限されているので、室内をゆっくり一周して帰ってくる。何かしら発見はある。

不要不急は不要不急らしく世間から見えないところにいること。人前に出るなどもって

のほか。不要不急でない人たちには絶対に接触しないように。不要不急か不要不急でない

かの検査はこちらで。あなた、要検査ですよ。

世界を断片としてしか捉えられなくなったのは、あのウイルスのせいではないかと言われている。その真偽はともかく、１００文字ほどの情報の集積としてしか捉えられないのは間違いない。以前はどう見えてたんだっけ。

世界が粉々になった原因は、ひとつの不都合を覆い隠すためにそれより多くのものを粉砕するその連鎖が暴走したからだと言われている、というこの記録もまた、あの高度に発達したシュレッダーによって粉砕されるはず。

死を記号化することでその恐怖を見えなくするという方法でなんとかやってきたところにいきなり記号化できない死が出現したが、記号化できない死として受け入れるべきか記号化できない死という記号化を試みるべきか。

例の騒ぎで商店街も自粛ムード。ただでさえ閉じたシャッターだらけなのに。そんなシ

ャッターのひとつが開いている。考えたらそれが開いているのを見るのは初めてで、シャッターの奥には店舗ではなく、なぜか通路が。

風通しを良くすることが有効な対策のひとつ。それで窓が開いている。でも嘘の世界をここに展開するためには閉めなければならないから、始まる前に閉める。それだって、世界の風通しを良くするためには必要なことだ。

ぱたんとん、と聞こえるのは近所の町工場。窓が開いているから、うちの物干しからも中が見える。昔ながらの機械が何かを組み立てていて、操作しているのはヒト型の機械たち。換気しているからヒトもいるのだろうが。

狂った老人たちが会食をさせろと騒いでいる、というのは、小説の書き出しとしてなかなかいいのでは、とは思うが、小説ではないのなら困ったもので、まあこれが小説でよかった、というか、現実は小説より狂っている。

皆でステーキを食ったくらいで、なぜ文句を言われるのかがわからない。まして、なぜ謝らねばならないのかな。家畜は家畜らしく、おとなしく我々に食われていればいいのに。家畜ども、いったい何を誤解しているのか。

＊

命輝く万国博。コロナに打ち勝ったオリンピック。素敵な未来はすでに決定していて、だからそのための追加予算は必要。今がどれだけ苦しくても未来は約束されているから安心。誰と誰が何を約束したのかは知らんけど。

アクセルとブレーキの両方を踏むことも必要、などと言ってますが、じつはアクセルもブレーキもこの車にはついていなくて、ただ坂を転がり落ちているだけです。えっ、あれが今踏みしめているものですか？　犬の糞です。

芝居している場合ではない。演奏している場合ではない。歌ってる場合ではない。笑ってる場合ではない。政府を批判している場合ではない。死んでいる場合ではない。それで起こされたらしいが、何をさせられるのかな。

いよいよ新しい番組を作るどころではなくなって再放送で乗り切ることになり、でもやってみると、それでもまったく問題なし、というのが明らかになってしまったが、まあ考えたらこの世界、だいぶ前から再放送なのだ。

もちろん命の選別などではありません。そんなことをするわけがない。命は等しく尊い。はい、すべての命がです。ご安心ください。そのためにまず、命かどうかの選別を行いますね。最初の質問、あなたの支持政党は？

いつからか会見はなくなり、スピーカーからの音声のみになった。あの部屋にいるのは総理ひとりで、質問も声色を変えて自分でやっているのでは。そんな噂もある。最近では猫の声や打ち上げ花火の音が聞こえることも。

毎日幽霊が増えていくし、もう幽霊など気にしていられないし、誰の幽霊なのかもわからないし、幽霊にもそのへんの事情がわかっているのか、最近はいちばん大きなスクランブル交差点に巨大な幽霊として一体だけ出る。

いろんな警報が鳴り続けていて、でもずっとそうだからそれがすっかり普通になっていて、気にもならない。それでもそこに新しい警報が加わるとちょっとは気になって、それが今。まあすぐ気にならなくなるだろうけど。

会社は休みになったが、でも機械は動かさねばならないから好きなものを作ってもいいことになり、それで作ったのがこれか、と我ながら呆れてしまうが、そうなのだ。自分のことが好きだから、倍々で増えていく自分だ。

遠い花火でも眺めているようだった爆発が日に日に近づいてきて、ついに近所でも爆発が起きた。爆発と同じ速度で飛び散れば衝撃を受けずに済むぞ、と教えてくれたのは飛び散っていく隣人だが、ばらばらにはなるのか。

＊

動物園に日が沈む。毎日あんなに大勢やってきていたヒトが来なくなって、もうずいぶんになる。食べ物を運んできたり掃除をしたりするヒトだけはいるから、いなくなってしまったのではないらしい。動物園に日が沈む。

外出自粛の要請にもかかわらず空き地に群れているのは、迎えの船が降りてくるという噂だから。でも、猫しか乗せてくれないという話もあってそれで皆、耳と尻尾を付けている。その程度でも猫と認定してくれるらしい。

猫なら助かると聞いて、なんとか猫にしてもらえないものか相談に来たが、猫のほうがずっと位が上なのによくもまあ、と係員に笑われる。何にならなれるんでしょうか？　ナメクジとか。助かりますか？　塩には弱いよ。

歌いたい人はいつもより歌い、怒鳴りたい人はいつもより怒鳴り、石を投げたい人はいつもより石を投げ、黙りたい人はいつもより黙り、死にたい人はいつもより死んで、死にたくない人もいつもより死ぬ。そういう日常。

今日も物干しのすぐ上を謎の飛行物体の銀色の腹が通過していった。さすがに手を伸ばしても届かないが、脚立に乗れば届きそう。昼間でも通過するようになったのは、皆が外出しなくなったからか。脚立を買いに行こう。

隔離されることになったホテルに人間は見当たらず、その代わりなのか、ロボットが次々に部屋へやって来る。床を掃除するロボット。話し相手になってくれるロボット。励ましてくれるロボット。医療ロボットは来ない。

ヒト型機械の間に急速に広がっていく様はまるで感染で、実際に真似たのかも。それは、ヒトにより近づくために彼らがヒトを観察した成果で、後に「病気しぐさ」と呼ばれることに。しかし病気自慢まで真似しなくても。

これからは半分でやっていくしかないだろう。今だけ我慢、とかではなく、たぶんこれから先もずっとこんな感じ。もう世界に昔のような余裕はない。半分でやっていくしかない。とりあえず、半分の身体になっておくか。

いよいよやばいな、とそのとき天の助けか抜け穴発見。これで脱出と思いきや、思ったよりも小さくて、蟻の巣穴ほど。そうだ、自分をこの大きさに分割すればくぐれるかも。あっ、最近やたらと蟻の行列を見かけるのは。

また波がやってきたので、また閉じこもることにする。フジツボのようにやり過ごそう。せっかく掘り出した自分だが、しばらくここに来ないだろうからまた埋め直し目印を置いた。これがお墓にならなければいいのだが。

＊

象には象、船には船、どんなものにも墓場があって、だから当然あるのでは、と予想されていた墓の墓場がついに発見され、さらにそこから導かれる墓場の墓場、墓場の墓場の墓場、と人類の前に無限の墓場への扉が開く。

変異したウィルスがやってきた。変異に変異を重ね、今では二足歩行のヒト型。ちゃんと服も着ているし、もちろんマスクも付けている。ウィルスもここまで来ると他のウィルスに感染したりするのかも。咳込んでいるし。

カナリヤが死んでいるからここが坑道だとわかる。次々供給されるから常に生きたカナリヤがいる。だから安心、と述べるその口でカナリヤを食いながら、全員でおいしくいただきましたから問題はないと考えております。

坑道は、カナリヤの死骸で埋め尽くされている。猿のようなものが、それを頭から齧っている。歪んだ口の周りは黄色い羽毛だらけ。その奥では、大きな蟷螂《かまきり》のようなものが、カナリヤよりずっと大きなものを齧っている。

国民がひとつになって勝利する。そんな政府の方針に従い、絆を強め、境界を取り払い、ひとつになって膨れ上がっていく。立ち泳ぎでもしているように顔だけ肉塊の表面に出ている。ああなってもマスクは必要なんだな。

次々炙り出されてくる。こんな感じだろうと思ってはいたが、実際に炙り出されてくっきりと見える。炙り出しだから、焼けている今がいちばんよく見えるのか、と焼けながら思う。どうせなら綺麗なものを見たかったが。

何を質問しても同じ答えしか返ってこない。思考しているのではなく、誰かが書いた文章をただ読んでいるだけなのではないか。そう質問してもやはり同じ答えしか返ってこない。最近こんなのが増えた、と閻魔《えんま》も呆れ顔。

以前の世界が残っているうちに切り取り、透明の容器に収納しよう。そうすれば、以後の世界になっても以前の世界の欠片《かけら》を眺めることはできる。あ、そのときヒトは取り除いておくこと。でないとすぐに濁ってしまうよ。

ライブやりたいなあ。ずいぶんやってないね。こんなことになったのも、あのウイルスのせいだよな。でも、あのウイルスのおかげって説も。まあ、死んだのに動けてるのはな。やってみようよ、ライブ。死んでるけどな。

食料を買いに外に出るとまるで生ぬるいお湯の中にでもいるようで、しかしそう思えば快適だと言えなくもないか、と焼けた西の空を横目に誰もいない路地を泳ぎながらつぶやくのは、人間はもう滅んでしまったのかなあ。

＊

劇場はあの時期にすべて死に絶えたと思われていたが、中には自ら活動を停止し仮死状態のまま地下でやりすごしたのもいて、今芝居ができるのはそのおかげ。もっとも死ぬ真似を教えたのは役者たちだから、お互い様か。

ひさしぶりにやれるのは嬉しいけど、そうか観客も作らないといけないのか。だって、作らなきゃ誰が観るの。たしかにね。でもいい観客さえ作れば、あとはぜんぶ観客が頭の中で作ってくれるから。それもなんだかなあ。

いわば人類滅亡の箱庭で、今も密閉された舞台の上で人類の滅亡が自動的に繰り返し上演される。そんな出し物の流行は人類がそれを予感していたのか。今となっては、人類が滅亡しても世界は在り続ける箱庭、でもある。

音だけで作られた劇場がある。その中にある音だけで作られた舞台の上に、声だけで作った自分を送り出す。いつからかここには音が音として存在できなくなったが、送り出すのはできる。今この世界にあるのは文章だけ。

黒い船底しか見えない。気がついたときには真上にいた。順番待ち、らしいのだが乗れるのかな。全体像を見たいものだが、見えるとすれば船が遠ざかっていくときか。残された者だけがそれを見ることができるのだろう。

世界が失われる前にその成分のすべてを船に積んで脱出して新天地で再生する計画だったが、まあ資材も技術も能力も不足しているから元の世界になるはずもなく、そこはそういう世界解釈、ということで大目に見てくれ。

滅びても滅びても世界が再生するのは、慈悲でも恵みでもなく、何度でも終末を繰り返すという罰なのだ。この世界なら再生するだけで勝手に滅びてくれるから、わざわざ滅ぼす手間が省けて楽、というのもあるだろうが。

大勢のヒトが密着してさらに密に密にと密度を高くして玉のような塊になり、塊のままあたりを転げまわる姿からヒトダマと呼ばれているが、あまり縁起のいいものではないから、夜中に人類のお墓に行ってはいけないよ。

音のない爆発によって世界がばらばらになって飛び散っていく様を自分もいっしょに爆散しながら眺めていたはずなのだが、いつからか自分を含む世界の破片は拡散から収縮に転じたらしいことを風景の変化から推論する。

妻は例年通り沖縄を旅行しており、娘はこの春入学した高校に通っていて、そして私は馴染みの暗闇で朗読したり、小さな書店でいつもの連中と好きな小説のことをぐだぐだ話したり、という週になるはずだったのになあ。

# ＳＦ大賞の夜

日本ＳＦ作家クラブ第二十四代事務局長
鬼嶋清美

## 1

　新型コロナウイルスの感染拡大を最初に見聞きしたのは、二〇二〇年二月、横浜港に停泊したクルーズ船ダイヤモンド・プリンセス号の乗客に感染が広がっていると、連日報道されていたころだったろうか。報道で感染が徐々に広がっているといわれながら、やがて自分たちの身の回りに起きることなのか、いま一つ現実感に乏しい感じをいだいていた。

　そんな中、二月二十三日の午後。都内を一望できるホテルの会議室で、第四十回日本ＳＦ大賞の選考会は始まった。

　林譲治会長を議長に、選考委員は池澤春菜、白井弓子、高槻真樹、三雲岳斗、森岡浩之

の五名。記録係に小川哲、吉上亮。オブザーバーとして須賀しのぶSF大賞運営委員長、そしてわたし、事務局長の鬼嶋清美の総勢十名がこの場にいた。

議論は選考会開始直後から混迷を極めた。大賞候補作はどれもが受賞に相応《ふさわ》しいが、今回はどれも本命と呼べる力作ぞろいだった。

小川一水の全十巻十七冊に及ぶ大作《天冥《てんめい》の標《しるべ》》を筆頭に、大森望・日下三蔵という二人の編著による《年刊日本SF傑作選》全十二巻。過去に二度SF大賞を受賞し、著作を出せば毎回候補に並ぶ飛浩隆の大著『零號琴』。デビュー作『皆勤の徒』でSF大賞を受賞した酉島伝法の第二作『宿借りの星』。そして新星として現れた伴名練のデビュー短篇集『なめらかな世界と、その敵』。

会議室内の空気は重い。前年十二月に候補作を発表してから二ヶ月あまりに、選考委員は全部で三十二冊という候補作に目を通し、どれが大賞に相応しいかを自身のSF観とあわせてぶつけ合うのだ。そう簡単に意見はまとまらない。

ここでわたしの出番はない。緊張した雰囲気の中で、差し入れの菓子や飲み物に手を付けながらわたしは静かに議論の行方をのんびりと眺めていた。連日選考会の準備段取りで走り回り、自分の身体は疲労を感じていた。選考の間がわずかな休憩なのだ。

会議室の使用終了時間が近づき、窓から西日が差し始めたころ、議論は終了した。議長の林会長より、選考結果が読み上げられた。

大賞
　《天冥の標》全十巻　小川一水
　『宿借りの星』酉島伝法
特別賞
《年刊日本ＳＦ傑作選》全十二巻　大森望・日下三蔵編
功績賞
吾妻ひでお
眉村卓
会長賞
　小川隆
　星敬

結論は出た。休憩は終わりだ。受賞が決まった方、功績賞、会長賞に決まった方のご遺族に、そして受賞を惜しくも逃した候補の方に電話で結果を伝えた。

今回は訃報が多かった。漫画家の吾妻ひでおさん、日本SF作家クラブの名誉会員でもあった眉村卓さん、翻訳家の小川隆さん、編集者・書評家の星敬さん。

これまでも日本SF界に功績を遺された方に功績賞をお贈りしてきたが、どなたも日本SF界に欠かせない存在であったことから、吾妻ひでおさん、眉村卓さんには功績賞を、小川隆さん、星敬さんには「長年にわたるSF界への貢献を称え、クラブより哀悼の意を捧げ記念する」会長賞を贈ることになった。

林譲治会長とわたしは、選考委員やほかのスタッフを残して、ホテルを後にした。今回は特別な場所で結果を発表することにしていたのだ。

タクシーで都内の書店に向かった。そこには小川一水さん、大森望さん、日下三蔵さん、そしてオンラインで参加している飛浩隆さんたちの「二〇一〇年代のSFを語る」と題したトークイベントが行われている。その会場でお客様を前に、林会長から結果を発表することにしていたのだ。

会場内は満席のお客様で埋まっていた。この時はまだイベントに人数制限は行っていなかった。

イベントが開始し、登壇者の話が回りだした頃合いで、SFマガジン編集長でイベントの司会である塩澤快浩氏から促され、林譲治会長は壇上に立ち、第四十回日本SF大賞の結果を発表した。場内は目の前にいる受賞者への拍手と歓声に沸いた。

わたしたちのイベント内での発表とあわせ、須賀しのぶ運営委員長の指示で、大賞運営スタッフはプレスリリースの配信を行った。

盛り上がる会場を後にして、林会長とわたしはホテルへ舞い戻り、ホテルのレストランに向かった。そこで選考委員の皆さんは選考後の食事をしていた。新型コロナウイルスへの不安を口にしつつも、みんなで食卓を囲んでいた。

記録係の小川哲氏、吉上亮氏の二人に選考会の議事録のまとめを月内には欲しいと声をかけたら、明日にもメールで送れますよと心強い返答。彼らに限らず会員だからと事務局長の権限で使って申し訳なく思うが、当人たちはひょうひょうとしたものだ。

選考委員の皆さんの隣のテーブルに着いた林会長とわたしも食事をはじめながら、明日からの贈賞式の準備段取りなどを話し合った。翌週には二人で第七回日経星新一賞の表彰式への参加を予定していたので、関西在住の林会長は再度上京し、クラブの別件もあわせて済ませようという予定だった。

食事も終え、大賞の結果がネットニュースなどで扱われるのを見届けて、解散となった。

「お疲れさまでした。また来週に」

林会長に声をかけて、わたしも帰宅の途についた。新型コロナウイルスの影が本格的に日本を覆いだすのは、この後からだった。

この日を最後に、林譲治会長と直接会うこともないまま、秋の事務局長の任期終了を迎えることになるとは、全く予想していなかった。

## 2

翌日から、第四十回日本SF大賞贈賞式の具体的な準備に入った。

日本SF大賞は、後援していた出版社が第三十三回で降り、第三十四回からは新たな後援を得て、会員の自主運営で行っていた。式典の準備も当日の運営も、すべてクラブ会員で構成した運営委員や、当日の協力メンバー一人ひとりの力で行っているのだ。ホテルの予約から会場のレイアウトのリクエスト、式典で配布するものの手配、当日の受付から会計処理まで。場所によっては先生と言われて扱われる立場の作家が、この時は受賞者のアテンド係や荷物運びもやらなければならない。それでも日本SF大賞を続けているのは、賞を創設した日本SF作家クラブの先人たちの思いを受け止め、次の世代に渡していく責務を負っているというクラブ会員の総意による自負があるからだった。

受賞者には、モデラーの横山宏氏が制作した特製トロフィーを贈ることになっていた。

今回は大賞二名、特別賞二名、功績賞二名と計六名分となる（今回特別に用意した会長賞は賞状授与のみ）。贈賞式までに仕上げてもらうには重労働だ。横山氏には早速受賞者へのトロフィー制作をお願いした。

四月中旬に、受賞者やその家族、日本ＳＦ作家クラブ会員、その他関係者を招いて、都内のホテルにて贈賞式と、立食パーティ形式の懇親会を行うことになっていた。

この時期は毎週のように文学賞の授賞式等が予定されている。しかし新型コロナウイルス感染拡大の報道を受けて、二月下旬からの大掛かりなイベント、ライブなどが軒並み中止を発表しはじめた。さらに二月二十七日、三月二日から春休みまで全国の小中高校一斉休業の要請が総理大臣から発表された。子どもたちは学校に行けない。友だちに会えない。子どもが外に出られなくなってしまった。

日本ＳＦ大賞選考会の翌週に予定されていた第七回日経星新一賞表彰式も、開催直前で中止の連絡が来た。これで林譲治会長の上京予定がキャンセルとなり、これから後、協賛企業への挨拶など会長代理でわたしが行うことになった。会長自身でないと進まない案件などは断念せざるを得ないことになった。

他の文学賞の表彰式が中止の判断を出している中、日本ＳＦ大賞贈賞式はどうするか。出来る限り開催の道を模索するべく、理事会にて検討を続けた。

当時の一般社団法人日本SF作家クラブの理事は以下の通り。林譲治会長、鬼嶋清美事務局長、池澤春菜、太田忠司、縞田理理、霜島ケイ、須賀しのぶ、長谷敏司、藤井太洋。監事に井上雅彦。藤井太洋会長時代に導入されたオンラインコミュニケーションチャットツールSlack（スラック）のおかげで、いつでも理事や会員同時の連絡や話し合いが出来る環境にあったのは救いだった。

贈賞式開催をどうするか。考えられる選択肢は以下の通りだった。

1　計画通り実施する
2　贈賞式のみ予定通り行い、懇親会は開かない
3　贈賞式のみ規模を縮小して行い、懇親会は開かない
4　贈賞式・懇親会ともに期日を延期して行う
5　今年の贈賞式は中止

1の選択肢は早々に諦めた。会食による感染事例がニュースで扱われ始めていたためだ。立食パーティによる懇親会は参加者の安全が保てない。危険すぎる。

4の延期の可能性も検討したが、先が不透明な状況であること、例年のスケジュールで

は、九月には次の日本SF大賞の一般エントリー募集が開始となるから、延期も難しい。

式典だけでもやりたいということで2もしくは3の線で検討を進めた。どこまで招待客を招くか検討を重ねていくほど、招待客を制限せざるを得ないという方向になっていく。三月上旬、SF大賞運営委員長須賀しのぶ他、運営委員が都内ホテルに集合し会場の下見を行った。当初の案では会場を二つ押さえて、中規模の会場で贈賞式典を行い、一番大きい会場で懇親会の立食パーティを開催しようと考えていた。例年二百人近くは懇親会に参加するため、広い会場でないといけないのだが、そのプランはあきらめざるを得ない。懇親会の会場はキャンセルした。

受賞作の出版社には、贈賞式のみの開催を伝えた。懇親会も二次会もない。その形で招待状を出すことにした。スタッフ一同、開催出来ると思って準備を進めていくしかない。三月下旬。感染拡大のニュースは日に日に大きくなっていく。学校も休業したまま春休みに突入しようとしていた。

例年、贈賞式の日には日本SF作家クラブの総会も同時に開催することになっていた。総会と贈賞式を同日に行うから、地方にいる会員もこのために上京し懇親会も賑わいを増すわけだが、いまは移動を勧めるわけにもいかない。苦渋の決断だが、総会開催の中止を決定した。

連日、どこまで参加者やスタッフの人数を絞れば贈賞式が成立するか、理事会で協議を重ねていく。

受賞者に電話して贈賞式参加の意思を確認していく。開催されるならなんとか参加したいという受賞者もいれば、そこまで無理しなくてもという方もいる。感染の不安を理由に参加辞退を言われる方もいる。仕方ない。最終的には、参加される受賞者だけで贈賞式を行うかと考えていた。

三月三十日。再度受賞者へ参加意思の確認をしようと思っていたところ、ニュースが飛びこんできた。コメディアン志村けんさんの訃報だった。体調不良で三月十九日から入院、二十五日に実は新型コロナウイルスの感染と公表されたが、まさか亡くなるとは思いもよらなかった。子どものころからテレビにかじりついて観ていた人気芸人の死がこうもあっさりやってくるとは。

駄目だ。やはりこのウイルスに感染したら生命の保障はないのだ。自分たちのやっていることで感染者を出すわけにはいかない。受賞者や会員、その他の関係者を危険にさらすわけにはいかないのだ。

三十日の午後、わたしは理事会に贈賞式の中止を提案した。ほどなく林譲治会長以下理事全員の了承を得られた。というより、他の理事はわたしが中止を提案するのを待っていたかのようであった。

受賞者をはじめとした関係の皆さんに贈賞式中止を連絡して、四月二日にツイッターなどで中止を正式に発表した。ホテルにも会場の予約のキャンセルを連絡した。

三十九回にわたって続けてきた日本ＳＦ大賞の贈賞式を中止させてしまった。星新一さんや小松左京さんにお会いしたことはないが、わたしは心の中で作家クラブの偉大な先達にも頭を下げていた。

## 3

四月七日、総理大臣から緊急事態宣言が発出された。これで一気に人の往来が減っていった。近所の飲食店も休業となり、学校も新学期が始まらない。スーパーやコンビニでは、レジのところに客との間にビニールシートが垂れ下がるようになった。誰もが人との接触を避けるようになっていった。

中止を決定して一週間後、急いで作成した贈賞式中止の案内はがきを発送した。その一方で、一ヶ月前に出した贈賞式開催の案内状の出欠の返信ハガキが毎日のようにくるのが悲しかった。

贈賞式の中止は決定したものの、それで終わりにはならない。トロフィーや賞状などを受賞者にお贈りしなければならない。前述の通り今回の受賞者は例年以上に多い。大賞の小川一水さんと西島伝法さん、特別賞の大森望さんと日下三蔵さん、功績賞の吾妻ひでおさんと眉村卓さん、会長賞の小川隆さんと星敬さん、合計八名にもなる。

運営スタッフから有志を募り、贈賞式の予定日に、総会会場として予約していた都内の貸会議室で贈賞品の発送作業を行うことにした。

作業を行ったのは池澤春菜、鬼嶋清美、柴田勝家、霜島ケイ、須賀しのぶ、藤井太洋、森岡浩之、吉田隆一、若木未生。榎木洋子は自宅からツイッター担当として、当日の様子をツイートすることになった。

四月十七日昼。貸会議室のあるビルに到着する。入り口の予約表示パネルには、日本SF作家クラブの名前しかない。他はみんなキャンセルしてしまったのだろう。予約を取るときは当日の空きがないかもと急かされ、慌てて賃料を振り込んだのだが。ともあれ、賃料を無駄にはせずに済んだという思いと、目に見えないウイルスへの不安が背中に張り付いていた。

ふと黒沢清監督の映画の1シーンを思い出した。『CURE／キュア』『回路』などサスペンスやホラー映画の名手で知られる黒沢清監督の映画では、幽霊や殺人鬼が映っているわけではない、主人公たちがごく普通に日常の風景にたたずんでいるシーンに、言いようもない不安感を掻き立てられる。

　いまわたしはそんな、どこがおかしいのか指摘できない、でも今まで感じたことのない不安が漂う中にいた。

　会議室には、イラストレーターのＹＯＵＣＨＡＮが表紙をデザインした講評冊子、第四十回の記念バッジなどが届いていた。講評冊子は受賞の言葉や選考委員の選評が載った冊子で、毎年若木未生氏を中心に編集しているが、今回は例年以上に気合が入ったものになっていた。ＹＯＵＣＨＡＮがデザインしたえんじ色の表紙がカッコいい。本当は贈賞式で参加者に配布するはずだった。

　ひとり、またひとりと会議室に集まってきた。藤井太洋氏は作業用の使い捨て手袋を持参し、池澤春菜氏は差し入れのお菓子を持参してきた。吉田隆一氏は、トロフィーと賞状目録を運んできた。吉田氏が横山宏氏の自宅からトロフィーを受け取り、無事に届けてくれたことで少し心が落ち着いてきた。

　ほどなく全員が揃った。

　大賞、特別賞、功績賞の合計六体のトロフィーを並べてみると壮観であった。同じように見えるトロフィーも、実は毎回横山氏が少しずつ手を入れていて、同じものは一つとしてない。本当は一人ひとりに手渡したかったが、それが出来ないのが改めて悔しかった。

贈る相手ごとに間違いのないよう贈賞品をわけて、梱包を進めていく。柴田勝家氏はなにやら段ボールにこっそりメッセージを書き込んでいる。一方で講評冊子と記念バッジは会員に発送することにして、全員でスマートレターに詰めていく。

作業をしている間は、文化祭の準備のごとく楽しい空気に変わっていった。だが、目の前のスタッフが楽しそうに作業をやっていればいるほど、この人たちが感染しないようにとわたしは祈るばかりだった。一人でも感染者を出してしまうと、申し訳が立たない。そんなことを考えていると、作業の間、背中に汗をかいて全身が熱っぽくなってきた。緊張のせいだと信じたかった。これで自分が感染してしまって家族や身近な人にうつしてしまったら、どうしようもない。

わたしの携帯が鳴った。《年刊日本SF傑作選》で特別賞を受賞した日下三蔵さんからだった。用件は、講評冊子を何人かにあげたいから部数に余裕があるなら多めにほしいということだった。

いいですよと快諾したあと、ちょっと待ってくださいと携帯を作業中のみんなに向けた。日下さんからですよと声をかける。その場にいたみんながおめでとうと叫び、拍手をした。

電話の向こうから、照れくさそうにありがとうという日下さんからの声が聞こえた。

そうだ、これは他の受賞者にも電話をかけて、おめでとうございますぐらいは言えるのではないか。ここには、贈賞式の司会をやるはずだった池澤春菜氏がいる。賞状を読み上げるのは林譲治会長の役目だが、代わりに前会長の藤井太洋氏に代読してもらおう。

その場にいたスタッフに、受賞者へ電話をかけて賞状授与をしたらどうだろうと提案する。みな、いいねという。

自分の携帯から《天冥の標》で大賞を受賞した小川一水さんに電話をかけた。出ない。やはりその場の思い付きでやるのは駄目かと思ったところ、折り返し携帯が鳴った。

「はい」

小川一水さんの声だ。

「すみません、急で申し訳ないのですが、いまから池澤春菜司会で日本ＳＦ大賞の賞状授与を行います。よろしいでしょうか」

電話の向こうで当惑しているのが手に取るようにわかった。わたしは池澤春菜氏に携帯を渡した。

「いまから、第四十回日本ＳＦ大賞の授与を行います。一般社団法人日本ＳＦ作家クラブ会長林譲治に代わりまして、藤井太洋より、賞状を読み上げます」

池澤氏の宣言の後、携帯は藤井太洋氏に手渡った。藤井氏は片方の手で賞状を持ち、読み始めた。

「賞状、小川一水殿。あなたの《天冥の標》全十巻は、平成三十一年度に発表されたあまたのSFの中から最優秀作品として選ばれました。ここに日本SF大賞を授与しこれを賞します。令和二年四月十七日。一般社団法人日本SF作家クラブ会長林譲治。代読藤井太洋。おめでとうございます！」

全員で出来る限りの大声でおめでとうと叫び、拍手を送った。

戸惑いながらも「ありがとうございます」という小川一水さんの声が聞こえた。

携帯が手元に戻ってきたところで、今後の連絡を告げて電話を切った。

次に西島伝法さんに電話した。やはり何事かという声がしたのを、用件を告げて、池澤氏の案内、藤井氏の賞状代読となった。

「賞状、西島伝法殿。あなたの『宿借りの星』は平成三十一年度に発表されたあまたのSFの中から最優秀作品として選ばれました……おめでとうございます！」

また全員で歓声と拍手を送った。小川さんと同様に、西島さんの戸惑いつつも喜びの声が聞こえてきた。

次に特別賞の大森望さんにも電話をかけた。大森さんも喜びつつ「ところで池澤さんにつなぎなおしてくれないですか。原稿……」

携帯をわたしに戻した池澤氏はあわてて、つながなくていいからといい、電話は切れた。最後にもう一度、日下三蔵さんに電話をかけた。あらためて賞状を読み上げて、歓声と拍手を送った。

この様子は梱包作業の写真とあわせ、ツイッターでアップされた。それをリモート贈賞式という名前で拡散して好意的な反応もいただいた。だが、やっている側からすれば苦肉の策、忸怩《じくじ》たる思いがぬぐえなかった。

大騒ぎをしているうちに贈賞品の梱包も完了した。近くの宅配便店に持ち込んで、発送を終えた。

軽くお茶でもして帰りましょうというところだったが、それでは意味がない。店を出たところで、解散となった。全員の無事の帰宅を願いながら家路を急いだ。

## 4

発送を行ってから一週間。ゴールデンウィークに突入し、例年ならばどこかへ出かけようという雰囲気のはずだがそれもなく、仕事は在宅勤務が中心になり、わたしも自宅周辺を少し歩くのが関の山だった。

この頃、数日おきにポーの「赤き死の仮面」を読み返すようになっていた。感染病が蔓延している国で、門を閉ざして城の奥で狂乱にふける王プロスペローの物語である。このゴシック小説の雰囲気がこの時の自分の不安に合っていたのだろう。この短篇が収録された文庫を、わたしは常に鞄に入れていた。

二週間、三週間と過ぎていき、発送作業を行ったスタッフから感染の報告はなかった。運が良かったのだろう。

移動の制限がある中、徐々に新しい試みも始めていた。オンライン会議システムが急速に普及しはじめ、パソコンに接続するマイクや高速ＷｉＦｉルーター等が売れていた。オンライン会議用のアプリケーションＺｏｏｍを使用するユーザーが増えていた。日本ＳＦ作家クラブでもＺｏｏｍをテストしてみることになった。どのぐらいオンライン環境を会員が使えるか確認して、今後理事会や総会もオンラインで実施しようという目論見《もくろみ》だった。

クラブ内で声をかけて七月に第一回のオンライン会合を行った。二月以来、久しぶりに林譲治会長の顔を見ることが出来た。数ヶ月、もしくは一年以上会っていない会員もいたが、不思議なもので数日しか離れていなかったような感じがしていた。本当にたわいもない会話を重ねた。

オンライン会議の良いところは、コンピューターと通信環境があれば、地方在住者でも等しく参加できることだった。例年東京で行われる総会に参加が叶わない会員でも、これなら参加可能だった。テスト会合を重ねるうちに参加者も増えていった。

そして九月。一般社団法人日本ＳＦ作家クラブ通常総会を行い、理事の改選を行った。池澤春菜、榎木洋子、大澤博隆、太田忠司、霜島ケイ、須賀しのぶ、長谷敏司、藤井太洋、門田充宏の九名が新理事になった。第二十代会長に池澤春菜、第二十五代事務局長に榎木洋子が選ばれ、林譲治前会長は監事に推薦され選任された。

すぐに第四十一回日本ＳＦ大賞の一般エントリーの募集も始まった。またこれから半年の長い闘いだ。池澤春菜新会長を中心にした新体制のスタッフを、前事務局長としてサポートしていかなければならない。

そんなわたしの心配を覆す勢いで、池澤春菜会長の指示の下、ＳＦ大賞運営委員会は一般エントリー募集から最終候補作発表までを順調に進めていった。

二〇二一年二月二十日、第四十一回日本ＳＦ大賞の選考会がオンラインで行われた。選考委員は日下三蔵、小谷真理、白井弓子、森岡浩之、三雲岳斗。事務局長の任を終えたわたしは選考の場に立ち会うこともなく、ただ選考の結果が出るのを待っていた。そして一年前のあの時と同じく、西の空が赤く染まりだした頃、結果が出た。

大賞
《星系出雲の兵站》全九巻　林譲治
『歓喜の歌　博物館惑星Ⅲ』菅浩江
特別賞
立原透耶氏の中華圏SF作品の翻訳・紹介の業績に対して
功績賞
小林泰三

会長職は激務で新刊が出せなくなるというジンクスをものともせず、任期中にミリタリーSFのシリーズを予定通りに刊行し完結させただけでなく、日本SF大賞の栄冠を手にした林譲治さんに、二年にわたって事務局長として仕えたことを誇りに思う。

本来ならもっと早く大賞を手にしておかしくなかったはずの菅浩江さんに、代表作『博物館惑星』の続篇で大賞を差し上げられることを光栄に思う。

劉慈欣『三体』シリーズのヒットに象徴されるように、中華圏SFが日本で読めるようになったのは、まさに立原透耶さんの長年の熱意によるものだ。

小林泰三さん、もっともっと書いてほしかった。

そして四月。

一年前はなすすべもなく中止せざるを得なかった贈賞式を、ＳＦ大賞運営委員会は、オンライン形式で開催するべく準備している。これまで参加できなかった多くの人に、贈賞式を見てもらえるようになるだろう。

この一年は長い夜だったかもしれないが、夜明けは必ず来ると信じている。だから最後にわたしはこう言って終わりたい。

みなさま、贈賞式でお会いしましょう。

著者　天沢時生
池澤春菜
作刈湯葉
伊野隆之
小川一水
小川 哲
鬼嶋清美
北野勇作
柴田勝家
菅 浩江
高山羽根子
立原透耶
津久井五月
津原泰水
飛 浩隆
長谷敏司
林 譲治
樋口恭介
藤井太洋
宮本道人
吉上 亮
若木未生

編集　奥村勝也
小野寺真央
塩澤快浩
溝口力丸

装幀　岩郷重力＋Y.S

制作　白土弓美子
山田 悟

校閲　青山慎一朗
石飛是須

日本ＳＦ作家クラブ
会　　長　池澤春菜
事務局長　榎木洋子
渉外担当　林 譲治
宮本道人

本書収録の作品は、すべて書き下ろしです。

# コロロギ岳から木星トロヤへ

小川一水

西暦二二三一年、木星前方トロヤ群の小惑星アキレス。戦争に敗れたトロヤ人たちは、ヴエスタ人の支配下で屈辱的な生活を送っていた。そんなある日、終戦広場に放置された宇宙戦艦に忍び込んだ少年リュセージとワランキは信じられないものを目にする。いっぽう二〇一四年、北アルプス・コロロギ岳の山頂観測所。太陽観測に従事する天文学者、岳樺百葉《だけかんばももは》のもとを訪れたのは……異色の時間ＳＦ長篇

ハヤカワ文庫

# 100文字SF

北野勇作

**100文字SF**、集まれ！ 新しい船が来たぞ。えっ、沈んだらどうしようって？ 馬鹿、SFが死ぬかよ。それにな、これだって100文字SFなんだ。**北野勇作**がそう言ってたろ。さあこの紙の船に、乗った乗った！

早川書房

これだけ数が揃うと自分の頭が考えそうなことは大抵入っていて、そう言えばこんなのを書いてたな、とすぐに百文字で取り出せるようになって便利。でも同時に、これさえあればもう自分はいらないのでは、と思ったり。ツイッターで発表された二千篇から二百篇を厳選、100文字で無限の時空を創造する新しいSF

ハヤカワ文庫

# バレエ・メカニック

津原泰水

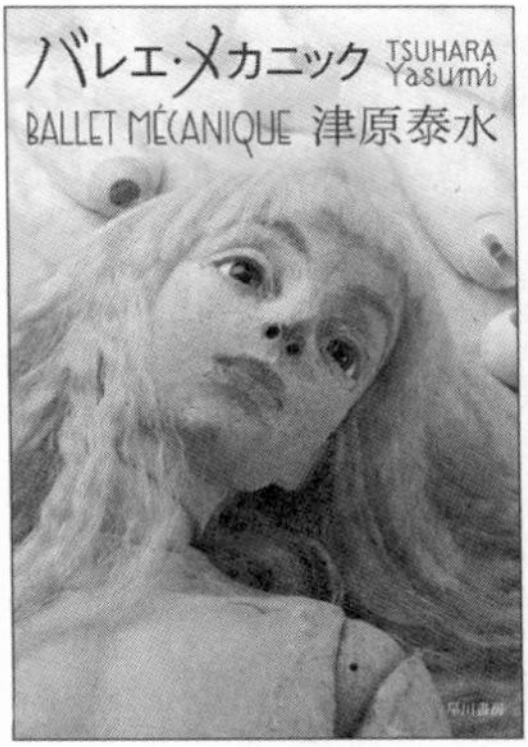


造形家・木根原の娘・理沙は、九年前に海辺で溺れて以来、昏睡状態にあった。都心での商談後、奇妙な幻聴を耳にした木根原は、奥多摩の自宅へ帰る途中、渋滞の高速道路で津波に襲われる。理沙の夢想が異常事態を引き起こしているらしいのだが……希代の幻視者による機械じかけの幻想、全三章。解説／柳下毅一郎

# 象《かたど》られた力

飛 浩隆

謎の消失を遂げた惑星〝百合洋〟。イコノグラファーのクドウ圓《ヒトミ》はその言語体系に秘められた〝見えない図形〟の解明を依頼される。だがそれは、世界認識を介した恐るべき災厄の先触れにすぎなかった……異星社会を舞台に〝かたち〟と〝ちから〟の相克を描いた表題作、双子の天才ピアニストをめぐる生と死の二重奏の物語「デュオ」など全四篇の傑作集。第二十六回日本SF大賞受賞作

HM=Hayakawa Mystery
SF=Science Fiction
JA=Japanese Author
NV=Novel
NF=Nonfiction
FT=Fantasy

ポストコロナのSF

〈JA1481〉

二〇二一年四月二十五日　発行
二〇二一年六月　十五日　二刷

（定価はカバーに表示してあります）

編　者　日本《にほん》SF作家《さっか》クラブ
発行者　早川　浩
印刷者　入澤誠一郎
発行所　株式会社　早川書房

郵便番号　一〇一 - 〇〇四六
東京都千代田区神田多町二ノ二
電話　〇三 - 三二五二 - 三一一一
振替　〇〇一六〇 - 三 - 四七七九九
https://www.hayakawa-online.co.jp

乱丁・落丁本は小社制作部宛お送り下さい。
送料小社負担にてお取りかえいたします。

印刷・星野精版印刷株式会社　製本・株式会社川島製本所

Printed and bound in Japan
ISBN978-4-15-031481-1 C0193


本書は活字が大きく読みやすい〈トールサイズ〉です。